La Maîtresse au piquet

Jean Anglade

La Maîtresse au piquet

FRANCE LOISIRS
123, boulevard de Grenelle, Paris

Édition du Club France Loisirs, Paris,
réalisée avec l'autorisation des Presses de la Cité.

ISBN : 2-7441-0696-8

Rien ne mène — je le sais — à l'amour. C'est lui qui se jette en travers de votre route. Il la barre à jamais ou, s'il la quitte, laisse le chemin rompu, effondré.

Colette
(La Vagabonde)

Première Partie

1

Je me demande si je deviendrai jamais auvergnate. Tout le monde ici conspire à ma transmutation. Par pur instinct. Dans la plus parfaite innocence. C'est sans doute parce que Antaillat manque d'âmes et qu'on voudrait bien y garder la mienne. Une Parisienne chez eux, ça les flatte. Institutrice, par surcroît. Maîtresse d'école sans école. J'ai expliqué ma condition spéciale : remplaçante titulaire. Appelée par conséquent à enseigner une quinzaine ici, trois semaines là, huit jours ailleurs, selon les besoins. Avec des périodes de chômage payé. De vacances imprévisibles. Mais tenue de rester en permanence à portée épistolaire de l'inspection académique. Susceptible d'être bombardée sans préavis à n'importe quel point de l'arrondissement.

Ceux d'Antaillat s'imaginent que je les ai choisis pour leurs mérites. S'ils savaient comment je suis tombée dans ce trou ! (Trou qui est plutôt une éminence, car on y accède par un fameux raidillon.) En jouant au *chouingueton* que pratiquaient mes *keums* [1] du XVIIIe. Cela tient de la voltige et du badminton. Recette : prenez une demi-feuille de papier, confectionnez un petit parachute pyramidal ; enfoncez bien la pointe dans une boule de chewing-gum dérivée d'au moins trois tablettes mâchouillées ; jetez le tout en l'air, assez haut,

1. Mes mecs, mes élèves.

de préférence dans un courant aérien ; après avoir hésité un moment entre terre et ciel, le chouingueton finit par tomber ; sa descente est ralentie par le parachute ; il atterrit de préférence sur les cheveux d'une fille, ou sur ceux d'une maîtresse, ce qui est bien plus drôle. J'ai donc confectionné le mien selon les règles ; puis, ayant étalé par terre la carte de France Michelin, je l'ai projeté d'une certaine distance en visant le milieu, car j'aspirais à venir en Auvergne, j'expliquerai pourquoi. Au troisième essai, il est tombé sur le point désigné par le sort : Issoire, Puy-de-Dôme.

Ce nom ne m'était pas inconnu. Je l'avais précédemment rencontré dans le *Jeannot et Colin* de Voltaire : *Une ville fameuse dans tout l'univers pour son collège et ses chaudrons.* Alors qu'elle n'avait à l'époque ni l'un ni les autres, ai-je su par la suite. Moquée aussi par *Les Copains*, de Jules Romains : ils sont sept, bien décidés à saper les fondements de la morale, de la société et du Puy-de-Dôme ; la population issoirienne se rassemble sur la place Sainte-Ursule (qui n'existe pas non plus) afin d'assister à l'érection d'un Vercingétorix équestre qui, en fait, est un des sept garnements, tout nu, la musette au flanc. Chose admissible chez un homme de bronze, mais très obscène chez un cavalier de chair et de poil. Soudain, le héros arverne s'anime, injurie la foule, jette des pommes cuites à la tête du député Cramouillat et des spectateurs épouvantés. Panique générale.

Je me suis fait envoyer un plan-guide par le syndicat d'initiative, où j'ai trouvé cette définition de l'Issoire réel : « Chef-lieu d'arrondissement, 15 000 habitants. Métallurgie d'aluminium. Abbatiale romane du XIIe siècle. Bon vin à boire, belles filles à voir. » Ainsi informée, j'ai envoyé une demande d'exeat de la Seine vers le Puy-de-Dôme. Réactions unanimes de mes collègues de la rue du Combat :

— Mais tu es folle, ma pauvre Frédérique ! Folle à lier ! Quitter Paris pour l'Auvergne, ça ne s'est jamais vu ! C'est l'inverse qui se produit ordinairement : un fort courant, un

Gulf Stream d'Auvergnats monte vers la capitale, qu'ils viennent réchauffer avec leur charbon et leur fioul.

Et moi :

— J'ai toujours aimé nager à contre-courant.

— Qui connaît Issoire ? Qui a jamais entendu parler de ce patelin ?

— J'en ai marre de Paris. Marre du métro. Marre des élèves qui me cassent les doigts, des parents qui me cassent les pieds, des voitures et des trains qui me cassent les oreilles, des collègues qui me cassent les pompons. Marre, mais marre ! Je ne suis d'ailleurs qu'une Parisienne d'occasion, née à Saint-Quentin.

— Et les beautés de Paris ? Les concerts ? Les musées ? Les spectacles ? Les feux d'artifice du 14 Juillet sur la Seine ? Si encore tu choisissais la Provence, le Languedoc, l'Aquitaine... Mais l'Auvergne ! La plus arriérée de nos régions ! Autant dire le bout du monde !

— J'ai fait ma demande d'exeat.

Exeat : qu'elle sorte. Qu'elle aille se mettre d'elle-même en pénitence dans cette province arriérée où les habitants, c'est bien connu, passent leurs nuits à compter les sous qu'ils ont gagnés ou économisés le jour, à la lueur d'une chandelle de suif, en sentant mauvais des pieds.

Après six mois d'attente, je reçus enfin mon passeport pour l'Auvergne. Je fis mes malles et mes adieux, mouillés de peu de larmes.

Dans les pages jaunes de l'annuaire des téléphones, l'agence ITIER ISSOIRE INTER IMMOB était représentée par quatre I majuscules coiffés d'une auréole. Cela devait inspirer confiance. J'exprimai mon désir de louer une maison individuelle dans un proche village, à l'abri des embarras circulatoires. On m'orienta tout de suite vers Antaillat et M. Itier en personne proposa de m'y transporter. Je fis mine de ne pas remarquer que ses gros yeux lorgnaient mes genoux ; mais sa main droite demeura sage sur le volant. Nous traversâmes Perrier, Meilhaud. Sur certains murs qui bordaient la route, des graffiti noirs : *Dudu vivra. Dudu c'est Issoire.* J'en demandai le sens à mon chauffeur :

— *Dudu* est l'abréviation de Ducellier. C'est aussi le nom des ouvriers de cette entreprise. On dit ici un « dudu » comme on dit à Clermont un « bib » pour un employé de Bibendum. Ducellier s'est installé chez nous en 1938. Il fournissait du travail directement à 1 500 Issoiriens ou Issoiriennes ; indirectement à beaucoup d'autres. Il fabriquait des équipements électriques, bobines d'allumage, démarreurs, essuie-glaces, etc. Malheureusement, ruiné par les Japonais, il a dû mettre la clé sous la porte. Racheté par Valeo, qui bat de l'aile.

Nous observâmes une minute de silence. Puis :

— Accrochez vos ceintures ! On s'envole !

Le moteur de la 205 piqua une crise de fureur, je crus réellement qu'elle décollait. Ce n'était rien, qu'une côte à vingt pour cent. Autour de nous, la campagne était un ruissellement de vert. Vert tendre des prairies. Vert pâlissant des maïs et des blés. Vert bleuâtre des forêts. Vert noir du puy d'Ysson qui coiffait l'horizon de son chapeau chinois. Tout ce vert me remplit de sentiments bucoliques ; j'aurais voulu me rouler dedans, m'en vêtir, le manger en salade.

Nous atteignîmes Antaillat. Un hameau d'environ quinze feux, maisons de pierres noires liées à la chaux blanche, sous des tuiles romaines. Quelques villas modernes ou restaurées. La terre rougeâtre des jardins produisait des poireaux énormes, des laitues incroyables, des citrouilles monumentales. Nous laissâmes la voiture près d'une construction de bois demi-ruinée, un ancien « travail » de maréchal-ferrant, vestige d'une époque où les vaches et les bœufs allaient ferrés. Plus bas, une coquette maison blanche entourée de glycine. M. Itier en ouvrit les portes. Nos voix résonnaient dans les pièces vides.

— Ici, la cuisine... L'arrière-cuisine... Le living-room...

— Disons : la salle de vie.

— Si vous voulez... Le cellier... En haut, trois chambres. Un dressing-room...

— Disons : une garde-robe...

Derrière, un vaste hangar où trois voitures pouvaient trouver place. Je fus séduite immédiatement par l'épaisseur des murs, les tomettes et la cheminée de la grande pièce, les poutres rustiques.

— Il faudra repeindre et retapisser, reconnut M. Itier.

— Ça ne me fait pas peur.

— Il n'y a pas de téléphone.

— Tant mieux.

Au midi, les fenêtres s'ouvraient sur les collines du Lembron et sur une vallée riante.

— Comment s'appelle le ruisseau ?

— La Couzette de Chassagne. Elle se jette dans la Couze Pavin, affluent de l'Allier. Nous sommes au pays des Couzes. Il y a aussi la Couze Chambon, la Couze d'Ardes, la Couze de Valbeleix.

Le jardin ensauvagé était du moins riche d'arbres fruitiers et de quelques pieds de vigne.

— Les propriétaires ?

— Ils vivent au Brésil. J'ai pouvoir de louer à leur place.

Après un moment de négociation, nous conclûmes notre accord à la façon des marchands de vaches, en topant main contre main. Au retour, nous fûmes justement bloqués par un troupeau de montbéliardes blanches avec des taches rousses. Elles venaient lentement sur nous en balançant leurs pis énormes, nous entouraient, nous évitaient au dernier moment, leurs panses frôlaient nos vitres sans jamais les toucher. Les zones rousses avaient la forme de continents : je reconnus l'Afrique, l'Australie, l'Eurasie. Derrière elles, une bergère armée d'un drapeau rouge faisait semblant de les mener par ses cris et ses gesticulations. En réalité, c'est le troupeau qui la menait, il connaissait le chemin de l'étable. Il laissa derrière lui des bouses fraîches, baveuses comme des omelettes.

— Que voulez-vous ! commenta M. Itier. Certaines de nos routes ne sont pas encore bitumées. Alors, nos vaches font de leur mieux pour remplacer la couche qui manque. Vous vous habituerez très vite à ce revêtement. Et même, vous l'aimerez. Il est d'ailleurs assez confortable.

Après quoi, il me reconduisit à Issoire sans toucher à mes genoux.

Pendant des semaines, vêtue d'une combinaison blanche, la tête enveloppée d'un foulard, je fus plâtrier peintre. Mon père, grand bricoleur, m'a enseigné l'usage de la truelle, de la taloche, du rouleau à peinture. Je chantais en badigeonnant mes murs, parce qu'il n'est pas possible de ne pas chanter quand on besogne dans une caisse de résonance. La voix s'y développe, s'exalte, se bonifie. Un bourdon s'y prend pour un aéroplane. Le voisinage, lui, me prit pour une étrangère parce que je chantais *L'aurora di bianco vestita Già l'uscio dischiude al gran sol...* Dans les intervalles, je pensais à mon père.

Il était poseur de rails à la SNCF. Lorsque j'eus treize ou quatorze ans, il m'habilla en garçon et m'emmena le jeudi sur les voies, entre Saint-Quentin et Erquelines. Malgré les protestations de sa femme :

— Cet homme est fou ! Cette fille est folle ! Est-ce la place d'une gamine d'aller se mêler à des ouvriers sur des voies de chemin de fer ?

Mais au fond elle n'était point fâchée de se débarrasser de moi, de rester seule dans l'appartement qu'elle pouvait astiquer à sa guise. Je m'intégrais donc à l'équipe qui faisait semblant de me prendre réellement pour un petit mec et m'appelait Frédo. Je prêtais la main à leurs travaux. J'apprenais tout des tire-fond, des coussinets, des longrines. On m'expliquait que le champignon, c'est-à-dire la tête du rail, doit être horizontal en ligne droite, incliné dans les courbes. Pour jouer le jeu, je devais boire comme eux une giclée de vin à leurs gourdes espagnoles.

— Frédo, disait mon père, quand tu prendras le train de Paris, tu rouleras sur des rails que nous avons posés ensemble.

Nous cassions aussi la croûte ensemble au revers des ballasts. Les poseurs me glissaient les meilleurs morceaux de leurs paniers. J'aimais la compagnie de ces hommes aux mains dures et au cœur tendre.

Mon plus grand plaisir était de prendre place avec eux dans la draisine. Ils me laissaient manœuvrer les commandes. Mon père sentait la créosote. Maintenant qu'il n'est plus de ce monde, je hume parfois les poteaux télégraphiques en bois quand je veux retrouver son odeur et sa présence.

Or ses gros doigts étaient capables de délicatesse. Ils me caressaient les cheveux. Et ils bouchaient les trous de sa clarinette. Il avait appris à en toucher lorsqu'il faisait son service militaire à Colmar. Il en revint avec ce bel instrument, acquis je ne sais comment, dont il tirait les sons les plus graves ou les plus aigus, avec de temps en temps un couac qu'il commentait :

— Attention les canards ! La chasse est ouverte !

En 1939, il repartit sous les drapeaux et resta quatre ans et demi derrière les barbelés d'un stalag. A son retour, il retrouva la SNCF. Proche de la quarantaine, ayant oublié jusque-là de prendre femme, il épousa une jeune veuve qui lui apporta en dot un appartement meublé, une fillette de six ans et les souvenirs de son mari défunt, un VRP mort d'un accident de la route. Celui-ci avait laissé des échantillons de tous les articles qu'il avait cherché à fourguer au cours de sa carrière : flacons de parfum, carafes de cristal, moulins à café électriques, tableaux *entièrement peints à l'huile et à la main*, comme l'affirmait le prospectus ; ils reproduisaient des auteurs célèbres dont on pouvait lire la signature en faux italien : *Léonardo di Vinci, Raphaëllo, Michele-Angélo.* Le VRP avait gagné beaucoup d'argent pendant l'Occupation, en collant ces amusettes à des commerçants enrichis par le marché noir, qui investissaient leurs économies dans n'importe quoi. On vit même des bouchers charcutiers couvrir leurs étagères avec les œuvres complètes de Victor Hugo.

Mon père prit donc tout cela en charge : la femme, l'enfant, le domicile, le cochon d'Inde, la pacotille. Je vins au monde en 1950, rue Saint-André, où nous habitions, non loin de la basilique dont la tour-clocher nous servait de cadran solaire. Je grandis dans son ombre. C'était l'époque où Sacha Distel chantait *Des pommes, des poires et des scoubidous*. Parmi les gosses des deux sexes, la mode était de tricoter, avec des fils de laine récupérée, des scoubidous, au moyen d'une bobine nue ; on plantait sur une de ses têtes quatre de ces petites pointes que les cordonniers appellent « semences » et dont ils ont toujours plein la bouche ; on y accrochait quatre fils, usant de gestes minutieux ; et le scoubidou se formait, descendait dans le trou de la bobine, s'allongeait comme une queue de ouistiti. Le beau de l'histoire est que le « scoubidoubidou » ne servait à rien. Les plus belles choses au monde sont celles qui ne servent à rien : la poésie, la musique, les amours enfantines.

Mon père me donna mes premières leçons de clarinette. Mais ensuite il m'inscrivit au conservatoire de musique. J'y eus pour maître le vieux Danelle, chauve et barbu comme Socrate, qui avait joué à Paris dans un orchestre de renom, et enseignait alors le basson, la clarinette et les saxophones. Il avait formé une classe d'instruments à vent qui donnaient des concerts au kiosque des Champs-Élysées : je parle du vaste parc saint-quentinois, avec jeu de paume, jardin d'horticulture, palais des sports et piscine, qui porte le même nom qu'une certaine avenue parisienne. J'avais, prétendait-il, un des meilleurs doigtés de ses clarinettistes. Quand il voulait nous enchanter, le père Danelle jouait en solo une pièce écrite pour trois ou quatre instruments. Par exemple, le *Prélude à l'après-midi d'un faune* où sa clarinette tenait alternativement la partition de la flûte, du hautbois, du cor, nous distillant le thème chromatique dix fois répété, *mi, mi, mi* ♭, *ré, ré* ♭, *do, si... la, la* #, *si, do, do* #, ré, ré #, *mi...*

Cette clarinette est le seul héritage que j'ai voulu recevoir de mon père. Je la conserve dans son étui originel qui montre encore, en lettres dédorées, le nom du fabricant, *Apfelbaum*, MAINZ. Chaque jour, j'en tire les trois éléments qui la composent, je les ajuste l'un à l'autre, je mouille l'anche de salive, elle part au quart de tour. Le bec porte la trace des dents de mon père, les miennes remplissent les creux avec exactitude. S'il fait beau, j'ouvre ma fenêtre afin de permettre l'envolée de mes doubles croches. Tout le village en profite. Parfois, les enfants d'Antaillat se rassemblent devant ma porte, bouche bée, les yeux écarquillés. Je leur jette mes notes, je les nourris de mes notes, comme on leur jette des dragées devant l'église les jours de mariage.

J'appelle ma clarinette Lariro. Je ne sais comment ni pourquoi ce nom m'est tombé dans l'esprit. Peut-être parce qu'il évoque vaguement une tyrolienne. J'ai ainsi l'habitude de baptiser les choses importantes qui m'appartiennent. Ma voiture 4L, c'est Choupette. Elle aime ce diminutif, elle tressaille d'aise chaque fois que je le prononce. Ma chaîne hi-fi est Maria, à cause de la Callas.

Étienne Trapet, qui avait plus ou moins participé à deux guerres, occupé la Rhénanie, résisté cinquante-trois mois au servage dans les camps nazis, cet homme qui portait avec l'aide de ses compagnons des rails de deux cents kilos, qui était inscrit à la CGT et chantait *L'Internationale* dans les manifs, ce dur de dur tremblait devant sa femme. Maniaque du ménage et de la propreté, ennemie jurée des taches et de la poussière, Thérèse l'obligeait à se déchausser devant la porte, et il entrait chez lui sur ses chaussettes, comme les musulmans dans leurs mosquées. Non sans qu'elle l'eût au passage épousseté et brossé de la tête aux pieds. Il avait sa chaise, son assiette, son verre, sa cuiller, sa fourchette afin de ne pas contaminer les autres. En bout de table, elle dirigeait les repas tel un chef son orchestre. Elle coupait le pain, distribuait les parts et chacun devait consommer la sienne jusqu'à l'ultime miette, quels que fussent ses goûts et son appétit.

— L'homme est omnivore, professait-elle. Il doit manger de tout.

Oh ! la morue du vendredi ! J'en détestais la puanteur, le sel, les peaux, les arêtes. Je l'avalais en me bouchant le nez. A elle seule, elle suffirait à me dégoûter de la religion catholique si celle-ci obligeait réellement à consommer une fois par semaine de la morue mal dessalée. Je fis néanmoins ma première communion. Sans bien comprendre à quoi cela servait. Lorsque l'abbé Wallon eut déposé sur ma langue le corps du Christ, je n'éprouvai aucune transfiguration. Sans doute n'étais-je pas en état de grâce. Néanmoins, je me comportai avec décence et suivis scrupuleusement les instructions des prêtres. Au terme de la cérémonie, je rejoignis ma famille. Alors que le flot humain essayait de s'écouler, je pris la main de mon père, heureuse de cette chaleur rugueuse que je sentais me pénétrer plus intensément que l'amour de Dieu. Comme nous piétinions vers la sortie de l'église au milieu des soupirs, des murmures, des embrassades, des congratulations, sous le concert des cloches, je m'aperçus qu'il fredonnait entre ses dents quelque chose que je pris d'abord pour un cantique. Mais, ayant bien tendu l'oreille, je distinguai ces paroles surprenantes :

Il n'est point de sauveur suprême,
Ni Dieu, ni César, ni tribun.
Producteurs, sauvons-nous nous-mêmes !
Décrétons le salut commun !...

Avec discrétion, pour ne scandaliser personne, mon père se révoltait contre le ciel, lui qui n'avait jamais su se révolter contre sa femme. Il appartenait à la corporation des cheminots dont chaque membre est rouge comme un écureuil.

Dans la maison, il y avait aussi Mauricette, ma « demi-sœur ». Une expression qui longtemps m'intrigua : la considérant de la tête aux pieds, je la trouvais bien entière. Il me fallut des années pour comprendre cette demi-parenté. A cause de nos huit ans d'écart, elle me méprisait, me tenait pour quantité négligeable. C'est ailleurs qu'elle cherchait des compagnes de jeu. Je ressentais quelque chose de ce mépris dans l'attitude de Thérèse à mon endroit, bien qu'elle fût ma mère entièrement. Sans doute avait-elle préféré son premier mari au second et devais-je en subir les conséquences. Peu intéressée par les études, Mauricette était devenue coiffeuse-shampouineuse et exerçait ses talents dans un salon de la rue des Plates-Pierres. Elle était ainsi la préférée de la mère, moi celle du père, bien que tous deux s'en défendissent. Toujours est-il que s'il y avait une gifle en l'air dans nos querelles, c'est toujours sur ma joue qu'elle atterrissait. Pour pratiquer mes exercices clarinettiques et ne point rompre les oreilles de ces dames, je devais monter au grenier. Un galetas plein de poussière, de toiles d'araignées, de souris, faiblement éclairé par une lucarne enchâssée dans la toiture. Je ne m'en plaignais point.

Je fus inscrite au lycée Pierre-de-La Ramée, qui jouxtait la caserne des gardes mobiles. Je m'y rendais à bicyclette. Pour ceux qui l'ignorent, je dirai que Pierre de La Ramée (il signait Ramus ses écrits latins), mathématicien et philosophe protestant, professeur au Collège de France, fut assassiné lors des massacres de la Saint-Barthélemy. Je ne lui dois pas grand-chose, n'étant ni philosophe, ni protestante, ni matheuse. Assez douée en revanche pour les lettres et pour les langues. Toujours j'ai eu la gourmandise des mots. Dès l'âge de deux ans, racontait mon père, je parlais comme une avocate. J'ai étudié le latin, l'anglais et l'italien parce que ce dernier idiome est celui de la musique. *Con fuoco.*

Ma mère, j'en suis sûre, n'a jamais trompé aucun de ses deux maris. Même devenue Mme Trapet, elle garde pour le marchand de tableaux peints à la douzaine une certaine dévotion qui ressemble à de la fidélité. Elle ne commet aucun des péchés qu'interdisent les commandements. Chaque dimanche, elle assiste en la basilique à une courte messe basse, ce qui lui laisse plus de temps pour ses besognes ménagères. Elle économise sur l'éclairage, sur le chauffage, sur la nourriture, sur le linge, sur les distractions. Elle se montre extrêmement autoritaire, certaine que ses directives sont les seules bonnes. Elle croit cependant ne pas l'être, insensible à ses propres décibels. Mais sa voix change de registre lorsqu'il lui arrive de recevoir une connaissance ; de sorte qu'elle dispose d'un organe à usage interne, d'un autre à usage externe. Ses relations parlent toujours d'elle en termes flatteurs : « Cette chère Thérèse Trapet !... Cette douce Mme Trapet !... Quel agréable caractère !... » Elle a élevé ses filles — pour leur bien — avec sévérité ; les obligeant à travailler en classe et à la maison ; à user leurs vêtements jusqu'à la corde ; leur interdisant toute fréquentation avec les demoiselles d'une condition supérieure qui risquaient de leur communiquer des goûts dispendieux ; avec aussi les filles de basse condition qui pouvaient contaminer leur langage et leurs manières. Malgré les facilités de transport que leur accordait la SNCF, jamais elle n'envisagea de vacances à la mer ni à la campagne :

— Vous avez à Saint-Quentin tout ce qu'il vous faut : la verdure aux Champs-Élysées, les bains à la plage de l'étang d'Isle.

Nous avions aussi la distraction d'aller voir passer les péniches sur le canal, avec leurs noms français ou étrangers, leurs drapeaux, leurs mariniers et marinières, les animaux navigateurs, chiens, chats, chèvres. Et la manœuvre des écluses.

Thérèse Trapet riait rarement, pour ne pas dire jamais. Elle détestait par-dessus tout les gaudrioles que les compagnons d'Étienne, venus boire le café carabiné du dimanche, étaient tentés de nous servir. Tandis que ma sœur et moi pouffions derrière nos mains, elle s'écriait :

— Ne racontez pas n'importe quoi, je vous prie ! Il y a ici des jeunes filles !

Ma mère est une sainte.

Mon père, lui, ne valait pas grand-chose. Excepté à la clarinette. Il fallait lui mesurer son propre argent pour l'empêcher de le bousiller. Il aurait payé à boire à toute son équipe, couvert de fleurs au moindre prétexte sa femme et ses deux filles, lâché de la monnaie à toutes les mains tendues. A cinquante ans, il se retournait dans la rue pour regarder les femmes. Hors les oreilles de la sienne, il se vantait d'avoir en Allemagne couché avec la moitié des Gretchen disponibles. Parfois, il exprimait même des regrets de ne pas y être resté en 1945. Il se disait communiste, mais rêvait de posséder une villa avec un jardin, une automobile, une armoire réfrigérée, un phonographe, voire quelques livres épais, comme le Larousse en trois volumes où tout le savoir du monde est mis en conserve. En fait, la musique était son seul luxe ; mais nous devions nous partager le même instrument. Il venait me rejoindre au grenier. Tandis que je m'évertuais sur des partitions d'auteur, il jouait de routine les chansons de sa jeunesse, *Je lui fais pouette pouette, Parlez-moi d'amour, Couché dans le foin, Tout va très bien, madame la Marquise.*

Le dimanche, nous allions pêcher à la ligne dans le bassin du quai Gayant. Ou dans la Somme, qui coulait à proximité. Ou dans le Vieux Port. Il y retrouvait des copains, des copines. Saint-Quentin est une ville de pêcheurs à la ligne. En fin de journée, on réunissait toute la poissonnaille et on allait la manger en friture dans une guinguette du faubourg d'Isle, *Chez Mémère.* On rentrait à la nuit tombée en chantant *Boire un petit coup c'est agréable.* Inutile de dire la réception de Sa Sainteté !

— Vous puez le graillon ! Vous puez la vinasse ! Vous puez le péché !

Mon père montait se coucher dans la chambrette qu'il occupait seul, proche du galetas. Moi, j'allais me réfugier dans les cabinets. C'est une riposte que j'avais trouvée contre les accusations excessives, contre les soufflets immérités : je poussais la targette des « waters » et refusais d'en sortir. Malgré les supplications, les ordres, les menaces :

— Si tu ne sors pas, je vais chercher les pompiers. Ils t'enfumeront comme un renard. Tu auras bonne mine !

A la fin, ma mère concluait :

— Après tout, si tu te trouves bien, restes-y. Passes-y la nuit et la semaine.

Seulement, elle pouvait avoir besoin de ce réduit pour son propre usage. Elle tambourinait contre la porte :

— Sortiras-tu, sale guenon !

Étienne n'intervenait point, jugeant qu'il s'agissait là d'une affaire à régler entre femmes. Sa Sainteté devait, pour satisfaire à ses nécessités, descendre au café du coin, y donner des explications fumeuses, prendre une consommation. Une fois, je m'endormis réellement sur le siège. Réveillée au milieu de la nuit, je me décidai à tirer la targette. Toute la famille ronflait, indifférente à ma détresse. Ou peut-être faisait-elle semblant ? Personne donc pour me consoler, pour laver ma figure inondée de larmes, pour m'offrir un morceau de pain. Alors, je sortis ma clarinette de son placard, emmanchai les trois parties, je la serrai dans mes bras et nous dormîmes ensemble.

Naturellement, ce truc des cabinets ne pouvait fonctionner que de loin en loin. Quand elle me voyait pâle de dépit, ma mère prenait ses précautions, je la trouvais devant la porte des W-C. Il fallait y entrer par surprise.

Tous les mois, mon père allait donner son sang. Il appartenait au groupe O, rhésus négatif, le plus recherché. Les services de santé le sollicitaient fréquemment, jamais il ne leur opposa un refus. Si bien qu'il reçut un jour une médaille de bronze qu'il mit dans un placard et ne porta jamais. Les prélèvements se faisaient les dimanches matin dans une salle de l'hôtel de ville, compensés par un casse-croûte. Sans doute faisait-il ses dons pour l'amour du saucisson autant que pour celui de l'humanité. J'aurais aimé l'imiter, mais il calmait mon impatience :

— Frédo, il te faut d'abord devenir une personne adulte. En ce moment, garde ton sang pour grandir et pour mûrir.

Il était généreux de toute sa personne. Je suis sûre qu'il aurait donné un rein, un œil, une oreille, un morceau de poumon ou de foie si on les lui avait demandés. Aussi habile de ses mains qu'un singe l'est de sa queue, il se dépensait au service de ses amis, alternativement menuisier, tapissier, peintre, serrurier. Parfois, je l'accompagnais pour lui servir d'apprenti. En revanche, il devait ne rien toucher en son propre domicile, car Thérèse voulait y demeurer la seule ordonnatrice. Et respecter religieusement les interdictions de Sa Sainteté :

— Lave-toi les mains avant de toucher aux boutons des portes... Ne frotte pas le parquet avec ta chaise quand tu recules : soulève-la... Ne marche pas sur les tapis, ça les use... Ne laisse pas tomber tes miettes de pain par terre, nous n'avons pas de poules... Laisse ta casquette au sous-sol, elle est pleine de poussière...

La poussière ! La poussière ! La poussière ! Comment vivent les femmes de meuniers, de boulangers, de plâtriers, de ramoneurs, de mineurs, de charbonniers ? Nous ne devions toucher à rien. J'aurais aimé avoir des ailes pour voltiger entre plancher et plafond. Quand il en avait assez de ces interdictions, Étienne clignait de l'œil et nous montions au grenier, notre refuge.

Mauricette tenait peu de place dans mon existence. Parce que je ne la voyais guère. Parce qu'elle menait déjà sa vie d'adulte salariée, disposait d'une chambre en ville et ne paraissait chez nous que les dimanches pluvieux. Précédée d'un livarot, d'un rollot ou d'un guerbigny, vu qu'elle s'était fiancée à un marchand de fromages. La plus épouvantable espèce était le maroilles, un petit carré juste épais de trois doigts, mais qui à lui seul sentait aussi fort qu'une escouade de vidangeurs. Thérèse, qui ne pouvait souffrir le graillon, acceptait bien le maroilles. Pourtant, au bout de huit jours, il empestait nos trois étages. Les voisins me demandaient :

— Y a un mort chez toi ?

Le mariage de ma demi-sœur eut lieu en 1968 à l'église Saint-Martin. L'année des plus grands désordres. Les fils de bourgeois se révoltèrent parce qu'ils étaient trop bien nourris, condamnés à la plage chaque été en compagnie de papa-maman, pas assez libres de fumer, de baiser, de saloper, de casser la vaisselle, de porter les cheveux longs. L'année de mon bac. A l'épreuve de philo, j'eus à choisir entre ces trois options : *Qu'est-ce qu'un saint ? Qu'est-ce qu'un sage ? Qu'est-ce qu'un fou ?* Je repoussai la première ; la sainteté m'accablait depuis trop longtemps. La seconde aussi, dont je ne connaissais pas grand-chose, si ce n'est les dents dites de sagesse. La troisième me convint parce que j'étais souvent accusée d'en avoir un grain et que j'avais butiné l'ouvrage d'Érasme : *La Fortune aime les gens peu sensés ; elle favorise les audacieux et ceux qui ne craignent pas de dire : « Le sort en est jeté. » La sagesse au contraire rend timide.* Je fus reçue avec une mention bien qui ne signifiait pas grand-chose car, cette année-là, tous les examinateurs, ayant tremblé pendant deux mois devant la révolte des fils à papa, décidèrent de ne donner aucune note inférieure à 10.

Peu de temps après cet exploit, j'éprouvai des douleurs intestinales et fus transportée à la polyclinique où l'on m'opéra d'une appendicite compliquée d'inflammation du péritoine. Mon père informa le chirurgien qu'il était prêt à donner un long morceau d'intestin pour sauver sa fille ; mais ce ne fut pas nécessaire. Pendant les douze jours de mon hospitalisation, il vint passer chaque nuit à mon chevet, cependant que ma mère et ma sœur ne m'honorèrent que de courtes visites diurnes. Jamais nous n'avons vécu aussi proches l'un de l'autre que durant cette période bénie. Il prenait souvent une de mes mains dans les siennes et me faisait une transfusion de tendresse. Sans parler. Ou chuchotant ce diminutif un peu masculin qu'il aimait à me donner sur nos chantiers :

— Frédo... Frédo... Frédo...

Un jour, cependant, il éprouva le besoin de se confier. Il me raconta son enfance démunie, en compagnie de sa sœur Juliette, honteux rejetons d'une fille mère (comme on disait alors) récidiviste ; elle les avait néanmoins élevés seule, avec un grand courage. Il me raconta ses études qu'il appelait « rudimentaires » jusqu'au certif. Il me raconta ses amours adolescentes. Puis sa rencontre avec Thérèse :

— Au restaurant où je prenais mes repas trois ou quatre fois la semaine, elle me servait. Elle me regardait avec insistance. Elle sentait bon. Voilà : elle m'a gagné par son eau de Cologne. Mais ensuite, quand nous nous sommes mariés, elle a renoncé à travailler hors de la maison. Mauricette et moi lui donnions suffisamment d'ouvrage.

Il avait donc pris en même temps une femme avec sa fille. Coup double. Comme disent les paysans auvergnats, la vache avec le veau. Moi, je vins au monde deux ans plus tard. Le fait d'être reçu dans un appartement tout meublé, propriété de sa conjointe, lui donna le complexe du clochard admis à l'asile de nuit.

Cela crevait les yeux : à la différence de Mauricette, j'avais du goût pour les études. Mon père m'engagea de toutes ses forces à poursuivre les miennes. Saint-Quentin fait partie de l'académie de Lille. Or sa sœur cadette, veuve sans enfant, résidait à Paris, rue Montéra. Il me conseilla de m'inscrire à la Sorbonne, profitant des facilités de transport que m'accordait la SNCF. Tante Juliette s'engageait à me recevoir chez elle aussi longtemps que je voudrais. C'est ainsi que je suis devenue parisienne.

Généreuse et douce comme son frère, elle m'accueillit à bras ouverts. Encore plaisante à regarder malgré les approches de la sixième dizaine, plutôt sexygénaire, elle aurait pu se remarier, faire le bonheur d'un autre homme ; mais elle avait préféré demeurer dans le culte de son défunt, de son héros tombé dans une guerre perdue, dont les portraits en noir et blanc illustraient chaque pièce de son petit logis, dans le XIIe. Un quartier d'Auvergnats, marchands de vins, de combustibles, de restauration, de sommeil, chevaliers du percolateur, à qui Georges Brassens venait de conférer un hymne corporatif :

Elle est à toi, cette chanson,
Toi, l'Auvergnat, qui sans façon
M'as donné quatre bouts de bois
Quand dans ma vie il faisait froid...

Ce furent mes premiers contacts avec l'Auvergne. Je ne me doutais pas qu'un jour j'en ferais ma patrie d'élection.

2

Pendant trois ans, nous avons vécu ensemble. Je partageais ses soupes, ses flamiches, ses tartes au maroilles, ses souvenirs, son veuvage. Plutôt que sa mère, elle évoquait les parents de son mari, ouvriers agricoles de la Thiérache, au service de gros propriétaires betteraviers, illettrés jusqu'au bout des ongles, très proches des serfs d'avant 1789. Évacués en 1914 de la zone des combats, réfugiés dans la banlieue parisienne, ils s'étaient mis à cultiver des choux et des salades. De son côté, tante Juliette avait quitté son Soissonnais natal en 1935, pour Paris où elle travaillait chez une corsetière, avant de se mettre à son compte rue Montéra. Elle avait connu son Roméo (il s'appelait en réalité Bernard), jardinier au service de la ville. Chaque jour, il lui apportait une fleur. La belle amour, la grande amour. Elle me présenta tous les jardins de la capitale, me désignant tel parterre, telle pelouse où il avait travaillé. Il était tombé dans les combats de Dunkerque en 1940.

— Pas de chance ! disais-je.

— C'en est une d'avoir aimé un garçon comme lui. Et toi, ma Frédo, n'as-tu pas le cœur occupé ?

— Pas encore. Rien ne presse. Je songe surtout à mes études.

Je préparais en Sorbonne un DUEL (diplôme universitaire d'études littéraires) avec option « langues ». Tous les quinze jours, le train me ramenait pour un week-end à Saint-Quentin où je reprenais contact avec ma famille et ma clarinette que j'avais jugé bon de ne pas transporter à Paris : le voisinage de tante Juliette n'aurait pas survécu à mes exercices. Ma mère me comblait de recommandations morales :

— J'espère que là-bas tu te comportes bien. En fille honnête et respectable. Que tu ne feras jamais rien qui puisse nous inspirer de la honte. Que tu ne fumes pas, que tu ne bois pas. Que tu as de bonnes relations. Que ta tante te surveille et qu'elle ferme sa porte à clé après neuf heures du soir...

Mon père m'emmenait pêcher à la ligne. A moins que ce ne fût aux Champs-Élysées où nous soutenions des parties de boules. Le lundi matin, je regagnais Paris.

Longtemps après leur fin officielle, la capitale était encore agitée par les derniers soubresauts des événements de 68. Des manifs éclataient encore çà et là, sous des prétextes divers, ou sans prétexte du tout. Avec une certaine complicité de la police. Un après-midi, je remarquai une fermentation sur la place Saint-Michel. On discutait, je crois, des droits universitaires menacés d'augmentation. De ce bourdonnement, un mot d'ordre commençait à naître : « Gratuité des facultés ! » Indifférente au chahut, je me dirigeais vers l'autre rive de la Seine. Alors, je remarquai sur le pont une compagnie de CRS avec casques et boucliers, pareils aux chevaliers de la Table ronde. Leurs officiers observaient aux jumelles ladite fermentation, que ces défenseurs de l'ordre auraient pu disperser facilement, alors qu'elle n'en était qu'à ses débuts. En fait, ils ne bougeaient point. M'étant approchée, je demandai naïvement :

— Quand est-ce que ça commence ?

— Quoi donc ?

— Le spectacle.

— Il ne dépend pas de nous. On attend que les salopards d'en face se décident à manifester.

— C'est donc eux qui déterminent votre action ?

— Forcément. Entre eux et nous, il y a comme qui dirait une espèce de concertation sous-entendue. Ce qui nous embête, c'est qu'ils mettent bien du temps à se décider. On patiente depuis deux heures. Ça commence à faire long.

— Peut-être pourriez-vous leur envoyer un émissaire ? Il leur dirait : « Un peu de courage !... On en a marre de faire le pied de grue. »

— Ça serait une bonne idée.

— Voulez-vous que je m'en charge ?

Il y eut entre les chefs un conciliabule. Ma proposition intéressait. Un capitaine m'apporta la réponse :

— Dites-leur, si vous voulez, qu'on aimerait bien rentrer à la caserne pour la soupe. En cette saison, les journées sont courtes. Nos familles nous attendent. La semaine se termine et il serait dommage que ce grabuge gâte notre week-end. Sinon, proposez-leur de renvoyer la manif à la semaine prochaine.

Je transmis le message aux « salopards ». Leurs meneurs trouvèrent aussi que le renvoi était une bonne idée. Les deux rassemblements se dispersèrent après s'être, par mon entremise, donné rendez-vous au lundi suivant à partir de 15 heures pour une flambée de violence programmée.

Le 19 mars 1971 — je me rappelle exactement la date parce qu'elle précédait de deux jours le printemps — j'assistai de mes yeux à une flambée d'une autre sorte. Je me promenais boulevard Raspail, dans le VIe, devant la maison de l'Alliance française, lorsque, au beau milieu de la chaussée, se produisit un embrasement : un homme était en train de brûler. Il avait dû s'arroser d'essence, puis craquer une allumette à l'exemple des bonzes vietnamiens. Ça puait horriblement le barbecue. Les innombrables bagnoles n'avaient qu'une pensée : le contourner et s'enfuir pour ne pas prendre feu elles-mêmes. Leurs coups de klaxon signifiaient clairement : « Va faire ça plus loin ! Ne vois-tu pas que tu encombres la circulation ? » Les piétons des trottoirs, figés d'étonnement, considéraient un moment ce sacrifice, puis passaient leur chemin, afin de ne pas se compliquer l'existence.

J'osai m'approcher, faible femme, consciente de mon impuissance, désireuse au moins de comprendre les raisons de l'holocauste. Une figure humaine s'agitait encore dans les flammes fumeuses, sans pousser un cri. Enfin elle s'affaissa, informe. Près d'elle, une pancarte métallique expliquait : *Pour que le gouvernement français n'oublie pas les harkis*, ces soldats algériens qui avaient combattu à côté des nôtres de 1956 à 1962 et dont personne à présent ne se souciait. Tenus pour traîtres par leurs frères de race, pour de méprisables mercenaires par les décolonisateurs. Les pompiers vinrent enfin ramasser ce qui restait du protestataire consumé.

Le vendredi 4 juillet 1972, je venais juste d'en finir avec mes dernières épreuves de DUEL lorsque je trouvai un télégramme au domicile de tante Juliette : *Père gravement accidenté. Reviens de suite.* Malgré moi pointa d'abord dans mon esprit le distinguo entre DE SUITE et TOUT DE SUITE dont nous rebattait les oreilles M. Bigaud, mon prof de stylistique. Maudites études. Maudit savoir. C'est après seulement que mon cœur bondit de terreur. Je voulus partir *tout de suite.* La tante me retint, disant :

— On ne peut pas arriver au milieu de la nuit. Nous voyagerons ensemble demain matin. Il y a un train à 7 h 10, je me suis renseignée.

Cette nuit-là, je la passai à pleurer dans mon oreiller.

Nous arrivâmes à Saint-Quentin dans la matinée. Vingt minutes de marche nous séparaient de la rue Saint-André. Nous en mîmes bien quarante, parce que tante Juliette me répétait à chaque instant :

— Rien ne presse... Rien ne presse... Pas besoin de courir...

Je comprenais le sens de sa lenteur et je marchais à petits pas. Regardant les pigeons et les moineaux qui picoraient les miettes de pain que les amis des volatiles leur dispensaient. Des arroseuses municipales inondaient les chaussées. La journée s'annonçait torride. Place de la Basilique, de jeunes bohémiennes vendaient des bouquets de marguerites prêtes à être effeuillées. Malgré tout, il nous fallut bien arriver.

Dans ses habits du dimanche, mon père était allongé sur son lit, les mains liées d'un chapelet. Rasé de frais. Bien cravaté. Le visage reposé, quasi souriant, rajeuni de vingt ans. La jambe gauche dissimulée sous une couverture. Juliette se jeta sur son frère, l'inonda de ses larmes. Comme elle avait eu raison de ne pas se presser ! A mon tour, j'embrassai son visage et ses mains.

— Qu'est-ce qui s'est passé ?

— On ne sait pas bien, répondit Mauricette. Il travaillait à un aiguillage détraqué. Son pied s'est trouvé coincé entre le rail et la lame. Il aurait dû appeler ; mais il aimait mieux se débrouiller tout seul. Un train est passé et lui a tranché la jambe. Quand ses copains sont venus le secourir, il s'était vidé de son sang.

Ce sang généreux qu'il avait tant de fois donné aux autres s'était écoulé inutilement sur le ballast. Personne n'avait su l'arrêter. Nul n'avait été en mesure de lui donner une pinte du sien. Ainsi mourut Étienne Trapet de façon accidentelle, à une année de sa mise à la retraite.

Sa veuve reçut une modeste pension. Mais elle m'avertit d'emblée qu'elle n'avait plus les moyens de m'entretenir aux études et que je devais à présent gagner ma vie toute seule.

— Que puis-je faire ?

— Ce que tu voudras. Institutrice. Femme de ménage. Bonne d'enfants. Il n'y a pas de sot métier.

Forte de mon DUEL tout neuf, j'envoyai une demande d'emploi aux inspections académiques de l'Aisne, de l'Oise et de la Seine. Deux me revinrent avec une réponse négative.

Paris accepta mes services. Pendant l'année qui suivit, j'appris à l'école normale des Batignolles les secrets de la pédagogie, les mérites de la méthode globale et de la syllabique, l'imprégnation, les enseignements différenciés, l'imprimerie de Célestin Freinet. Nous faisions nos premières armes dans les écoles du XVIIIe. Peuplées d'enfants assez sages, fils et filles de cheminots, de commerçants, de fonctionnaires. Oh ! mon émotion lorsque j'eus devant moi les trente paires d'yeux attentifs mais critiques d'un CE2 ! De ce contact initial dépendait sans doute ma carrière professionnelle. S'ils m'acceptaient, j'étais bonne pour l'auguste fonction enseignante. S'ils me rejetaient, il ne me resterait plus que le baby-sitting. Il était huit heures du matin. Le brouillard enveloppait le quartier. Je devais expliquer l'appareil respiratoire. Partant du principe que toute démonstration doit aller du concret à l'abstrait, je m'étais procuré chez un boucher un morceau de mou pour les chats. Avant ma prestation, j'avais pris soin de dessiner au tableau noir — bien qu'il fût bleu foncé par goût de l'innovation — une belle paire de poumons à la craie rose, avec leurs accessoires. Le moment était venu de parler. Je regardais mes mômes et me sentais la bouche sèche. Quelques gloussements se formèrent çà et là. Le premier mot que je prononçai les surprit :

— Bonjour.

Ils n'avaient pas l'habitude de recevoir des politesses. Ils répondirent par des salutations confuses.

— Je m'appelle Frédérique Trapet, dis-je, et j'apprends le métier d'institutrice. Est-ce que je peux compter sur votre aide ?

Nouvelle surprise : ils s'entre-regardèrent, plusieurs opinèrent du front ou des paupières.

— Et maintenant, je vais vous parler du système respiratoire.

J'expliquai sa raison d'être. Chacune de nos cellules a besoin, pour vivre, de l'oxygène que le sang lui apporte, etc.

Différentes parties du système : bouche, nez, trachée-artère, poumons composés d'alvéoles, etc. Les globules rouges viennent boire l'oxygène dans les alvéoles des poumons comme les moineaux boivent aux bassins, etc. Je sortis mon échantillon de son sac en plastique. Cri unanime :

— Du mou pour les chats !

— Oui, mais c'est un morceau de poumon. Regardez les alvéoles.

— C'est dégueu ! Beurk !

— Eh bien, nous avons la même chose sous nos côtes, dans notre cage thoracique.

Exercice :

— Gonflez vos poumons ! Inspirez ! Expirez ! Inspirez ! Expirez ! Peut-on s'empêcher de respirer ?

— Non, m'dame. Sinon... au bout d'un moment... on éclate.

— Certains hommes, pourtant, arrêtent leur respiration. Cela s'appelle l'apnée. (J'écrivis le mot sur le tableau bleu. Je l'expliquai : *a* privatif, *pnée* : respiration.) Dans quelles circonstances doit-on pratiquer l'apnée ?

— Quand on plonge !

Ils savaient tous nager. On les amenait régulièrement à la piscine. Les générations actuelles sont parfaitement aquatiques. Mon père, lui, ne trempait les orteils dans l'eau que par nécessité d'hygiène, pas très souvent. On revient à la bouche :

— A quoi sert-elle ?

— A respirer.

— Mais aussi ?

— A manger, à boire.

— A parler.

— A chanter.

— A siffler.

— A crier.

— A embrasser.

— A mordre.

— A lécher.

— A souffler.

— A souffler pour quoi faire ?

— Pour refroidir le potage.

— Faut pas. C'est pas corrèque.

— C'est dégueu.

— Pour éteindre une bougie. Pfu !

— Pour que les braises du barbecue, elles produisent une flamme.

— Pour jouer d'un instrument de musique.

Je les attendais là. Je sortis le mien de son étui, j'en assemblai les pièces, je soufflai : *lariro larira...* Mes mômes furent émerveillés d'avoir une maîtresse clarinettiste. Je leur jouai *Mexico, Mexico.* Ils m'applaudirent. Mais je n'étais pas venue pour ça.

— Revenons à nos poumons.

J'évoquai les maladies qui pouvaient les atteindre : tuberculose, bronchite, silicose, cancer. Danger du tabac. Pour finir, ils reproduisirent sur leur cahier mon dessin à la craie rose. Après cette leçon inaugurale, nous nous séparâmes, satisfaits les uns des autres.

— Au r'oir m'dame !... Au r'oir m'dame !...

Ce fut décidé : je ferais carrière dans l'enseignement.

Au mois d'octobre 1973, je fus nommée institutrice stagiaire à l'école communale de la rue du Combat, XVIIIe.

3

Le XVIIIe arrondissement s'étend autour de la butte Montmartre, haut lieu du catholicisme parisien à base de folklore, de pittoresque et de tourisme. Au temps pascal, l'archevêque grimpe l'escalier qui monte vers le Sacré-Cœur, portant une croix de bois sous les regards de la télévision et de trois mille gobe-mouches, dont deux mille neuf cents n'ont plus assisté à aucune messe depuis leur première communion. Les rapins de carrefour rapinent le provincial de passage en dessinant son portrait-silhouette pour dix tunes. Les Japonais photographient à tour de bras.

Je dénichai un studio rue Tholozé, côté pair. De mon troisième étage, je pouvais apercevoir le Moulin de la Galette évoquant l'époque lointaine où la butte était couverte de moulins à vent. Le loyer que je payais absorbait le quart de mon traitement ; mais j'avais choisi le quartier le plus intelligent de Paris ; où chaque pierre par surcroît rappelle un événement historique.

Dans sa partie orientale, le XVIIIe devient tout autre. La rue du Combat est coincée entre les deux éventails de voies ferrées qui partent des gares du Nord et de l'Est. Une rue sans intérêt, bordée de façades lépreuses, aboutissant à un petit marché qui occupe une ancienne halle aux chevaux. En y atterrissant, je ne me doutais pas que j'y resterais dix-neuf ans en fonction. Que j'assisterais, de saison en saison, à des changements sociaux considérables. Au début, les Blancs étaient encore majoritaires. Puis, avec la fin des guerres d'Indochine, déferla une vague asiatique : *boat people* qui fuyaient le communisme et ses délices. Une vague maghrébine lui succéda. Suivie d'une vague montée de l'Afrique noire. Les derniers Gaulois disparurent. Il m'arriva de n'avoir sous ma férule aucun Français de souche. Nous atteignîmes enfin le grade de ZEP : zone d'éducation prioritaire. Ce qui valait à chaque maître un supplément mensuel de 50 francs.

L'école comptait quinze classes qui, à chaque récréation, évacuaient dans une cour exiguë 450 élèves multicolores. Comme ils n'avaient pas assez d'espace pour pratiquer des jeux organisés et que tous les accessoires, balles, ballons, patins à roulettes, cordes étaient interdits, ils passaient ces moments de détente à se battre comme des chiffonniers. Les petits injuriaient les grands en arabe, en français, en argot ou en peul ; les grands écrabouillaient les petits. Maîtres et maîtresses répugnaient à intervenir ; primo, pour ne pas risquer de recevoir un mauvais coup ; secundo, parce qu'ils estimaient que ces jeunes créatures avaient besoin de se défouler et que l'énergie dépensée dans les bagarres extérieures serait épargnée aux heures de cours. Calcul erroné, parce que nos keums possédaient de l'énergie à revendre. A cette atmosphère conviviale, les trains de la SNCF ajoutaient leurs fumées, leurs tchouf-tchouf, leurs sifflets.

Quinze instits donc, dans cette maison qui, je pus très vite m'en apercevoir, tenait plus de l'asile de fous que de l'établissement scolaire. Outre un directeur, déchargé d'enseignement. Au début, celui-ci était un homme à poigne qui impressionnait les élèves par sa taille et sa carrure, prenait toujours le parti de ses adjoints et parvenait à maintenir une ombre de discipline. Plus tard, les choses se gâtèrent : ayant fait valoir ses droits à la retraite, il fut remplacé par une vieille pucelle qui, étrangement, portait le nom de la dernière lettre de l'alphabet grec : Mlle Oméga. Occasion pour ses détracteurs d'affirmer qu'elle était toujours à la recherche de son Alpha. C'est qu'elle se montrait fort attentionnée envers ses collègues masculins, beaucoup plus sévère à l'égard de son sexe.

— Surveillez bien votre langage, nous recommandait-elle. Il y a des termes que vous devez bannir de votre vocabulaire : arabe, nègre, juif, race, immigré. Dites : Algérien, Sénégalais, israélite, ethnie, travailleur étranger. Rappelez-vous que, sans la présence de ces enfants de couleur, notre école serait fermée.

Raisonnement stupide car, en l'absence des multicolores, les Blancs seraient revenus. Comment ai-je pu supporter quinze ans sans l'étrangler les insinuations d'Oméga, ses malveillances, sa lâcheté ? Exemple, l'affaire d'Aïcha.

Celle-ci était une fillette désobéissante et capricieuse. Un matin, dans la cour de récréation, je la surpris en train de faire tourbillonner autour d'elle une plus petite qu'elle avait saisie par un bras et une jambe, sans pitié pour ses cris de terreur. Je courus sur elle, l'obligeai de lâcher sa proie et la récompensai, malgré les recommandations de la directrice, d'une belle giroflée sur la joue. Le soir même, j'eus la visite du père, un patron de bistrot qui vint me souffler dans le nez son haleine parfumée au Ricard, ne voulut entendre aucune explication, et me menaça :

— Si ti ricommences, ji ti casse la gole !

Deux de mes collègues hommes s'avancèrent pour me défendre. En revanche, la directrice n'eut pas un mot en ma faveur et se contenta de me rappeler ses avertissements.

J'avais donc de bonnes relations avec les autres instits. Tous d'ailleurs semblaient détester leur profession et ne parlaient que de vacances et de voyages. Excepté M. Neboit, de confession protestante, qui cherchait à nous évangéliser. Sans grands résultats. Les autres répliquaient que la morale laïque contient tous les principes de la chrétienne : tu ne tueras point, tu ne voleras point, tu ne mentiras point, tu aideras de toutes tes forces tes semblables.

— Mais la charité, chers collègues ! La charité ! Voilà ce qui fait la supériorité de ma morale sur la vôtre. Charité veut dire amour. Du latin *caritas.* La charité va plus loin que la solidarité. Écoutez ce qu'en dit saint Paul : *Quand je parlerais toutes les langues des hommes et même celle des anges, si je n'ai point la charité, je suis pareil à un airain sonnant, à une cymbale retentissante.* Première Épître aux Corinthiens, chapitre XII. Mes chers collègues, vous parlez comme l'airain et comme les cymbales.

La plupart lui riaient au nez.

La mode des tags apparut. On disait précédemment graffiti. Par sa brièveté, par la facilité de sa dérivation, taguer, tagueur, le mot anglais fit oublier l'italien. La bombe supplanta le pinceau. Je sais bien que ces inscriptions murales sont la marque d'une certaine liberté de pensée et d'expression. Tous les hommes libres ont fait parler leurs murs. Je plains les pays sans tags ni graffiti. Exemple : le Maroc où je suis allée en 1988 ; je n'y ai trouvé que des murs vierges ou recouverts d'inscriptions officielles. Même chose en URSS. Les murs de Moscou ne devaient que répéter les discours de Lénine ou de Staline.

La façade de notre école fut donc taguée jusqu'à trois mètres de hauteur. Les artistes devaient se faire la courte échelle. La peinture à la bombe pressurisée produisait des effets surprenants : le rose vif, le jaune, le bleu, le vert s'y associaient ; les lignes s'entrecroisaient. De même, sur les palimpsestes, les derniers venus imprimaient leurs messages sur les précédents. Lorsque toute la surface disponible fut recouverte, la mairie du XVIIIe fit repeindre la façade de notre école. A grands frais. Mais comment les artistes de la bombe auraient-ils pu ensuite résister à cette blancheur ? En trois semaines, elle fut taguée de nouveau.

Les enfants de ces *boat people* qui avaient dû, pour arriver en France, braver des dangers inouïs, tempêtes, pirates, requins de toutes sortes, étaient des élèves charmants. Avides d'apprendre tout ce que je pouvais leur enseigner, en commençant par la langue de ce pays dont ils ne savaient rien, mais où ils voulaient mener une vie décente.

Les fillettes asiatiques se montraient d'une grande pudeur dans leur tenue, leurs propos, leurs gestes. S'il m'arrivait d'organiser une ronde, elles ne prenaient jamais à peau nue la main des garçons, mais se gantaient d'un mouchoir. Elles portaient des noms de fleurs, de lacs ou d'oiseaux. Chaque fois que des rencontres étaient prévues entre parents et enseignants, les pères et mères se répandaient en courbettes et en sourires. Ils apportaient des pâtisseries vietnamiennes qu'ils nous distribuaient et qui égayaient nos dialogues. Les mères maghrébines, en revanche, ne paraissaient jamais, peu habituées à sortir de leurs HLM, généralement incapables de s'expliquer ; quand les pères se montraient, c'était le plus souvent pour se plaindre, revendiquer, vociférer, repartir en claquant la porte. Nous ne manifestions pas assez de considération pour leurs rejetons.

J'eus un grave conflit avec la mère d'une jeune Kabyle appelée Jamila. Une bonne élève, qui lisait bien, s'exprimait bien et possédait la plus jolie voix de la classe. Car, naturellement, je leur faisais chanter les vieux airs de notre folklore national, *Le Trente et un du mois d'août, Le Conscrit du Languedô, Le Temps des cerises.* Et aussi des succès plus récents, *Y a d' la joie, Prendre un enfant par la main.* Tout cela avec le secours de ma clarinette qui me valut tout de suite une certaine popularité dans la maison. Plusieurs de mes collègues me demandaient même mon intervention dans leurs classes. C'étaient des moments de détente assurés, et d'enrichissement pédagogique. Les textes de nos couplets offraient des exercices de lecture, d'écriture, de dessin, et l'occasion de commentaires historico-géographiques sur les guerres franco-anglaises, le tirage au sort des anciens recrutements, les bergers des Landes perchés sur leurs échasses qui tricotaient des bas en surveillant leurs troupeaux, les durs combats de la Commune de Paris, etc. Je ne saurais trop recommander la pédagogie par la clarinette, le plus mobile, le plus discret des instruments après le pipeau, sinon le plus facile. On devrait en rendre l'étude obligatoire dans les écoles normales et les IUFM [1] qui leur ont succédé. Chacune de mes journées se terminait donc par une demi-heure de musique, ce qui ne contribuait pas peu à calmer les agités :

— Tenez-vous tranquilles, ou je supprime la leçon de chant !

Ma méthode me valait cependant les remontrances d'Oméga :

— Vous n'êtes pas professeur de musique, mademoiselle Trapet, que je sache. N'oubliez pas les autres matières, plus importantes.

J'avais beau me défendre, soutenir qu'on peut tout enseigner en chantant, même la table de multiplication, je n'obtenais d'elle que des haussements d'épaules. Heureusement, le conseiller pédagogique, M. Trévy, me soutenait :

— Il n'y a pas de bonnes ni de mauvaises méthodes pédagogiques. Il n'y a que de bons et de mauvais pédagogues. Si vous obteniez des résultats satisfaisants en marchant sur les mains, je vous dirais : n'hésitez pas à marcher sur les mains à longueur de journée. Vous devriez toutefois renoncer à la jupe et prendre des pantalons.

Jamila chantait bien et semblait me vouer un véritable culte. Je sentais ses regards s'attacher à moi avec une adoration gênante. Posais-je une question ? Son index se levait le premier. Même si la réponse, ensuite, se montrait décevante.

1. Institut universitaire de formation des maîtres.

J'eus l'occasion de rencontrer sa mère, une jeune Kabyle très européanisée, coiffée à la Mireille Mathieu.

— Je ne sais ce que vous lui avez fait, quel charme vous lui avez appliqué, mais Jamila est folle de vous. Elle n'a que votre nom à la bouche, elle nous rebat les oreilles de vos lectures, de vos chansons, de votre clarinette.

Tout cela accompagné d'une moue et d'un éclair dans les yeux, témoignant que cette mère était jalouse de moi : j'étais, pensait-elle, en train de lui voler le cœur de sa fille !

Je m'efforçai de me montrer plus froide envers la petite, de la faire moins chanter en solo, d'ignorer ses doigts levés, ses assiduités fatigantes, de lui tourner le dos quand elle me regardait. Alors se produisit l'incident de la boucle d'oreille. Le règlement de l'école interdisait aux filles d'en porter, à cause des accidents qui pouvaient se produire. On tolérait seulement les pendants à pince qui ne risquaient point de déchirer un lobe. Il arriva que Jamila parut en classe avec une paire de boucles de cette espèce. De boucles en or, produit de l'artisanat de son pays. Or, après quelques jours d'usage, sa mère vint me parler :

— Ma fille est rentrée hier soir avec une seule boucle. Elle m'a dit que vous lui aviez pris l'autre. A présent, j'aimerais que vous la lui rendiez.

— Qu'est-ce que c'est que cette histoire ? Je n'ai rien pris du tout. Pourquoi l'aurais-je fait ?

— Pour lui donner une leçon, peut-être. Pour qu'elle se rappelle que les boucles sont interdites. Ou pour garder un souvenir d'elle. Puisque, dans trois semaines, elle va vous quitter.

Nous étions en effet à la veille des grandes vacances ; Jamila devait changer de classe à la rentrée. J'imaginai que cette petite rêvait, par cet étrange procédé, de me faire ce cadeau, comme on donne une mèche de cheveux à une amie. Je la fis appeler. Elle vint, non point tête basse, mais levant le front et fixant sur moi des yeux étincelants. J'eus l'impression d'y voir autant de haine que naguère j'y lisais d'amour. Sans doute un effet de mes froideurs. Je demandai :

— Qu'est devenue, Jamila, cette boucle qui te manque ?

Et elle, avec une belle audace :

— C'est vous qui l'avez, madame.

— Moi ? Pour quoi faire ?

— Parce que c'est défendu de porter des boucles en or. Vous me l'avez enlevée.

— Menteuse ! Menteuse ! Menteuse !

A ma triple exclamation, la mère devint rouge comme un piment. Puis elle prit sa fille par le bras, disant qu'elle l'emmenait, qu'elle ne voulait plus la confier à une maîtresse indigne, mais que la chose ne s'arrêterait pas là, que je recevrais bientôt de ses nouvelles.

J'en reçus en effet dès la semaine qui suivit. Des polycopes anonymes furent trouvés dans les boîtes aux lettres du quartier. Elles accusaient nommément mes mœurs, ma malhonnêteté, mes détestables méthodes d'enseignement, mon racisme, mon incompétence. Un de ces tracts tomba entre les mains d'Oméga, qui me fit appeler :

— Il faut que vous déposiez une plainte. Pensez-vous connaître l'auteur de ces accusations ?

— Oui, je le pense. C'est une affaire passionnelle.

— Passionnelle ?

— Un conflit né dans le cœur d'une mère jalouse de l'attachement que sa fille semblait me manifester.

— De qui s'agit-il ?

— Je préfère garder leurs noms pour moi. D'abord, je n'en suis pas tout à fait certaine. Ensuite, je ne tiens pas à donner de l'importance à ces calomnies. Elles s'éteindront d'elles-mêmes, comme un feu non alimenté.

Oméga pinça les lèvres, m'enveloppa d'un regard soupçonneux, me laissant penser qu'elle n'était pas très loin de partager le point de vue de la Kabyle sur mes mœurs, mon honnêteté, mes compétences, mon racisme.

Les vacances d'été emportèrent ces flammèches. A la rentrée de septembre, Jamila ne m'appartenait plus. Il m'arrivait de la rencontrer dans les couloirs ou dans la cour ; mais toujours son regard m'évitait. Fini son grand amour. Elle ne portait plus de boucles d'oreilles.

Une année, avec l'appui de la Fédération des actions laïques, je réussis à placer quelques-uns de mes élèves maghrébins à la campagne pour quinze jours de vacances vertes. La participation des familles était modique ; elle suffit néanmoins à éliminer un quart de l'effectif prévu. Un autre quart fut écarté pour motif de sexe : les parents refusaient de laisser partir leurs filles — âgées de neuf ou dix ans — en compagnie de garçons. Il resta sept mâles qui furent expédiés en Normandie, dans des fermes de bonne volonté.

A la rentrée suivante, j'eus l'occasion, devant le conseiller pédagogique, de leur faire raconter leur séjour. Tous s'exprimèrent avec enthousiasme ; mais les autres, ceux qui avaient passé leurs vacances dans les rues à jouer au foot avec des boîtes de Coca-Cola, y ajoutaient des commentaires malveillants :

— On a vu des vaches, m'dame. Des vraies, avec des poils partout, une cloche sous le menton et des pis sous le ventre.

— Les vaches, c'est dégueu, m'dame. Ça sent la merde.

— On a bu du lait tout chaud, qui sortait juste du pis, après la traite.

— Le lait du pis, c'est vraiment dégueu. Nous, on boit du lait en carton. Ça ne sent pas.

— On couchait sur des lits remplis de plume, on s'enfonçait dedans.

— Les lits de plume, c'est bon pour les poules, m'dame.

— On mangeait du fromage tant qu'on en voulait. Du camembert fermier.

— Le camembert fermier, ça pue et c'est plein d'asticots.

La jalousie des uns n'empêchait pas l'emballement des autres.

— Voyez ! dis-je à M. Trévy. Comme ils sont pleins de superlatifs !

Alors, un des vacanciers, qui m'avait entendue, leva la main :

— Pas tous, m'dame. Y a que Mustapha qu'en a attrapé. On l'a frictionné au pétrole.

— Qui a attrapé quoi ?

— Des trucs pour les tifs.

— Il veut dire des poux, m'dame.

Les jolies colonies de vacances !

4

A midi, je prenais mes repas à la cantine de l'école ; nous recevions de l'entreprise « Liaisons froides » des plats qu'il suffisait de réchauffer. Le soir, le dimanche et le jeudi, je faisais ma propre cuisine. Il n'y avait que quelques pas de mon domicile jusqu'au marché des Abbesses, vivant, varié, coloré, un peu marseillais sur les bords. J'y trouvais mon nécessaire et mon superflu : épiceries, boucheries, triperies, huîtres, poissons, homards voisinaient avec les étalages de fleurs. Pour me revancher de mon enfance besogneuse, je cultive des goûts au-dessus de ma condition. J'achetais une demi-langouste, des cailles, des germes de soja, des kiwis, un ananas. Le tout accompagné d'une demi-douzaine de roses. Ma vraie opulence consistait à donner généreusement aux quêteurs et quêteuses en faction devant l'église Saint-Jean-de-Montmartre, pour Amnesty International, Frères des hommes.

Rue Lepic, je rendais visite à *La Plume d'Or*, librairie-bouquinerie tenue par Pierre Méraville. J'aimais cette échoppe pénombreuse, spécialisée dans les éditions insolites ou introuvables. On y pouvait rencontrer, j'en suis sûre — pas forcément acquérir —, les œuvres complètes de Cyrano de Bergerac, les poésies de l'assassin Pierre François Lacenaire, les *Pastiches et mélanges* de Marcel Proust. Pierre refusait absolument d'encombrer sa vitrine avec les romans en vogue et les prix littéraires. Si quelqu'un par hasard lui demandait le dernier Goncourt, il répondait avec froideur :

— Vous le trouverez à la FNAC.

En revanche, il était probablement le seul libraire parisien chez qui l'on pût acheter les productions de Christian Moncelet : poèmes ou aphorismes enfermés dans une bouteille bordelaise *(Litrérature)* ou un tube d'aspirine *(Médicalmants)* ; son *Éloge du tutoiement*, sa *Célébration du sourire* ; son essai *Le Pet dans l'histoire de France* ; son traité *L'aigreur est humaine*, ses mots-valises et flagrants-délivres ; sa biographie d'Alexandre Vialatte intitulée *Le Jongleur de Notre Dôme* ; et un ouvrage composé de deux mâchoires de brochet qui pouvait être utilisé indifféremment comme attrape-mouches, attrape-souris ou attrape-couillons.

Malgré sa stature, sa barbe et son rire gargantuesques, Pierre Méraville avait le cœur fragile :

— Il branloche comme un bouton qui se découd.

De temps en temps, je trouvais boutique close, avec ce carton cloué sur le volet : *Fermé pour cause d'infarctus.* Pierre restait quinze jours à l'hôpital, puis revenait, mettant soigneusement son carton de côté pour la prochaine occasion.

Il me recevait avec sympathie, sentant que moi aussi, d'une certaine façon, j'avais le cœur mal accroché. J'oubliais complètement la rue du Combat, ses tags, ses tics, ses tocs. Nous parlions musique, littérature, cuisine, Espagne, Italie. Il me faisait découvrir des poètes dont je ne soupçonnais pas l'existence : Germain Nouveau, Henry Jean-Marie Levet, Renée Vivien, Axel Toursky. Jamais je ne ressortais sans un bouquin sous l'aisselle, prêté ou acheté, dont je sentais déjà la chaleur me pénétrer. Nous remontions, le livre et moi, vers la rue Tholozé, sur les trottoirs humides, à la lueur brumeuse des réverbères. Et nous nous couchions ensemble.

On rencontrait chez Pierre d'étranges figures. Par exemple celle de Robert Cordier, critique littéraire à *Libération*, qui obtenait régulièrement deux voix au Goncourt pour chacun de ses ouvrages sans jamais décrocher la timbale. En revanche, ses romans soulevaient toujours des clameurs d'enthousiasme parmi ses confrères de la presse, de la radio, de la télé. Il leur rendait la pareille avec une belle ponctualité. Copinage oblige. Ses bouquins se débitaient par wagonnées. Sauf à *La Plume d'Or* où pas un ne paraissait. Ce n'était point le genre de la maison. Cet ostracisme n'empêchait pas Cordier d'y fréquenter régulièrement, précédé de sa pipe, car il avait une certaine communauté d'origine avec Pierre Méraville. Au fond, il venait surtout le narguer :

— Je téléphone tous les matins à mon éditeur. Encore 1 200 exemplaires des *Tulipes d'Arnheim* vendus dans la journée d'hier. A ce rythme, nous toucherons les 300 000 à la fin de l'année.

Et quand les ventes journalières chutaient à neuf cents ou mille, il se rongeait les poings et se demandait si le public l'aimait encore. Naturellement, sa bouille ronde et sa pipe paraissaient chaque semaine aussi sur le petit écran.

— Tu es infect, lui disait Pierre. La France entière te connaît comme Monsieur Propre ou les couches Pampers. N'as-tu pas honte de toute cette publicité ? Elle me laisse croire que le succès de tes livres est dû non point à leurs qualités, mais à ce tapage.

— Le tapage ne fait pas vendre les produits médiocres.

— Sans doute. Mais ne pourrais-tu céder ta place, de temps en temps, à quelque écrivain de mérite trop peu connu ? A Christian Moncelet, par exemple ? N'es-tu pas las d'accumuler les milliards ? Que fais-tu de tout ce pognon ?

— Vois-tu, les riches ont les dents longues ; sinon, ils ne deviennent pas riches. Ils n'ont jamais assez d'avantages. Ils voudraient même ceux de la pauvreté. Manger de loin en loin à la soupe populaire. Dormir sur un banc public à la belle saison. Ne pas payer d'impôts. Voir le curé de Saint-Jean-de-Montmartre leur laver les pieds.

Allusion à une habitude qu'avait ledit prêtre, le jeudi saint, d'inviter dans le chœur de son église un clochard bien guenilleux et d'imiter le Christ devant l'assemblée des fidèles.

En vérité, le plus vif désir de Robert Cordier eût été de voir au moins un de ses titres exposé dans la vitrine de Méraville. Aux côtés de *L'aigreur est humaine*. A ma connaissance, il ne goûta jamais cette satisfaction.

C'est à *La Plume d'Or* que je fis la connaissance de Claude, pendant l'hiver 81. Tout de suite, je sus qu'il résulterait de cette rencontre le plus grand bonheur de ma vie. Puis la plus profonde souffrance. Nous nous aperçûmes d'abord que nous avions les mêmes goûts presque dans tous les domaines : le manger, le boire, le dormir, le voyager, les livres, la musique, la peinture. Nous détestions pareillement, non point la politique, mais les politiciens ; non point la police, mais les keufs ; non point les religions, mais les fanatismes. C'était l'époque où Mgr Lefebvre organisait des processions contre le Vatican, célébrait devant la caméra des messes réactionnaires, prétendait que Dieu ne peut comprendre ses fidèles qu'en latin. Ses suivants excités s'agenouillaient sur les places au crépuscule, une bougie à la main, et priaient en chœur pour la conversion des hérétiques contaminés par l'*aggiornamento.* Nous fîmes partie des contre-manifestants qui chantaient pour les déranger *Un jour la sœur Charlotte.*

Au début, nous nous contentions, Claude et moi, de sortir ensemble une ou deux fois par semaine, d'assister à un spectacle, à un concert, à un vernissage ; ou bien d'aller dans sa voiture, le dimanche, nous mettre au vert sur les rives de la Marne ou dans la forêt de Fontainebleau. Puis, comprenant que nous étions une seule âme en deux corps, nous sautâmes le pas et décidâmes de vivre conjugalement dans mon studio de la rue Tholozé, assez grand pour deux personnes, ce qui nous permettait d'en partager le loyer et les charges. A la vérité, dès lors nous partageâmes tout : nos joies et nos peines, notre passé, notre présent, notre avenir. La concierge, à qui je n'avais pas demandé la permission d'introduire quelqu'un chez moi, me considérait d'un œil torve ; quelques pourboires me regagnèrent ses grâces.

Le mercredi après-midi, j'allais sonner à la porte de tante Juliette. Souvent, reprenant l'usage de son mari jardinier, je lui apportais une fleur. Elle me recevait comme sa fille, me retenait à sa table, m'interrogeait sur mon existence. Un jour, je lui fis la grande révélation :

— Tu sais, voilà qui est fait : j'ai le cœur occupé.

— Comme je suis contente, ma Frédo ! Comme je suis contente ! Il n'est pas bon de vivre longtemps seule. Surtout à ton âge.

— Mais toi, tante Juliette...

— Moi ? Je ne vis pas seule ! Je suis toujours en compagnie de mon cher Bernard. Je n'ai besoin d'aucun autre homme. Dis-moi : est-ce que vous allez vous marier ?

— Non... non... Le mariage, ce n'est plus la mode. Nous vivons ensemble.

— Et si vous avez des enfants ?

— Alors... nous régulariserons.

— Je suppose que ton ami a un emploi ?

— Claude — qui parle trois langues étrangères — travaille dans une agence de voyages. Cela l'oblige à de fréquentes absences.

— Tant mieux. Ainsi, la lune de miel durera plus longtemps.

Elle éclata de rire et m'embrassa pour s'excuser de dire, pensait-elle, des choses un peu coquines.

— Il faudra me l'amener. J'ai hâte de l'embrasser également.

— Bientôt, bientôt.

De loin en loin, je faisais aussi le voyage de Saint-Quentin pour présenter mes devoirs à Sa Sainteté. Accompagnée de chocolats ou d'une bouteille de guignolet. Elle m'accueillait sans grâce. Ce qui ne l'empêchait pas de se plaindre avec aigreur de mes trop longues absences :

— Si je ne comptais que sur toi en cas de maladie, je pourrais bien crever la bouche ouverte ! Heureusement que j'ai Mauricette. Comme disait ma grand-mère, on ferait mieux d'élever des porcs plutôt que de mauvais enfants : on pourrait du moins les manger quand ils seraient gras.

En fait, elle se portait comme le clocher de la basilique, membre d'un club de veuves résignées avec qui elle papotait, buvait du thé, grignotait des petits fours et des tranches de tarte au sucre, tapait des parties de rami ou de belote. Avec ses économies, elle boursicotait, et se vantait d'avoir gagné tant sur l'emprunt Pinay, tant sur Saint-Gobain, tant sur Hitachi.

Je regardais couler la Somme dans laquelle si souvent j'avais trempé du fil en compagnie de mon père. A lui j'allais aussi rendre visite au cimetière nord. Mes yeux s'attachaient à son nom gravé dans la pierre : *Étienne Trapet, 1918-1972.* Je lui demandais pardon, non point de l'avoir si peu aimé, mais de le lui avoir si peu dit.

Fréquemment, donc, pendant la saison touristique, Claude accompagnait des cars en partance pour l'Angleterre, l'Europe centrale ou l'Italie. Chaque fois, je protestais :

— N'oublie pas que tu es mon guide à moi. Sans toi, je suis perdue.

— Il faut bien que je gagne mon pain quotidien.

— Je peux te nourrir, tu sais.

— Assez de plaisanteries.

Ces véhicules climatisés, riches de tout le confort moderne, étaient pleins de retraités fortunés auxquels Claude présentait les trésors de Rome, de Milan, de Vienne, de Prague, de Munich. Sa culture était incomparable. Seule dans Paris, je m'ennuyais à mort, ne trouvant plus de goût à ce que nous aurions pu voir ou entendre à deux. Chaque matin, avec l'aide du calendrier quadrilingue diffusé par son agence, je comptais les jours, les heures, les minutes qui me séparaient de son retour. Je perdais l'appétit et le sommeil. Enfin, à l'échéance promise, sa clé tournait dans la serrure. Je ressuscitais.

Au sortir de nos bonheurs, je me sentais une envie folle d'en répandre un peu autour de moi. Lâcher des aumônes dans des mains tendues ne me suffisait plus. Suivant l'exemple de mon père, je donnais de mon sang. Un jour que je passais devant l'oratoire protestant de la rue Saint-Honoré, je vis annoncé un concert de bienfaisance. Cela me donna l'idée de proposer mes services ; quelque temps après, accompagnée par l'harmonium, je fus la soliste du concerto pour clarinette de Mozart. Je jouai des choses plus simples à l'hôpital Beaujon de Clichy, passant d'une chambre à l'autre, devant des enfants atteints du cancer.

Notre amour me rendait meilleure. Rue du Combat, je supportais avec plus de patience les atrocités de mes élèves, les sermons de M. Neboit, les vilenies de la directrice. Restait le cauchemar du métro.

Ah ! le métro ! La terreur des femmes seules ! Dans les escaliers, mes mollets que saisissaient des mains inconnues ; je m'en débarrassais par des ruades. Les jours de grande affluence, quand nous étions serrés les uns contre les autres, les tripotages par-devant et par-derrière, sans pouvoir s'écarter ! Un jour, je fus agressée par un jeune qui se collait à moi comme une ventouse, sans parler du travail de ses mains. Lorsque je descendis à la station Abbesses — la plus profonde de Paris — je dus emprunter l'escalier, les deux ascenseurs se trouvant en panne provisoire. Il me suivit, m'appela, me débita des obscénités. Je me retournai, lui lançai à la face :

— Fous-moi la paix ! Va-t'en rue Saint-Denis !

Il me couvrit d'injures, parmi lesquelles celle-ci, très étonnante, due sans doute à mes cheveux blonds, à mes pommettes un peu hautes :

— Sale Polaque !

Il m'avait prise pour une Polonaise, ce qui ne m'offensait pas ; j'adore les valses de Chopin et la mazurka de Dombrowski. Il sembla du moins renoncer à me poursuivre. Quelques marches plus haut, un homme de belle apparence et de belles manières qui avait entendu nos échanges me proposa courtoisement de m'accompagner jusqu'à ma porte afin de me protéger. Pourquoi pas ? Quand nous arrivâmes rue Tholozé, par politesse, je l'invitai à boire un verre. Claude, en accompagnement touristique, ne devait rentrer que le lendemain. Nous sirotâmes, nous bavardâmes. Soudain, il se leva, voulut me prendre une main. Je connaissais le processus : on commence par la main...

— Non, merci, dis-je. Je n'ai besoin de personne. Je suis pourvue.

— Pourvue ?... Il ne s'agit pour moi que de vous manifester...

— C'est fait. Vous m'avez accompagnée par galanterie. Restons-en là.

Il prit congé en maugréant, visiblement fort déçu. Moins que moi.

Ah ! le métro ! Les dingues, les drogués qui sortent des couteaux et menacent les voyageurs terrorisés ! Les musiciens ambulants, les prédicateurs, les SDF, les ivrognes, les voleurs à la tire ! Il y a des usagères à qui rien de fâcheux n'arrive. Tout au moins entre 8 heures du matin et 8 heures du soir. Moi, j'attire tous les ennuis, comme le paratonnerre attire la foudre.

Un soir d'hiver, Claude et moi avions fêté l'anniversaire de notre rencontre à la choucroute et au riesling chez Hansi, une grande brasserie alsacienne. Au retour, légèrement pompettes, nous prîmes à Montparnasse le métro demi-vide. Quatre stations plus loin, monta et s'assit en face de nous un homme assez jeune, mais borgne, le visage mangé par la barbe, vêtu d'un caban usagé, coiffé d'un bonnet de laine rouge. Malencontreusement, je m'étais mise pour l'occasion sur mon trente et un et je me sentais mal à l'aise dans ma veste de fourrure et mon foulard de soie. Lui me dévisageait en grommelant des injures inintelligibles. Ce manège dura plusieurs minutes. Aux approches de la station Madeleine, nous nous levâmes pour descendre. Lui se leva aussi, se pencha sur moi et se moucha bruyamment dans mon écharpe blanche. Je comprenais sa haine de la société, de la bourgeoisie dont j'étais une abominable représentante, son besoin de me souiller, j'étais prête à toutes les indulgences. Mais il me saisit à deux mains, n'en finit pas de me couvrir de sa morve. Il fallut bien que je me libère : je lui assenai un coup de parapluie. Les portes s'ouvrirent, nous parvînmes à lui échapper.

— Ah ! Zazie ! Zazie ! Quelle chance fut la tienne de ne pouvoir mettre un seul orteil dans le métro !

— *Quelle chance mon cul ! J'en rêve toujours ! Jme consolpa de l'avoir jamais vu de près ! Sauf aérien. Mais c'était pas le vrai. Le vrai métro roule sous la terre.*

En revanche, les trajets de surface m'offraient de loin en loin quelque heureuse surprise. Un jour que je me tenais assise au fond d'un bus, sur la ligne 57 entre la place d'Italie et la Bastille, je vis se hisser difficilement par la porte de devant un vieil invalide, appuyé sur sa canne. Un seul voyageur — un garçon de quarante à cinquante ans, pas trop bien rasé — s'offrit à l'aider, à le soutenir pendant qu'il montait, à glisser son billet dans le composteur. Plutôt que je ne l'entendis, à cause de la distance qui nous séparait, je devinai leur dialogue :

— Prenez ma place, monsieur.

— Non, laissez. Je n'ai que trois stations. Si je m'assois, je n'arrive plus à me relever.

Il eût été d'ailleurs bien en peine de s'asseoir car, pendant ces manœuvres, un autre client fort valide avait pris le siège inoccupé. De sorte que les deux hommes restèrent debout, se balançant, se consolidant l'un l'autre.

Derrière eux, la masse des voyageurs regardait à travers les vitres, s'intéressait à la circulation, aux enseignes, aux affiches publicitaires. Une jeune fille faisait des mots croisés, d'autres lisaient leur journal. Arrivé à sa destination, le vieillard descendit, toujours avec le secours de l'inconnu aux joues hirsutes qui le soutenait aux aisselles. Sous les regards froids des autres passagers. Je pensai au bon Samaritain. Je me reprochai de ne pas être intervenue moi-même avant lui. « Allons, me disais-je, la foule parisienne n'est pas si insensible que je le croyais. Il s'est tout de même trouvé dans cet autobus un garçon secourable. » Redevenu libre de ses mouvements, sa place ayant été prise, celui-ci s'était mis à errer dans l'allée, adressant de droite et de gauche des mots aimables auxquels personne ne répondait :

— Vous allez encore loin, madame ?... On s'est déjà vus monsieur, il me semble ?... Ça va, les études, jeune homme ?...

Il se pencha sur les mots croisés de la petite et prétendit même lui apporter son aide. Tout le monde, gêné, détournait la tête. Alors, je compris que l'exemple de mon bon Samaritain n'avait aucune signification de la mentalité générale ; qu'il ne modifiait en rien mes statistiques. Car mon bon Samaritain était fou.

5

A l'école, tout allait de mal en pis. En commençant par un nouvel inspecteur qui ne songeait qu'à nous terroriser.

— Quand je rédige mes rapports, nous avertissait-il, j'emploie deux stylos : un rouge et un noir. Pendant mon inspection, tout ce que vous me verrez écrire en rouge concerne ce qui ne va pas.

Couleur du feu, du sang, de la pourpre, le rouge a toujours eu signification de violence et de danger. Sous le regard enveloppant de mon suzerain, je m'efforçais d'expliquer, d'écrire au tableau, de dessiner, sans considérer le choix de ces stylos dont mon avancement ou ma stagnation dépendait. Promotion au choix, au demi-choix, à l'ancienneté. J'acceptais de gravir les échelons avec la lenteur de la tortue, certaine d'arriver à la cime quand même.

De plus en plus souvent, mes petits Asiatiques étaient remplacés par des Africains. Déjà racistes entre eux autant que les adultes, contaminés par les frères aînés, employant pour se désigner les uns les autres des surnoms injurieux que je ne comprenais pas : les Cacahuètes, les Gnafs, les Rifs. Enfin, je fus la seule Blanche de la classe ; encore me distinguais-je par une figure de Polaque. J'avais beau leur faire des sermons sur l'égalité des races humaines, la solidarité, la fraternité, etc., il ne restait rien de sérieux dans leurs têtes remplies de courants d'air. Chaque clan se persuadait qu'il appartenait à une espèce supérieure : un jour, les Zaïrois — ou les Sénégalais — ou les Algériens — ou les Marocains — domineraient le monde.

Il me vint quand même, avec un mois de retard sur la rentrée officielle, une petite Cambodgienne aux yeux en amande. Dès son entrée, je vis Sékou, un de mes Guinéens, qui, par dérision, bridait les siens avec ses deux index, ce qui suscita autour de lui les ricanements et les imitations qu'il espérait. Ce jour-là, je trouvai pour lui répondre le geste approprié : de mon index à moi, je m'épatai le nez à la ressemblance du sien. Cela produisit plus d'effet qu'un long discours.

La télévision entrait dans les foyers. Beaucoup plus que mon enseignement, elle envahissait l'esprit de mes keums. Ils étaient particulièrement avides de films policiers, de bagarres, de westerns dont ils appliquaient le principe de base : cogner d'abord, s'expliquer ensuite. Sitôt rentrés chez eux, leur premier geste était d'allumer le poste s'il ne l'était déjà. Éventuellement, lorsqu'il leur prenait envie de faire le petit devoir écrit que je leur donnais chaque soir, ils le griffonnaient couchés à plat ventre devant le téléviseur, un œil sur l'écran, un œil sur le cahier. Ils ignoraient tout de l'histoire de France et de l'histoire du monde malgré mes leçons ; mais ils connaissaient sans erreur les vedettes de la chanson, du foot, des variétés. Un jour, j'eus l'idée de leur faire apprendre par cœur une poésie qui convenait bien à leur cas : *Le Cancre.*

Il dit non avec la tête
mais il dit oui avec le cœur
il dit oui à ce qu'il aime
il dit non au professeur
il est debout
on le questionne
et tous les problèmes sont posés

soudain le fou rire le prend
et il efface tout
les chiffres et les mots
les dates et les noms
les phrases et les pièges
et malgré les menaces du maître
sous les huées des enfants prodiges
avec des craies de toutes les couleurs
sur le tableau noir du malheur
il dessine le visage du bonheur[1].

Je le découpai en rondelles, je le fis réciter à la chaîne par mes keums. Cet exercice leur plut presque autant que les sons de ma clarinette. En fin de récitation, je ne manquais pas de demander :

— Nom de l'auteur ?

— Jacques Prévert.

Jusqu'au jour où l'un d'eux me répondit :

— Jacques Martin.

Ce qui ne souleva pas une tempête de rires comme j'aurais pu croire, car beaucoup se sentaient enclins à commettre la même bévue.

Maintenant qu'ils sont loin de moi, que je suis en contact avec d'autres enfants, petits Auvergnats sages comme des images, même si dans mon présent troupeau bêle parfois un mouton noir, maintenant que j'ai quitté à jamais mes gosses bigarrés de cœurs et de peaux, je dois pourtant reconnaître que, capables du pire, ils l'étaient aussi parfois du meilleur. Le cas d'Azrine m'en apporta la preuve.

Tous ces mômes étaient conduits mensuellement, un mercredi, à la piscine de la place Hébert où ils étaient pris en charge par un maître nageur. Sexes mélangés. Un jour que

1. Jacques Prévert, *Paroles*, Gallimard, 1946.

j'y avais accompagné les miens, j'eus la surprise de voir un garçon et une fille — neuf ou dix ans — pratiquer un étrange jeu. Chacun nageait sous l'eau, coiffé de son bonnet de caoutchouc, en toute indépendance ; mais ils s'arrangeaient pour émerger ensemble, à peu de distance l'un de l'autre. Et là, parmi leurs copains indifférents, ils s'embrassaient à pleine bouche. Inspirés par le cinéma américain. Puis ils plongeaient de nouveau. On eût dit deux poissons qui montent à la surface cueillir une bulle. Ils cueillaient un baiser, puis redescendaient le consommer dans les profondeurs.

Azrine, lui, ne savait pas encore nager. Fils de montagnards marocains, c'était un bel enfant, cuivré, frisé comme le Négus, curieux de tout, avec d'immenses yeux noirs. Mais turbulent, opposé à toute discipline, têtu comme une chèvre. Ce mercredi-là, je n'étais pas de surveillance ; l'accident me fut rapporté par ma collègue responsable. On ne sait exactement comment cela put se produire. Trois fois de suite, Azrine avait été rappelé à l'ordre par le maître nageur : « Retourne au petit bain ! » Voulut-il imiter les cueilleurs de baisers ? Sans avertir personne, il s'enfonça dans l'épaisseur du grand bassin. Quand on s'aperçut de sa disparition, il ne restait plus que d'aller le repêcher sans vie au fond de la piscine. Les massages cardiaques, les mouvements respiratoires furent sans effet. Les parents eurent la générosité de ne pas engager des poursuites qui ne leur auraient pas rendu leur fils. Ma collègue en fit une jaunisse.

Dans ma classe, je dus débarrasser son pupitre des petites choses qu'il y avait laissées : un sifflet à roulette qui lui permettait d'imiter les keufs ; un portrait de Johnny Hallyday sur sa moto ; un pistolet vert en matière plastique ; une petite collection de timbres dans une boîte d'allumettes ; une photo de lui en compagnie de ses frères ; trois coquillages. J'enfermai ces reliques dans un sac de Monoprix, pensant les remettre à la famille. Mais, lors de la récréation qui suivit, un autre petit Rif, Mouhib, s'approcha de moi :

— M'dame, siouplaît ! Est-ce que vous pourriez me donner la photo ? Azrine était mon copain.

Pendant trois semaines, comme frappés de stupeur, mes multicolores se tinrent tranquilles, tant que la place du petit noyé se trouva vide. Puis un nouvel arrivant l'occupa. Peu à peu, ils reprirent leurs anciennes habitudes et se remirent à jouer du poing et de la savate.

Claude était mon refuge, ma planche de salut, mes vacances romaines. Ses mains sur mon visage effaçaient toutes mes rides. Depuis longtemps, la concierge s'était habituée à notre concubinage. Après tout, elle préférait cette stabilité aux partenariats multiples et en perpétuelle révision. Notre loyer était payé avec exactitude, nous n'étions pas un objet de scandale, elle n'avait à se plaindre en rien au propriétaire. Bref, nous formions un couple de locataires idéal, sans histoires et sans enfants.

A chacune de mes visites, ma tante corsetière demandait :

— Quand te décides-tu, Frédo, à me présenter ton ami ?

Je trouvais toujours de bonnes raisons négatives. Et c'est sur l'insistance de Claude (« Nous n'allons pas toujours nous cacher ! Vivons au grand jour une bonne fois !... ») que je choisis de faire un dimanche matin les présentations officielles. J'en avertis Juliette par téléphone.

— Oh ! quel bonheur ! Je vous garde à déjeuner !... Non, non, ne refuse pas.

Nous arrivâmes rue Montéra le cœur battant. Troisième étage sans ascenseur, porte à droite. Il pleuvait. Sous nos cirés ruisselants, nous ressemblions à des pêcheurs de morue. Tante Juliette me reconnut quand même :

— Entrez ! Entrez ! Mon carrelage ne craint pas l'eau de pluie.

Lorsque nous eûmes déposé nos impers, elle nous contempla, les yeux ronds.

— Je te présente Claude, dis-je.

— Claude ?... Mais... c'est... une fille !

— Elle et moi portons des prénoms qui conviennent aux deux sexes : Claude, Frédérique. Ç'a été un premier prétexte... à notre rapprochement.

— Rapprochement ?... Tu ne veux pas dire que tu vis avec elle... en couple ?

— Nous nous entendons parfaitement. Nous nous aimons.

Elle se laissa choir sur une chaise ; cette révélation, littéralement, la renversait.

— Je vous ai apporté un flacon de parfum, dit Claude, lui tendant le paquet pour se faire pardonner.

— Celle-là !... Celle-là !... Vous me la copierez ! Vous me la copierez !... Et moi qui me souciais à la pensée que vous pouviez avoir des enfants !

Elle éclata d'un rire triste. J'acceptais sa stupeur. Je n'aurais pas accepté son scandale.

— Alors, fit-elle encore, vous êtes... ce qu'on appelle...

Je lui soufflai les mots qu'elle ne trouvait pas :

— ... des homosexuelles. Des lesbiennes. Des saphiques. Des tribades. Des gousses. Des gouines. Tu n'as que l'embarras du vocable.

Elle resta longtemps muette, tournant le flacon entre ses doigts. Puis elle me regarda avec pitié, secouant la tête :

— Pauvre Frédo ! Te voilà mal partie !

— Nous ne sommes pas à plaindre. Nous sommes heureuses ensemble. Plus que beaucoup de couples mariés.

— Heureuses ?... Pour de bon ?

— Pour de bon.

— Si c'est comme ça... si c'est comme ça... Merci pour le parfum.

Je l'embrassai. Je sentis ses bras autour de mon cou. Puis elle embrassa Claude.

— Tu ne nous chasses pas ?... Tu nous reçois quand même à ta table ?

— Naturellement, naturellement... Mais faut que je m'habitue.

— Prends le temps que tu voudras.

— Je ne sais pas si ton père... aurait été très satisfait...

— Qu'il dorme en paix. Je n'ai pas besoin de lui demander son consentement.

Pour se remonter un peu, elle nous fit boire de son porto en guise d'apéritif. Il fallut ensuite entrer dans les détails : qui êtes-vous ? que faites-vous ? comment avez-vous senti que toutes deux... ?

— Pardonnez mon indiscrétion. Mais tu es ma nièce, je t'aime comme ma fille. Il faut bien que je sache... que je comprenne...

Claude parla de son père, un administratif de la RATP ; de sa mère sans profession ; de son frère, de sa sœur.

— Est-ce qu'elle est aussi...

— Non, non, je ne crois pas. Encore un peu jeunette, d'ailleurs, pour se rendre compte. Je pense être une exception dans la famille, comme le cygne noir d'Andersen. Je suis ce que Dieu m'a faite.

— Ah ! Vous croyez donc en Dieu ?

— J'ai un oncle curé qui m'a élevée dans les bons principes.

— Et cela ne vous retient pas de... de commettre le péché ?

— Connaissez-vous une seule chrétienne qui ne pèche jamais ? Une seule ?

— Vous avez raison. Moi-même... je ne m'en prive guère ! Et pourtant je vais à la messe !

— Savez-vous ce que faisait mon oncle curé, chez qui je passais une bonne partie de mes vacances quand j'étais petite ? Il avait une très modeste paroisse dans le Cher, près de Sancergues. Quand venait la fête patronale, des marchands de guimauve s'installaient sur la place de l'église ; et un manège de chevaux de bois, des balançoires. Alors lui, qui était pauvre comme Job, chipait des sous dans le plateau des quêtes et me les refilait pour que je puisse m'offrir quelques parties. Le plus saint homme pèche douze fois chaque jour.

— Ça n'était pas réellement un péché. Juste un petit détournement. Tandis que moi, avec ma gourmandise, mon goût pour le porto...

Nous avons ri, pendant qu'elle se voilait la face. De nouveau, elle questionna Claude :

— Vous n'avez jamais... rencontré un garçon ?

— Si, plusieurs. Ça n'a pas marché.

— Qu'est-ce qui n'a pas marché ?

— Je n'aimais pas... ce qu'ils me faisaient... leurs caresses, leur prétention, leur brutalité...

— Moi, avec mon Bernard... ça marchait très bien. Il était tendre, attentionné... Mais vous avez raison : si le bon Dieu vous a faites comme ça, toutes deux, qu'il en prenne la responsabilité. Et maintenant, passons à table.

Naturellement, il y eut une flamiche. Et de la tripée. Et des frites. Et du maroilles, qu'elle définissait comme « le plus doux des fromages forts ».

Je n'envisageais pas de faire la même révélation à Sa Sainteté. Malheureusement, ma mère et ma tante avaient de temps en temps des bavardages téléphoniques. Lorsque je me présentai devant elle, à Saint-Quentin, je compris tout de suite que Juliette n'avait pas su tenir sa langue, et que Thérèse Trapet se trouvait, bien ou mal, informée. Les choses ne traînèrent pas en longueur :

— Tu oses te montrer, maintenant que je sais comment tu vis ? En quelle compagnie ? Fous le camp ! Tes pieds salissent ma maison ! Je ne veux plus te voir tant que tu n'auras pas changé d'existence ! Tu es la honte de la famille !

Il ne me restait plus qu'à aller verser quelques larmes sur la tombe de mon père. Lui m'accueillit affectueusement :

— J'aurais pas dû te baptiser Frédo ! C'est un nom de garçon. Mais tout ça n'a aucune importance, ma chérie. Ta mère et moi n'étions pas du même sexe, et nous n'avons jamais été heureux ensemble. Choisis donc de vivre avec qui tu voudras, pourvu que cela fasse votre bonheur. Je vous bénis l'une et l'autre.

Un moineau sautillait sur sa tombe, picorant des graines de pissenlit. Il me sembla que c'était un ambassadeur de son âme simple. J'ai toujours cru que les âmes de nos défunts, afin de nous rencontrer, se glissent par moments dans une enveloppe visible, celle d'un oiseau, d'une fleur, d'un papillon.

6

« J'aurais dû naître à Paris où travaillait mon père ; et je suis née en 1943 chez mon grand-père et ma grand-mère suisses, à Zurich, où mes parents avaient réussi à se réfugier en août 1940. Très tôt, j'ai parlé l'allemand, le français, l'italien, car nous avions une bonne d'enfants, Delfina, originaire du Tessin. Nous recevions la visite de nombreux étrangers, la maison était une tour de Babel. En 45, nous avons regagné Paris libéré, mon père a retrouvé son emploi administratif dans le métro.

« A cette époque, la capitale était pleine de militaires alliés, anglais, gaullistes, américains, avec leurs tentes, leurs jeeps, leurs camions, leurs chars d'assaut. Ils campaient au jardin des Tuileries, au Champ-de-Mars, à Vincennes. Delfina m'emmenait en promenade et nous les rencontrions. Ils nous interpellaient, ou plutôt ils interpellaient Delfina qui était une beauté assez volumineuse, de l'espèce Lollobrigida. Sitôt que nous paraissions, ils nous entouraient, tu aurais dit des mouches sur un morceau de sucre. Moi, je ne les intéressais pas. Je les gênais plutôt. Alors, avec la complicité de ma bonne, ils m'enfermaient dans un tank en compagnie d'une poignée de chewing-gums et d'une tablette de chocolat. Prisonnière de cet étrange meuble, je voyais au-dessus de moi, par l'ouverture de la tourelle, le ciel bleu que traversaient des pigeons. L'intérieur était très réduit, plein de sièges renversés, ça puait le pétrole, l'huile de moteur, la sueur d'homme. Je m'ennuyais à mort. Pour me distraire, je tripotais les leviers, les manettes, sans résultat. Et je me bourrais de ces sucreries américaines. Pendant ce temps, que faisaient Delfina et ses chevaliers servants ? Je l'ignore. Je ne peux que l'imaginer. Le plus étrange est qu'elle ne tomba jamais enceinte. Elle était, je pense, stérile sans artifices. En fin d'après-midi, le conducteur du char me retirait humide de pipi et barbouillée de chocolat jusqu'aux oreilles. Voilà le principal souvenir que je garde des Américains à Paris en 1945, ce mélange répugnant d'odeurs mécaniques et masculines, estompé par la menthe du chewing-gum.

« En dehors de ses frasques, Delfina était une personne très dévouée. J'eus par la suite un petit frère mongolien. Avec une patience admirable, elle lui apprit à marcher, à manger, à se servir de ses doigts. Il ne parlait pas notre langage, mais il émettait des bredouillis incompréhensibles pour tous, sauf pour elle. Si bien qu'elle lui servait d'interprète : "Il dit qu'il veut encore de la soupe... Il dit qu'il veut son chien en peluche..." Grâce à elle, il mène à présent une vie presque normale, a des activités physiques et même intellectuelles, sauf qu'il ne sait ni lire ni écrire. Il adore les romans-photos dont il suit les péripéties par l'image sans se soucier du texte. Il écoute les conversations, y ajoute quelquefois son grain de sel. Chacun le supporte avec indulgence, grâce à Dieu.

« Dieu, je le découvris à l'âge de trois ans lorsque je vis ma grand-mère française immobile et froide sur son lit. On m'expliqua que Dieu avait envoyé ses anges pour l'emmener dans son paradis ; que ce qui restait sur le lit n'était rien que son corps, c'est-à-dire l'emballage de son âme.

« Dès le berceau, on me donna une éducation chrétienne et bourgeoise. On me fit prendre des leçons de piano, de danse, d'équitation, de golf, de yoga. L'enseignement religieux, c'est ma mère suisse et protestante qui l'assurait. Ainsi, j'allais de découverte en découverte.

« A cinq ans, je découvris même l'amour et je reçus mon premier coup de foudre. La chose eut lieu dans un grand parc, je ne sais où, sous des arbres énormes, au cours d'une kermesse sans doute, car beaucoup de monde s'agitait autour de nous et l'air sentait la barbe à papa. Au bord d'une pelouse, je vis une petite fille de ma taille, assise sur le gazon. Elle arrachait des herbes, les déchiquetait, les étalait sur des feuilles de laurier. Je m'approchai : "Qu'est-ce que tu fais ? — Je cravagne. — Tu travailles ? — Oui, je cravagne. — Et qu'est-ce que tu fais comme travail ? — Le souper. La salade." Je m'intéressai à cette besogne. Ensuite, la petite créature quitta ses sandales et les secoua pour en faire tomber les gravillons. Aussitôt, je fis de même. Elle se rechaussa, je me rechaussai. Mais peu après elle dit : "Il en reste." Elle requitta ses sandales, les secoua de nouveau, les enfila une seconde fois. Je l'imitai très exactement. Nous passâmes ainsi des moments délicieux à nous déchausser, à faire tomber nos gravillons, à nous rechausser. Elle avait de grands yeux bordés de cils immenses. Jamais je n'avais vu des cils de cette longueur, je ne me lassais pas de les admirer. Nous sentions que nous avions beaucoup de choses à nous dire, mais les mots nous manquaient. De temps en temps, elle répétait, pour s'en convaincre : "Je cravagne... Je cravagne..." Elle devait appartenir à une famille de cravagneurs. Puis Delfina me rappela. Je dis non de la tête pour lui faire comprendre que je n'avais pas terminé ma conversation. Mais elle, sans ménagement, me saisit par une patte et m'entraîna, malgré ma résistance et mes cris. Ainsi, je fus séparée de mon premier amour. Et déjà, il était homosexuel.

« Un an plus tard, je crus qu'on me mariait. En fait, il s'agissait des noces de ma jeune marraine, pour qui j'avais beaucoup d'affection parce qu'elle me comblait de cadeaux. Quand nous entrâmes dans l'église, elle me demanda de porter sa traîne. Ce que je fis avec compétence et fierté. Très applaudie de tous les invités. J'étais persuadée que cette marraine était en train de m'épouser. Lorsqu'on m'expliqua qu'elle épousait le monsieur qui lui avait passé la bague au doigt, je fondis en larmes. Personne n'y comprenait rien. Et je ne fournis aucune explication. C'est sans doute de ce premier chagrin que date mon aversion pour les hommes... »

Claude m'emmenait ainsi, un peu chaque jour, à la lumière de ses confidences, dans le labyrinthe de son âme bourgeoise. Je ressortais éblouie de ces périples, moi qui n'avais rien d'autre à lui conter que mes pêches à la ligne dans la Somme et mes travaux prolétaires sur la voie ferrée de Saint-Quentin. Chaque jour, je devenais un peu plus folle d'elle, de ses talents, de sa voix, de son élégance. Elle s'habillait d'une façon équivoque, portait le pantalon, la veste, la cravate, les cheveux en désordre de ces hommes qu'elle abominait. Cela ne l'empêchait pas de fréquenter en ma compagnie les bars américains, où je la voyais rire et plaisanter avec les Amerloques aussi facilement que si elle eût été native du Kentucky.

Chaque matin, je prenais donc le métro place des Abbesses, descendais à Marx-Dormoy, quatre stations plus loin. Le trajet ne durait jamais plus de dix minutes. Plusieurs fois, au débouché de ma ligne, j'avais remarqué un homme, vêtu pauvrement, qui vendait des horoscopes. Dans son signalement, j'avais remarqué un signe particulier : une verrue sur le bout du nez, de la grosseur d'un pois chiche. Comme Cicéron. A chaque client ou cliente, il demandait un prénom, une année de naissance et délivrait pour dix francs la prédiction sous forme d'une petite brochure de six ou huit feuillets. Je ne crois pas aux devins ; mais ce matin-là, peu de voyageurs s'intéressaient à sa camelote ; je lui mis dans la main une pièce de dix francs en lui recommandant de garder son fascicule. Il grommela un remerciement et me lança un regard jaune, un regard de bouc.

Quelques jours plus tard, me trouvant de passage dans le XIIe, je reconnus ce même quidam à la terrasse d'un café chic, boulevard Diderot. Cette fois en vêtements de bonne coupe. D'abord, je crus à une simple ressemblance ; mais ensuite, m'étant approchée, je discernai le pois cicéronien qui lui ornait le pif. Je ne pus me retenir de murmurer cette observation :

— Le commerce des horoscopes a l'air de rapporter !

Je fus certaine que lui aussi reconnaissait la passante qui lui avait donné dix francs sans rien prendre.

— Vous n'y croyez pas, n'est-ce pas ? me lança-t-il. Eh bien ! Je vous prédis la solitude, les accidents et le cancer.

Je le considérai avec autant de mépris que je pus ; puis je haussai les épaules et passai mon chemin.

Quand nous nous retrouvions, le soir, rue Tholozé, je racontais à mon amie mes déboires du jour. J'arrivais souvent à cette conclusion :

— Je n'en peux plus. Il faut que je quitte cette ZEP maudite. Que je demande mon changement.

— Pour aller où ?

— Ailleurs. N'importe où ailleurs.

— Tu sais : les ailleurs ne sont que des ici déplacés.

— Comment peux-tu prétendre une chose pareille, toi qui voyages tant, qui vois tant de populations différentes ?

— Si ce ne sont pas ailleurs les mêmes problèmes, c'en est d'une autre espèce. Mais partout ils pullulent. Sauf peut-être au Luxembourg, à Monaco. Seulement, il faut être banquier pour y bien vivre. Si tu veux, l'été prochain, je t'emmène avec moi pour te montrer l'Europe du malheur. Les drogués d'Amsterdam et de Zurich ; les putains de Hambourg ; les Turcs de Berlin ; les affamés de Tirana ; les orphelins de Bucarest ; les atomisés de Tchernobyl ; les terrorisés de Palerme ; les ivrognes de Moscou. Si tu te sens mal dans ta peau, essaie de trouver des compensations dans ce que tu possèdes.

Avant la fin de l'année scolaire 90, M. Panado, cher au grand Alexandre Vialatte, devait me frapper d'un autre terrible coup. Un matin, les voisins de *La Plume d'Or* s'aperçurent que la librairie-bouquinerie n'ouvrait pas ses volets. Le sachant d'humeur plutôt pantouflarde, ils ne crurent pas à un voyage inopiné de Pierre et firent le numéro 18 sur leur téléphone. Les pompiers arrivèrent avec leur médecin. Ils trouvèrent Méraville endormi pour jamais dans son lit, les yeux clos, la tête penchée sur l'épaule. Sur le drap, un bouquin encore ouvert. Un de ces livres étranges et étrangers qui remplissaient sa boutique : les *Poèmes* de Catulle, traduits en anglais par Horace Gregory, illustrés par Zhenia Gay, publiés à New York chez Covici Friede Inc. Quand je vins pleurer sur le corps de Pierre, voilà ce que me désigna le capitaine des pompiers, disant : Quelle merveilleuse chose que de mourir en lisant un poème d'amour !

Quelques fervents et moi-même, nous veillâmes deux jours et deux nuits l'enveloppe de notre ami. Les uns priaient, d'autres fredonnaient, d'autres encore lisaient à voix haute les vers de Catulle. J'eus le loisir de recopier ceux-ci :

Amabo, mea dulcis Ipsithilla,
Meae deliciae, mei lepores
iube ad te veniam meridiatum[1]...

O mellow, sweet, delicious little
piece, my Ipsithilla, I love you dearly.
Tell me to come at noon
and I'll come galloping[2]...

Pendant quarante-huit heures, pour me punir d'être encore vivante, je n'absorbai aucun aliment, excepté l'eau du robinet. Puis les pompes funèbres vinrent nous l'enlever. Il passa par l'église Sainte-Trinité avant d'être transporté à Saint-Flour où il alla rejoindre les cinq religieuses qui l'avaient élevé, enfant abandonné. Ses cinq mères, comme il les appelait.

Je trouvai dans ses papiers le petit écriteau toujours prêt à servir et le clouai sur le volet : *Fermé pour cause d'infarctus.*

1. *Traduction littérale :* Je t'aimerai, ma douce Ipsithilla,/ ô mes délices, ô mes douceurs !/ Commande, et je viendrai à toi au sortir de ma sieste...

2. *Traduction littérale :* O fondante, ô douce, ô délicieux/ morceau (de roi), mon Ipsithilla, je t'aime tendrement./ Dis-moi de venir à midi/ et j'accourrai au galop...

7

Le pire était encore à venir.

L'été qui suivit, et pendant trois semaines, mon amie franco-suisse voyagea beaucoup à travers l'Europe centrale et nordique. Le décès de Pierre m'avait plongée dans une énième déprime. Je ne me sentis pas la force d'accompagner Claude. Je compris d'ailleurs qu'elle ne tenait pas à promener parmi ses clients la larve que j'étais devenue. Au moindre prétexte, je fondais en larmes. Bref, j'étais devenue intransportable.

Je demandai à ma chère clarinette un peu de consolation et je suivis les cours d'été du Conservatoire, auxquels étaient admis les amateurs de mon espèce qui n'étaient pas élèves en titre. Souvent, je passais devant *La Plume d'Or*, toujours marquée de son petit écriteau, me demandant entre quelles mains elle était tombée. Célibataire endurci, Méraville ne pouvait avoir pour héritiers que des frères, sœurs, cousins ou neveux cantaliens, peu intéressés sans doute par une librairie parisienne. En attendant, ses volets demeuraient clos.

Cet été-là fut torride. J'allais chercher un peu de fraîcheur dans les jardins publics où je rencontrais des individus de toutes sortes. Amoureux, clochards, étrangers, fumeurs de marijuana. Je m'intéressais surtout aux enfants, aux tout-petits, à ceux qui n'avaient pas encore appris la méchanceté. J'assistais à leurs jeux, j'écoutais leurs pépiements, leurs cris d'hirondelle, leurs rires, leurs sanglots. Blancs et Noirs se mêlaient sans retenue, comme les pions du jeu d'échecs. Frappée par cette contradiction que je sentais en moi : d'une part, ma tendresse pour ces fragiles créatures que Bruno Masure à la télé et quelques autres spirituels de son espèce appellent immanquablement « nos chères têtes blondes », avec un mépris dissimulé sous la désinvolture ; d'autre part, l'impossibilité où je me trouvais d'accomplir les gestes nécessaires pour avoir un enfant mien, sans l'intervention du Saint-Esprit. De là, j'en venais à me demander ce que serait notre vieillesse, à Claude et à moi, couple sans progéniture. Peut-être pourrions-nous envisager une adoption. Je pensais aux cinq mères religieuses de Pierre Méraville. Pour l'heure, toutefois, Claude ne semblait pas intéressée. Elle manifestait même à l'égard des mouflets une aversion évidente. « La fibre maternelle ? Très peu pour moi ! »

Au parc Monceau, je rencontrai un attelage attendrissant, composé d'un paraplégique sur un fauteuil roulant et d'une fillette qui le poussait et le gouvernait par-derrière. Sur ses genoux impotents, le père tenait un petit garçon de deux ans qui, de la bouche, imitait le ronflement d'une voiture. Tout cela sous la surveillance de l'épouse et mère. Je sentis l'envie me mordre au cœur.

Il m'arrivait d'acheter des caramels ou des dragées et d'en distribuer comme d'autres bonnes femmes jettent du maïs aux pigeons. Les mômes se pressaient autour de moi, mon paquet n'y suffisait point. Ils repartaient les joues pleines, la bouche baveuse, les doigts gluants. Parfois, je dus fournir des explications à des mères inquiètes. La générosité gratuite ne court pas les rues. On fait la charité à un clochard pour qu'elle soit pesée dans la balance de saint Pierre. Ou tout au moins pour se donner bonne conscience, pour se conformer à ses principes humanitaires, politiques, etc. Mais quelle idée de dispenser des friandises à des enfants repus, seulement parce qu'ils sont blonds, bruns, frisés, innocents ?

Paris au mois d'août a été souvent conté. Il appartient aux provinciaux, aux Allemands, aux Néerlandais, aux Américains, aux apatrides. Aux musiciens ambulants, aux cracheurs de feu. La mode était parmi les adolescents à la planche à roulettes. Ils s'y adonnaient à cœur joie sur la place du Trocadéro. D'autres faisaient trempette dans le bassin de Chaillot, ou s'offraient une douche sous les jets d'eau.

Pour la centième fois, je relisais la fameuse phrase gravée au fronton du palais : *Nous autres, civilisations, nous savons maintenant que nous sommes mortelles.* Et je me demandais comment Paul Valéry, dont j'apprécie les vers incomparables, a pu écrire une telle lapalissade. Pourquoi les architectes ont choisi cette banalité — mais issue d'un illustre encrier — pour en parer leur édifice. Car un candidat au certificat de naguère, sans le secours de Paul Valéry, savait que les civilisations égyptienne, crétoise, grecque, romaine, gauloise, viking dorment depuis des siècles dans leur linceul de pourpre. Les civilisations, elles, étaient-elles conscientes de leur mortalité ? Pour parler plus concrètement : les anciens Grecs, les anciens Égyptiens savaient-ils qu'ils cesseraient un jour d'adorer leurs divinités à pieds de bouc ou de lion, à tête de taureau ou de vautour ? Quelques-uns savaient, d'autres se doutaient, d'autres ne savaient point, d'autres le niaient. La conscience collective est toujours disparate. De toute façon, quoi qu'en dise Valéry, une civilisation ne meurt jamais totalement. Celle qui suit recueille une partie de son héritage, qu'à son tour elle transmet à la suivante.

N'empêche que mille badauds lèvent chaque jour les yeux vers la phrase de Paul Valéry et admirent, « Vouah comme c'est bien dit ! quel grand homme ! ». Réflexe de Pavlov acquis dès l'école où l'on nous inculque l'admiration automatique. Et l'on traîne ça toute sa vie, comme un chien traîne sa queue. Inséparable ! J'en aurais, des queues à me retrancher, si je m'en donnais la peine ! Un seul autre exemple :

« Je pense, donc je suis. » Où est là-dedans le génie cartésien ? Est-ce que la pensée est l'unique preuve de l'existence ? N'aurait-il pas pu écrire aussi bien : « Je marche, donc je suis. Je mange, donc je suis. Je pisse, donc je suis » ?

J'aimais à m'entretenir de ces choses importantes avec une collègue de la rue du Combat, polyculturelle : Irène Epstein, juive venue d'Algérie après 1962. Sans haine contre personne : je comprends les Français, je comprends les Arabes et les Kabyles, je comprends le FLN. Un monstre de compréhension. Elle comprenait tout le monde ; elle trouvait des circonstances atténuantes, en son temps, même à Oméga. Elle aurait dû se faire avocate. Ou sœur du Bon Secours. Elle avait pourtant mal débuté dans sa carrière de femme en partageant quelques mois la vie d'un Malien en cours d'études à Paris. Moins par amour, sans doute, que pour démontrer à elle-même et à d'autres son absence de racisme. Après quelque temps de bonheur en noir et blanc, le Malien vaguement occidentalisé s'était mué peu à peu en un mari africain de la plus sombre espèce. Si, avec de grandes précautions de langage, elle osait le contredire, il lui envoyait des baffes en proférant :

— Chez nous, quand le coq chante, les poules se taisent.

Elle avait fini par le quitter. Plus tard, elle avait épousé dans les règles un coreligionnaire expulsé comme elle d'Algérie. Affligée de cinq enfants, elle était contente de leur échapper si je l'appelais au téléphone, les abandonnant à la garde de son mari amputé du bras gauche à la suite d'un attentat, mais valide de tout le reste. Nous nous rencontrions dans une brasserie aveyronnaise. Elle me racontait de fumantes histoires juives, nous riions comme des canes. Le garçon venait en prendre sa part, imité quelquefois par d'autres clients. Un chauffeur d'autocar nous servit la suivante, avec l'accent de Carcassonne :

— Vous avez remarqué l'inscription à côté de notre siège : *Prière de ne pas parler au conducteur.* Savez-vous ce qu'on lit dans les cars italiens ? *Ne répondez pas au conducteur s'il vous parle.* Et dans les cars allemands ? *Interdiction absolue de parler au conducteur.* Et dans les anglais ? *Le conducteur n'est pas présentable.* Et dans les corses ? *En cas d'endormissement du conducteur, veuillez le réveiller doucement.* Et dans les cars d'Israël ? *Quel intérêt auriez-vous à parler au conducteur ?*

Bientôt, nous formions un petit cercle international ; chacun y allait de la sienne, la bière panachée coulait à flots.

Irène possédait un mainate religieux importé des Indes, acheté un prix fou quai aux Fleurs malgré l'opposition de son mari. Elle le payait à tempérament, à raison de cent francs par mois :

— Il m'appartiendra entièrement à la fin de 1993. Pour l'instant, je n'en possède que la tête et les ailes. Depuis mon enfance algérienne, je rêvais de cet oiseau. Là-bas, un de mes oncles en avait un qui parlait le yiddish, l'arabe et le français.

Malheureusement, ce volatile — qu'elle appelait Lélio, ce qui signifie bavard en je ne sais plus quel idiome — avait appris de son précédent maître un vocabulaire peu recommandable. Ce qui provoquait des surprises. Voire des incidents.

— Par exemple, racontait-elle, lorsque le rabbin de la rue Doudeauville est venu nous rendre visite et partager avec nous la carpe pascale. J'avais commis l'imprudence de laisser Lélio et sa cage dans le vestibule. Imagine le dialogue qui s'engagea aussitôt entre lui et le vénérable :

LE RABBIN (en yiddish)

Que la paix du Dieu tout-puissant soit toujours avec vous.

LE MAINATE (en français)

Oh ! le vieux con !

LE RABBIN (faisant mine de n'avoir pas entendu)

Qu'il couvre votre famille de ses bénédictions et de ses bienfaits.

Le mainate

Oh ! le vieux con !

Le rabbin (rouge de fureur, en français)

Mais pour qui me prend-on ici ? Ma parole ! Ce perroquet me prend pour le plombier de Fernand Raynaud !

Ma fille Sarah

Ce n'est pas un perroquet, mais un mainate religieux.

Le rabbin

Il a une drôle de religion, votre oiseau !

Le mainate

Oh ! le vieux con ! Oh ! le vieux con !

Puis arriva le 28 août.

Je ne me doutais de rien. Tout le jour, j'avais regardé autour de moi. Les arroseuses inondaient les rues. Des maraîchers, venus de Carpentras, vendaient sans intermédiaires leurs melons sous la tour Eiffel. Des clochards trempaient leurs pieds dans la Seine sans quitter leurs pompes par mesure d'hygiène, pour ne pas la salir. Un bateau-mouche remontait le courant avec une cargaison de Japonais bardés de caméras. Les bouquinistes ouvraient leurs éventaires et je m'attardai à feuilleter de vieilles estampes.

Vers les cinq heures, je me réfugiai dans un cinéma climatisé où je revis le merveilleux film de Jean Cocteau *La Belle et la Bête.* Dehors, Paris ressemblait à une légende chinoise. Les boulevards grouillaient d'une foule colorée qui mêlait toutes les langues du monde. Les femmes étaient belles, les hommes intelligents, les voitures illuminées par le soleil couchant lançaient mille feux. A un Crainquebille, j'achetai trois bananes pour mon souper.

Lorsque j'atteignis la rue Tholozé, j'eus la surprise de trouver un taxi devant chez nous. Je pensai aussitôt que mon amie était rentrée de sa tournée européenne un peu plus tôt que prévu. Je ne me trompais pas. Quand, le cœur affolé de joie, j'arrivai à notre porte, je la vis entrouverte. A l'intérieur, Claude était en train de remplir des valises. Et moi, sans salutation :

— Qu'est-ce que tu fais ?

— Tu vois : mes bagages.

— Tes bagages ? Tu repars ?... Mais tu arrives à peine !

— Je repars pour toujours.

— Comment ?

— Pour toujours.

Toujours ! Je semblais ne pas comprendre ce mot. Je me le fis répéter. Je tremblais de la tête aux pieds. Mais elle, impitoyable :

— Je te quitte.

— Tu... me quittes ? Qu'est-ce que ça veut dire ?

— Ça veut dire que je m'intéresse à une autre personne.

— Tu... t'intéresses à une autre personne ? Tu... ne m'aimes plus ?

— Oh ! Je te garde de l'amitié !

— Mais moi, je t'aime toujours !

— Ça te passera, quand nous serons loin l'une de l'autre.

— Après dix ans de vie commune ?

— J'ai toujours payé la moitié du loyer.

— Il ne s'agit pas de loyer. Ne ravale pas les choses. Dix ans de passion. Dix ans de bonheur partagé.

Je me laissai tomber sur la moquette, j'embrassai ses jambes, j'inondai ses pieds de mes larmes, je lui fis le coup de Jacques Brel, *Ne me quitte pas, Ne me quitte pas.* Elle se débattait, insensible à la tragédie. Pour lui prouver mon amour, je lui proposai de me brûler la cervelle devant elle.

— Ne sois pas ridicule, Frédo, tu n'as pas de revolver.

— J'irai en emprunter un à l'armurier de la rue Lepic. Tu le lui rendras après usage.

— On m'accusera de t'avoir assassinée.

— J'écrirai une lettre explicative. Mais je peux aussi m'empoisonner. A l'eau de Javel concentrée. Ou sauter par la fenêtre.

— Finis de dire des idioties.

Elle consentit du moins à me parler avec douceur. Me releva. Me disposa dans un fauteuil. Voulut bien me fournir quelques éclaircissements. En Allemagne, elle avait fait la connaissance d'une admirable violoniste.

— Le violon, c'est tout de même plus romantique que la clarinette, avoue-le ! Quand tu souffles dans ton instrument, tu as l'air d'une grenouille.

L'Allemande voulait entreprendre une tournée de concerts en France et elle l'avait engagée comme manageresse.

— J'aurai besoin de tout mon temps, de toute ma disponibilité pour préparer ses étapes.

— Manageresse ? Seulement manageresse ?

— Elle sera désormais ma seule employeuse. A présent, laisse-moi terminer mes bagages. En bas, le compteur du taxi tourne. Mon déménagement va me coûter une fortune. Je t'écrirai les détails complémentaires.

— Inutile. J'ai tout compris.

Je restai prostrée, sanglotante, devant les placards demi-vides, pendant qu'elle achevait ses préparatifs. Elle m'abandonnait les cadeaux que je lui avais faits : un châle de cachemire, une casquette signée Christian Dior, une cravate en soie ornée de papillons bleus peints à la gouache.

— Pardonne-moi, mes valises sont pleines.

Elle s'en alla, me laissant aussi sa clé et un chèque en blanc pour le loyer et solde de tout compte. Je déchirai le chèque et je décidai réellement de mourir. A l'adresse des enquêteurs, j'écrivis un billet : *Je meurs volontairement, pleinement consciente de ce que je fais. Il y a de l'argent dans le tiroir de gauche pour les frais d'obsèques. Je lègue ma clarinette au Conservatoire national de musique. Que l'on brûle mon corps et qu'on en jette les cendres dans une poubelle. Frédérique Trapet.*

J'aurais aimé avaler un tube de somnifères. Malheureusement, je dors comme un loir et n'ai jamais eu recours à cette médecine que les pharmaciens ne délivrent d'ailleurs que sur ordonnance. Je décidai de me suicider par la faim et par la soif. Cela demanderait un peu de temps. Mais il restait en moi une étincelle d'espérance : je voulais donner à Claude la chance d'un remords *in extremis* ; lui permettre de revenir, de me retrouver encore un peu vivante, de se jeter sur moi, de me faire le bouche-à-bouche, d'appeler le SAMU, de me ressusciter.

Je coupai le téléphone, m'habillai de noir, m'étendis sur mon lit, les mains jointes. Je fermai les persiennes mais je ne poussai pas le verrou afin que des secours éventuels pussent pénétrer sans briser la porte. Je sentais le sel de mes larmes qui m'entartrait les joues. Mes entrailles se mirent à produire des gargouillis. Mon estomac, bien informé, me disait : « Y a de la saucisse, du beurre, du fromage dans le frigo. » Ta gueule ! Malgré le ronron du trafic, je finis par m'endormir.

Je me réveillai quatre heures plus tard. Le noir remplissait ma chambre comme une tombe. La pensée de Claude me revint, et ma résolution de disparaître. Je me remis à pleurer. Pleure sur toi-même, car personne ne te pleurera. Sauf Irène Epstein, peut-être, qui versera une larmichette, elle a tant de soucis avec ses moutards, son mari manchot dont elle doit découper la viande, son accent pied-noir et son mainate pas entièrement payé. Sauf aussi tante Juliette, mais elle est habituée aux chagrins, elle dit que les peines sont bonnes avec du pain.

Quand j'eus épuisé toutes mes larmes, je tirai le cordon du va-et-vient. Une mouche bourdonnait autour de ma lampe. Je me levai, ouvris mon dictionnaire Larousse au mot « inanition ». J'y découvris d'affreux détails :

L'inanition totale entraîne l'autophagie, un amaigrissement extrême ; en revanche, le cœur et le cerveau ne sont pas sensiblement touchés. La mort survient quand l'animal a perdu les deux cinquièmes de son poids. Chez l'homme, la durée du jeûne total peut atteindre quarante-cinq jours ; davantage quand le sujet est à même de boire. Quarante-cinq jours ! Perte des deux cinquièmes de mon poids ! Jamais je n'aurais la force de tenir aussi longtemps ! Autophagie ! Réduite à me manger moi-même les mains et les pieds ! Je songeai à de célèbres jeûneurs, le Christ, Gandhi, Lanza del Vasto. Mais ils avaient pour les encourager le soutien des évangélistes, de la presse, de la radio, de la télévision. Réduite à mes seules forces, à mon obscurité, jamais je ne pourrais atteindre l'issue que je souhaitais. Du moins devais-je essayer.

Pendant le reste de la nuit et la journée suivante, je ne consommai rien, qu'un peu d'eau. Nécessaire pour entretenir la source de mes larmes. Ma grève de la faim dura vingt-quatre heures en tout et pour tout.

Je ne sais plus très bien comment je vécus les jours qui suivirent. Même la rentrée des classes fut incapable de me divertir de mon chagrin. Tout le monde, rue du Combat, me trouvait une figure de déterrée. Irène, à qui j'avais avoué la raison de ma détresse, me suggéra un remède :

— As-tu essayé le whisky ?

— Le whisky ? Quelle horreur ! je lui trouve un goût de traverse de chemin de fer. De traverse à l'ancienne, naturellement. De celles que posait mon père. Imbibées de créosote. Elles parfumaient mes jeudis, qui étaient alors les jours sans école.

— A défaut, prends le cognac. Ou le rhum. Ou la vodka. Administre-toi une bonne cuite. Quand tu en sortiras, je suis certaine que ça ira mieux. Aucun chagrin d'amour ne résiste à quelques verres de whisky. Les psychiatres le savent ; mais ils ne le disent pas, pour ne pas perdre leur clientèle.

— Comment ça ? Toute seule ? En Suissesse ?

— Je viendrai te tenir compagnie. Non point pour partager la bouteille, mais pour te protéger contre tout accident.

Nous convînmes d'un samedi après-midi. J'avais acheté à Prisunic un flacon de Hennessy six étoiles. Irène voulut bien en accepter un petit verre, à seule fin de m'encourager ; mais elle refusa d'aller plus loin. Avec application, j'ingurgitai dose par dose cette médecine ardente. D'abord, elle me mit la bouche et le gosier en feu. A la troisième, je commençai à voir le monde sous des couleurs nouvelles. Le départ de Claude devenue manageresse perdit beaucoup de son importance. Comme tu as bien raison, cher Blaise Pascal ! Nul n'est la fin de personne. Claude n'était pas ma fin, comme je l'avais cru longtemps. A la quatrième, l'univers me sembla rempli de pommiers, de pruniers, d'orangers, de citronniers, de pamplemoussiers chargés de fruits. Devant moi, transformée en oiseau de paradis, Irène secouait ses plumes et poussait des cris discordants. Ensuite, je n'eus plus conscience de rien. Elle me raconta ultérieurement que j'avais avalé encore trois ou quatre doses ; qu'elle avait dû me traîner jusqu'à mon lit ; m'y coucher ; veiller sur moi longtemps avant de retourner à ses devoirs familiaux. Je dormis bien douze heures. Le réveil me surprit au milieu de mes vomissures. Titubante, je me levai, je nettoyai mes cochonneries.

Comment pus-je, le lundi suivant, la tête aussi vide que l'estomac, reprendre mes fonctions de maîtresse d'école ?

— Pardonnez moi, dis-je à mon cours moyen, aujourd'hui, je me sens malade. Ça ira mieux demain.

— Oui, m'dame. V's avez la tronche. Qu'est-c'est, votre maladie ?

— L'indigestion.

— C'est craignos, m'dame.

J'occupai la matinée à leur lire des *Contes de la bécasse* de Maupassant. A midi, la purée-boudin de la cantine me rendit quelque vigueur.

Le cognac Hennessy n'avait point nettoyé ma mémoire. Claude y avait enfoncé des racines aussi profondes que celles de la gentiane. Chaque objet de mon studio, chaque rue, chaque station de métro me rappelait un mot, un geste d'elle.

Je m'attardais devant les boutiques où elle était entrée, j'examinais les vitres comme si elles avaient dû en garder quelque reflet. J'empruntais les trottoirs qu'elle avait foulés. Mon oreille était encore pleine de sa voix, de son rire, de ses chuchotements. Pouvais-je espérer que ces souvenirs dépériraient avec le temps ? Me faudrait-il dix autres années pour oublier ces dix ans de passion ? Je commençai à prendre le temps en horreur, me rendant compte que je ne recevais aucun secours de son écoulement.

Depuis belle lurette, je songeais à quitter cette ZEP, cette rue du Combat, ce quartier pourri, ce chaudron où bouillaient ensemble misère, chômage, drogue, violence, ordure, racisme, prostitution. Immanquablement, tôt ou tard, le chaudron exploserait. L'abandon de Claude devint une raison supplémentaire. J'en parlai à Irène, qui s'y connaissait en matière de déchirure ; mais elle me tint le même langage que les autres :

— Quitter Paris pour la province, pour quelque trou perdu qui sentira le fumier, tu n'y penses pas sérieusement ? Aller te mettre en pénitence à Pétaouchnoque ? Au fin fond de la Bretagne ou du Limousin ? Est-ce que je rêve ?

— Tu ne rêves pas. C'est Paris qui me pue au nez.

— Et moi ? Et notre amitié ?

— Tu viendras me voir à Pétaouchnoque.

— Avec ma smala ?

— Ton mari pourra bien quelques jours en assumer le commandement. De son chariot, Franklin Delano Roosevelt gouvernait l'Amérique. J'aurai une grande maison, avec des chambres, un grenier, une cave, un jardin, des ruches, une tonnelle, un bassin et des poissons rouges. J'appellerai le plus rouge Krasucki.

Krasucki était alors le secrétaire général de la CGT. Il n'y avait pas d'offense à en faire le parrain d'un poisson rouge. Irène secouait la tête à mes visions. Elle finit par lâcher qu'elle ne viendrait que s'il existait une autoroute directe Paris-Pétaouchnoque.

J'avais envoyé depuis une semaine ma demande d'exeat. L'autorisation de me rendre ailleurs.

Mais où ?

Un moment, j'avais pensé à regagner mon département d'origine, l'Aisne. Retour aux sources. Réconciliation avec Sa Sainteté, maintenant que je n'étais plus la honte de la famille. Mais un éloignement plus complet me sembla préférable. Je songeai aux DOM-TOM.

Or, un jour que je me promenais dans le jardin des Tuileries, je m'arrêtai devant une baraque où se donnait un spectacle de guignol lyonnais. Devant des enfants enthousiastes à rire, à applaudir, à huer. J'arrivai juste pour entendre ce dialogue.

GNAFRON

C'est toi, Guignol ? Va-t'en ! Ma femme veut pas que je te fréquente. Elle dit que tu cherches à me déstabiliser.

GUIGNOL

Te déstabiliser, moi ?

GNAFRON

Oui. Tu me fais boire des chopines. Ensuite, je suis pas bien stable sur mes guiboles.

GUIGNOL

Sois tranquille. Nos relations sont terminées.

GNAFRON

Vraiment ? Tu veux plus me voir ? C'est si grave que ça ?

GUIGNOL

J'en ai marre de tout. J'ai décidé de quitter la France et l'étranger.

GNAFRON

La France pour l'étranger ?

GUIGNOL

Non. La France ET l'étranger.

GNAFRON

Si tu quittes la France ET l'étranger, où donc que tu iras ?

GUIGNOL

En Auvergne.

GNAFRON

L'Auvergne, c'est pas la France ?

GUIGNOL

L'Auvergne, c'est l'Auvergne. Je n'y connaîtrai personne. Personne ne me connaîtra.

Ce fut pour moi, dans le jardin des Tuileries, une illumination. Le Destin en personne me révélait l'endroit où je devais me retirer : l'Auvergne.

Je n'avais encore qu'une vague idée de cette province et de ses limites. Je croyais qu'elle commençait un peu au sud d'Orléans et se terminait aux environs de Nîmes. Voulant me renseigner sur ce point, je menai une enquête dans le XIIe arrondissement, le plus auvergnat de Paris, dit-on, où florissent les brasseries et restaurants tenus par des originaires du Massif central. Étant entrée dans celui qui portait pour enseigne *L'Ambassade d'Auvergne*, je demandai au patron — il m'affirma être lui-même originaire d'Aurillac — quelles étaient les limites de sa province.

— Madame, me répondit-il, en se grattant la tempe gauche, c'est là une question embarrassante. Vous devez savoir que l'Auvergne est une province riche de quatre dimensions. Qu'autrement dit, il existe une petite Auvergne, deux moyennes et une grande.

— Voyons cela.

— La petite est l'Auvergne historique. Celle qui existait avant la Révolution de 1789. Elle se trouvait elle-même divisée en haute et en basse Auvergne. L'Assemblée constituante la dépeça. D'un morceau, elle fit le Puy-de-Dôme. D'un autre, le Cantal. Elle attribua ce qui restait — le district ou arrondissement de Brioude — à la Haute-Loire. Cette petite

Auvergne comprend donc de nos jours deux départements et demi. Avouez que c'est bien peu.

— Je l'avoue. Les deux Auvergnes moyennes ?

— L'inférieure résulte de la réforme régionale imaginée par le général de Gaulle et réalisée après lui. La région Auvergne comprend quatre départements entiers : Puy-de-Dôme, Cantal, Haute-Loire, Allier. Ce qui fait un peu grincer les dents d'un certain nombre de Bourbonnais et de Vellaves. Mais ils ne sont pas mécontents, en définitive, de voir leur obscur wagon particulier accroché à la locomotive Auvergne connue nationalement. La moyenne supérieure fut imaginée par Louis Bonnet, fondateur du journal *L'Auvergnat de Paris*, que vous trouverez dans cette salle. Originaire lui aussi d'Aurillac, il le destinait à son département et à ceux qui l'entourent. De sorte que son Auvergne en compte sept : Cantal, Aveyron, Lot, Corrèze, Lozère, Haute-Loire, Puy-de-Dôme. Cet hebdomadaire apporte à ses lecteurs expatriés des nouvelles de leur petit pays. Tenez, jetez-y un coup d'œil.

J'y pus lire ces événements d'importance :

AVEYRON. *Cabanes. M. Christian Fraysse, de Lespital, s'est cassé un orteil. Il a été hospitalisé à Olemps.*

Campouriez. Mlle Yvette Noyer, de la Coste, a obtenu le permis de conduire et s'est acheté une 2 CV d'occasion.

Centres. Roger Sermet a acheté une faucheuse à essence pour tailler les haies.

Peyrusse. A la suite d'un accident de bicyclette, M. Martin a eu un bras fracturé. On est sans nouvelles de la bicyclette. — La petite rue de Peyrusse qui va à l'ancienne maison Sabatier a été goudronnée, ainsi que le chemin Loubatie, au Moulinc.

Pons. Le chien du garde-champêtre Jean Bourral, qui poursuivait un renard, s'est noyé en traversant le lac d'Escalafront.

CANTAL. *Mauriac. La boulangerie Nicol a refait sa devanture.*

Montchamp. Pierre Ravel a changé son épandeur à fumier.

Polminhac. M. Jean-Claude Courbeyrotte part faire son régiment au 92e RI de Clermont-Ferrand.

CORRÈZE. *Saint-Mathurin. La vue de Mme Vve Bouyssou s'améliore, à sa grande satisfaction.*

Sornac. Mme Ramugerie a acheté un lave-vaisselle.

LOT. *Bouziès. Les noyers situés devant la mairie ont été éloignés par le service de la DDE.*

Calviac. M. Pierre Bargue, maître scieur chez M. Ségéric, marchand de bois, a gagné trois petits cochons au concours prévention des accidents du travail de la MSA du Lot.

Lanzac. M. Lajugie, cultivateur à Grèzelade, a pris au piège le même matin trois renards et un chat sauvage...

Restaurée par ces informations rafraîchissantes, je demandai :

— Et la grande Auvergne ?

— Le prestige de cette province est si fort dans l'esprit des Parisiens qu'ils confondent l'Auvergne avec tout le Massif central. De sorte qu'ils baptisent auvergnates des villes comme Autun, Limoges, Guéret, Rodez, Saint-Étienne, Aubenas. Malgré l'administration et la géographie. C'est qu'il existe une zone d'influence auvergnate, comme il y eut naguère une zone d'influence soviétique. Les habitants de ces régions diverses ont un héritage commun : leur langue d'abord, que les anciens troubadours firent connaître dans les cours seigneuriales. Leur architecture. Leur façon de vivre, de manger, de boire, de travailler, de s'amuser. J'appelle ces espaces les « pays de bourrée », parce que notre danse naturelle y a cours en tous lieux. Elle déborde même dans le Berry et se pratique jusqu'aux portes de Nantes.

— Nantes aussi est auvergnate ?

— N'exagérons pas. Laissons-la à nos frères bretons.

— Mais qu'est-ce au juste, selon vous, monsieur l'Ambassadeur, qu'un véritable Auvergnat ?

— Suivant la définition d'un éminent auvergnatologue dont j'ai oublié le nom [1], il faut considérer comme auvergnat : quiconque est né en Auvergne ; quiconque voudrait y vivre ; quiconque est né ailleurs de parents auvergnats ; quiconque a passé plusieurs fois ses vacances en Auvergne ; quiconque a été sensible au regard charmeur d'une vache de Salers ; quiconque a corrigé sa prononciation pour bien chuinter les S ; quiconque accepte pour apéritif uniquement la gentiane distillée ; quiconque refuse à table tout fromage qui ne vient point de là-bas ; quiconque profite d'une éclipse de soleil pour téléphoner en réclamant aux Télécom le tarif de nuit. Vous voyez, cela représente beaucoup de monde.

Instruite par les soins de l'ambassadeur, je me munis donc d'une carte de France, fermai les yeux et pratiquai le jeu du chouingueton que j'ai déjà raconté.

Je refis le voyage de Saint-Quentin afin d'expliquer à ma mère les changements intervenus dans mon existence. Elle avait fait poser un œilleton à sa porte. Quand je sonnai, j'entendis d'abord le bruissement de ses pantoufles. Suivit un long silence : elle m'examinait à travers sa lentille. Je confirmai :

— C'est bien moi, Frédo.

Sa voix traversa l'huis :

— Que viens-tu faire ?

— Te dire au revoir. Je quitte la France et l'étranger. Et je ne suis plus la honte de la famille. Je vis seule.

Je l'entendis réfléchir, toute haletante. Il y eut ensuite un grand ferraillement de serrures et de verrous. La porte enfin s'entrouvrit, puis s'ouvrit complètement. A soixante-dix ans, ma mère se tenait encore bien droite, bien raide, sous ses cheveux blancs teintés de bleu, car elle rendait visite au coiffeur une fois par mois. Elle me laissa poser un baiser sur ses

1. Christian Moncelet.

joues froides. Puis elle me conduisit au salon comme une étrangère. Je plaçai sur la table mon petit cadeau : un flacon d'eau de toilette de Givenchy, sachant que la coquetterie était la seule faiblesse de Sa Sainteté.

— A présent, explique-toi.

Je m'expliquai. Elle me faisait répéter souvent car elle était devenue dure d'oreille. Cela lui permettait aussi de préparer ses questions et ses réponses. Elle me fit un beau sermon sur la famille, m'engageant à me marier et à avoir des enfants comme ma demi-sœur Mauricette. Elle me dit le plus grand mal de l'Auvergne, où elle n'était jamais allée, mais dont elle avait beaucoup entendu parler par son premier mari, le voyageur de commerce. Un pays de loups. Un pays d'avarice et de crasse, où les hommes ne se débarbouillent que deux fois dans leur vie : la veille de leur mariage et la veille de leur enterrement ; encore ne lavent-ils que le devant puisque le derrière ne se voit pas. Les mœurs conjugales, du moins, y sont vertueuses et les mères y font beaucoup d'enfants.

— Tu ne pouvais mieux choisir pour te purifier de tes péchés.

Elle voulut bien me retenir un soir et une nuit. Je retrouvai la chambre de mon enfance, mais sans aucun souvenir de mon passage. Durant ma période déshonorante, Sa Sainteté avait fait disparaître tout ce qui aurait pu me rappeler à elle, vêtements, livres, photos, jouets, chaussures.

— J'ai tout donné aux chiffonniers d'Emmaüs.

Encore une bonne action. L'abbé Pierre était de son parti.

Avant de regagner la capitale, je ne manquai pas d'aller rendre visite à mon père. Je déposai une rose sur sa tombe. Comme à l'accoutumée, il me reçut bien. Je distinguais sa voix plus nette que si elle avait dû traverser le bois d'une porte :

— C'est donc toi, ma Frédo ?... Comme je suis content que tu ne m'oublies pas !... Mais tu sais, je te suis dans tes voyages, je ne te quitte pas des yeux... Au courant de tout ce qui t'arrive ! Nous autres, les morts, nous savons beaucoup de choses. Mais nous n'avons pas beaucoup de pouvoir auprès du Grand Chef chevelu... C'est à Lui qu'il faut adresser tes demandes. Il décide de tout. Il se prend pour de Gaulle.

Je l'entendis rire doucement pour ne pas déranger les voisins qui peut-être ne partageaient pas ses opinions politiques.

Deuxième Partie

8

Inutile de dire que je fus tout de suite la curiosité du village. A tour de rôle, par-dessus la murette d'enceinte, tous les habitants d'Antaillat venaient me voir, m'entendre, me parler :

— Si vous avez besoin d'un coup de main, ne vous gênez pas.

L'herbe des pelouses était montée à hauteur d'homme. J'acceptai que M. Ollier, mon plus proche voisin, vînt la faucher avec sa grande daille.

— Faudra ensuite que vous vous procuriez une tondeuse à gazon pour la tenir courte, sinon vous n'en viendrez pas à bout.

C'était un homme rustique, aux poings carrés, aux ongles noirs comme s'il venait d'écaler des noix, rougeaud de figure telle l'écrevisse cuite. Il me rappelait un peu Étienne Trapet. Je le lui révélai :

— Vous ressemblez à mon pauvre père.

— Qu'est-ce qu'il était ?

— Poseur à la SNCF. Il fixait les rails et les traverses. Il est mort d'un accident d'aiguillage.

Il poussa un grognement de condoléances. Il avait apporté une bouteille pour trinquer à notre amitié prochaine :

— Du vin de Boudes. C'est pas le meilleur du monde. Mais y en a du pire.

— Par exemple ?

— Par exemple celui d'Augnat. Celui-là, faut se mettre à trois pour le boire. Un qui se sacrifie. Le second qui lui présente le verre. Le troisième qui le retient par-derrière pour l'empêcher de reculer. Et s'ils sont deux seulement, faut coller le buveur contre un mur.

J'avalai le sien sans secours, affirmant même que je le trouvais fort bon.

— Je vois que je suis tombé sur une connaisseuse. Et qu'est-ce donc qui vous a amenée chez nous, vous, une Parisienne ?

Pour la énième fois, j'expliquai mes raisons.

— Vous verrez, dit-il modestement, ici, y a pas de tour Eiffel. Ils n'ont pas non plus le puy d'Ysson. Mais à part ça, l'Auvergne, c'est supérieur à tout le reste. Venez à la maison quand vous voudrez. La femme sera contente de vous recevoir. On habite la ferme juste en face de la fontaine sèche. Nous élevons cinq ou six vaches, des chèvres, des poules, des lapins, des pigeons.

J'avais remarqué cette jolie fontaine bâtie pendant le règne du maire Bony-Lassagne en 1902, sous un buste en terre cuite représentant la République. Maintenant que l'eau coule sur les éviers, il n'est plus besoin de fontaines publiques. Dommage ! Elles étaient un point de réunion des femmes du village qui bavardaient leur soûl pendant que s'emplissaient les cruches. Cela entretenait les amitiés. Mais je n'eus qu'à traverser la rue pour me trouver à la porte des Ollier. Pas nécessaire de sonner : les chiens avertirent bruyamment de ma présence. La patronne vint m'ouvrir et me protéger, une grande et forte femme, aux yeux grossis par les lunettes. La cour sentait bon la bouse de vache et la crotte de poule. Des pintades me saluèrent aux cris de « ça craque ! ça craque ! ».

— Je suis votre voisine, Frédérique Trapet, la Parisienne.

— Bien le bonjour.

— Votre mari m'a recommandé de venir vous rendre visite.

— Il est en train de regarder un match de rugueby à la télé. Mais finissez d'entrer. Vous allez le voir : ça vaut le jus !

Elle m'introduisit dans la salle-chauffoir tout occupée par les commentaires de Pierre Albaladéjo, bien audible, mais invisible derrière un parapluie rouge grand ouvert, comme un immense coquelicot, que le père Ollier — reconnaissable seulement à ses sabots de peuplier —, absorbé par la partie, tenait derrière son dos. Dans la cheminée fumaient vaguement quelques tisons.

— Il y connaît rien de rien, m'expliqua sa femme Séraphine. Faut pas lui demander qui c'est qui gagne et qui c'est qui perd, ni pourquoi ni comment. Mais il aime les voir se bagarrer. Seulement, moi, je peux pas souffrir ce genre de programme. Parlez-moi de *Santa Barbara* ou des *Feux de l'amour* ! Ça, c'est du beau spectacle ! Ça mérite la redevance ! Alors, quand Ollier regarde son rugueby, pour me protéger les yeux, il ouvre son parapluie. Je vois rien, mais je suis bien obligée d'entendre quand même !

Elle s'approcha de son homme, cria :

— Ollier ! T'as de la visite !

Je tombais au mauvais moment. La tête du bonhomme parut, coiffée de son chapeau de paille. Il replia le pébroc, mais n'éteignit pas le poste qui continua de vociférer.

— C'est donc vous ! fit-il, me reconnaissant.

— Coupe ton brunophone ! ordonna la vieille.

— Non... attendez... Y en a plus que pour quelques minutes... Laissez-moi voir la fin... Asseyez-vous, mademoiselle Papet.

— Trapet.

— Trapet si vous voulez. J'ai pas la mémoire des noms de personne.

— T'es pas guère poli pour recevoir le monde, gronda Séraphine.

— Laissez, laissez, dis-je. Moi aussi je vais regarder le match.

— En attendant, sers-lui un café. Et de ta pompe.

— J'ai justement fait une pompe aux pommes, confirma la fermière. Vous aimez ?

— J'aime tout ce qui se mange.

Tandis qu'elle disposait des tasses, des assiettes, un sucrier, je me tournai vers le téléviseur.

— C'est les jaune et bleu, l'ASM de Clermont, qui gagnent contre Toulouse, dit le vieux avec compétence. Ils vont être champions de France dans cinq minutes.

— L'écoutez pas ! cria la mère Ollier. Il comprend toujours cul pour tête.

— Tais-toi donc, vieille blagande !

Nous admirâmes sur l'écran les joueurs bariolés en train de courir, de s'empoigner, de braquer leurs derrières. Le parapluie ouvert nous protégeait toujours des regards de Séraphine.

— Oh ! oh ! oh ! s'écria le vieux en face de la mêlée. *Noun de diou ! Se trucon !*

— Cause français ! On dit *se trucon* en parlant des vaches, quand elles se battent avec leurs cornes.

— Elles s'encornent ?

— *Se trucon !* répéta le père Ollier en se frottant les mains.

— Voilà bien ce qui lui plaît !

Je détournai les yeux. Le café fumait dans les tasses. Dans la mienne, je laissai glisser un morceau de sucre. La pompe aux pommes parut, une espèce de gros chausson circulaire, doré au jaune d'œuf. Le match se termina.

— Ainsi s'achève cette partie, conclut Pierre Albaladéjo, par la victoire des rouge et noir toulousains contre l'AS montferrandaise, sur le score de 22 à 19.

— C'est Toulouse qu'a gagné ! Tu vois bien que t'y connais rien, pauvre barnaud !

— Ça se peut. Mais les Auvergnats ont mieux joué.

— Ils ont mieux joué, mais ils ont perdu.

— C'est la faute à l'arbitre, *noun de diou* !

— Quand on perd, je l'ai remarqué, c'est toujours la faute à l'arbitre.

Ollier éteignit le poste. Un silence épais occupa soudain la pièce. J'en profitai pour complimenter Séraphine sur la pompe et le café, pour les remercier tous deux de leur accueil. Bientôt, il fallut satisfaire à leurs curiosités, raconter une fois encore ma vie et mes miracles, pourquoi j'avais choisi l'Auvergne.

— Vous êtes tout le contraire de notre fils Paul. Il a été d'abord dudu chez Ducellier. Ensuite, chômeur. Alors, il a décidé de descendre à Paris. Maintenant, il y travaille en faisant le coursier, au service de plusieurs maisons. Il porte les plis urgents sur sa Mobylette. Des fois, une centaine par jour. Il fait concurrence à la poste. Il se faufile entre les bagnoles. Rien ne l'arrête. Au début, c'était un peu malaisé parce qu'il connaissait pas les rues. Il a acheté un plan, il passait ses nuits à l'apprendre par cœur. A présent, il a tout Paris dans sa tête.

— Ici, ajouta Séraphine, y a pas de plis urgents. Ici, personne est pressé.

Voilà que je découvrais la qualité fondamentale de l'Auvergne : un pays de pas-pressés.

Beaucoup d'autres curieux regardaient par-dessus ma muraille. Il manquait à mon jardin le bassin aux poissons rouges. Avec une brouette et des outils d'emprunt, j'entrepris donc de le creuser. Comme je besognais ainsi de la pioche et de la pelle, je m'entendis interpeller :

— C'est pas un boulot de femme, ça. Vous n'avez pas le *bié* [1].

Je me redressai, m'essuyai le front. La tête enveloppée d'un foulard, en chemise d'homme et pantalon, je devais ressembler à une galérienne. Je vis une moustache grise et un sourire. J'expliquai :

1. Le bon biais.

— Quand y a pas de mec à la maison...

— Je m'appelle Chalut. Avec un *t* au bout.

— Pourquoi un *t* ?

— Pour qu'on me confonde pas avec la banque Chalus, qui finit par un *s*.

— Vous n'aimez pas les banquiers ?

— J'aime pas les personnes d'argent.

— Avec moi, vous ne risquez rien. Je suis locataire de cette maison. Pas propriétaire.

— Et moi, un ancien dudu comme Paul Ollier. Retraité malgré moi. Pour m'occuper, je bricole. Je sais tout faire : la maçonnerie, l'électricité, la menuiserie, le terrassement. A votre disposition si vous avez besoin d'un coup de main.

— Je ne dis pas non.

— Qu'est-ce que vous êtes en train de creuser ?

— Un trou. Pour Krasucki.

Il resta muet de stupeur. Il avait certainement cotisé à la CGT.

— Pour... pour Krasucki ?... Comment ?... Il est mort ?... Et vous prétendez...

— Pas du tout. Je prépare un bassin pour mon poisson rouge. Je l'appelle Krasucki.

— Et pourquoi que vous l'appelez comme ça ?

— Parce qu'il est rouge, pardi ! Aussi rouge que *L'Internationale* !

Nous éclatons de rire tous les deux. Ses moustaches s'allongent vers les oreilles. Il lui manque une incisive sur la façade, il n'a pas les moyens de se payer un bridge.

— Et où donc qu'il est, ce poisson rouge ?

— Je ne l'ai pas encore acheté. Faut d'abord que je m'occupe de son bassin.

— Vous permettez que je vous donne quelques conseils ?

— Poussez le portail. Il n'est jamais fermé à clé.

Le voici devant moi. Les mains ouvertes, prêtes à me donner leur chaleur et leur mouvement. Il m'explique que je dois cimenter ma fosse, sinon l'eau s'imbibera, qu'il faut prévoir une alimentation et une évacuation afin de la renouveler régulièrement, vu que les poissons rouges ont besoin d'eau claire. Il a tout le nécessaire pour cela : des briquettes de ciment, des tubes en PVC, une bonde de cuivre.

— Si vous voulez, dès demain, je vous apporte le matériel.

Comment refuser ? Nous travaillâmes en tandem. Il était si habile, il avait tant d'initiative que je n'avais pas scrupule à devenir sa goujate. En deux jours, le bassin fut terminé. Il se produisit toutefois un petit accident : Chalut s'écorcha le dessus d'une main sur une pierre coupante. Il saignait un peu.

— Attendez ! Je vais vous chercher de quoi faire un pansement.

— Inutile. J'ai ce qu'il faut.

Il s'écarte un peu, me tourne le dos, porte l'autre main à sa braguette, pisse sur la blessure. L'ammoniaque de l'urine est un archaïque, mais efficace désinfectant. Il balance la main mouillée pour qu'elle sèche. J'insiste pour lui poser un sparadrap ; il secoue la tête.

Nous remplîmes le bassin avec l'eau du robinet, à force d'arrosoirs. Il ne manquait plus que Krasucki en personne.

— Vous n'allez pas l'obliger à vivre tout seul, en célibataire ! Il s'ennuierait à mort. Il prendrait la neurasthénie. Donnez-lui une Krasuckiette. Et ils auront ensemble des Krasuckiots et des Krasuckiottes.

Où les trouver ? La ville manquait totalement de marchands de poissons rouges. Je dus faire le voyage de Clermont. A la sortie nord d'Issoire, j'arrêtai ma 4L pour examiner, en bordure de la route, un étrange monument blanchâtre : un marteau-pilon retraité. Entre ses pieds, sa carte d'identité : *Né à Chambesburg, USA, je pèse 800 tonnes. J'ai été placé à cet endroit par des techniciens venus installer la grande presse d'INTERFORGE.*

On m'avait parlé en effet de cette équipe soviétique qui avait implanté en trois années de labeur la plus puissante presse hydraulique du monde occidental, fabriquée en Ukraine pour Issoire. Capable de faire péter une noisette sans l'écraser, aussi bien que d'estamper le train d'atterrissage d'un Airbus. Mais il paraît que sa puissance de 67 000 tonnes fait en même temps sa force et sa faiblesse. Peu de besognes lui sont proposées. Les Auvergnats préfèrent casser les noisettes entre leurs dents. Le monstre ne mange à sa faim que deux jours par semaine. Cependant que son modeste prédécesseur de 800 tonnes broute autant qu'il veut, comme Jeannot Lapin, l'herbe, les pâquerettes, le thym et la rosée. A quelques pas de là, l'Allier fait du slalom entre les buttes qui cherchent à contrarier sa course.

Je repris la route. A Clermont, dans le quartier de la Croix-de-Neyrat, je trouvai une animalerie-oisellerie-aquariophilie. A l'enseigne de *L'Éden.* Ça miaule là-dedans, ça jappe, ça roucoule, ça gazouille. Ça sent le fauve et la colombine. Les poissons évoluent dans un aquarium illuminé. La marchande me les présenta avec orgueil : holacanthe zébré de blanc et bleu ; hénioche pourvu d'une antenne courbe ; callionyme et sa double lyre ; pélor, cousin du porc-épic ; malarmat aux yeux ahuris ; épinoche ventrue ; agone barbu ; gal chevelu ; fistulaire à la longue queue ; et même géotrie, diodon, équille, ptéroïs. Toute confuse devant ces splendeurs, j'osais à peine exprimer mon désir de simples poissons rouges.

— Nous en avons quatorze espèces.

— Je voudrais des plus ordinaires. Pourvu qu'ils soient mâle et femelle, et en bonne santé.

Elle me conduisit devant un aquarium plus petit, réservé, comme le mentionnait l'étiquette, aux cyprinidés.

— Leur nom vient de Cypris, déesse de l'Amour chez les Grecs, née de l'écume des flots près de l'île de Chypre. A cause de leur extraordinaire fécondité. C'est leur seul moyen de survivre contre l'attaque des autres poissons, car ils sont dépourvus de dents et d'épines. Au même titre que la colombe, ils pourraient être les symboles de la paix.

Après quoi, la savante vendeuse pêcha, se servant d'une épuisette, deux de ces unités mythologiques, les observa à la loupe, les enferma toutes frétillantes dans un sac en plastique à demi plein d'eau.

— Êtes-vous certaine de leur sexe ?

— Comme du mien.

Le soir même, ils nageaient dans leur bassin d'Antaillat. Désormais, j'avais charge d'âmes, je n'étais plus la seule habitante de mon domaine. Celui-ci n'avait pas encore de nom. Il devenait urgent de lui en donner un. Ayant longtemps médité, je le baptisai *La Cyprinière.* Afin que nul n'en ignorât, je fis un voyage à Riom pour rencontrer Jean Jaffeux, qui colorise la sombre pierre de Volvic.

— Je voudrais une plaque émaillée avec ce nom, *La Cyprinière*, entouré de poissons rouges.

Son atelier comportait une grande table basse, un four électrique et des rayons couverts d'innombrables récipients, petits comme des pots de yaourt :

— Ils contiennent des poudres d'oxydes métalliques : de cobalt pour le bleu, de cuivre pour le vert et le rouge, d'étain pour le blanc. Ou bien des silicates : de plomb, d'or, d'argent, de manganèse, de tungstène et même d'uranium. C'est Limoges qui m'approvisionne.

Jean Jaffeux choisit un rectangle de lave sombre, l'enduisit au pinceau d'un fond de teint rosâtre délayé dans très peu d'eau.

— Laissons sécher.

J'admirai cependant autour de moi quelques-unes de ses œuvres : des christs, des vierges, une enseigne de charcutier, des plaques de rues, un cadran solaire, une table d'orientation. L'atelier débordait de panneaux indicateurs, destinés à des bourgs inconnus : *Avenue Marie-Louise, Chemin Fleuri, Le Port au Bois, La Font Vachette.* Avec parfois un avis surprenant : *Appontage interdit, Fouilles en Cours, Réservé aux*

Dames. Et des ex-voto : *Remerciement à Notre-Dame d'Orcival, Pour une grâce obtenue.*

Après séchage, il dessina au moyen d'un style les profils de Krasucki et de Krasuckiette. Nous convînmes des couleurs. Avec une spatule, il les disposa sur les surfaces correspondantes.

— Ne vous fiez pas à leur teinte actuelle. Elles en changent à la cuisson. Le jaune devient vert, le noir devient rouge, le blanc devient bleu. Et chacune exige sa température particulière.

Il glissa ma dalle dans son four. Six passages au feu furent nécessaires, l'un de trois minutes, le suivant de cinq, etc. L'émailleur ne consultait dans ces dispositions aucun appareil de mesure : il ouvrait la porte et contrôlait la cuisson à vue, comme la ménagère regarde dans son fourneau un cake lever et se dorer. Il fallut ensuite laisser refroidir le gâteau. L'opération avait duré une petite heure. Il résulta de cette alchimie une très jolie plaque que j'emportai tiède encore, comme un pain tout juste défourné. Chalut accepta de la sceller près de ma porte. Ainsi, ma maison sortit de son anonymat.

Mon petit domaine manquait d'habitants ; mais chaque jour, j'en découvrais de nouveaux. Un soir, pour me rafraîchir, j'étais montée tout en haut d'Antaillat, suivant un chemin de pied qui se perd dans la campagne. La nuit s'allongeait sur les horizons, toute nue dans sa robe transparente. Des éclairs lointains, par moments, la traversaient. Chaque foyer avait allumé ses lanternes. J'entendais le bêlement des chevreaux, le jappement des chiens qui s'interpellaient les uns les autres, sans bien savoir ce qu'ils avaient à se dire. L'air sentait la fumée de bois et les regains coupés. Au plus haut des cieux, l'Éternel roulait ses tonneaux. Après avoir marché longuement, je revins à ma *Cyprinière.* Le portail de fer grinça. Comme j'allais entrer chez moi, je remarquai par terre une minuscule lueur qui me barrait le chemin. Un ver luisant. Un éclaire-cul, comme on l'appelle ici. Il ne s'était point mis là par hasard : il m'attendait. Je me penchai, je lui parlai doucement :

— Sois le bienvenu. Je suis sûre que nous aurons ensemble de bonnes relations.

Il brilla de tous ses feux. Après quoi, je l'enjambai.

Dieu plut et tonna toute la nuit. Les regains seraient trempés. Quand je rouvris les volets de ma chambre, mon jardin fumait comme une lessive sous le soleil déjà chaud. Je voulus sortir pour aller chercher mon lait quotidien. Comme je repliais mes persiennes, j'entendis un craquement et vis tomber un escargot que j'avais écrabouillé. Je l'accusai :

— C'est ta faute ! A-t-on idée de s'installer juste entre deux charnières ! Pardonne-moi. Je ne l'ai pas fait exprès.

Je recueillis ses débris et les jetai au loin dans l'herbe, avec le vague espoir qu'il pourrait recoller sa coquille démantelée. Alors, j'aperçus dans la pelouse beaucoup d'autres escargots que l'orage avait tirés de leur léthargie. Ma *Cyprinière* aurait pu s'appeler mieux encore *Escargotière.*

J'examinai devant mon seuil si je pouvais retrouver mon éclaire-cul. Vainement. Ce n'était qu'un visiteur de passage. Il avait transporté son lumignon vers d'autres ténèbres.

L'orage avait si rudement secoué mon prunier que la moitié de sa cargaison jonchait le sol. Je ramassai toutes ses prunes, j'en distribuai une grosse part à mes voisins. Avec le reste, je fis des confitures dont le parfum encensa le village.

L'été brûla ses dernières cartouches. Les cerisiers, les bouleaux que l'automne touchait de sa pierre philosophale commençaient leur transmutation. Autour d'Antaillat, la campagne était belle à croquer. Dans les potagers, poireaux, salades, choux, potirons rivalisaient d'énormité. Sachant que ma terre ne produisait que de l'herbe, Séraphine Ollier me fournissait en légumes. En revanche, j'achetais chez elle mon lait. Cru, par conséquent non pasteurisé, mais avec toute sa crème. Elle m'avait laissé choisir entre celui de ses vaches et celui de ses chèvres. Et moi :

— Lequel consommez-vous vous-même ?

— Le lait de chèvre. Jamais il ne donne de maladie, la chèvre n'attrape pas la tuberculose comme la vache, des fois. L'odeur du bouc chasse les microbes pire que la pénicilline. Quand j'étais petite, ma pauvre mère me faisait téter une chèvre qu'on appelait Brunette. Elle s'était attachée à moi comme si j'avais été son cabri. Elle connaissait mes cris, elle accourait à mes pleurs, elle jouait avec moi, elle me défendait contre les oies. Voulez-vous voir les miennes ?

Dans sa chèvrerie, une douzaine de jolies bêtes au poil lisse et court passaient le museau entre les barreaux pour me demander un supplément de nourriture.

— Elles sont aussi gourmandes que leur patronne, souligna Ollier.

— Et que leur patron ! repartit Séraphine.

Et moi, pour détourner le propos :

— Quelle est leur race ?

— C'est des British alpines. Moitié anglaises, moitié françaises.

— Elles comprennent, dit le vieux, le parler de Mme Tatchère.

— Vraiment ?

— Vous allez voir !

Il se tourna vers elles et se mit à dire :

— *Yes ! Yes ! Yes !*

Oh ! Miracle ! Je pus voir à ce mot plus d'un menton, plus d'une barbichette s'incliner à la verticale. Geste toutefois contraire aux habitudes de Mme Thatcher, qui ne sait dire que *No ! No ! No !* en secouant la tête à l'horizontale.

Le 8 septembre avait produit une rentrée scolaire dont je m'étais à peine aperçue. Les enfants d'Antaillat, trop peu nombreux pour bénéficier d'un ramassage, descendaient à pied jusqu'à Meilhaud où fonctionnait encore une classe survivante. Avec si peu d'effectifs qu'on parlait de la supprimer.

N'ayant reçu de ma hiérarchie aucune affectation, je poursuivis les aménagements de ma *Cyprinière.* Jadis, à Paris, aux approches de cette date fatidique, je me sentais étouffer d'angoisse. Quelle classe allait-on me donner ? Quels enragés, quels délinquants, quels ennemis de tout devrais-je affronter ? Quels conflits m'attendaient avec les familles, les collègues, la directrice ? J'en perdais huit jours le sommeil et l'appétit. Au contraire, dans ma thébaïde auvergnate, je me sentais avec délices oubliée du monde. Remplaçante titulaire sans avoir personne à remplacer, quel pied !

Cette exclamation me rappelle que le langage de la plèbe parisienne n'est pas compris dans Antaillat. Mes voisins emploient les mots qu'ils ont appris à l'école, lorsqu'ils préparaient ce certificat dont ils sont tous titulaires et qu'ils montrent avec orgueil, encadré, à un mur de leur salle. Je dois donc surveiller mon vocabulaire. En revanche, s'ils souhaitent ne pas être compris de l'étranger, ils recourent au patois que beaucoup pratiquent encore. C'est toujours dans ce parler que se déroulaient les disputes entre Ollier et Séraphine ; auxquelles, généralement, elle mettait fin par cette recommandation :

— *Parlo o mon tiëu, que lo testo me dóu* [1] *!*

Chalut, en revanche, inscrit à la CGT aux temps prospères de Dudu, s'était enrichi de termes marxistes. Il disait volontiers les travailleurs, le capital, le patronat, la lutte des classes, les lendemains qui chantent. Je croyais entendre mon père. Préretraité malgré lui, il ruminait ses rancunes contre les banquiers, les marchands de canons, les intermédiaires, les cent familles qui possèdent la fortune de la France, les curés, les fonctionnaires en général, la police en particulier, la magistrature, les avocats, les politiciens, les médecins, les pharmaciens, les journalistes de la presse pourrie. Bref, il détestait les quatre cinquièmes de l'humanité. En fait, c'était le meilleur

1. Parle à mon cul, la tête me fait mal.

homme du monde. Toujours prêt à rendre service. Bricolage et jardinage étaient ses deux mamelles. Avec un seau et une pelle, il ramassait sur les chemins les bouses sèches pour fumer ses semis. Un jour, je le rencontrai dans cette occupation. Nous nous assîmes sous un noyer, au revers d'un talus. Tout en parlant, il découpait dans une tige de blé perdue un petit chalumeau. Il me raconta un peu de son passé. Sa grande gloire était d'avoir été déporté en Allemagne au titre du STO.

— Notre train, parti d'Issoire, a mis cinq jours pour atteindre la Ruhr. C'est que, sitôt qu'il roulait en rase campagne, l'un d'entre nous tirait le signal d'alarme. Le convoi était obligé de s'arrêter.

Il riait encore de ces bons tours joués à l'ennemi. Quant à son séjour outre-Rhin, il n'avait été qu'une suite de sabotages. En 45, il était rentré maigre comme un cent de clous.

— Vous n'avez jamais pensé à vous marier ?

— J'ai été marié. Ma femme est morte d'un cancer. Nous n'avons pas eu d'enfant. Je vis avec ma vieille mère.

— Vous ne vous ennuyez pas un peu ?

— Quand mes mains sont occupées, je ne m'ennuie pas.

Il porta à sa bouche la paille qu'il besognait, souffla dedans. Il en sortit une note râpeuse, pareille au coassement d'une grenouille.

— C'est une petite flûte, dit-il. Je vous la donne. Elle ne produit qu'un son.

— Merci mille fois.

— Pour changer le son, faut raccourcir la paille.

A mon tour, je soufflai dedans. Puis je chantonnai un air que j'avais appris à mes keums du XVIIIe :

Flûtiau ! Flûtiau !
Produis ta musique.
Flûtiau ! Flûtiau !
Conduis mon troupeau.

En vérité, mes élèves parisiens rêvaient de campagne et de moutons. Mais dans le quartier du Combat, ils ne conduisaient dans les ruisseaux, à coups de savate, que des hardes de boîtes vides.

Et Lariro ? Antaillat ne soupçonnait pas encore son existence. Pour lui en faire la révélation, je choisis un dimanche matin doucement ensoleillé. Des hommes, des femmes, des enfants flânaient autour du travail à ferrer les vaches. J'ouvris toute grande la fenêtre de mon salon. J'installai sur mon pupitre les pages de la *Rhapsody in Blue* de George Gershwin adaptée pour clarinette solo. Une suite que j'avais jouée cent fois. Dehors, toutes les pensées étaient ailleurs, tournées vers les nuages, vers les voitures, vers les prochaines vendanges. Au loin, sur les pentes d'Ysson, des coups de fusil pétaradèrent car la chasse était ouverte. « Ah ! ah ! me dis-je, toute réjouie. Vous ne savez pas ce qui vous attend ! » J'ajustai les trois pièces de mon instrument, j'imprégnai l'anche de ma salive, je posai mes doigts sur les clés ou les trous qui leur revenaient. Je m'abstins de produire d'abord ces notes d'essai qui auraient aboli l'effet de surprise. Acceptant donc tous les risques, je donnai son vol à la longue ascension chromatique, suivie d'une dégoulinade par paliers, de capricieux sautillements à travers un champ hérissé de dièses et de bécarres. Tout Antaillat parut foudroyé de stupeur. Des visages surgirent aux fenêtres, les conversations s'interrompirent, les horloges retinrent leur mouvement, les chèvres leurs mâchouillis.

— De ma vie... de ma vie... murmurèrent quelques vieillards sans préciser autrement leur pensée.

Et moi de poursuivre ma danse en *ré* mineur, de zigzaguer comme une ménade soûle par cette avenue de silence. Heureuse de sentir que jamais, au grand jamais, depuis le commencement du monde, de telles notes n'avaient voltigé entre ce ciel et cette terre. Lariro en inondait les jardins, en remplissait les maisons, en poudrait les toitures, en irisait l'eau des fontaines. Quand la *Rhapsody* fut terminée, leur mutisme dura quelques secondes encore. Puis de partout éclatèrent des applaudissements qui me firent plaisir, mais que je ne sollicitais pas. Je n'avais eu d'autre intention que de payer à ma façon les poireaux, les raves, les salades, les services dont on me comblait.

9

Mes vacances prolongées durèrent jusqu'à la mi-octobre. Date à laquelle je fus chargée de remplacer l'institutrice de Meilhaud, Mme Lotiron, en congé de maternité. Ce village s'enorgueillit d'un beau lavoir couvert, alimenté par la Couze Pavin ; et des vestiges d'un important château, d'une église du XVe siècle munie d'un bizarre clocher pentagonal vers lequel monte un non moins bizarre escalier. Il n'est situé qu'à un kilomètre d'Antaillat, ce qui permet de s'y rendre à pied, à condition d'avoir bon pouls et bon souffle pour en remonter. Tout bien pesé, je préférai confier à ma 4L Choupette le soin de ménager mon cœur.

J'y descendis donc avec ma clarinette, mon porte-documents et, dans un panier, une omelette froide, un morceau de fromage et une pomme de Comte. Les deux classes encadrent la mairie, chacune précédée de sa cour particulière, l'une ombragée d'un tilleul, l'autre d'un robinier. Mais seule fonctionnait la classe au tilleul. Mme Lotiron habitait au-dessus, avec son mari, poseur de lignes électriques. Elle me présenta un à un ses dix élèves, avec son mode d'emploi particulier :

— Pas de cours préparatoire. Cinq élèves au cours élémentaire, quatre au cours moyen 1, un seul au cours moyen 2. Tous savent lire, écrire, compter. Ce sont de bons petits, qui ne soulèvent aucun problème de discipline.

Eux me considéraient de leurs grands yeux angéliques, dans leurs visages blanc et rose. Proprement vêtus, lavés, brossés, peignés. Des nœuds de ruban dans les cheveux des filles avaient l'air de papillons prisonniers. Et moi qui arrivais de l'enfer du XVIIIe arrondissement, je me demandais si j'étais encore sur terre ou bien transportée au paradis.

Mme Lotiron me montra les registres, le four à micro-ondes où je pouvais, éventuellement, faire réchauffer mon manger et le leur ; le stock de menues fournitures, cahiers, ardoises de carton, crayons, stylos à bille, que je pourrais vendre à prix coûtant ; l'armoire aux « livres de bibliothèque », dont tout un rayon était occupé par des exemplaires de *L'Auvergne littéraire*, une revue à laquelle un prédécesseur était abonné. Puis elle leur tint un petit discours, recommandant à chacun la sagesse et le travail ; soulignant qu'elle ne quittait pas la maison, qu'elle continuait d'occuper son appartement au-dessus de la classe en attendant la naissance de son bébé ; et qu'en cas de besoin Mlle Trapet pourrait l'appeler au secours : elle descendrait alors pour leur tirer les oreilles. Après ces menaces, elle dit au revoir, à bientôt, et nous laissa en tête à têtes.

Me rappelant ma toute première leçon sur le système respiratoire et le mou de veau, je résolus d'entrer dans mes nouvelles fonctions d'institutrice parisienne exilée en Auvergne d'une façon plus joyeuse.

— Pour bien commencer, je vais vous apprendre une jolie chanson qui vous fera voyager dans l'histoire et la géographie. Il y eut autrefois un général qui s'appelait Napoléon Bonaparte. Il avait réussi à s'emparer de la France, à se faire nommer empereur ; et il voulait conquérir aussi toute l'Europe. Pour cela, il avait besoin de beaucoup de soldats.

Après ce préambule, j'écrivis au tableau les paroles du premier couplet :

Je suis un pauvre conscrit
De l'an Mille huit cent dix.

Faut quitter le Languedô,
Avec le sac sur le dos.

Je dus situer 1810 dans l'histoire et le Languedo(c) sur la carte de France. Au second couplet, j'expliquai l'abominable système de recrutement de l'époque, et le chagrin de ceux que le tirage défavorisait :

Le maire, aussi le préfet,
Ce sont deux jolis cadets.
Ils nous font tirer au sort
Pour nous conduire à la mort.

Au troisième, on devina la misère des malheureux conscrits :

Adieu, mon père, au revoir !
Et ma mère, adieu, bonsoir !
Écrivez-moi de temps en temps
Pour m'envoyer quelque argent.

Le quatrième, du moins, amena un sourire :

Dites à ma tante que son neveu
A tiré le numéro deux ;
Qu'en partant, son cœur se fend
Tout comme un fromage blanc.

Et ainsi de suite, jusqu'au dernier qui contenait la signature des chansonniers :

Ceux qu'ont fait cette chanson
Sont trois braves compagnons.
Ils étaient faiseurs de bas.
A cette heure, ils sont soldats.

Il existait alors des fabriques de bas de soie ou de coton dans la vallée du Rhône. Nouveau recours à la carte. Tout cela fut lu, relu, copié sur le cahier du jour. Vint alors le meilleur moment : les trois éléments de Lariro sortirent de son étui, s'emmanchèrent l'un dans l'autre, débitèrent quelques notes gratuites. La musique s'ajusta aux paroles, nos voix à la musique. Question insidieuse :

— Que pensez-vous de ce conscrit de 1810 ?

Ils se regardent entre eux. Ils n'en pensent rien du tout. J'oriente leurs réflexions :

— Aimeriez-vous être à sa place ?

— Non.

— Pourquoi ?

— Parce qu'il va peut-être mourir à la guerre.

— Dans toutes les guerres, beaucoup de soldats meurent, c'est vrai. Est-ce que leur mort est utile ?

Utile ? Ils ne comprennent pas. Je tourne autrement ma question :

— Il y a des guerres justes. Et il y en a des injustes. Pouvez-vous me dire la différence entre ces deux sortes de guerres ?

Ils réfléchissent. Non, ils ne peuvent pas. Et moi-même, suis-je vraiment capable de faire ce distinguo ? *Heureux ceux qui sont morts dans une juste guerre. Heureux les épis murs et les blés moissonnés.* Mes mômes jettent leurs langues aux chiens. Ai-je le droit, moi-même remplie d'incertitude, d'affirmer que toutes les guerres ne sont pas injustes ? Je renonce à les mener plus loin sur ce sujet, me donnant pour excuse qu'ils sont trop petits pour comprendre. Nous en reparlerons.

Ainsi, cette leçon pluridisciplinaire nous conduisit jusqu'à la récréation qu'ils accueillirent avec un « Déjà ? » très flatteur. Quant je frappai dans mes mains, tous se mirent en file. Avant de sortir, ils durent passer devant moi :

— Pardon, m'zelle... Pardon, m'zelle... Pardon, m'zelle...

Pas un seul n'oublia de bredouiller son excuse.

Pendant qu'ils s'ébattaient dans la cour, Mme Lotiron redescendit de son appartement :

— Comment cela se passe-t-il ?

— Fort bien.

— Ainsi, vous jouez de la clarinette ? Quelle merveille ! Chaque maître d'école devrait connaître la pratique d'un instrument. Ce n'est pas mon cas, hélas. Mais nous chantions quand même. Et des chansons modernes ! *Que la montagne est belle, L'Eau vive, Au pied de mon arbre.*

Tandis qu'elle m'entretenait, j'entendis une de mes grandes filles, désignant son gros ventre, chuchoter à une compagne :

— Y a du monde, là-dedans !

Et l'autre de répondre :

— Ou alors, elle a mangé beaucoup de soupe.

Rires étouffés.

A 11 h 30, lorsque sonna l'heure de nous séparer, les enfants de Meilhaud regagnèrent leur foyer. Une seule élève me resta, Louise Bonjour, descendue d'Antaillat comme moi-même. Elle avait aussi apporté son casse-croûte que je fis tiédir dans le four. Nous mangeâmes ensemble, elle très intimidée de ce vis-à-vis. Quand elle eut terminé, je lui dis :

— Tu peux aller dans la cour de récréation.

— M'zelle, s'il vous plaît, j'aimerais mieux rester ici.

— Vraiment ? Et que feras-tu en attendant l'arrivée de tes camarades ?

— Je lirai mon livre de bibliothèque, s'il vous plaît.

— Comme tu voudras.

A l'usage, je m'aperçus que mes élèves n'étaient pas réellement des chérubins comme je l'avais cru d'abord. Grâce à Dieu, ils étaient capables de polissonneries, de bavardages, de coups de pied dans les chevilles, de gros mots et autres vivacités. Ainsi le petit Lucard — huit ans aux prochaines violettes — que j'entendais souvent dans la cour crier « Merde, con ! » à ses camarades. Encore que ce fût assez innocent comparé aux imprécations arabo-verlanes dont mes oreilles étaient remplies dans le XVIIIe parisien. Un soir, comme il était le dernier à sortir de la classe, je lui dis :

— Reste un peu, Lucard. J'ai à te parler.

Et les autres, aussitôt rongés de curiosité, se demandant si c'était faveur ou défaveur. Quand nous fûmes seuls, lui derrière son pupitre, moi debout devant, je lui tins ce petit discours :

— Tu es, je crois, un gentil garçon, Lucard ?

— Oui, m'zelle.

— Que font tes parents ?

— Mon père travaille sur les routes. Il met le bitume.

— Et ta mère ?

— Elle reste à la maison, m'zelle.

— Tes parents sont des gens bien polis, n'est-ce pas ?

— Oui, m'zelle.

— Alors... alors... pourquoi dis-tu à chaque instant des vilains mots quand tu es dans la cour ?

Il resta un moment interdit. Finit par avouer :

— Je sais pas, m'zelle. C'est humain.

Voilà : il avait trouvé l'explication, souvent entendue. Cracher par terre, c'est humain. Caresser la servante du bistrot, c'est humain. Ne pas respecter le code de la route, c'est humain. Détourner les fonds publics, c'est humain. Lâcher des gros mots, c'est humain.

Je lui remontrai pourtant que cela convenait mal à un petit garçon bien propre, bien élevé comme lui. N'avait-il pas l'impression que ces vilains mots lui salissaient la bouche ? Il y réfléchit, et reconnut :

— Si, m'zelle.

Il promit enfin de ne plus s'en servir. Je l'embrassai, il s'en alla. Par la fenêtre, je le regardai s'éloigner. Ses copains se jetèrent sur lui, posant tous la même question :

— Qu'est-ce qu'elle t'a dit ? Qu'est-ce qu'elle t'a dit ?

Il se défendit contre cette avalanche : « Ça vous regarde pas, c'est pas vos affaires. » Mais ils insistaient lourdement. Et lui, excédé :

— Merde, cons ! Merde, cons !

Ce premier remplacement se déroulait bien dans l'ensemble. Mes petits Auvergnats disposaient dans la classe, dans la cour, à l'extérieur de l'école, d'espaces hors de proportion avec leur nombre. Ils ne se pompaient pas l'air les uns aux autres. Ils avaient de belles joues, des rires sans malice, ils parlaient le même langage. Or il nous vint un jour un frère et une sœur d'une espèce différente.

Un groupe de romanichels s'était établi sur un terrain vague en bordure de la Couze. Avec ses camping-cars et ses caravanes. En amitié avec la rivière, ils tiraient d'elle une partie de leur nourriture et de leur hygiène. Ils rempaillaient des chaises, rétamaient des bassines, aiguisaient ciseaux et cisailles, tressaient corbeilles et paniers, revendaient des mouchoirs et des dentelles de Prisunic. Comme ils ne gênaient personne sur cette zone humide, la municipalité de Meilhaud les tolérait. Les gendarmes se contentaient de vérifier leurs papiers.

Eux qui ne savaient ni lire ni écrire et vivaient bien sans cette science, voici qu'ils eurent la lubie d'envoyer deux de leurs gamins à l'école. La mère vint me les présenter. Une femme grande et belle, vêtue d'une longue jupe bleue striée de blanc. Je lui demandai sa nationalité :

— Nous sommes français. Depuis au moins quatre générations.

— Pardonnez ma question. C'était pure curiosité. Même si vous étiez étrangers, cela ne changerait rien. Comment s'appellent ces enfants ?

— Notre nom de famille est Chtitny. Ces deux-là sont Jean-Paul et Louise.

— Chtitny ? Comment cela s'écrit-il ?

— Écrivez-le comme vous voulez.

Le caractère franchouillard des prénoms avait manifestement pour but de compenser l'étrangeté du patronyme. Les deux gosses, très beaux sous leurs tignasses broussailleuses, tournaient vers moi leurs grands yeux noirs, leurs visages basanés.

— Je vous préviens, ajouta la mère. Ils ne savent rien. Ils ont la tête vide. Essayez de la remplir un peu. Et tapez dessus si nécessaire. Nous ne resterons ici que quelques mois. Nous sommes nomades.

Ainsi, mon effectif atteignit la douzaine. Lorsque je demandai au frère et à la sœur leurs dates de naissance, ils ne surent pas me répondre. J'évaluai leur âge à neuf ans pour la fille, à onze pour le garçon. Mes autres grimauds les considéraient avec curiosité, quelques-uns avec frayeur. Je les installai à des pupitres voisins, leur recommandant pour commencer d'écouter simplement tout ce qui se disait.

Ce matin-là, j'avais distribué des polycopiés avec une fable de Florian. Puisée dans une édition ancienne, cadeau de mon cher et défunt ami Méraville. Absent pour cause d'infarctus.

Un pauvre petit grillon
Caché dans l'herbe fleurie
Regardait un papillon
Voltigeant dans la prairie...

Le premier admire et envie les couleurs brillantes du second, et se lamente de sa propre noirceur. A ce moment, arrive une troupe d'enfants qui se met en chasse de l'éclatant papillon, le saisit par une aile, le déchire, le réduit en poussière. Conclusion :

Il en coûte trop cher pour briller dans le monde...
Pour vivre heureux, vivons cachés.

Nous commentâmes ensemble cette sage morale. Avec d'autres exemples à l'appui. Les polycopiés furent illustrés et coloriés. Mes petits Tziganes avaient écouté attentivement le récit. Hochant la tête et souriant aux bons endroits. Enfin, je posai cette question :

— Connaissez-vous des hommes-papillons (ou des femmes-papillonnes) qui ont fini bien tristement ?

Après un moment de réflexion, les réponses fusèrent, toutes inspirées par la télévision : Édith Piaf, Dalida, Claude François, Romy Schneider. Et aussi l'enfant du pays, Fernand Raynaud. Les romanos, eux, ne levèrent point la main. Ils ignoraient ces étoiles filantes.

— Connaissez-vous aussi des hommes-grillons (ou des femmes-grillonnes) qui vivent ou ont vécu longtemps et heureux ?

Tous les index se levèrent, pour citer des parents, des voisins, des amis. Même silence au contraire chez mes gitans. Ils me semblaient pourtant être l'image même des enfants-cricris. Mais se doutaient-ils de leur bonheur ? Et moi de me dire, dans cette maison d'école un peu décrépite, dans cette campagne peu fréquentée des touristes, dans cette profession sans gloire d'institutrice remplaçante : ah ! qu'on est bien dans l'incognito !

J'en vins aux signes. Je demandai à l'aîné des Chtitny :

— A présent, lis-moi ce qui est écrit sur le polycopié.

— On sait pas lire, nous deux.

— Rien lire du tout ?

— Non, rien du tout.

« Eh bien, me dis-je. Je n'avais pas de cours préparatoire : en voici un. » Mais je renvoyai à plus tard l'initiation aux lettres.

— Voyons le calcul. Combien as-tu de doigts à la main droite ?

— Cinq.

— Et à la main gauche ?

— Cinq.

— Ça te fait combien de doigts en tout ?

— Dix.

— Trois fois deux ?

— On sait pas.

— Deux fois cinq ?

— On sait pas.

— Parle pour toi tout seul. Dis : je ne sais pas.

— Je ne sais pas.

« Partir du concret pour aller à l'abstrait. » Je pris dans mon sac mon porte-monnaie. J'en tirai deux pièces blanches :

— Qu'est-ce que c'est que ça ?

— Des pièces de cinq francs.

— Si je te les donne toutes deux, ça te fera combien de francs ?

— Tu me les donnes pour de bon ?

— Oui, pour de bon, si tu réponds juste.

— Ça me fera dix francs.

— Eh bien voilà : deux mains de cinq doigts font dix doigts ; deux pièces de cinq francs font dix francs. Donc, deux fois cinq, ça fait combien ?

— Ça fait dix.

— Bravo.

— A présent, tu me donnes les pièces.

— Les voici.

— Merci, m'zelle.

Il sait remercier ! Il n'a donc pas la tête complètement vide. Les autres élèves semblent horrifiés de ce qu'ils voient et entendent. Premièrement, j'ai donné dix francs pour entendre que deux fois cinq font dix. A eux, qui savent toute la table de multiplication, je n'ai rien donné du tout. C'est pas juste. Secondement, ils ont remarqué le tutoiement du petit Tzigane. Comment peut-on tutoyer une maîtresse ? Une de mes filles lève le doigt :

— M'zelle ! Jean-Paul vous a dit tu !

— C'est vrai, Jean-Paul. Tu ne dois pas tutoyer la maîtresse.

— Mais toi, tu me dis tu !

— Les grandes personnes tutoient les enfants. Mais quand ils sont devenus grands à leur tour, on leur dit vous. Sauf aux parents, aux amis...

— Je veux bien être ton ami.

— Je t'en prie, Jean-Paul. Fais comme les autres élèves. Dis-moi vous.

— Vous.

— Voilà qui est bien.

A côté de lui, sa sœur Louise nous regardait de tous ses yeux, nous écoutait de toutes ses oreilles, derrière la pluie noire de ses cheveux.

Le soir de ce même jour, quand mes petits Auvergnats furent sortis, je retins mes gitans afin de leur donner ma première leçon de lecture. Pour ce, j'écrivis au tableau noir les six lettres majuscules du mot : « NOMADE ». Je l'avais choisi parce qu'ils le connaissaient bien. Nous passâmes successivement du tout aux parties, et des parties au tout. Leur ayant fait dessiner ces lettres sur de petits cartons, je donnai la prononciation de chacune. Puis, nous en composâmes d'autres mots : « DAME », « MODE », « ANE », « MON », « MA », « NOM »... Après une demi-heure de ces exercices, ils repartirent enrichis de ces six lettres qui sonnaient dans leur tête comme des chevrotines dans des grelots.

Le lendemain, je leur prêtai deux ardoises et leur fis dessiner au crayon blanc, en cursives, les majuscules de la veille. Une ligne de *n*, une ligne de *o*, une de *m*, etc. Ils y travaillèrent l'entière matinée, en tirant la langue. Informes dans leurs débuts, les lettres peu à peu prirent belle figure. L'après-midi fut consacré à reconstituer le mot « nomade » dans son intégralité. Je leur permis d'emporter les ardoises pour y travailler dans leur campement.

Le lundi qui suivit l'arrivée de mes bohémiens, Louise Chtitny déposa sur mon bureau un corbillon d'osier qu'elle avait tressé elle-même, m'assura-t-elle. Je l'embrassai, comme je faisais après chaque cadeau reçu. J'admirai et je fis admirer aux autres le travail accompli par une fillette de neuf ans. Puis je l'installai en belle vue et le remplis de mon outillage quotidien, crayons, règles, stylos, trombones.

Le mardi, nouveau présent : une douzaine de pâtes frites en forme de croissant, que Louise appelait des *trarpas*. Cela déclencha une compétition. Chacun de mes mouflets voulut imiter la Tzigane. On m'apporta une rose, une orange, un timbre-poste espagnol, une pomme, un numéro de *Bonne Soirée*. Je recommandai de ne plus rien me donner : « Faites-vous plutôt des cadeaux les uns aux autres. »

Une autre fois, après la classe, Jean-Paul me prit à part :

— M'zelle, si-vou-plaît, moi je vous donnerai rien. Mais je peux vous montrer comment que j'attrape les truites, les équervisses, les grenouilles, les zhérissons.

— Tu es bien gentil. Passe pour les truites, les grenouilles, les écrevisses. Mais qu'est-ce que je ferais des hérissons ?

— Ça se mange, m'zelle. Je vous montrerai aussi comment qu'on les fait cuire. Comment qu'on les pèle, pour enlever les aiguilles. C'est très bon, m'zelle. Meilleur que le poulet.

— Je n'ai pas envie de manger des hérissons. Mais peut-être... des écrevisses...

— C'est facile, m'zelle. Faut faire ça la nuit. Vous pourriez venir jusqu'à notre campement ? Je connais bien les endroits, au bord du ruisseau, à côté des arbres de pommes. Nous irons à la pêche nous deux... Oh ! si, m'zelle ! Venez, si-vou-plaît ! Vous le regretterez pas.

Je ne pouvais refuser de recevoir cette leçon de pêche. D'autant moins qu'elle offrait quelque risque : les Tziganes pouvaient m'enlever, me violer, me saigner, me peler, me faire cuire, me manger comme leurs zhérissons. Lorsque je dis oui, Jean-Paul s'empara de ma main, la baisa à bouche que veux-tu. Nous convînmes d'un samedi soir.

— Notre caravane est la seconde, à gauche quand vous entrez dans le campement. Je serai devant la porte.

Je m'habille en homme, je chausse des bottes et, à l'heure convenue, je redescends vers le terrain vague. Sitôt dans le campement, je suis entourée par une presse d'enfants, tout sourires, tout curiosité :

— Qui tu es ?... Comment tu t'appelles ?... Pourquoi tu viens ?...

A mon tour, je questionne :

— Je suis institutrice à Meilhaud. Pourquoi vous ne venez pas à l'école avec Louise et Jean-Paul ? Vous n'avez pas envie d'apprendre à lire et à écrire ?

Ils éclatent de rire. Non, en vérité, ils n'en ont aucune envie ; ils ne voient pas bien à quoi ça sert. Le père et la mère de mes deux élèves sortent de leur caravane, me saluent en me baisant la main. Comme des princes. Les Chtitny sont peut-être des princes. Je les remercie pour le corbillon. Ils protestent :

— Nous n'y sommes pour rien. C'est vraiment Louise qui l'a fait pour vous le donner. Elle vous aime beaucoup.

Déjà ? On peut donc m'aimer si vite ?

Le frère et la sœur sortent à leur tour et me baisent aussi les mains. La nuit tombe tôt en cette saison, cela sert notre dessein. Quand il fait une obscurité suffisante, Jean-Paul dit qu'on y va. Il emporte un vieux sac de jute, une lampe torche et un panier qui contient les deux balances, avec un flacon dont je ne connais pas l'usage. Il m'emmène. Je ne vois rien. Je suggère qu'il allume.

— Non, m'zelle. Ça attire les gendarmes.

— Mais je ne sais pas où je pose les pieds.

— Donnez-moi la main si-vou-plaît.

En quelques jours, il a exploré les alentours du campement. Il connaît chaque sentier, chaque pierre, chaque bourbier. Je me fie à lui. Nous avançons lentement, mais sûrement, sa petite main dans la mienne. Il m'avertit : attention, des racines ; attention, des ronces ; attention, de l'eau. Nos chaussures font flic-flac.

— Où m'emmènes-tu ?

— Au ruisseau. C'est plein d'équervisses. Ayez pas peur. On se perdra pas.

Je n'ai pas peur. C'est moi l'enfant, et lui l'adulte. Une chouette hulule, une pie ricane, des grenouilles coassent. Un chiche croissant de lune se découvre enfin.

— On arrive, m'encourage mon gipsy.

Un alignement confus d'ombres chinoises, vergnes, saules têtards, frênes, signale la rive de la Couzette de Chassagne que j'entends sourdement chuchoter. Jean-Paul prépare les balances, m'en confie une, place à l'intérieur un peu de viande avariée dont je ne cherche pas à connaître la nature ; il l'asperge avec quelques gouttes du flacon.

— Qu'est-ce que c'est ?

— Du Ricard. Les équervisses, c'est tout des ivrognes. Elles aiment le Ricard.

Il dispose le sac de jute sur l'herbe trempée, me conseille de m'agenouiller dessus, de laisser descendre dans le ruisseau ma balance retenue par une cordelette. Lui-même s'agenouille près de moi, sans aucun tapis de prière, il ne craint pas l'humidité. Attirées par la senteur de l'anisette, les écrevisses sortent de leurs tanières, se hissent dans la balance que je sens osciller. Je tire la cordelette, je cueille le crustacé entre deux doigts, derrière ses pattes ambulatoires, et le dépose dans le panier sur un lit de feuilles. Jean-Paul me désigne les femelles, qui portent leurs œufs sous le ventre.

Il faut de temps en temps changer de place, quand l'endroit semble épuisé.

— Vaut mieux descendre, précise-t-il. Plus haut, le courant est trop fort.

Il les sait toutes. Après une heure de pêche réglementaire, notre récolte est assez médiocre. Nous entrons alors dans l'illégalité en pêchant à la lumière. Mon complice plonge le faisceau de sa lampe torche dans les eaux limpides. Nous voici braconnier et braconnière. Agenouillée près de lui, je distingue nettement les écrevisses, qui sont des animaux crépusculaires et que la forte clarté paralyse. Il suffit d'enfoncer le bras et de saisir nos victimes, aussi inertes que des champignons. En peu de temps, notre panier est plein. Elles y grouillent doucement, se bousculent, se chevauchent.

Nous revenons au campement.

— Vous êtes, me complimente le père, une bonne pêcheuse d'équervisses.

— On va les manger, dit la mère.

— Quoi ! Tout de suite ?

— Faut les manger quand elles sont toutes fraîches.

On me reçoit dans la caravane. Je m'assois au bord d'un lit-canapé. Les bohémiens d'aujourd'hui ne sont plus les guenilleux de jadis. Le confort est entré dans leurs maisons à roulettes : le gaz butane, le réfrigérateur, le transistor. Ils communiquent par CB avec d'autres errants. La mère dispose sur son réchaud une casserolée d'eau et de vin blanc, y laisse pleuvoir des aromates. Elle lave à part les écrevisses, arrache la lame médiane de la queue, extirpe un petit boyau noir. Quand l'eau parfumée de thym commence à frémir, elle y jette les bestioles encore vivantes. Horreur ! Elles se crispent, je devine leur torture. Elles meurent enfin, ébouillantées. Ainsi l'a voulu le divin Créateur : « Dominez sur les poissons de la mer, sur les oiseaux du ciel, sur tous les animaux qui se meuvent sur la terre. Faites-les cuire à la broche ou au court-bouillon. »

— C'est affreux de mourir de cette façon, dis-je.

— Vous en faites pas, madame l'institutrice. Depuis le temps que je les prépare, elles s'y sont habituées.

Dès qu'elles virent au rouge cardinal, elles sont sorties à l'écumoire, installées dans un plat. La gitane met cinq assiettes. Chaque convive commence à dépiauter, décortiquer, dilacérer, sucer, se lécher les doigts. Les pinces craquent sous les dents. On n'en tire qu'un peu de jus. Tant de martyre, tant de peine pour si peu de substance ! Après elles, la mère manouche m'avertit qu'elle va me servir autre chose :

— Mon mari a ramassé des champignons. Vous les aimez ?

— Oui, quand ils sont bons. Avec de l'ail et du persil.

— Ils sont déjà prêts. Et il en reste encore pour une autre cuite.

Elle désigne un panier demi-plein. Sans être une mycologue patentée, j'ai accompagné mon père autrefois, dans ses cueillettes autour de Saint-Quentin. J'ai une certaine idée de ce qui se mange et de ce qui ne se mange pas. Or, au milieu de cette récolte, je remarque une superbe amanite tue-mouche, avec son chapeau rouge parsemé de verrues blanches.

— C'est un mauvais ! Un dangereux ! Il faut jeter ça tout de suite !

Et elle :

— Soyez tranquille. Les Chtitny se nourrissent de champignons depuis des siècles. Ils savent comment faut les traiter pour tuer le poison. Celui-là, nous l'appelons neige-et-vin. Ça, c'est un pisse-sang. Ça, une barbe-de-capucin. Nous les connaissons tous.

Les manouches ont leur botanique particulière. N'empêche que je remarque encore dans le tas le coprin noir, qui donne la pépie. L'hygrophore des bois qui procure des rougeurs. La russule charbonnière qui vous fait suer comme une éponge. La mère, cependant, tire d'un placard une poêle déjà pleine de champignons cuits. Elle les met à réchauffer. Leur bonne odeur se répand dans la roulotte. Mes nomades sont sans doute mithridatisés ; pas moi. Comme je montre ma répugnance :

— Nous en mangerons avant vous, dit-elle pour me rassurer. Soyez tranquille.

— Et si... j'avais de la peine à les supporter ?

— Vous n'aurez aucune peine.

— Supposons quand même que j'en aie.

— Nous avons le remède. Le remède qui fait vomir.

A Dieu vat. Du bout des lèvres, je goûte à ces champignons empoisonneurs. Avec du pain. Ils sont délicieux. Les effets du venin ne se feront sentir que demain ou après-demain. En attendant, je survis. On m'offre encore pour dessert de la compote de pommes. Pommes abandonnées qu'ils ont ramassées sous les arbres. Les manouches vivent aussi de cueillette, comme les premiers hommes.

Avant de partir, je demande encore :

— Pourquoi voulez-vous que Jean-Paul et Louise apprennent la lecture et l'écriture ?

— Parce que ça nous manque, à nous, les nomades, à cause des papiers que nous devons avoir. Il est bon qu'un ou deux d'entre nous sachent lire.

— Et pourquoi si tard, à neuf et onze ans ?

— Ils sont déjà allés à l'école. Plusieurs fois. Dans la Drôme. Dans l'Ardèche. Mais très peu de temps. Ici, nous comptons rester au moins dix semaines. Merci de vous occuper si bien d'eux.

La nuit suivante, je n'eus aucun malaise. Ni le lendemain. Ni le surlendemain. Je vis encore.

Mes élèves se plaignaient d'être harcelés par les guêpes, que ce doux mois d'octobre favorisait. Elles attaquaient les raisins et les poires. On se mit à la recherche du guêpier. On le trouva dans le jardin de M. Lotiron. Elles avaient profité d'une parcelle restée en friche pour s'y creuser un nid souterrain, qui prenait air par une petite cheminée. Chaque soir, elles y rentraient ; chaque matin, elles en ressortaient.

— Je sais comment faut faire pour les détruire, affirma tout de suite le jeune Chtitny.

Et moi de suggérer :

— En y versant de l'eau ?

— Vous en noyerez quelques-unes, mais pas toutes. Faut une cloche à fromage, un bol et un peu de savon.

Je le laissai opérer. Nous empruntâmes la cloche à un voisin, Mme Lotiron prêta le bol et le savon. Jean-Paul attendit près de moi jusqu'au soir, à l'heure où les guêpes rentrent se pagnoter. Suivant ses instructions, j'installai près du trou le bol rempli aux trois quarts d'eau savonneuse ; je couvris l'ensemble avec la cloche, l'imprimant bien dans la terre pour empêcher toute échappatoire.

— Demain matin, m'expliqua-t-il, quand elles voudront sortir, elles resteront prisonnières sous la cloche. Le soleil les fera crever de chaleur. Elles voudront se dessoiffer, elles boiront l'eau savonneuse qui les poisonnera.

Ce piège diabolique fonctionna parfaitement. A la mi-journée suivante, nous pûmes constater que d'innombrables cadavres de guêpes gisaient sous la cloche ; que beaucoup d'autres flottaient sur l'eau du bol. Le même soir, nous renouvelâmes nos dispositions. Après trois jours, le guêpier se trouva anéanti.

10

Tandis que mon cours préparatoire bohémien s'appliquait à couvrir de signes ses deux ardoises, je me distribuais aux autres élèves. Un jour, j'exposais au cours élémentaire le nom des doigts :

— Le plus petit se nomme auriculaire parce qu'on peut s'en servir pour se gratter l'oreille... Le suivant, que les personnes mariées ornent d'un anneau, porte pour cette raison le nom d'annulaire... Le troisième est le médius parce qu'il est au milieu de la main, ou si l'on préfère, le majeur, parce qu'il est le plus long... Le quatrième est l'index, parce qu'on s'en sert pour « indiquer » les choses, pour montrer la porte, la fenêtre, l'avion qui vole. A quoi sert encore spécialement l'index ?

— A écrire.

— A le tremper dans l'eau pour savoir si elle est chaude ou froide.

— A tenir la fourchette.

— A dire chut.

— Le dernier s'appelle pouce, je ne sais pas très bien pourquoi.

Méditation générale. Je vis alors Jean-Paul lever le bras :

— Moi, m'zelle, je sais.

— Vraiment ? Dis un peu.

— On l'appelle pouce pasqu'il sert à tuer les poux.

En même temps, il fit le geste d'en saisir un dans sa tignasse, de l'écraser sur son pupitre. Et toute la classe, dégoûtée :

— Beurk !

Cela me fit supposer que les deux Chtitny en avaient réellement. Pendant la récréation suivante, je passai une inspection de leurs têtes. En effet. J'aurais dû expulser mes romanos, les mettre en quarantaine jusqu'à disparition de leurs parasites. Ou pour le moins les isoler au fond de la classe. Je n'en fis rien, et gardai le secret sur ma découverte. Mais le soir même, je descendis à Issoire, achetai dans une pharmacie une bombe d'« Itax Sauve qui poux ! » Successoresse de la « Marie-Rose » de mon enfance, « Mort parfumée des poux ». Avec l'aide de Mme Lotiron, je lavai et bombardai mes deux pouilleux plusieurs soirs de suite. Jean-Paul m'avoua d'ailleurs qu'il avait aussi des puces ; il me montra des rougeurs sur sa poitrine et ses bras. J'aurais dû le poudrer au DDT. Ou lui mettre au cou — comme aux chiens — un collier anti-puces. Tous ces soins, cependant, me parurent illusoires, car je supposai que la caravane, que le campement tout entier des bohémiens possédaient une réserve inépuisable de poux, de puces, de punaises, de morpions. Que notre seule espérance de purification résidait dans leur prochain départ.

Ce Chtitny avait parfois des mots étonnants. Un jour que, l'auriculaire justement enfoncé dans mon oreille, je le secouais pour faire disparaître je ne sais quel fredon, j'émis à haute voix cette réflexion un peu sotte :

— J'entends quelque chose qui ronfle. Est-ce encore une guêpe qui se promène par là ? Ou bien mon oreille qui bourdonne ?

Mes mômes se regardèrent, interdits, secouant la tête. Seul Jean-Paul osa répondre :

— C'est votre oreille qui bourdonne, m'zelle. Je l'entends d'ici.

Une autre fois, pendant une récré, il bouscula Suzanne, une de mes gamines, qui tomba sur le derrière. Il l'aida à se relever, ce qui était une manière d'excuse. Elle ne s'était pas fait grand mal, puisque chacun de nous porte à cet endroit un pare-chocs naturel. Mais j'eus le tort de m'approcher, de m'intéresser. Cela suffit pour qu'elle fondît en larmes, alors qu'elle n'y avait pas songé avant ma venue. Le manouche la considéra avec surprise ; puis, comme les pleurs persistaient, il lui lança cet avertissement :

— Arrête de pleurer. Sinon, tu pourras plus pisser !

Ce qui eut pour résultat d'arrêter aussitôt l'averse. Pour lui donner une leçon de courage, il ajouta froidement :

— Moi, quand mon père me fout des baffes, je pleure jamais.

Message reçu. Suzanne essuya ses yeux.

Un après-midi, ayant des cahiers à corriger, j'arrivai plus tôt que d'habitude. Je constatai que le frère et la sœur étaient déjà dans la cour. Leurs têtes réunies, ils considéraient un objet insolite sur la murette d'enceinte. Louise me fit signe d'approcher sans bruit. Quand je fus tout près, je les vis penchés en plein soleil sur un lézard gris. Le petit bohémien était en train de l'abreuver avec un index — celui qui dit chut — trempé dans sa propre salive. Et le lézard léchait le doigt, de sa langue fine, longue, bifide, et se gorgeait. A une exclamation qui m'échappa, le reptile prit peur, s'enfuit comme un éclair, courut se cacher dans son trou de muraille.

Ainsi ce sauvageon qui ne savait ni lire ni écrire pouvait sur bien des points donner des leçons à son institutrice. A vivre hors des murs, des barrières, des règlements, il avait appris les secrets des herbes, des oiseaux, des insectes, des poissons, des animaux de tout pelage. Comme Mowgli dans sa jungle.

Après quatre semaines de fréquentation, tous deux vinrent un soir me dire adieu.

— Nous partons demain, m'zelle.

— Déjà ? Vous deviez rester...

— Le père s'ennuie de demeurer trop longtemps sur place. Il a besoin de bouger. Nous apprendrons jamais à lire et à écrire, m'zelle.

— Vous savez déjà quelques lettres.

— On les oubliera.

— Moi, je ne vous oublierai pas. Vous pouvez garder les deux ardoises.

— Merci bien, m'zelle.

Je les embrassai l'un et l'autre. Ils sentaient encore l'« Itax ». Louise commença de pleurer, de gémir :

— On se reverra plus, m'zelle.

Et lui, ferme comme le marteau-pilon d'Issoire :

— On se reverra chez bon Dieu.

Il la saisit par la main et l'entraîna. J'entrepris de brosser et secouer mes vêtements, à cause des puces. Je pense à eux encore.

Mon effectif retombait à dix. Le départ de ces deux enfants laissa dans la classe un grand vide. Plus de cours préparatoire. Chaque fois que je posais une question à mes petits Auvergnats, j'obtenais des réponses raisonnables, prévisibles. Je regrettais l'inattendu qu'apportaient les deux bohémiens.

Par bonheur, Mme Lotiron, ma devancière, nous en fournit un d'importance. Comme je l'ai dit, elle occupait, au-dessus de la classe, un logement de fonction, en compagnie de sa mère et de son mari, agent de l'EDF, souvent en vadrouille. On la voyait parfois autour de l'école, dans les rues de Meilhaud, promenant au soleil son futur bébé. L'éclosion de celui-ci était prévue pour la fin décembre. Or, suite à des circonstances indépendantes de sa volonté, voici qu'il s'annonça soudain avec trois semaines d'avance. Nous en fûmes avisés par des gémissements venus du dessus ; ils traversaient le plafond et troublaient notre sérénité. D'autre part, pour je ne sais quels motifs, Mme Lotiron, au lieu de se transporter à la maternité d'Issoire, tenait à accoucher à l'ancienne, chez elle, avec l'aide de sa mère et de la sage-femme.

Bientôt, les gémissements devinrent des cris. Puis des hurlements d'assassinée. Mes enfants, épouvantés, se bouchaient les oreilles. Je dus, avec autant de délicatesse que je pus, leur expliquer ce qui se passait. Ils l'avaient d'ailleurs compris sans moi, petits paysans qu'ils étaient, habitués aux vêlages, aux porcelages, aux chèvretages. Leur effroi venait seulement de l'intensité des brames. Ceux-ci de temps en temps s'interrompaient, nous laissant des répits pendant lesquels j'essayais d'expliquer le subjonctif ou l'impératif. Puis ils reprenaient de plus belle. J'aurais pu tenter de les couvrir avec les notes de Lariro ; mais elles n'auraient su qu'ajouter au bousin.

Seules les tâches écrites restaient encore possibles. Je déposai sur mon bureau un globe terrestre, une pile de livres, une carafe, et leur demandai de reproduire sur du papier blanc cette nature morte. Pour occuper les entractes de silence, j'eus aussi recours à mon *Pinocchio*, dont je traduisais des pages dans le texte original :

Il était une fois — un roi ! diront tout de suite mes petits lecteurs... Non, mes enfants, vous vous trompez. Il était une fois un morceau de bois. Ce n'était pas un bois luxueux, d'ébène ni d'acajou, mais une simple bûche, de celles qu'en hiver on met dans les poêles ou les cheminées pour faire du feu et chauffer la maison...

Cela me permettait de réviser mon italien et de rêver de l'Italie. De revivre les voyages que j'y avais faits en compagnie de Claude.

Pour raison d'économie et de pittoresque, nous couchions souvent sous la tente. A cause de son étroitesse, nous devions dormir serrées l'une contre l'autre, mêlant nos souffles et nos chaleurs. Un soir, nous l'avions plantée près d'Assise, sur un versant caillouteux, parmi les oliviers et la stridulation des cigales. Le soleil se leva derrière le mont Subasio. Nous fîmes toilette dans les eaux d'une rigole d'irrigation. Puis, entrées dans la ville de saint François, nous fîmes halte dans un bar pour prendre un petit déjeuner avec *caffè latte* et brioches. Assis sur la moleskine à quelques pas de nous, le patron était occupé à compter dans une boîte sa recette de la veille. Tout à coup, le téléphone sonne. Il se précipite pour répondre, revient après plusieurs minutes. Alors il s'aperçoit que, dans sa hâte, il a abandonné son argent près de nous, à notre portée. Pendant son séjour dans la cabine, nous aurions eu dix fois le temps de nous en emparer et de fuir. Mais non : quand il revient, les billets sont toujours là, bien empilés. Il nous regarde, son visage s'éclaire :

— Voyez, s'écrie-t-il, ce que c'est que de vivre chez saint François ! J'oublie ma fortune sur une table et je la retrouve indemne ! *Che bel miracolo !* Ici, mesdames, nous vivons au milieu des miracles quotidiens.

Nous fûmes favorisées d'un second lorsque, nous préparant à visiter l'église Sainte-Marie-des-Anges bâtie sur le jardin du *Poverello, où* fleurissaient des roses sans épines, je vis passer un vol de colombes. Car elles formèrent dans le ciel, en lettres cursives, un mot latino-italien : *Ama.* Aime. Je leur jetai les miettes d'une biscotte, sans réussir à dévier leur trajectoire d'une ligne. Par la suite, j'appris qu'elles n'avaient aucun besoin de se faire alimenter par les touristes, car elles reçoivent deux repas chaque jour lorsque l'employé municipal préposé à leur soin dessine ce même mot sur les dalles de la place, devant l'hôtel de ville. Toutes palpitantes des ailes et de la queue, elles conjuguent le doux verbe. Puis elles vont boire à la fontaine.

Nous nous étions assises sur un banc public, Claude et moi, pour les regarder. Je pris une de ses mains et, me rappelant la recommandation des colombes, j'écrivis de l'index sur sa paume : « Je t'aime. »

Je ne sais comment la chose se produisit, mais le fait est qu'un beau jour cette bûche arriva dans l'échoppe d'un vieux menuisier appelé maître Antoine, mais que tout le monde appelait maître Cerise, à cause de la pointe de son nez toujours brillante et pourpre comme une cerise mûre...

Au-dessus, hurlements d'écorchée vive. Les crayons s'arrêtent de dessiner la nature morte. Les enfants me regardent, terrorisés. Impossible de penser à autre chose qu'à la malheureuse Mme Lotiron. J'en suis moi-même toute remuée et je remercie le ciel de ne pas m'avoir donné les dispositions nécessaires à l'enfantement. La voix de la parturiente a des tonalités ascendantes et descendantes comme une sirène d'incendie.

Nouvelle accalmie. Nous reprenons les dessins et *Pinocchio.*

Tant bien que mal, on atteint la demie de onze heures. Les enfants se dispersent. Mais il n'est pas possible de vivre l'après-midi dans ces conditions. Lorsqu'ils reviennent, j'annonce une « classe de découverte ». A destination de l'inspecteur éventuel, j'écris au tableau : « Nous sommes en classe de découverte. » Et nous voilà partis. Comme Christophe Colomb vers les Amériques.

Nous découvrons d'abord Meilhaud. Les vestiges du château, qui s'appelle le Fort, murailles, créneaux, meurtrières, échauguettes. Nous découvrons ensuite l'église, architecture gothique, fenêtres ogivales, escalier inclus dans un pilier. Après quoi, nous allons découvrir la campagne que l'automne finissant dépouille de ses plus belles couleurs. Je cueille une fleur blanche en corymbe, qu'à l'aide de ma *Flore* j'identifie pour être celle de *la* millefeuille, dite herbe aux coupures parce que sa sève arrête les saignements. A ne pas confondre avec *le* millefeuille qui est un gâteau fourré de crème. Les paysans ont tondu leurs prairies, enfermé le foin dans des cylindres de plastique. Mes élèves, qui en savent là-dessus plus long que moi, expliquent que l'enrubannage est supérieur à l'ancien ensilage, parce qu'il conserve à l'herbe sa fraîcheur et ses vitamines. Ainsi, nous nous instruisons les uns les autres. Je fais découvrir les cailloux de la route. Les fourmis en cours de déménagement. Le facteur à bicyclette. Je raconte le facteur de jadis, sans autre véhicule que sa canne, avec un encrier dans son chapeau. Et l'invention du stylographe à réservoir, ancêtre du stylo-bille. Et celle du timbre-poste. Nous voyageons dans l'espace et dans le temps.

Ainsi se déroula notre classe de découverte. Quand nous regagnâmes l'école, nous nous aperçûmes tout de suite que la musique de Mme Lotiron n'était pas terminée. Elle dura toute la nuit suivante et encore la journée du lendemain. Par bonheur, celle-ci tombait un mercredi, sans école. Quand nous revînmes, le jeudi matin, un grand silence régnait dans la maison. Je montai m'informer au premier étage. Lorsque je redescendis, je pus annoncer l'heureuse nouvelle :

— Le bébé de Mme Lotiron est né hier soir. C'est un garçon. Il s'appelle Émilien. Il pèse presque trois kilos.

Applaudissement général. Quelques jours plus tard, ma devancière vint le présenter à nos élèves communs. Les filles eurent pour lui des clignements d'yeux déjà maternels. Les garçons considéraient avec stupeur cette marotte rougeâtre qui avait arraché à leur ancienne maîtresse des mugissements si épouvantables.

Le baptême eut lieu sans grand tralala. Mme Lotiron distribua des dragées à tout le monde.

La marche des jours nous conduisit au temps de Noël. La neige ne se décidait pas à tomber sérieusement. Pourtant, au loin, les crêtes des monts Dore avaient l'air de draps de lit soulevés par des pieds innombrables. Quoique institutrice laïque, mais fidèle à mon enseignement par la clarinette, je pensai apprendre à mes élèves un *Noël* arverne sans nom d'auteur déniché dans un numéro de *L'Auvergne littéraire.*

Je ne suis pas de sentiments très religieux. A Saint-Quentin, ma mère m'obligeait à fréquenter le catéchisme, la messe, les sacrements. Elle-même communiait plusieurs fois dans l'année. Je la voyais à l'église remuer les lèvres et se frapper la poitrine avec une extrême conviction. Mais elle se montrait si dure envers moi, si douce envers ma sœur Mauricette que je ne pouvais croire à la sincérité de son christianisme. « Pardonnez-nous nos offenses comme nous pardonnons aussi à ceux qui nous ont offensés. » Par la suite, mes relations avec Claude me rendirent tout à fait impardonnable. Je devins la honte de la famille. L'homosexualité est une anomalie congénitale, de même que, chez d'autres personnes, le daltonisme, les yeux vairons, les pieds palmés, une jambe plus courte que l'autre. Dieu les a faites ainsi. Sont-elles responsables de ces outrages à la normalité ? On me dit que l'Église condamne le saphisme. J'ai lu et relu l'Évangile sans y trouver une allusion à ce sujet. Mon union avec Claude était avant tout union d'amour. « Aime ton prochain comme toi-même. » Ai-je eu tort de trop aimer ma prochaine ? Seul saint Paul, dans son Épître aux Romains, condamne les hommes qui commettent avec d'autres hommes « une infamie détestable qui est contre nature ; recevant ainsi en eux-mêmes la juste peine due à leur égarement ». Le Lévitique ordonne qu'ils soient punis de mort. Mais les femmes de notre sorte ne paraissent pas dans ces condamnations.

Tout cela pour expliquer qu'en dépit de mes extravagances, j'apprécie la parole du Christ. Mais je respecte pareillement ceux qui y croient et ceux qui n'y croient point. C'est pourquoi, avant de produire mon *Noël* dans une école laïque, il me parut convenable d'en demander la permission aux familles, au moyen d'un billet que je leur fis porter :

J'envisage de faire chanter à ma classe le Noël *du* XVIIIe *siècle dont vous trouverez ci-dessous les paroles. M'autorisez-vous à le faire ? Oui. Non. Rayez la mention inutile. Si je rencontre une seule opposition, je renoncerai à ce projet.*

Noël arverne

1 — *Le premier vint saint Austremoine,*
Et à Lezoux il fut potier.

Puis saint Amable sur son âne,
Saint Hippolyte et saint Priest.
Saint Mary planta sa chapelle,
Saint Mamet, de fleurs couronné,
Confirma la Bonne Nouvelle :
Jésus est né, Jésus est né.

Refrain

Noël ! Noël ! Noël arverne !
Noël des meneurs de troupeaux !
Allumez cierges et lanternes !
Chantez, cabrettes et pipeaux !
Roi d'amour, que ton règne vienne !
Noël ! Noël ! Noël arverne !

2 — *L'Auvergne aussi est Terre sainte.*
Notre-Dame s'y plaît partout,
Qu'elle y soit blonde, noire ou peinte,
Son enfant-Dieu sur les genoux.
Et les cloches de ses églises
D'allégresse ont toutes sonné.
Car cette nuit, qu'on se le dise,
Jésus est né, Jésus est né.

3 — *Au lieu de naître en Palestine,*
Il aurait pu choisir un coin
De la vallée de l'Impradine :
Les étables n'y manquent point.
Il eût pu marcher, blanc fantôme,
Sur les ondes du lac d'Aydat.
Et le crâne du puy de Dôme
Eût pu être son Golgotha.

Tous les billets me revinrent avec l'option affirmative.

11

De temps en temps, dans ma *Cyprinière*, une grande nostalgie me tourmentait. Comme une angine de poitrine. Comme une colique. Je revivais en pensée les bonheurs que j'avais partagés avec Claude. La communion parfaite de nos esprits, de nos cœurs, de nos chairs. Malgré sa prétendue aversion, elle avait toujours rêvé d'être un homme. Elle portait des chemises à carreaux, des cravates, une casquette, des pantalons. Mais elle était femme plus que toute autre dans ses goûts : elle adorait les parfums, la lingerie à dentelles, les cigarettes blondes, les films d'Ingmar Bergman, les romans de Colette, les peintures de Marie Laurencin. Dans ses gestes aussi : cette façon qu'elle avait de relever d'un doigt une boucle de cheveux qui s'obstinait à tomber, de se frotter les dents avec un coin de serviette, de sourire à tout propos. Les premiers temps de notre amitié, quand chacune avait encore son domicile propre, nous nous écrivions des billets passionnés. Elle m'appelait ma pigeonne, ma colombe, ma tourterelle, mon alouette, mon oiseau-mouche. Qui à présent me donnera jamais ces doux noms d'oiseaux ? Mes sentiments pour elle étaient comme ces ronces qu'on tranche en bordure d'un jardin ; si on n'en a pas extirpé les racines jusqu'à leur commencement, elles repoussent, inexorables.

Que de choses belles et bonnes nous sont arrivées !

L'Autriche en auto-stop. Car elle aimait l'aventure. A deux, nous ne risquions pas grand-chose. Claude parlait l'allemand, une de ses langues maternelles, cela facilitait les contacts. Nous vîmes Innsbruck et son château impérial ; Salzbourg la mozartienne ; Linz la danubienne ; Vienne la valseuse. Je me rappelle ce commis voyageur un peu chauve qui nous prit dans sa Mercedes et qui, manifestement, mourait d'envie de nous violer, mais ne savait comment s'y prendre. Un violeur débutant. Il se tira d'affaire en nous laissant repartir intouchées, après nous avoir baisé la main. Et ce chauffeur routier croate qui ne parlait d'autre langue que la sienne, à l'exception de quatre mots d'anglais. Pour remplir le silence, il entreprit d'imiter le chant des oiseaux, le cri des grenouilles, l'aboi des chiens, le glapissement du cochon qu'on assassine. Nous le payâmes en éclats de rire et en applaudissements, et descendîmes de son camion la tête remplie de rossignols, de fauvettes, de coucous. Et cet autre qui voyageait en compagnie d'un petit chien, assis entre lui et nous sur la banquette avant. Tout le temps que dura notre assemblage, l'homme ne cessa de sermonner son ami à quatre pattes :

— Tiens-toi tranquille. Ne gratte pas tes puces, nous avons des invitées. Sinon, que vont penser de toi ces dames françaises ? Finis de te tortiller. Vaut mieux que tu restes couché. Ne remue pas la queue comme ça, tu soulèves la poussière. Cesse de bâiller, tu as mauvaise haleine, etc.

Claude me traduisait à mesure. Si bien que le pauvre clébard, pour finir, ne savait plus où il en était.

Et le vieux curé en costume laïc, avec sa petite croix au revers du veston anthracite, à qui nous nous présentâmes comme deux sœurs. Il voulut absolument nous recevoir dans son presbytère. Sa gouvernante nous régala de soupe à la semoule, de goulasch, de gâteaux au fromage blanc. Elle nous fournit la recette de l'*Apfelstrudel*, feuilleté aux pommes :

— La pâte, bien pétrie et battue, est étirée sur une table, aplatie au rouleau jusqu'à devenir diaphane. Pour se rendre compte si elle est assez mince, on glisse dessous une lettre d'amour. La mienne me sert depuis cinquante ans, ce fut la dernière de mon pauvre fiancé tombé en Russie par la volonté de Hitler, cet Antéchrist. Lorsque je peux déchiffrer les lignes à travers la pâte, celle-ci est à point.

Que de choses bonnes et belles nous sont arrivées ! Dix ans, tu m'as remplie. J'étais comme un appartement vide, tu es venue le squatter sans demander ma permission. Et maintenant, où es-tu, ma vagabonde perdue ? Sans nouvelles de toi, me voici embarrassée à jamais de mon corps et de mon âme. J'aimerais avoir des liasses de tes lettres, classées par années, entourées d'un ruban pourpre. Sentant le musc, ton parfum favori. Mais nous nous sommes peu écrit. Ce n'était pas ta façon de t'exprimer. Et par voie de conséquence, pas la mienne non plus. Le fil du téléphone était notre facteur principal. Je suis sûre que tu as jeté au feu les quelques pages que j'ai pu t'envoyer. Ou peut-être à la poubelle. De toi, je ne possède guère que des cartes postales, une trentaine en tout, couvertes de ton écriture flamboyante, de tes majuscules aux boucles somptueuses, de ta signature réduite à un C. *Me voici à Berlin après un voyage épuisant. J'ai bien dû perdre cinq kilos. Je pense à toi, mon alouette. C. Nous sommes arrivés à Madrid avec six heures de retard, à cause d'une alerte à la bombe. Mais tout va bien. Je pense à toi, mon colibri. C. La Bretagne est bien mouillée ces jours-ci. Nous attendons le soleil. Je pense à toi, ma tourterelle. C.* Trente fois ce Je *pense à toi*, comme si tu n'avais jamais eu d'autres pensées. Mais tu savais te faire aussi comprendre autrement. En me couvrant de menus cadeaux rapportés de tes escapades européennes. Une matriochka russe. Un collier de corail napolitain. Des boucles d'oreilles finnoises.

De temps en temps, j'ai relu toutes tes cartes, me proposant de les réduire ensuite en confettis que je disperserais aux vents. Puis je n'en ai rien fait. Manque de courage.

Me rappelant le propos de Montesquieu : *Je n'ai jamais eu de chagrin qu'une heure de lecture n'ait consolé*, j'ai fréquenté une librairie d'Issoire, acheté quelques-uns des titres dont avait parlé la grande critique parisienne : *L'Immortalité*, de Kundera ; *Méchamment les oiseaux*, de Suzanne Prou ; *Le Paradis des orages*, de Patrick Grainville ; *Moderato cantabile*, de Marguerite Duras ; *Les Noces barbares*, de Yann Queffélec ; *Tu ne t'aimes pas*, de Nathalie Sarraute ; *La Méprise*, de Vladimir Nabokov. Montesquieu est un joli fumiste. Ou bien ses chagrins n'avaient guère de consistance. Ou bien ses auteurs étaient plus captivants que ceux que je viens de citer. Car au lieu de me guérir, ils n'ont fait qu'ajouter à mon désarroi. Ils me sont d'ailleurs tombés des mains avant la centième page. J'ai l'impression que ces illusionnistes n'écrivent pas pour le public, c'est-à-dire pour le nombre ; qu'ils ne visent que les rares ; spécialement lesdits critiques littéraires des grands médias. Conséquence : Kundera, Prou, Grainville, Duras, Queffélec, Sarraute et Nabokov m'ont emmerdée ou horrifiée au premier, au second et au troisième degré.

Je me suis abonnée au journal *La Montagne*, pour ne pas ignorer les grands événements du globe. Sa lecture ne me prend pas plus de vingt-cinq minutes, car je saute à pieds joints les nécrologies et les pages sportives. Autrefois, je lisais *Le Monde*, journal pour intellos, qui m'aurait pris huit heures chaque jour si je m'étais laissé faire. Or je ne pouvais consacrer si longtemps à me bourrer d'informations qui, une semaine plus tard, ne présenteraient aucun intérêt, balayées par des informations nouvelles, souvent contradictoires, toujours destinées au même rebut. Mes préparations, mes corrections, ma clarinette s'y opposaient. Ici, Lariro et *La Montagne* font bon ménage. Et il me reste assez de loisir pour m'occuper de mes poissons rouges (ils ont pondu quatre petits), de mes vers luisants, des oiseaux de rencontre. A l'intention de ces derniers, je tiens gamelle ouverte sur ma terrasse, qui est leur « table de Jésus-Christ ». Car ils vivent de cueillette et de mendicité, comme saint François.

J'écrivis à Irène Epstein de venir me voir pendant les vacances de Noël, joignant à ma lettre les horaires des trains.

Je lui aurais envoyé son billet si elle en avait, ne fût-ce que par allusion, exprimé le désir. Je promettais d'aller la chercher à la gare d'Issoire.

Chère Frédo, me répondit-elle. *As-tu oublié que je suis ficelée des quatre membres, comme Gulliver à Lilliput ? Retenue par mes cinq jeunes gougnafiers et par leur père, ce fils de pute qui abuse de son handicap d'un seul bras pour me réclamer à tout instant du jour et de la nuit ? As-tu oublié qu'à mes cinq rejetons j'ai donné la vie qu'ils ne demandaient pas, et qu'au sixième j'ai promis mon alliance pour le meilleur et pour le pire ? C'est très simple : ils ne peuvent se passer de moi. Je leur suis aussi indispensable que le poste de télé, cette vitrine aux assassins, et que leurs jeux d'ordinateur puisque Samuel a introduit dans la maison cette machine à fabriquer des crétins. Pendant les jours ouvrables, les cinq vont à l'école ou au lycée, l'autre à ses calculs au Crédit lyonnais. Mais sitôt leurs boulots terminés, ils sont là, le bec ouvert, à réclamer que je les nourrisse. Si je m'absentais une semaine, m'ont-ils assuré, ils se laisseraient mourir de faim et de soif. Les salopards ! Ou alors, je devrais user d'un coup de force : les planter là par surprise en laissant un mot sur la table : « Il y a des conserves, des pâtes, du riz dans le buffet ; du lait et des œufs dans le frigo. A bientôt. » J'en rêve. Mais je n'ai pas ce culot. Je demande à Jéhovah de me l'accorder. Il fait le sourd.*

Vois donc, chère Frédo, dans quel ghetto je me trouve. J'espère bien cependant te revoir à Paris un de ces quatre. En attendant, si tu as encore des ennuis professionnels ou des chagrins intimes, n'hésite pas : soûle-toi à la bonne eau-de-vie auvergnate, renommée pour ses effets décompresseurs. Rien de tel pour oublier ses emmerdes qu'une bonne cuite. C'est mon remède habituel. Décompresse donc suivant tes besoins. Si tu as envie de t'envoyer en l'air, n'hésite pas non plus. Profite de ce qui te reste de jeunesse. Et il t'en reste beaucoup puisque, affirment tous les médecins, la vieillesse commence seulement avec l'indifférence sexuelle. Tout cela dans la bonne odeur des vaches et des gorets qui est celle de ta province d'élection. Chaque province a la sienne. La Côte d'Azur sent l'Ambre solaire. La Bretagne sent la marée. La Provence sent la lavande. La Normandie sent le camembert. La Corse sent la poudre et le fulminate. Paris sent le métro. Il n'y a pas de mal que le fumier parfume ton Auvergne — à condition de n'avoir pas le nez dedans ; car où il y a du fumier, il y a des pâturages, de l'espace, de la chlorophylle. Grise-toi aussi de chlorophylle, chère Frédo, pendant que nous, pauvres Parisiens, devons respirer les gaz des pots d'échappement. Fais gaffe quand même aux chiens, aux serpents, aux violeurs sans délicatesse. Il doit bien y en avoir quelques-uns dans tes campagnes innocentes.

Rue du Combat, ton absence se fait cruellement sentir. Plus personne n'y joue de la clarinette. Plusieurs collègues se sont suicidés de désespoir. Ce qui n'arrange rien, car les effectifs des keums sont de plus en plus pléthoriques.

Écris-moi aussi souvent que tu en auras envie. J'essaierai de te répondre malgré mes liens. Je t'embrasse passionnément,

Ton Irène.

A l'inverse d'Irène, j'aurais besoin d'un peu de monde autour de moi. Ma maison, certains soirs, me semble bien grande. Dans Antaillat, je ne connais encore que deux familles, les Ollier, les Chalut. Il en existe une douzaine d'autres. Mais il faut du temps pour que j'entre en relation avec elles. Pour que nous nous apprivoisions réciproquement. Les Auvergnats ne se jettent pas à la tête de l'étranger. Je suis encore une étrangère pour eux. Ils m'observent. Je les étonne par bien des points, par ma vie, par ma solitude, par ma profession d'institutrice intermittente, par ma clarinette, par mes travaux d'homme. Nos différences les rebutent.

Le « maintenant » me donne soif ; je veux m'abreuver à l'eau du « puis ».

Et puis Kleister est venu.

Il habite tout en haut du village, avec sa femme, son chat rouge et son chien-loup. Il travaille sa vigne, son jardin, bien qu'il lui manque le pied gauche, remplacé par un pied de bois aussi apte à marcher, à bêcher que s'il était vivant. Invisible dans sa lourde botte de cuir. Personne ne lui parle, car les naturels d'Antaillat l'accusent de s'être enrôlé volontairement pendant la dernière guerre dans les Waffen SS pour aller combattre les Russes. La preuve : il touche une petite pension venue d'Allemagne pour le payer du pied qu'il a perdu. On l'appelle le Boche, bien qu'il soit originaire de Villerupt en Meurthe-et-Moselle et qu'il ait épousé une authentique Auvergnate. Et c'est ce triste individu qui, un soir, est venu sonner à ma porte. Une chopine à la main :

— Je m'appelle Joseph Kleister et je suis lorrain. Donc étranger ici comme vous. J'ai gardé quelques relations avec ma province natale. Ce qui me permet de vous offrir ce flacon d'eau-de-vie de mirabelle en signe de bon voisinage.

Je remercie, je le laisse entrer. En échange de sa liqueur, je lui donne un de ces livres détestables que je n'ai pu consommer. Cela ne me coûte guère. Il l'accepte volontiers, car il prétend que sa femme a du goût pour la lecture.

— Elle serait très heureuse si vous nous rendiez visite un de ces jours. Nous recevons très peu de monde, vu que les gens d'ici ne peuvent pas nous souffrir. Ils disent que je suis un vrai Boche. Que j'ai été volontaire pour aller tuer des communistes. Alors que je faisais partie des « malgré-nous » ; de ceux qui, au Luxembourg, en Lorraine et Alsace annexés, ont été enrôlés de force dans la Wehrmacht. J'y ai perdu un pied.

Assis dans mon fauteuil, il balance sa jambe gauche posée sur la droite. Je le regarde : maigre de visage, dur de traits, des yeux d'azurite.

— Et là-bas, vous avez réellement tué beaucoup d'hommes ?

— Je n'en sais rien. On tire à l'aveuglette contre un ennemi invisible pour éviter d'être tué soi-même. On ignore qui reçoit les pruneaux. On est séparé quelquefois par plusieurs kilomètres.

Je remarque qu'il porte, entre son blouson et le pantalon, un ceinturon imprimé sur toute sa longueur d'une ligne de croix gammées.

— Qu'est-ce que c'est que ça ?

— Une ceinture. Bien pratique pour retenir mon pantalon. Je la garde en souvenir des atrocités que les nazis m'ont fait subir et aussi, probablement, commettre.

— Ne vaudrait-il pas mieux l'enfermer dans un placard ?

— C'est un témoignage de mes souffrances. De même, nos anciens prisonniers de guerre en Allemagne montrent un bout de barbelé à leur boutonnière. Eux et moi : tous des victimes de l'hitlérisme.

— Pourquoi êtes-vous venu chez moi ?

— Pour essayer de gagner votre compréhension et votre estime. Débarquée en Auvergne de fraîche date, vous ne pouvez encore être encombrée à mon égard de préjugés hostiles. Est-ce que je me trompe ?

— En vérité, je ne vous connais pas.

— Montez chez nous, un soir, quand vous voudrez. Nous ferons mieux connaissance.

Les Ollier se firent les interprètes de cette hostilité générale : certains soirs qu'il rentrait soûl, on entendait Kleister chanter à pleine gorge dans le village ces chants dont les troupes allemandes régalaient nos oreilles durant l'Occupation. Lui et sa femme : des gens infréquentables.

Le mot me rappela quelque chose ; il me donna l'envie de les fréquenter. De me faire sur leur compte mon propre jugement. Sidonie Kleister vint m'ouvrir, m'expliquant que son mari allait bientôt revenir du jardin. Comme il n'est pas d'usage d'arriver en visite les mains vides, je lui présentai un pot de mes confitures. Elle s'en montra si surprise, si émue qu'elle me demanda la permission de m'embrasser.

— Vous comprenez, dit-elle en s'essuyant les yeux, ici, personne ne nous regarde. C'est tout juste si on ne nous crache pas à la figure. Nous sommes des maudits.

Et moi :

— Est-ce que vous faites vraiment tout ce qu'il faut pour qu'on vous accepte ?

— Je sors à peine de ma maison. Sauf le soir, comme les chauves-souris.

Lorsque Kleister se montra, je me levai du fauteuil que j'occupais, près de la cheminée :

— Excusez-moi, je crois bien que j'ai pris votre place.

— Oh ! ma place ! Ma place est à Villerupt, derrière l'église.

— Il veut dire au cimetière lorrain, expliqua sa femme.

Avec lui, rien n'était simple. Nous parlâmes de choses compliquées. Entre autres, je lui posai cette question :

— Est-il vrai qu'on vous entend chanter, certains soirs, des hymnes hitlériens ?

— Parfaitement.

— Puis-je savoir vos raisons ?

— Primo, parce que ce sont de belles musiques. Secundo, parce qu'elles me rappellent mes vingt ans, quand nous étions occupés à conquérir l'Europe. Mais nous chantions aussi *Lily Marlen*, que les Américains ensuite nous ont piquée. Qu'avez-vous à reprocher à *Lily Marlen* ?

— Ma parole ! Je me demande si vous n'êtes pas réellement un nostalgique du nazisme !

— Seulement un nostalgique de ma jeunesse... Tertio — et c'est ma raison principale — je sais qu'avec mes chants je fais chier les culs-terreux d'Antaillat. Je n'ai pas d'autre moyen de les faire chier. Alors, je ne m'en prive pas.

— C'est de la provocation.

— Peut-être.

— N'avez-vous pas peur de recevoir, une fois ou l'autre, un coup de fusil ?

— Pfut ! Des coups de fusil, j'en ai essuyé des centaines. Ils m'ont tous raté. Mais je ne suis pas un nazi. Je suis un « malgré-nous ». Seulement, eux ne me croient pas. Avec mes yeux bleus et ma figure taillée à coups de serpe, j'ai la tête du parfait SS.

— Vous devriez renoncer à ce ceinturon.

— Autant renoncer à mon passé.

— Vous avez tué des Russes malgré vous. Mais vous en avez tué quand même.

— Je ne suis pas responsable. Si j'avais désobéi à mes chefs, je serais mort. Les Alsaciens et les Lorrains enrôlés de force ont d'ailleurs bénéficié d'une amnistie pour effacer tous faits de guerre. Mais les Auvergnats refusent d'en tenir compte. Ils n'aiment pas perdre la mémoire.

Il fronça les sourcils, puis lâcha encore cet argument :

— En matière de mise à mort, il y a de plus grands criminels que moi qui courent les rues en France, couverts d'honneurs et d'argent. Alors qu'ils ont sur la conscience des milliers de victimes. Je parle de ces médecins qui ont transfusé le sida aux hémophiles. Des ministres qui les ont couverts. Intouchables, ces messieurs dames ! Quand je les vois à la télé, je leur trouve la meilleure mine du monde, reflet de leur conscience tranquille.

Nous restâmes tous les trois un moment plongés dans le silence et le chagrin. Puis il me raconta comment il avait connu Sidonie, à Villerupt. Tous deux étaient au service de la même famille, lui comme chauffeur, elle comme femme de chambre. Leur mariage s'était célébré avec la bénédiction des maîtres, riches industriels. Là-bas, on ne cherchait pas à savoir qui avait servi les Allemands et qui les avait desservis. Tout était mélangé. Ensuite, Sidonie, issoirienne de naissance, avait hérité de cette maison d'Antaillat et ils étaient venus s'y établir, à l'âge de la retraite.

— A présent, conclut-il, parce que vous êtes entrée chez nous, vous voilà une pestiférée. Plus personne ne vous parlera dans le village.

Il se trompait. Plusieurs bonnes âmes me mirent en garde contre le Boche. Mais en vertu de ma neutralité, de mon jeune âge, de ma qualité d'étrangère au pays, on me laissa libre de fréquenter le diable ou le bon Dieu. Je n'ai pas noué, d'ailleurs, des relations suivies avec les Kleister. Mais je leur parle dans la rue. De loin en loin, je leur rends une courte visite. J'essaie toujours de convaincre Joseph de changer de ceinturon. Ils possèdent un chat, rouge comme un écureuil. Plus d'une fois, je l'ai appelé en faisant « pff ! pff ! » avec la bouche, la main tendue. D'abord, il se laisse approcher ; mais quand je crois le frôler pour une caresse, il bondit en arrière et me regarde fixement, me faisant avec sa queue une sorte de bras d'honneur. Décidément, c'est une famille impossible.

12

Le congé pour maternité de Mme Lotiron s'acheva le 15 février. Je restai chez moi quatre semaines en chômage technique, m'occupant de mes rosiers, de mes arbres, de Krasucki et de sa petite famille. Pour appeler mes poissons, il me suffisait de répandre quelques miettes à la surface du bassin ; ils accouraient alors des profondeurs, la bouche ouverte, et les gobaient adroitement. Sauf que parfois ils se trompaient de cible et gobaient une bulle d'air. Pendant cette saison froide, une épaisseur de glace s'était formée ; je la brisais chaque matin afin de les nourrir ; de sorte qu'ils arrivèrent au printemps en grande forme physique et morale. J'avais remarqué qu'à certains moments leur rouge sombre pâlissait. J'en demandai la raison à Chalut, grand fréquentateur des rivières.

— C'est, m'expliqua-t-il, quand ils se préparent à dormir. Leur couleur change pendant le sommeil.

— Les poissons dorment donc ?

— Comme vous et moi. Tout ce qui vit s'endort d'une manière ou d'une autre.

— Mais ils n'ont pas de paupières !

— Ils dorment les yeux ouverts. Posés sur le fond. Ou bien à mi-hauteur, en suspens.

Dès lors il m'arriva, lorsque je passais près du bassin, de marcher sur la pointe des pieds pour ne pas réveiller mes poissons rouges peut-être en sommeil.

Des violettes parurent dans mon herbe. Quelques crocus aussi. Puis des primevères blanches, si nombreuses et serrées qu'on les aurait prises pour de la neige. Séraphine Ollier les appelait des « culottes de coucou ». A bien les examiner, en effet, je trouvai qu'elles avaient la forme et les plis des culottes de nos arrière-grand-mères, nouées sous le genou par un ruban. Puis un jour, en ouvrant mes volets, j'entendis « pfuit-pfuit ». Surprise, je levai les yeux. Je vis une hirondelle, dans son frac noir à jabot pourpre, approcher de mon avant-toit, disparaître dessous. Une seconde vint l'y rejoindre. « Pfuit-pfuit » par-ci, « pfuit-pfuit » par-là. Après elles, ce furent trois hirondeaux de taille presque adulte, rejetons des deux premières. Sans doute étaient-ils nés loin du Lembron, sur les rives du Nil, et venaient-ils prendre possession du nid ancestral, fait d'argile gâchée. J'entendais les vieilles et les jeunes hirondelles échanger des impressions dans leur langage mi-auvergnat, mi-égyptien :

— Pfuit-pfuit !... Par ici, les enfants !... Par ici... Le nid n'a aucun mal. Tout juste un peu ébréché sur les bords... On va réparer ça... Pfuit-pfuit !

J'admirai le merveilleux instinct d'orientation qui les avait ramenées sans erreur, après deux ou trois mille kilomètres de vol, en France, en Auvergne, dans le Lembron, à Antaillat, vers le rebord de ma toiture, juste au-dessus de la fenêtre de ma chambre. La famille s'étant agrandie depuis l'année précédente, elles entreprirent aussitôt d'ajouter une pièce à leur résidence. Je pus, les jours qui suivirent, les voir apporter à plein bec la terre et la paille nécessaires à leur torchis.

Ainsi, le printemps s'établit dans mon domaine. Je le saluai en jouant pour ce charmant visiteur, devant ma fenêtre ouverte, *Le Rossignol et l'Hirondelle*, d'Igor Stravinski.

Au début de mars, je fus nommée à Vic-le-Comte afin d'y remplacer un instituteur en congé de maladie. Cette grosse bourgade, établie sur les collines du val d'Allier, garde dans son nom le souvenir de l'époque où elle fut capitale du comté d'Auvergne dont l'écu — gonfanon rouge à trois pendants bordés de vert — est devenu l'emblème de la province tout entière : les gendarmes le portent sur l'épaule gauche de leur vareuse. Au XVIe siècle, une comtesse épousa Jean Stuart, duc d'Albany, de la famille royale d'Écosse. Il fit construire à Vic un palais qui contenait mille chambres et mille corridors, dont il ne reste qu'une porte de l'enceinte, et une Sainte-Chapelle où ses cendres reposent.

Le comté, changeant de genre, est devenu maintenant *la* Comté, riche de vignes et de cultures, entourée de bois, constellée de châteaux en ruine ou restaurés : Busséol, Laps, Coppel, Cremps, Saint-Babel, Buron, Mercurol, Ybois, Mirefleurs, Dieu-y-Soit. L'école, avec ses deux bâtiments parallèles, l'ancien adossé au bel hôtel de ville, le nouveau en retrait, en parfait état de fonctionnement, comptait onze classes bien fournies, car la commune ne se dépeuple pas, grâce à la proximité du chef-lieu départemental fournisseur d'emplois. Parmi sa population, une forte proportion de Français musulmans et de Kurdes.

Quand l'Algérie accéda à l'indépendance, elle comptait au moins 300 000 de ses citoyens qui s'étaient compromis jusqu'aux oreilles avec le régime colonial français (fonctionnaires, élus locaux, groupes d'autodéfense, Groupes mobiles de sécurité), dont 75 000 soldats réguliers ou supplétifs. En théorie, les accords d'Évian garantissaient la vie, la liberté, les biens de ceux qui restaient sur le sol libéré. En fait, les vengeances, les exécutions sommaires, les opérations de déminage imposées à des compagnies de « traîtres » firent au moins 60 000 morts après le rapatriement de nos troupes. Innombrables furent les emprisonnés et les torturés.

Beaucoup de harkis réussirent du moins à s'échapper, à s'établir en France avec leurs familles. La plupart « jouissent » de la citoyenneté française, accordée non sans réserves, non sans difficultés paperassières, avec une visible répugnance, en dépit du sang versé, des services rendus et reconnus, des souffrances supportées. Parfois refusée à certains qui se trouvent ainsi dépourvus de toute nationalité, ne bénéficiant pas même du statut d'apatrides. Ces parias vivent dans des conditions extrêmement diverses : les uns dans des HLM de banlieue ; j'ai connu leurs enfants ou petits-enfants dans mon école de la rue du Combat ; d'autres dans de véritables réserves pour Comanches, « camps d'accueil » éloignés des villes, « hameaux forestiers » disposés dans les bois de la Lozère, du Limousin, des Vosges. La natalité est partout si forte que sept membres sur dix de ces familles n'ont jamais vu l'Algérie. Beaucoup, à tout âge, sombrent dans l'alcoolisme, la folie, le désespoir. Ainsi celui qui s'immola par le feu boulevard Raspail, à deux jours du printemps 1971, sous mes yeux, sans susciter une grande émotion chez les Parisiens. D'autres ont essayé sans résultat de la grève de la faim dans les églises, n'attirant que la curiosité de la télévision.

Les vieux harkis, méprisés longtemps de leurs fils parce qu'ils n'avaient pas fait le bon choix politique, percevaient du moins une pensionnette militaire qui, jointe aux allocations, permettait à leur famille de subsister. Mais les jeunes ont maintenant d'autres besoins : la moto, la bagnole, le travail, la considération. En fait, ils ont surtout pour lot le chômage, la misère, la délinquance, la drogue. Sauf quelques heureuses exceptions. L'erreur des gouvernements successifs a été d'organiser des ghettos de misère, en bordure de zones privilégiées. Marmites autoclaves où la pression devient si forte qu'aucune soupape ne les retient tôt ou tard d'exploser.

J'avais laissé à Paris ces problèmes. A Vic-le-Comte, je trouvai des solutions. Au début, les ci-devant harkis n'étaient ici qu'une centaine. Pas de camp, pas de HLM. Hommes, femmes, enfants s'étaient intégrés dans la population auvergnate ainsi que des amandes dans le nougat. Comment étaient-ils arrivés ? Il y en eut d'abord un seul, que le directeur de mon école voulut bien me faire connaître, parce que son petit-fils était dans ma classe. Nous nous sommes présentés, mon supérieur et moi-même, chez l'ancien sergent-chef Fouad Larem.

Dans une vieille maison mi-pierre, mi-pisé dont la façade, bleuie par le sulfate de cuivre, est tapissée d'une treille. La mère nous reçoit d'abord : les cheveux entourés d'un foulard jaune, une étoile tatouée sur le front, d'autres sur le dos des mains. Elle s'exprime de façon intelligible et nous offre tout de suite le thé à la menthe dans de petits verres émaillés d'arabesques multicolores : *Allah est grand.*

— La seule chose que nous ayons rapportée d'Algérie.

Nous buvons le liquide sucré, la chaleur, les parfums confondus, l'amitié. Le décor est entièrement français : buffet, bibelots, vaisselle, calendrier. Pas trace de nostalgie mobilière.

Un moment plus tard, Fouad paraît à son tour. Il nous salue à la musulmane, portant la main à son front, à sa bouche, à sa poitrine : soyez dans mes pensées, sur mes lèvres, dans mon cœur. Cela ressemble à un signe de croix. Puis il nous serre la main de façon très européenne. Il s'explique sans plus d'accent que M. Ben Bella, ex-sergent-chef comme lui :

— C'est vrai, je suis venu ici le premier, en 1962, parce que j'ai voulu suivre un officier pour qui j'avais beaucoup de respect. Originaire de Vic-le-Comte, il m'a trouvé une maison abandonnée que j'ai achetée à crédit, avec la garantie du lieutenant. Aucun meuble. En fouillant les placards, j'ai trouvé une vieille cafetière. J'ai acheté un réchaud à alcool et du café moulu. Après, je me suis assis par terre, j'ai mis à chauffer de l'eau dans une boîte de conserve vide et je me suis fait un café bien raide. Je l'ai bu assis sur le plancher en pensant à ma femme et à mes gosses demeurés en Algérie. Ça m'a un peu remonté. Le lieutenant m'a dit : « T'en fais pas, Fouad, j'irai te les chercher. En attendant, arrange la baraque. »

C'était plein de rats et de souris. Je les ai chassés ou exterminés. Ensuite, tant bien que mal, j'ai réparé les portes, les fenêtres, les planchers, la toiture. Au bout de huit semaines, le lieutenant est revenu avec ma femme, mon fils le plus jeune (l'aîné a voulu demeurer là-bas, impossible de le ramener) et la belle-mère. On s'est installés comme on a pu. Le lieutenant m'a trouvé du boulot à Issoire. Avec sa recommandation, c'était facile. En ce temps-là, aussi, y avait pas le chômage d'à présent. Encore un peu de thé ?

La fatma me présente des biscuits au miel, que nous mangeons en nous léchant les doigts. Le père continue son récit :

— Avec mon jeune fils, j'ai bricolé la maison. L'intérieur, ça allait encore ; mais pour les murs et les façades, j'étais pas bien malin. Je me suis dit, ce qu'il te faudrait, c'est ton neveu Mouloud qui est maçon. J'ai demandé au lieutenant : « Y aurait pas moyen de faire venir mon neveu Mouloud, qui a servi dans une harka du côté de Bou-Khal ? En 62, il a quitté l'Algérie comme moi. Mais on s'est perdus. » Il m'a dit qu'il allait faire des recherches. Il a écrit dans les camps de Bias, de Rivesaltes, de Saint-Maurice-l'Ardoise où il avait des amis. Et, un mois plus tard, Mouloud est arrivé à Vic-le-Comte. Comme à moi, l'officier lui a trouvé du boulot.

La France était en plein dans ses trente glorieuses. Pendant ses loisirs, le neveu rafistolait la maison de son oncle Fouad. Les voisins rigolaient et disaient qu'il voulait en faire un château. Fouad a eu trois autres enfants. Ainsi, de proche en proche, d'oncle à neveu, de cousin à cousin, de beau-père à gendre, toute la tribu s'est reconstituée, car ils venaient tous du même douar. Grâce à la fidélité du sergent-chef Fouad Larem à son lieutenant. Maintenant, celui-ci a quitté l'armée et vit en Bretagne. Eux restent, transplantés dans cette terre dont ils ne soupçonnaient pas l'existence il y a trente ans. L'enracinement a été facilité par les primes d'installation. Tous les hommes travaillent, excepté les vieux. Fouad et sa femme vivent de la pensionnette. Un privilège qui fait bisquer certains autochtones.

— Hé ! Je l'ai pas volée ! Je l'ai gagnée sur le terrain, tandis qu'eux restaient les pieds dans leurs pantoufles !

Il ouvre le col de sa chemise, me fait toucher du doigt le trajet d'une balle du FLN qui lui a transpercé l'épaule gauche. Une de ses filles a épousé un Gaulois. La seconde veut rester célibataire. Son fils cadet, marié aussi à une Gauloise, fait partie du conseil municipal ; il gagne bien sa vie à la fabrique de papier ; de sorte que sa femme possède à la fois le beur et l'argent du beur. Le fils aîné, au contraire, reste obstinément en Algérie. Là-bas, il doit maudire son père et sa mère, ses frères et sœurs, et militer dans les rangs intégristes. Trois neveux sont employés par la ville de Clermont ; mais tous les fils de harkis voudraient l'être. Fonctionnaires municipaux ! Le pain assuré chaque matin et jusqu'à la fin de ses jours ! Le rêve !

Un quatrième neveu entre, embrasse sa tante sur les joues, son oncle sur le front.

— Lui aussi, explique Fouad, a fait la demande pour travailler à Clermont. Plusieurs fois. On l'a refusée.

— Peut-être, dit mon directeur, qu'il n'y a plus de place ?

— Non. C'est à cause, explique l'intéressé, de cette histoire que j'ai eue avec la gendarmerie. Un soir, j'étais avec mon cousin Mouloud dans un bistrot de Vic, en train de boire un canon au comptoir, sans rien demander à personne. Un gars énervé entre ; un Gaulois. Il s'approche de nous et dit comme ça : « Vous avez une sale gueule. » On lui répond ; « Fous-nous la paix. Notre gueule, elle est comme elle peut. En tout cas, on est aussi français que toi. » Là-dessus, il se met à nous traiter de bicots, de ratons, de bougnoules. Il cherche à nous pousser dehors comme s'il était le patron de la boîte. « Foutez le camp ! qu'il crie. Vous polluez le paysage ! » On lui met alors deux ou trois pains, sans méchanceté, juste pour le calmer un peu. Tout par un coup, la porte s'ouvre, des gendarmes entrent. Quelqu'un avait dû les appeler pendant notre conversation. Sans questionner personne, ils se jettent sur nous deux, les cousins, et nous transportent à leur caserne. Sans vouloir entendre le patron du bistrot qui gueulait : « C'est pas eux qui ont commencé ! C'est l'autre abruti ! » On a couché au violon. Le lendemain, sous prétexte que je criais trop fort mon innocence, un cogne m'a mis une paire de baffes que les oreilles m'en chantent encore. Toujours sans vouloir entendre mes raisons.

Ce doit être ce que les sociologues appellent l'« incommunicabilité ». Mais l'incident n'aurait pas eu lieu si les deux cousins n'avaient pas été au comptoir. Je constate, plus que je ne demande :

— Vous ne suivez pas les préceptes de votre religion ? Vous buvez ?

— Ne pas boire du vin sur les chantiers, en compagnie des Européens, c'est impossible. Toujours ils t'offrent de leur bouteille, histoire de te convertir au christianisme. Et si tu penses à respecter le ramadan — vingt-huit jours sans boire ni manger du matin à la nuit — ils te font faire les boulots les plus durs. J'ai constaté d'ailleurs une chose : quand tu mets ensemble un Français, un Arabe et un piquet, c'est toujours le Français qui tient le piquet et l'Arabe qui tape dessus avec le marteau. A chacun sa spécialité. Mais, pour revenir à la religion, maintenant qu'on a la nationalité, on finit par faire tout ce que font les Auvergnats : on boit le pinard, on mange le saucisson.

— Pas moi ! proteste Fouad.

Je demande pourquoi. Le neveu éclate de rire :

— Parce qu'il est vieux. Il prépare son paradis. Il attend le mouton de l'ange.

— Quel ange ?

— Quand le bon musulman casse sa pipe, l'ange Gabriel lui envoie un mouton pour transporter son âme au paradis.

Faut qu'elle se cramponne bien à la laine. Sinon, elle se casse la gueule.

Je cherche aussi à savoir les raisons qui ont poussé les harkis à combattre l'indépendance algérienne. Et Fouad :

— D'abord, y avait mon père. Pendant la Première Guerre contre l'Allemagne, il était à cette grande bataille. La plus grande.

— Verdun ?

— Oui, Verdun. Ça lui a valu plusieurs médailles. A chaque cérémonie officielle, à Sétif, il les accrochait à son burnous et se montrait au défilé. On lui serrait la main, on le félicitait et, de temps en temps, on lui collait une autre médaille. Ensuite, je croyais que la France et l'Algérie, c'était la même famille. L'Algérie notre mère, la France notre grand-mère. A l'école, j'avais appris « Nos ancêtres les Gaulois... » J'ai cru à cette propagande.

Mouloud, le neveu, en rajoute :

— Il trouvait naturel de voir les Européens riches parce qu'ils avaient de l'instruction. Et les Arabes misérables comme des poux de galère à cause de leur ignorance. Mais petit à petit, l'instruction se répandait quand même un peu. On nous racontait aussi que l'Algérie indépendante, ça serait le communisme, ennemi de la religion. Enfin, on croyait l'armée française plus forte, avec les avions, les hélicos, les chars. On nous a trompés sur toute la ligne.

Fouad baisse la tête, conscient d'être un minable. C'est à peine si j'ose poser une dernière question :

— Regrettez-vous maintenant votre choix ?

Il hésite, il pèse les avantages et les inconvénients, les injures, le mépris, la pensionnette, la maison, le travail, son fils conseiller municipal.

— Oui, quelquefois ; quand on m'insulte... quand je suis en colère. Mais la colère, ça dure dix minutes. Y a le reste, les bonnes choses qui durent tout le temps.

— Et le racisme ?

— Il m'entre par une oreille, et il sort par l'autre. Il y a aussi un racisme arabe. J'entends parfois sur les chantiers des frères grommeler dans leur langue : « Sale race de Français ! Qu'est-ce que je fais dans ce pays pourri ? » Je leur réponds : « Qu'est-ce que tu fais ? Tu gagnes une bouchée de pain que ton Algérie indépendante est incapable de te donner. Es-tu venu ici par amitié pour la France ? Non, tu es venu pour qu'elle te donne à manger. Alors, sois patient. Rappelle-toi le proverbe de chez nous : celui qui demande même à un chien doit l'appeler Monseigneur. »

Sa femme, de la tête, approuve tout ce qu'il dit. Plus tard, dans Vic, j'ai rencontré d'autres fatmas assises devant leur porte. J'ai engagé aussi la conversation avec elles. Depuis l'indépendance, plusieurs sont retournées en Algérie rendre visite à ceux qui y restent. Ne serait-ce qu'aux cimetières. Elles parlent toutes d'une pagaille inimaginable : chacun y fait n'importe quoi, s'installe n'importe où, prend possession de ce que les Français ont abandonné. Une énorme foire d'empoigne. Elles sont unanimes : aucune à présent ne voudrait y demeurer. L'Algérie a peut-être obtenu son indépendance, mais pas les Algériennes. Là-bas, elles vivent en esclavage ; ici, elles ont une certaine liberté. Les anciens harkis acceptent cette francisation de leurs filles et petites-filles. Elles vont en classe avec les jeunes Vicoises, apprennent la poésie, la couture, la cuisine françaises. Ce qui ne les empêche pas de préparer un couscous ou une chorba de temps en temps. Leur nourriture est parfaitement bilingue. Les mères assistent aux rencontres maîtres-parents avec plus d'assiduité que les Européennes.

Voilà donc la solution : au lieu d'entasser les harkis et leurs rejetons dans des immeubles qui ne leur appartiennent pas et pour lesquels ils n'ont aucune considération, il faut les disperser dans nos campagnes dépeuplées ; faciliter leur accès à la propriété, au mariage mixte, aux responsabilités municipales. La propagande intégriste n'a aucune prise sur les Français musulmans de Vic-le-Comte.

Alors sont arrivés les Kurdes, réfugiés de Turquie et d'Irak. Leur installation a suscité bien des murmures et des jalousies, parce que, protégés de Mme Danielle Mitterrand, ils ont très vite été logés par une municipalité socialiste dans des maisons achetées et restaurées aux frais du contribuable. Pendant un certain temps, ils ont bénéficié en priorité de CES (Contrats Emploi Solidarité) dont les chômeurs de souche française se seraient volontiers satisfaits.

— Quel malheur de n'être pas kurde ! grognait-on dans les bistrots vicois.

Venus peu nombreux, ils se sont multipliés, ce qui n'ajoute rien à leurs charmes. Les jeunes, toutefois, s'intègrent rapidement. Les filles ont abandonné les costumes traditionnels pour sauter dans les blue-jeans. Seules les grands-mères continuent de porter leurs longues robes et leurs foulards éclatants. Les garçons vivent les jours comme ils viennent, sans trop savoir ce qu'ils sont, sans regarder ni devant ni derrière. Les petits font de leur mieux à l'école.

Les relations entre les deux communautés musulmanes sont correctes. La religion les rapproche, mais les langues les séparent. Ils ne peuvent se parler qu'en français. Les premiers arrivés qui ont, comme ils disent, la nationalité, prennent rang désormais parmi les protecteurs. Je l'ai bien senti en assistant à la rencontre d'un beur de Parent — un village voisin où résident aussi de nombreux harkis — venu à Vic en voiture pour une certaine affaire. Il s'arrête place de la Fontaine et demande à un passant où se trouve la maison de M. X. Or le passant est un Kurde, suffisamment informé pour pouvoir le renseigner de la parole et du geste.

— Merci, dit le beur. Tiens, voilà pour toi.

Il a fouillé dans sa poche et lui tend une pièce de cinq francs. Le Kurde refuse avec dignité, quasi offensé de cette aumône.

— Si, si, insiste l'autre. Tu m'as rendu service. Faut que je te récompense.

— Pas besoin, dit le Kurde.
— Tu boiras un canon.
— Bois pas canon.
— Tu achèteras des caramels pour tes gosses.

Ainsi présentée, l'aumône est irrécusable. Le Kurde finit par l'empocher.

Étrangement, les seules difficultés scolaires proviennent d'enfants de souche gauloise. Souvent engendrés à la sauvette par de malheureuses filles de la DDASS qui se soucient moins d'eux que de leur canari. Sans pères connus, sans grands-parents, sans mères dignes de ce nom. Affligés de demi-frères et de demi-sœurs. Ils explosent à l'école en violences contre les copains, contre les maîtres, contre le matériel. Quand ils rentrent chez eux, personne ne les reçoit, excepté le susdit canari. Ils se nourrissent de ce qu'ils trouvent dans le buffet et retournent à la rue jusqu'à la nuit tombée. Et au-delà. Et moi, naïve joueuse de clarinette, je m'efforce de rallier ces enfants disparates. Comme le preneur de rats et souris de la légende germanique ralliait au son de son fifre tous les gosses de Hameln. Et de les emmener, non point se jeter dans l'Allier ni la Weser, mais s'abreuver aux sources de la culture.

Ça y est ! J'ai prononcé ce mot que j'aime peu à cause de sa prétention et de son ambiguïté. Chez nous, qui dit culture dit livres, langues, équations, informatique, histoire de France. Tout ce qui entre dans la cervelle et dont les Gaulois, plus que tout autre, se glorifient et se gobergent. Alors qu'il existe une culture... pardon : un savoir, un savoir-faire des mains, du nez, des oreilles, de l'estomac, des jambes, des pieds. Savoir-faire du bon cuisinier, du bon arracheur de dents, du bon gâcheur de plâtre. Le difficile est de découvrir ces talents dissimulés, comme des pépites sous la terre. Il m'appartient de pratiquer, autant que je le peux, avec chaque enfant, d'où qu'il vienne, cette besogne de défouisseuse.

13

Et puis, à Vic-le-Comte, j'ai fait la connaissance de Yamina. Non point une élève, mais ma jeune collègue institutrice. Très européenne d'apparence, de coiffure, de vêtements, de maintien. Remarquablement belle, avec ses yeux sombres, sa peau claire, ses dents irréprochables. Elle tire ce qu'elle veut de ses élèves car tous, même les filles, sont amoureux d'elle. Si je n'étais pas encore tout encombrée de mes nostalgies claudiennes, je pourrais peut-être, moi aussi... Mais non. Trop de champignons vénéneux ont poussé dans mes oreillettes. Nous sommes seulement amies. Elle n'exige pas, comme certains jeunes pédagogues dans le vent, que ses gosses la tutoient et l'appellent par son prénom. Ils disent « M'zelle », traditionnellement. Elle enseigne avec le sourire à ses petits Kurdes, Arabes, Auvergnats les règles de la politesse et de l'orthographe. Eux récitent sans respirer « bijou, caillou, chou, genou, hibou, joujou, pou ». Des poux, à la différence de mes manouches de Meilhaud, ils n'en ont pas. Son effectif est le mieux attifé du groupe scolaire.

Elle m'a prise en pitié quand elle a su que j'étais une pauvre Parisienne sans autre famille valable qu'une clarinette et une 4L, en pénitence au fin fond de l'Auvergne absolue, victime d'un odieux limogeage. Pour garder sa sympathie, je ne lui ai pas révélé d'abord que mon exil était volontaire. Plus ancienne dans l'école, elle s'est bien gardée de me donner des conseils professionnels que je ne lui demandais pas. Nous avons papoté musique, cinéma et surtout théâtre. Car elle est une insatiable théâtrophage. Elle a tout lu : les auteurs anglais, américains, suédois, autrichiens, russes, italiens, français. Elle passait alors ses nuits avec Gogol, Ostrovski, Tchekhov. Lorsque j'évoquai les scènes parisiennes que j'avais fréquentées, elle m'avoua qu'elle n'avait aucun besoin de décors ni d'acteurs.

— Je les ai dans ma tête. Meilleurs que les plus célèbres. La lecture me suffit. Le seul ennui, avec les Russes, c'est que, dans les premières scènes, on a quelque peine à distinguer les personnages. Chacun porte trois noms, difficiles à retenir et à prononcer. Sans parler de leurs diminutifs. Ainsi, Ivan Petrovitch Voïvitzki, alias Vania, oncle Vania, Vanouchka. Dans les commencements, on s'y perd un peu.

A l'école elle a dramatisé certaines fables de La Fontaine et transformé ses grimauds en fourmi, en corbeau, en loup, en agneau, en chat, en belette, en petit lapin. Tout cela a été joué au temps de la Noël et applaudi avec enthousiasme, même par les grands-mères irakiennes qui n'y comprenaient pas une virgule.

Yamina a voulu me présenter sa famille. Je suis entrée chez elle en plein ramadan. Le père, au travail chez Michelin, ne devait rentrer qu'en fin de journée. La mère, Malika, m'a offert un café que j'ai bu seule. Yamina m'a montré sa chambre. Au catalogue de sa petite bibliothèque : une encyclopédie théâtrale ; les classiques français en petit format ; des auteurs maghrébins d'expression française ; le Coran sous couverture rouge, traduit par Kazimyriki ; mais aussi une Bible et *Les Quatre Évangiles en un seul*, d'Alfred Weber. J'ai constaté qu'elle s'intéressait beaucoup aux religions. Et elle, sur le ton de la confidence :

— Oui. Et j'ai fait mon choix. Je suis devenue chrétienne.

D'abord, j'en suis restée baba. Puis j'ai repris mon souffle :

— Chrétienne ? Et tu respectes le ramadan ?

— Le Christ aussi a jeûné dans le désert.

— Quelle sorte de chrétienne es-tu ? Catholique, protestante, maronite ?

— Je ne sais pas. Chrétienne me suffit. Je m'efforce de suivre les recommandations de l'Évangile.

— Tu vas à la messe ? Tu t'es fait baptiser ?

— Non. Je suis seulement chrétienne dans mon cœur. Je n'en ai pas informé mes parents pour ne pas leur faire de peine. Je fais semblant de pratiquer les rites musulmans. La toilette, le carême, les prosternations n'engagent point mes pensées. Mais je ne crois plus à l'islam.

— Plus à l'aumône coranique ?

— Autant que je peux, je la remplace par la charité. C'est-à-dire par l'amour. La foi, l'espérance et l'amour, voilà mes vertus théologales.

— Et les rites chrétiens : l'agenouillement, le signe de croix, les sacrements ?

— Je m'en soucie peu. Pour moi, ils n'ont pas grande importance.

— La prière ?

— La prière, oui. Personnellement. Dans mon cœur. Toujours dans mon cœur.

— Mais pourquoi cette conversion secrète ?

— Parce que je me suis aperçue que le Coran, aussi bien que l'Ancien Testament, est un livre du passé. L'Évangile, au contraire, est un livre de l'avenir. Lui seul peut mettre fin au mal que les hommes font à d'autres hommes. Lorsque tous les peuples de la terre se seront convertis sincèrement aux principes évangéliques, la plupart de nos problèmes économiques et sociaux auront disparu. *Aime ton prochain comme toi-même.* En conséquence, les patrons aimeront leurs employés ; les employés aimeront leurs patrons ; les syndicats n'auront plus besoin de combattre, puisque leurs demandes légitimes seront satisfaites par la négociation ; les Blancs aimeront les Noirs et ne les exploiteront plus ; les Noirs aimeront les Blancs au lieu de les détester. Plus de guerres, donc plus de conquêtes, plus d'oppressions. La paix et la prospérité régneront sur les cinq continents. C'est pourquoi je répète chaque jour, m'adressant à Dieu : « Que ton règne vienne. »

— Crois-tu qu'il viendra ?

— Nous marchons vers lui. A tout petits pas. Nous, les chrétiens de cœur, en même temps que d'autres idéalistes ; que les organisations humanitaires, Médecins sans frontières, Croix-Rouge, etc. Et que notre chère école laïque, jardin de paix et de fraternité.

— En principe.

(Je pense à mon pouce mordu par un élève rue du Combat.)

— En principe. Au contraire, le Coran et l'Ancien Testament prêchent le fanatisme et la violence. Contre leurs opposants, ils préconisent des méthodes vieilles de deux millions d'années : œil pour œil, dent pour dent ; et je te crucifie ; et je te lapide ; et je te mutile ; et je t'extermine.

— Je pensais que l'islam recommandait la tolérance envers ceux qui ne croient pas.

— C'est vrai. Mais il y a la contrepartie. Le Coran souffle le froid et le chaud.

Yamina ouvrit son livre rouge, marqué de nombreux signets, feuilleta un peu, lut ces lignes dictées par Allah à Mahomet :

— *Si des étrangers s'opposent d'une manière ou d'une autre au culte d'Allah, déclenchez contre eux la guerre sainte. Tuez-les là où vous les rencontrerez. Expulsez-les d'où ils vous auront expulsés... Ceux qui guerroient contre Moi et Mes envoyés, semant la violence sur la terre, auront pour salaire d'être percés et crucifiés. Leur main et leur pied opposés seront tranchés. Ou bien, ils seront seulement bannis du territoire...* Que dit l'Évangile en de pareilles circonstances : *Si on te frappe sur la joue gauche, tends la joue droite. Si tu es persécuté, prie pour ton persécuteur.*

Yamina déposa son Coran, ouvrit un livre profane. Il s'agissait du roman autobiographique d'un auteur marocain, Driss Chraïbi : *Succession ouverte.*

— Chraïbi, dit-elle, veut voir dans l'islam la recommandation de Moïse et de Jésus, « Tu ne tueras point. » Il cite : *Tuer un seul être humain, c'est tuer tout le genre humain.* En fait, la citation de Chraïbi est écourtée. Le texte coranique dit exactement : *Quiconque tuerait une personne sans que celle-ci ait tué elle-même ou usé de violence serait jugé comme s'il avait tué tous les hommes de la terre.* Mais que signifie exactement « usé de violence » ? Un soufflet sur la joue, un refus d'obéissance opposé par une femme à son mari peuvent donc justifier le couteau ? L'Ancien Testament n'est pas plus indulgent. Rappelle-toi le paysan qui avait ramassé du bois sec le jour du sabbat : il fut lapidé à mort par la population. Mais il y a pire...

Elle prit un autre livre sacré, la sainte Bible :

— *Lorsque le Seigneur votre Dieu vous aura fait entrer en cette terre que vous allez posséder et qu'il aura exterminé devant vous plusieurs nations, les Héthéens, les Gergéséens, les Amorrhéens, les Cananéens, les Phérézéens, les Hévéens et les Jébuséens, qui sont sept peuples beaucoup plus nombreux et puissants que vous n'êtes ; lorsque le Seigneur votre Dieu vous les aura livrés, vous les ferez tous passer au fil de l'épée, sans qu'il en demeure un seul.* Voilà les belles exhortations du prophète Moïse à ses compatriotes juifs, futures victimes de l'holocauste hitlérien ! Il les pousse au génocide total ! Comment accepter une telle religion ? Comment ne pas lui préférer les paroles du Christ : *Celui qui a combattu par l'épée périra par l'épée. Aimez vos ennemis. Faites du bien à ceux qui vous haïssent. Car si vous n'aimez que ceux qui vous aiment, quel mérite en avez-vous ? Les païens en font autant.*

Comme elle feuilletait la sainte Bible, Yamina éclata soudain de rire. Je lui demandai la raison de cette hilarité.

— C'est que je viens de tomber sur un rite particulièrement grotesque. Moïse recommande d'offrir au Seigneur la graisse qui enveloppe les viscères d'un bœuf sacrifié, avec la taie du foie ; de faire brûler cette tripaille sur l'autel afin de produire une oblation d'une odeur très agréable au Seigneur. Comment les narines spirituelles de Dieu pourraient-elles se régaler de cette horrible crémation ?

Nous avons ri ensemble. Puis elle m'a recommandé une discrétion extrême :

— Si ma famille musulmane avait comme moi lu l'Évangile, peut-être se serait-elle aussi convertie. Mais mes parents sont des gens de bien. Ils iront dans la maison du Père qui est assez grande pour recevoir tous ses fils, pourvu qu'ils se soient comportés sur terre noblement.

Le soleil s'était enlisé dans des brumes lointaines, derrière la crête des monts Dore, le jour s'achevait. Nous redescendîmes dans la cuisine où nous trouvâmes la mère devant son fourneau. Sur la table, montaient d'un transistor les notes lancinantes, quelque peu parasitées, du mufti de Radio Alger annonçant la rupture du jeûne. J'acceptai de partager le repas de fête qui suit le ramadan. Il commença lorsque le père de famille revint de Clermont sur sa Mobylette. Quand tout le monde fut à table, il prononça la formule :

— *Bis millah !* Au nom de Dieu.

Nous eûmes une soupe rouge au vermicelle, un couscous au sucre et aux raisins secs, des gâteaux à la pâte d'amande. Le tout arrosé de thé très fort. A chaque service, Yamina m'obligeait d'en prendre trois fois, selon le principe de la politesse musulmane :

— Si tu n'en prends qu'une, c'est que tu n'as pas aimé. Deux, c'est que tu veux faire plaisir à tes hôtes. Trois, c'est que tu as vraiment aimé. Quatre, c'est que tu es une goulue.

Elle éclata de rire encore. Son christianisme caché l'illuminait toute, comme une bougie dans une lanterne chinoise. Au cours du repas, le père, à ma demande, voulut bien évoquer son passé franco-algérien :

— Je suis né dans un douar, près de Miliana, dans une famille de neuf enfants. Ça faisait beaucoup de bouches à nourrir. A douze ans, je suis entré au service de M. Ramirez, qui produisait des légumes et gagnait beaucoup d'argent. Moi je gagnais dix sous par jour, c'est-à-dire cinquante centimes, plus une livre de tomates, plus un morceau de pain. Si j'avais voulu, en supplément, acheter un pain de 400 grammes, il m'aurait coûté 18 francs. Il m'aurait fallu travailler plus d'un mois pour le payer. Pour mieux me nourrir, je devais chaparder des carottes que je mangeais toutes crues ou des œufs dans le poulailler. Les ouvriers adultes, eux, gagnaient trois ou quatre francs par jour. Je me demande comment j'ai pu résister sept ans à ce régime. Ensuite, j'ai été appelé à faire mon service militaire au Ier régiment de tirailleurs de Blida. La révolution avait commencé. Je ne suis pas complètement idiot et je savais que les fellaghas, comme on disait alors, se battaient pour donner à l'Algérie sa liberté. Je me suis toujours arrangé, dans les opérations contre eux, pour tirer à côté. N'empêche qu'après trois ans de campagnes forcées, j'ai préféré suivre l'armée française en retraite plutôt que de me laisser prendre par le FLN. Après bien des détours, je suis venu atterrir à Vic-le-Comte avec ma femme Malika et mes enfants.

Encore un « malgré-nous », comme Joseph Kleister. Il ajouta quelques mots de conclusion :

— Un de mes fils est ingénieur. L'autre travaille dans le tourisme. Ma fille Yamina est institutrice. A présent, je suis français musulman.

J'ai appris par la suite que ma jeune collègue chrétienne de cœur assure des cours d'alphabétisation gratuits destinés aux femmes kurdes, et qu'elle se fait écrivain public au service des illettrés. Pauline Rochette, une autre enseignante, m'a rapporté l'anecdote qui suit :

— Un mercredi matin que nous étions ensemble à la boulangerie, nous nous sommes trouvées, elle et moi, derrière une élève de Yamina dont tous les copains se moquent parce qu'elle se nomme Martine Godillot. Eux, ils l'appellent Godasse. La petite demandait une couronne de pain, disant : « Vous l'inscrirez au compte de ma mère. » La commerçante ouvre son cahier et répond : « Ta mère me doit déjà 250 francs. Dis-lui qu'elle passe me régler si elle veut d'autre pain ! » Martine baisse la tête, près de pleurer. Alors, Yamina dit doucement à la boulangère : « Madame, je vais vous payer ces 250 francs, plus le prix de la couronne. Et je vous prie de ne pas refuser de pain à cette enfant, qui est une de mes bonnes élèves. Je vous réglerai chaque mois. » Et elle remplit un chèque de 262 francs. Un peu honteuse d'avoir été prévenue, j'ai voulu prendre à ma charge la moitié de la somme. Elle m'a répondu que Martine était son élève, non la mienne, que l'affaire ne me concernait pas.

Et moi, à ce récit, j'ai cru vivre une page de Charles Dickens. Ou de Victor Hugo. Et je me demandais si la charité de Yamina était coranique, évangélique ou laïque.

14

Au terme de mon remplacement, j'ai quitté Vic-le-Comte. Au revoir, Yamina ; nous avons, j'en suis sûre, encore beaucoup de choses à nous confier. Au revoir, mes petits beurs, mes petites beurettes, mes gentils Kurdes et Vicois. Je me suis repliée sur Antaillat où j'ai goûté encore quelques jours de vacances obligatoires. Pendant cette période, j'ai fait la connaissance d'une autre famille de Parisiens, comme moi exilés en Auvergne : les Manaranche, Jacques et Simone. J'admirais un beau parterre de tulipes, j'ai exprimé mes sentiments au jardinier en chapeau de paille que je voyais penché sur elles :

— De quelles espèces sont-elles ?

Et lui, modestement :

— Je ne connais pas leurs noms de famille. Je sais seulement que j'en ai des blanches, des rouges, des noires, des jaunes, des perroquet.

— Vous les regardez pousser ?

— Je leur parle. Je les encourage.

— C'est beau d'avoir des conversations avec les fleurs.

— Vous êtes l'institutrice de Paris ?

— Oh ! je commence bien à devenir auvergnate !

— Moi, c'est le contraire. Auvergnat de naissance, j'ai habité trente ans Paris sans réussir à devenir parisien. Là-bas, j'avais un taxi. Je connais toutes les rues, toutes les places, tous les monuments. Mais à la fin, je suis revenu au pays pour y terminer mes jours. En ramenant une Parisienne avec moi : ma femme Simone. C'est la plus belle de mes fleurs. A ce propos, avez-vous envie de graines ? Je produis les miennes et j'en tiens à votre disposition. Entrez donc. Vous choisirez.

Il me conduit dans la cabane où il range ses outils, ses engrais, ses semences. Malgré ses origines provinciales, il a un accent de Belleville à couper au couteau. Avec des trouvailles de vocabulaire inattendues, bien parigotes. Ainsi, me montrant ses rosiers menacés par les pucerons, il annonce :

— Faudra bientôt que je les dépucelle.

— Avec quoi faites-vous ça ?

— Avec de la fleur de soufre... Voulez-vous des capucines ?

— Pourquoi pas ?

— Il est encore temps de les semer. Bien espacées. Vous savez qu'on peut manger les feuilles en salade ?... Ça, c'est des giroflées. Ça, des monnaies-du-pape ; elles produisent des fleurs mauves très jolies, ensuite des plateaux ronds pareils à des pièces de cent sous. Et voici des soucis jaunes au cœur noir.

— Tous les soucis ont le cœur noir.

Une fois revenue à ma *Cyprinière*, j'ai mis en terre toutes ces graines. Me voilà devenue fausse-monnayeuse.

Quelques jours plus tard, j'ai connu Simone Manaranche, que son mari appelle Mémère. Il est vrai qu'elle a dû être belle il y a peu, avec son teint encore frais et ses yeux bleu-vert. Je lui demande si elle est aussi de naissance auvergnate. Et elle, avec un sourire où luisent des dents très blanches :

— Oh non ! Je suis d'origine américaine. Par mon père. Ma mère était bretonne, femme de chambre dans un hôtel près de la gare d'Austerlitz. En 1919, après la guerre, les Américains ont envahi la capitale, avec leur chewing-gum et leurs chapeaux de boy-scouts. L'un d'eux a rencontré ma mère. Ensemble, ils ont fêté un peu trop la victoire. Mais ensuite il est reparti pour l'Amérique en l'abandonnant. Je suis née de cette rencontre.

— Est-ce que vous avez essayé de le retrouver ?

— On ne savait ni son adresse ni son nom de famille. Seulement qu'il s'appelait John. En Amérique, des John, doit y en avoir des troupeaux. C'est lui qui m'a donné ces drôles d'yeux en héritage. Ma mère les avait bruns.

— Elle vous a donc élevée seule ?

— Dans la honte. Quand sa famille a su qu'elle avait une enfant de père inconnu, elle n'a plus voulu la recevoir.

Oui, oui, la honte de la famille, je connais. Plus tard, Simone a épousé un chauffeur de taxi auvergnat. Rencontré un jour où elle avait été sa cliente. Il l'observait dans le rétroviseur. Deux fois, il faillit embrasser des becs de gaz à cause de cette distraction. Par la suite, sachant où elle habitait, il avait fait le siège de sa maison. La chose s'était terminée par un mariage. Elle était bien heureuse d'épouser en même temps un Auvergnat et une Citroën traction avant. Ils ont eu ensemble un fils unique et deux petits-enfants.

Les Manaranche et moi, nous avons évoqué les quartiers de la capitale. Les festivités parisiennes : le 14 Juillet, avec ses bals, ses feux d'artifice, comme si toutes les étoiles pleuvaient dans la Seine ; ses défilés ; ses illuminations au temps de Noël ; ses beaux enterrements.

— Putain, celui du grand Charles ! Avec la garde républicaine, les présidents, rois et reines de tous les pays, et la marche funèbre de Chopin ! J'ai jamais rien vu de si beau ! Ah ! c'est une sacrée chance, d'avoir des funérailles aussi magnifiques !

Je demande s'il lui est arrivé de transporter des personnes d'importance. Oui, des sportifs, des vedettes de la chanson et du cinéma. En général, ils payaient avec un billet de cent balles et n'attendaient pas la monnaie.

— Une fois, j'ai cru que je transportais Brigitte Bardot. Mêmes cheveux blonds, même bouche, même voix. Ensuite, quand je l'ai priée de me signer un orthographe, elle m'a ri au nez. Alors, j'ai compris que c'était seulement une sosize.

Nos relations se sont perfectionnées. Je les ai reçus chez moi, je leur ai présenté mes poissons rouges, mes hirondelles, mes arbres, mes parterres. Nous avons trinqué, grignoté des biscuits. Je leur ai offert un petit solo de clarinette. A leur tour, ils m'ont reçue chez eux, ont étalé sous mes yeux les photos en noir et blanc de leur passé : la traction avant, les vacances à Cabourg, les fenaisons en Auvergne, les photos en couleurs de leur progéniture. Je suis rentrée les bras chargés de fleurs avec, dans un panier à couvercle, un petit lapin de deux mois, blanc aux yeux rouges, pour compléter ma ménagerie. Il a passé la nuit près de mon chevet, en grelottant de trouille dans son panier. Le lendemain, Manaranche est venu lui apporter un vrai clapier confectionné avec de vieilles caisses. Je l'ai baptisé Bunny. Je le nourris d'herbe et de genêts tendres que je vais couper dans la campagne.

Nouveau remplacement : à Perrier, aux portes d'Issoire, où j'allais suppléer un instituteur cardiaque. Le bourg s'étale au pied d'une falaise percée de grottes spacieuses, creusées artificiellement dans des déjections volcaniques. Les géologues expliquent qu'il s'est produit par ici à l'ère tertiaire un véritable Pompéi zoologique : le massif des monts Dore se mit à vomir un torrent de lave et de boues qui engloutirent tout ce qui vivait. On a retrouvé des restes de rhinocéros, de mastodontes, de félins géants. Quand l'homme y parut, il creusa ces tanières et les habita bourgeoisement. Au XVIe siècle, elles furent occupées par de mystérieuses familles juives, venues on ne sait d'où, qui s'intégrèrent ensuite dans la communauté chrétienne. L'une de ces excavations s'ouvre dans le piédestal d'une tour naturelle surmontée d'une tour bâtie : le Maurifolet. Au cours des années 20, des tireurs au fusil allaient s'y exercer.

A l'opposé, les bâtiments des écoles et de la mairie sont rassemblés autour d'une placette ombragée de tilleuls, que domine le clocher pyramidal de l'église. Un peu à l'écart, un hangar décrépi, dont le fronton porte cette enseigne : *RF Après l'école Société des abeilles.* Il fut le siège d'activités ménagères aujourd'hui révolues. La salle polyvalente est à un jet de pierre.

Je fus présentée à ma classe : un CM2, cours qui autrefois préparait au fameux certif, couronnement des études primaires élémentaires, indispensable aux futurs facteurs, gardes champêtres, cantonniers, devenu sans usage de nos jours puisque l'école primaire débouche dans la secondaire comme la Couze débouche dans l'Allier, sans retenue ni obstacle. Sur le mur du fond était collé un alignement de portraits photographiques et de dates, disposés à la queue leu leu comme les voitures d'un train. Ils figuraient les maîtres qui avaient exercé en ces lieux depuis leur fondation en 1883. La locomotive en était M. Égal (1883-1890). Un pédagogue aux joues tombantes qui lui faisaient une tête de hamster. Venaient ensuite M. Rudel (1890-1899), avec son col à manger de la tarte ; M. Pradat (1913-1914), le regard sombre et le menton carré comme il convenait à un lieutenant de réserve destiné à tomber très vite au champ d'honneur. Et ainsi de suite. Certains wagons, vides de photo, n'offraient que le nom et les dates. Après 1970 paraissaient des visages de femmes.

A la récréation, tandis que nous faisions les cent pas dans la cour au milieu des enfants, j'entrai en contact avec mes collègues. Ils m'interrogèrent sur les motifs qui m'avaient poussée à quitter Paris pour l'Auvergne. Je m'expliquai clairement, et ils parurent satisfaits. J'exprimai aussi quelque complexe à devoir m'accrocher au convoi de mes éminents prédécesseurs, même si je n'étais que le wagon de queue, et très provisoire. Le directeur sourit et fit ce commentaire :

— Il y a du moins une de ces éminences qui ne devrait pas figurer dans le convoi : M. Félix Y... Tout au plus pourrait-il être simplement mentionné... Le déshonneur de la profession... Une affaire de mœurs, comme disent les journaux. Au commencement de la mixité. Ce triste sire osa s'en prendre à une de ses élèves, âgée d'une treizaine d'années. Dois-je fournir des détails ?

Et moi :

— Ce n'est pas nécessaire.

— Le scandale éclata au mois de juillet, poursuivit-il quand même, quelques jours avant que la petite ne quittât définitivement l'école, sur la dénonciation d'une de ses camarades. L'inspecteur vint mener une enquête. Tout le monde fut confronté : les deux fillettes, les parents, l'instituteur. La jeune victime baissait le front, sans parler. Mais sa copine affirma qu'elle était revenue dans la classe après seize heures parce qu'elle avait oublié un livre, et qu'elle les avait vus, derrière le bureau. M. Y... finit par reconnaître les faits, prétendant que son élève n'avait manifesté aucune résistance. Au bout du compte, il lança cette réplique : « D'ailleurs, ça ne l'a pas empêchée d'être reçue au certificat d'études ! Avec mention bien ! »

Hilarité du corps enseignant. Je me limitai à un mince sourire pour ne pas sembler bégueule. Je demandai quelles avaient été les suites.

— Du côté de la fille, rien. Par chance. Les parents ne déposèrent pas de plainte sur la promesse que M. Y... serait muté. Il le fut en effet : en Normandie, à la direction d'une école de village. On peut dire que ce fut un déplacement avec promotion. Sa femme et ses enfants le suivirent. J'imagine qu'ils ne ressentirent point cela comme une récompense.

Au fond de ma classe, le portrait de M. Félix Y... exprimait la pureté de ses sentiments. Sa boutonnière gauche montrait le ruban violet des palmes académiques.

Ah ! que le certificat d'études fut une belle chose !

Comme à l'accoutumée, ma clarinette fit des merveilles. Le directeur me demanda de bien vouloir joindre son CE à mon CM, sous prétexte qu'il chantait lui-même comme une cloche de bois, afin d'impartir aux deux classes mes leçons de musique. Je formai une chorale à deux voix et j'obtins des résultats très plaisants. Cela fit germer dans la tête de mon chef une idée nouvelle :

— Savez-vous ce que nous devrions faire ? Dans le cadre de nos activités périscolaires, profiter de vos talents pour créer une chorale d'enfants et d'adultes. Nos élèves en seraient le noyau. Ils amèneraient leurs frères aînés, leurs parents. Ce serait une manière de les arracher quelques heures à la putain de télévision.

(La télé ! Cette invention diabolique qui remplit les cervelles de vent. Qui empêche de lire, de peindre, de jouer du pipeau, d'écrire à sa parenté, de recevoir ses amis, de faire les devoirs et d'apprendre les leçons. Qui flatte la sottise. Qui forme des gloires imméritées. Qui banalise l'assassinat, le viol, le goût de la destruction. Qui fourre son œil dans les alcôves. Qui répand l'immondice et la bestialité. Ah ! la putain de télé !)

— J'accepterais avec enthousiasme, dis-je, de faire quelque chose contre elle. Mais je suis à Perrier pour peu de temps. Que deviendra votre chorale après mon départ ?

— Oh ! peu de temps ! Nul ne le sait. Le maître que vous remplacez est cardiaque. Quand nous reviendra-t-il ? Le cœur a ses raisons que la raison ne connaît pas.

— De toute façon, en cherchant bien, vous me trouverez un successeur. Allons-y.

Une circulaire fut distribuée par nos gamins dans toutes les familles de la commune : invitation à tous ceux que la formation d'une chorale intéressait à se réunir dans la salle polyvalente tel jour à telle heure. Il vint plus de monde que je n'en espérais : une soixantaine de personnes, grandes ou petites. Parmi lesquelles des notables : le premier adjoint au maire, le receveur des postes, un psychologue, un professeur, un agent d'assurances, un rebouteux. Le directeur expliqua notre projet. Pour donner un échantillon de mes compétences, il me demanda d'exécuter quelque chose à la clarinette. Ma *Rhapsody in Blue* fut, comme toujours, bien applaudie.

— A présent, dis-je, à vous de me montrer vos talents. Je vais vous entendre l'un après l'autre. Chantez-moi n'importe quoi afin que j'apprécie votre voix et que je puisse former des groupes : sopranos, contraltos, ténors, etc. Vous voyez ce que je veux dire ?

Ces vocables suscitèrent un frémissement. La plupart avaient entendu Pavarotti, la Callas, Barbara Hendricks à la télévision, et la simple pensée d'être affublés d'un registre comparable les chatouillait agréablement. (O merveilleuse télé ! Qui dispense aux oreilles les plus incultes les chefs-d'œuvre de la musique ! Qui leur offre une entrée gratuite à la Scala de Milan, au Bolchoï de Moscou, à l'Opéra de Paris ! Qui fait voyager les invalides à travers le monde ! Qui ouvre à tous les regards les mystères sous-marins, souterrains, sublunaires ! Qui ressuscite le passé, explique le présent, annonce l'avenir ! O merveilleuse télévision bien choisie, bien employée ! Hélas ! les couillons préfèrent toujours les couillonnades. Comme la langue d'Ésope, la télé est la meilleure ou la pire des choses.)

L'examen dura plusieurs heures. J'en entendis de toutes les couleurs : *C'est-y toi qui t'appelles Émilienne... Je lui fais pouette pouette... C'est une chanson qui te ressemble... Avec le temps, va, tout s'en va...* Le tout mêlé d'éclats de rire, de bravos, de sifflets, dans un hourvari de radio-crochet. Je conclus par ces mots :

— Maintenant que nous nous connaissons, nous allons pouvoir travailler sérieusement. A la semaine prochaine si vous voulez bien. Même heure, même lieu.

Les activités post- et périscolaires nous sont fortement recommandées par notre hiérarchie. L'instit des campagnes est taillable et corvéable à merci. Il lui appartient d'assurer le secrétariat de mairie, d'organiser des études, des cours du soir, des fêtes scolaires, des internats, des voyages, des associations culturelles, sans mesurer son temps, sans autre espoir de récompense qu'une médaille de vermeil ou d'argent en fin de carrière. Le ruban violet dans le meilleur des cas. Il accepte ces charges d'ailleurs volontiers, dévoué corps et âme à son métier d'éducateur, que les autorités ne manquent pas à toute occasion de comparer à un sacerdoce. Ses collègues des villes savent mieux se défendre, plus nombreux, plus organisés, plus revendicateurs. Je suis une maîtresse des champs.

La semaine suivante je proposai à mes amis le chœur des chasseurs du *Freischutz* :

Le ciel se colore,
La forêt se dore.
La charmante aurore
Prédit le soleil.
Chasseur, à tes armes.
Oublie les alarmes,
Le rêve et ses charmes,
Sors de ton sommeil.
Trala, lalala, lalala...

Je partageai mes voix en deux catégories : les dessous et les dessus. A chaque groupe, tandis que l'autre se bouchait les oreilles, Lariro serina sa ligne mélodique, vers par vers. Lorsque j'estimai que les deux parties étaient solidement retenues, j'osai les marier. Cela produisit beaucoup de cafouillage, chacune s'efforçait d'attirer l'autre à elle, comme les sirènes de Calypso.

Autre ennui : certaines de mes voix sonnaient particulièrement faux. Notamment celles du premier adjoint et du psychologue. Comment leur dire : « Messieurs, vous chantez comme des casseroles, votre place n'est pas ici » ? Où trouver ce courage ? Alors, je me contentai de recommander :

— Messieurs, vous avez un organe trop puissant. Veuillez vous placer un peu en arrière des autres, et essayez de mettre une sourdine.

Parallèlement, mon CM2 avançait d'un bon pas et préparait son entrée massive en 6e. Petits paysans, fils d'ouvriers, de commerçants, de fonctionnaires, mes élèves étudiaient avec application. Deux filles seulement me donnaient quelque souci. Virginie Mallet et Jocelyne Grand, particulièrement faibles en orthographe. Je les gardais une demi-heure après la classe pour leur rabâcher les règles de la grammaire et du vocabulaire : Tous les mots de la famille de *char*... Tous les verbes commençant par *ap*... Tous les mots se terminant par *ail*...

Un samedi, après la classe du matin, alors que je me préparais à regagner Antaillat, j'eus la surprise de trouver à ma porte une femme de la campagne avec un panier.

— Je suis Mme Mallet, la maman de Virginie. Je vous apporte ce que vous lui avez demandé.

— Moi ? J'ai demandé quelque chose ?

— Oui. A ma fille. Vous avez demandé un canard.

— Un canard ? Pour quoi faire ?

— Pour le manger, pardi. Le voici. Je l'ai saigné, plumé, vidé, pour vous en épargner la peine.

— Mais... mais... je ne comprends pas.

— C'est Virginie qui m'a dit que vous en vouliez un.

— Je vous assure, madame, que je n'ai rien demandé du tout.

— Alors... alors... pourquoi qu'elle m'a dit ça ?... Attendez : elle est dehors, sur la place. Faut qu'on s'explique.

— Non, laissez. Les enfants prennent quelquefois leurs rêves pour des réalités. Elle aura rêvé que je vous avais demandé un canard, voilà tout. Ce n'est pas grave. Puisqu'il est là, je vais le prendre. Dites-moi combien je vous dois.

Et elle, après une hésitation :

— Vous ne me devez rien. C'est un cadeau.

— Mais non ! Mais non !

— Virginie a pensé sans doute que vous lui donnez des leçons d'orthographe après la classe, et que ça méritait un paiement. N'en parlons plus, je vous prie. Le canard est à vous.

J'embrassai la brave femme, j'acceptai son canard. Et le lundi suivant, après la sortie des autres élèves, j'embrassai aussi Virginie, toute rouge de son mensonge.

15

Le lapin Bunny est devenu adulte. J'ai demandé à Manaranche de me préciser s'il s'agissait d'un mâle ou d'une femelle. Il l'a examiné là où il fallait, l'a proclamé demoiselle.

— Tant mieux. Elle vous fera des petits.

— Il lui faudrait un compagnon.

— Qu'à cela ne tienne. Je lui en fournirai un.

Il l'a remportée. Me l'a retournée quelques jours après.

— C'est fait. Dans un mois, sauf erreur, vous aurez des lapereaux.

Pendant cet intervalle, j'ai étudié le comportement de Bunny. La nourrissant de ses herbes préférées : plantain, chènevis, fanes de carottes. Avec des branches de genêt dur pour qu'elle s'y lime les incisives. Je l'ai vue prendre de l'embonpoint. Puis se gratter frénétiquement, afin de construire avec ses poils un nid douillet. Et un matin, dans ce puits d'amour, j'ai distingué quatre petites têtes qui grouillaient, sous les tétines offertes de la mère. Cela me donne, par moments, des envies de maternité. Hélas ! Mes tétines à moi sont condamnées à la sécheresse.

Il m'est arrivé, en classe, de prendre dans mes bras un de mes petits élèves dont j'avais provoqué les pleurs par une gronderie ; de le serrer contre moi ; de lui essuyer les joues ; de le moucher ; de le renvoyer à sa place consolé. Ou ravi. Cependant que je lisais un peu de jalousie dans le regard des autres : « Qu'est-ce qu'elle lui trouve à celui-là ? Pourquoi ces caresses ? C'est pas juste ! » Ils ont un sens profond, inné, de la justice et de l'injustice. On devrait les employer dans les tribunaux.

Il m'arrive aussi, parfois, d'entendre tel ou tel de mes petits se tromper de mot et m'appeler maman au lieu de m'zelle. Un lapsus qui me pince au cœur, même si je souris pour sauver la face.

Le fils unique des Manaranche, ingénieur en caoutchouc, a été nommé à une usine bibendumesque en Caroline du Sud, USA. Rejoignant peut-être John, son grand-père inconnu, il a emmené sa femme, mais confié ses deux enfants, Éric, six ans, et Julie, cinq ans, aux grands-parents d'Antaillat. Ils ne sont pas arrivés de Clermont les mains vides : la plus jeune a son crocodile en bois à roulettes ; elle le promène dans la cour, il claque des dents avec férocité. L'aîné serre sur son cœur un almanach Vermot. Naturellement, je les ai charmés tout de suite avec Lariro. Et nous avons ensemble de très bonnes relations.

L'almanach Vermot est le plus fort tirage annuel de l'édition française après l'annuaire des téléphones. Livre de base de notre culture populaire, de même que *La Divine Comédie* celui de l'italienne, *Don Quichotte* celui de l'espagnole. Il comporte des rubriques historiques, culinaires, médicales, sportives, cynégétiques, halieutiques ; le portrait de tous les députés et sénateurs en exercice ; des prévisions météorologiques pour chaque jour de l'année ; des horoscopes ; des dessins humoristiques soulignés de leur légende, aptes à dérider même les croque-morts. Or le plus incroyable de la chose est que le petit Éric Manaranche, qui ne sait pas encore lire, connaît par cœur la légende de chaque dessin même s'il n'en comprend aucunement le sens. Il a suffi que son père les lise à voix haute devant lui pour que ces mots s'impriment dans sa mémoire virginale.

— Faites-en l'expérience ! m'a recommandé le grand-père qui, cela va de soi, nourrit pour l'enfant-perroquet une admiration illimitée.

J'ouvre l'almanach à la page X. On se penche ensemble sur le dessin et aussi sec, comme mû par le réflexe de Pavlov, Éric de réciter en bredouillant un peu :

— Ah ! ma pauvre dame ! On n'est déjà pas tellement riches ! S'il fallait encore se priver, ça serait plus tenable !

« Mon grand-père est centenaire. — Ce n'est rien : le mien est millionnaire.

« Il y a une demi-heure que je suis devant ce guichet, madame la postière ! — Il y a dix-huit ans que je suis derrière ; est-ce que je me plains ?

« Le beau-père : “Je veux donner 100 000 francs de dot à ma fille la plus jeune ; 200 000 à la seconde ; 300 000 à l'aînée.” Le fiancé : “N'en avez-vous pas une plus vieille ?”

« Hi ! hi ! hi ! Et l'ancien chauffeur de taxi de s'écrier : “Ce petit, c'est pas une oie qui l'a couvé ! Il ira loin !” »

J'approuve fortement, bien que remplie de doute. Julie, sa sœur, est pétrie d'une autre farine. C'est de chansons qu'elle est remplie. Elle me débite à tout moment son répertoire :

Je descendis dans mon jardin
Pour y cueillir du « gros-marin »...

Mais elle adore aussi les contes, les doux et les terribles, et me réclame :

— Raconte-moi une histoire.

— Quelle histoire ?

— La bête du Yévaudan.

Elle la tient d'une autre grand-mère originaire de Marvejols. Malheureusement, je suis peu ferrée en folklore auvergnat et incapable de l'emmener dans le Gévaudan. J'avoue mon ignorance :

— Je ne la sais pas. Je ne suis qu'une pauvre Parisienne. Alors toi, raconte-la-moi, s'il te plaît.

— D'accord. Mais si tu as peur, tu le dis avant !

— J'essaierai de ne pas avoir peur.

— Le Yévaudan, c'est un pays de montagnes, de pâturailles et de forêts. Les pâturailles sont pleins de vaches, les forêts sont pleines de loups. Est-ce que tu as déjà peur ?

— Un peu. Un tout petit peu. Ensuite ?

— Les loups attaquent les vaches pour les man-yer. Elles se défendent avec leurs cornes. Pour ça, elles se réunissent et tournent leurs cornes en avant. Les loups peuvent pas les man-yer. Mais quand y en a une qui est toute seule, séparée des autres, les loups l'attaquent et ils la man-yent. Hou ! Ça fait peur, dis ?

— Continue quand même...

Au contact de cette petite fille, je sens que je deviens de plus en plus auvergnate. J'aime la prendre sur mes genoux pendant qu'elle me zézaye ses histoires. Nous nous blottissons dans les bras l'une de l'autre quand nous avons peur des loups et des bêtes qui man-yent le monde. Ainsi, nous nous rassurons. Quelquefois, c'est elle qui vient chez moi. Je l'emmène dans mon jardin plein de merles, de roses, de « gros-marin ». Un jour, nous avons trouvé deux coquilles vides d'escargot. Pour ne pas la chagriner avec leur mort — mais sait-elle déjà ce que c'est ? — je lui ai expliqué qu'ils étaient partis en vacances. Nous man-yons des cerises et je lui recommande de bien cracher les noyaux. Je lui présente Bunny et ses bébés. Sur ma terrasse, resto du cœur des étourneaux, nous faisons aussi la dînette. Une autre fois, un grain noir nous surprend, nous rentrons très vite. Les éclairs et le tonnerre nous terrifient réellement. Quelques grêlons mêlés à la pluie font des claquettes sur la toiture de la véranda. Nous tremblons comme des feuilles. Enfin, la colère du ciel s'apaise, nous pouvons ressortir. L'orage n'a pas causé trop de dégâts, il a seulement shampouiné la campagne. Les merles se remettent à siffler.

Coup de sonnette : Éric, le grand frère, arrive avec son almanach Vermot. Il annonce dès la porte :

— Je viens me ravitailler.

Je lui présente du pain, de la confiture, du miel. Il prend de tout. Naturellement, pour eux seuls, je dois ensuite souffler dans ma clarinette. Je joue en sourdine toutes les chansons qu'ils connaissent. En guise de remerciement, ils m'embrassent de leurs lèvres sucrées.

Autre habitante d'Antaillat : Marie Champredon. Elle vit avec sa mère Joséphine et garde dans les pâturages communaux, sur les éteules, au revers des talus, quelques chèvres et une douzaine de brebis. Un mari ou concubin sérieux arrangerait bien les deux femmes à cause des gros travaux. Mais leur domaine est si modeste qu'elles n'en trouvent point. La fille ne renonce pas, néanmoins, malgré ses trente-cinq ans bien sonnés : elle se met du rouge, s'accroche des pendants d'oreilles et s'enveloppe — au dire des mauvaises langues — la poitrine avec une peau de mouton pour faire croire qu'elle a de gros nénés. D'où le sobriquet dont on la décore : la Marie des Manières.

Entre solitaires, on peut se comprendre. Je l'ai rencontrée dans la campagne, comme elle tricotait en surveillant son troupeau. Sa mise était une mixture de recherche et de négligence, les joues et les lèvres fardées, les cheveux en désordre. Malgré cela, son visage restait plaisant. Pour la mettre en confiance, je lui ai raconté un peu de ma vie. Elle m'a de son côté avoué qu'elle était fiancée depuis trois ans à un gars de Tourzel nommé Picandet, mais qu'il ne se décidait pas à fixer la date du mariage. C'est pour lui qu'elle tricotait en ce moment.

— Qu'est-ce qui le retient ?

— Il a dix ans de plus que moi. Maître de sa ferme, il craint de changer ses habitudes. Pourtant, je lui ai promis qu'il pourrait me commander tout son soûl, que j'obéirais à tous ses ordres.

— En principe, un mariage se fait quand on a de l'amour l'un pour l'autre. Est-ce que vous l'aimez ?

— Oh ! je l'ai bien en amitié ! C'est un brave garçon. Travailleur. Pas dépensier. Pas buveur.

— Et lui... est-ce qu'il vous a en amitié ?

— Je pense que probable.

— Il vous l'a dit ?

— Non. C'est des choses qui se disent pas beaucoup par ici. Pas comme à la télé. Mais on sent bien si elles existent ou non.

A son tour, elle me demande pourquoi je vis seule. « Parce que je n'ai pas de goût pour le mariage. Voilà tout. » Elle n'insiste pas. Nous parlons des chèvres et des brebis. Elle trouve que les animaux ont de la chance. Entre mâles et femelles, tout se passe simplement, pas besoin de cérémonies. Chez les personnes, c'est trop compliqué : les rencontres, les accordailles, le notaire, les fiançailles, les noces, quelquefois le divorce. Pourquoi ? Pourquoi ? J'avance une explication :

— Parce que nous vivons en famille : père, mère, enfants, petits-enfants. Sous le même toit, si possible. Parce que nous avons besoin les uns des autres, les jeunes des vieux, les vieux des jeunes, les frères et sœurs des sœurs et frères. Les animaux, eux, peuvent vivre en groupe, comme les abeilles et les fourmis ; mais les pères n'ont aucun lien avec leur descendance ; les mères se soucient de leurs petits tant qu'elles les nourrissent, ensuite elles ne les connaissent plus, ils se débrouillent comme ils peuvent. Voilà pourquoi chez les bêtes tout est simple. Tandis que construire une famille, de même que bâtir une maison, demande beaucoup de temps, de travail, de calculs.

Elle rumine en silence ces considérations. Puis elle lève vers moi des yeux désespérés, murmure :

— Je sais bien qu'au fond Picandet ne me veut pas. Personne ne veut de moi.

J'essaie de dire quelque chose, allons, allons... vous êtes encore jeune... ce garçon finira bien par se décider... il y en a d'autres... Elle secoue la tête... depuis trois ans... elle n'y croit plus... et le temps passe, bientôt elle ne pourra plus avoir d'enfant... C'est vrai : il y a urgence. Je propose :

— Et si j'allais lui parler ?

— Il ne vous connaît pas. Pourquoi voulez-vous qu'il vous écoute ?

— Ma qualité d'institutrice... D'après ce que vous dites, j'ai à peu près son âge... Je saurai bien le raisonner.

— Si vous croyez... Surtout, ne lui racontez pas que vous venez de ma part !

— Soyez tranquille.

A Perrier, le maître que je remplaçais s'était remis de son petit infarctus et avait repris son CM. Je continuais d'entraîner la chorale ; mais de nouveau j'avais des loisirs. Un dimanche matin, je m'habillai en fille et me rendis dans ma fidèle Choupette à Tourzel. Je demandai la ferme de Marius Picandet. J'y trouvai deux demoiselles défraîchies — on dit ici qu'elles avaient « passé fleur » —, sœurs du fiancé incertain. Voilà qui expliquait aussi son manque d'empressement : il n'avait pas besoin de femme pour faire sa soupe et raccommoder ses fringues. Je ne voyais pas bien non plus Marie Champredon quitter sa vieille mère pour « venir gendresse » à Tourzel, cohabiter avec les belles-sœurs. Je me sentis engagée dans une entreprise sans issue. Cependant, j'avais promis, je devais essayer. J'étais donc seule en face des deux Picandettes. Une maigre et une grasse, variantes féminines de Laurel et Hardy. Leur clébard m'aboyait aux trousses :

— Retenez votre chien !

— Il mord pas.

— Je voudrais parler à M. Picandet.

— A quel sujet ?

— Un sujet personnel.

— Si c'est pour l'assurance vie, il en a déjà signé une.

— Non, non. C'est personnel.

— Si vous voulez lui vendre un aspirateur ou autre chose, c'est nous que ça regarde.

— C'est personnel, je vous dis.

Elles me considéraient avec la plus grande méfiance, échangeant en patois quelques réflexions. Puis, elles haussèrent les épaules :

— Vous le trouverez sûrement au café Cigalon. En face de l'église.

En partant, je les vis encore dans mon rétroviseur, impériales, les poings sur les hanches. Leur chien me poursuivit, hérissé de fureur. Au café Cigalon, effectivement, je trouvai Picandet en compagnie de plusieurs copains de comptoir. Quand je prononçai son nom, il tourna vers moi une face de bébé Cadum et répondit :

— Présent !

Il souleva même sa casquette, je distinguai dessous son crâne qui luisait entre deux andains de cheveux grisâtres. Je lui expliquai qui j'étais, le priai de bien vouloir sortir un moment pour un entretien particulier. Ses potes le chahutent, sacré Marius, v'là que les dames veulent à présent t'emmener à la chasse, oublie pas ton fusil, etc. Mais il me suit docilement, j'entends derrière moi ses bottes de caoutchouc faire flop-flop sur le bitume. Il s'installe à mon côté dans la 4L. Je hume l'odeur de vache dont il est imprégné. Et je commence mon rôle d'entremetteuse :

— J'habite Antaillat et j'ai fait la connaissance de Marie Champredon qui est bien malheureuse.

— Malheureuse ? Pourquoi donc ?

La rapidité de sa question me laissa bien augurer de ses sentiments.

— Elle pense que vous n'avez pour elle aucune amitié.

— Oh yo-yo ! La Marie a toujours eu des idées barioques.

— Moi, je pense comme elle que vous n'en avez aucune.

— Mais si, que j'ai de l'amitié, oh yo-yo !

— Vous ne la trouvez pas plaisante à regarder ?

— Oh ! elle est bien bravounette.

— Il a été question, je crois, de mariage entre vous ?

— Un peu. Un peu. Mais comment voulez-vous que j'abandonne ma ferme pour aller chez elle ? Et comment voulez-vous que son petit bien puisse nous nourrir ? Sans parler de sa vieille, qui est la vraie patronne, et de mes deux sœurs ! Qu'est-ce que je peux bien faire de ces quatre bonnes femmes, oh yo-yo ?

— Je vois mieux vos difficultés. Ces histoires de biens, ça n'est pas simple. Il faudra que j'y réfléchisse. Que je consulte des personnes compétentes. On trouvera une solution.

Il m'examina du coin de l'œil, m'évaluant :

— Et vous, questionna-t-il, vous êtes mariée ?... Non ?... Et si on se mariait tous les deux ?

Je souris largement pour montrer que je comprenais la plaisanterie. Nous nous quittâmes cordialement, nous disant à bientôt.

Des personnes compétentes, j'en trouvai dans Antaillat sans aller plus loin. Très au courant des problèmes agricoles, le père Ollier suggéra que les Picandet et les Champredon formassent une petite coopérative d'exploitation en commun, dite GAEC. Par ce biais, ils bénéficieraient des soutiens de l'État et des banques, chacun pourrait travailler chez l'autre sans abandonner son propre bien ; chacun aurait donc deux domiciles au lieu d'un seul, sans obligation de résidence. La mère et les belles-sœurs conserveraient leurs prérogatives. Rien ne changerait dans leurs vies quotidiennes, sauf que Marius et Marie dormiraient ensemble et que leurs intérêts se compléteraient. La coopération est l'avenir de l'agriculture, de même que, comme dit le poète, la moissonneuse-batteuse est l'avenir de l'homme. Un notaire se chargerait de faire les démarches auprès de la DDA[1]. Pour ne pas montrer mon

1. Délégation départementale à l'agriculture.

ignorance, je n'osai pas demander le sens de ces initiales, qu'Ollier prononçait aussi familièrement que s'il avait dit SNCF.

A la lecture de ses journaux syndicaux, je me suis aperçue que la paysannerie, qui autrefois savait à peine son alphabet, se nourrit à présent de majuscules : DDA, GAEC, FNSEA, UDSEA, ADASEA, INRA, SAFER, CNMCCA, APCA, FIDAR, IFO-CAP, CFPA, DCDJA, CUMA, EDE, ONIBEV, FREAMC, SOPELCO, FFPN, SICAUIAC. L'agriculteur moderne, même auvergnat, s'oriente parfaitement dans cette forêt de sigles.

Pour expliquer le GAEC aux deux familles intéressées, il me fallut plusieurs rencontres, de longues démonstrations, une infinie patience. Au terme de ces négociations, on établit le programme suivant : mariage d'abord, dossier de coopérative ensuite. Car ce dernier exigerait plusieurs mois et les futurs enfants Picandet ne pouvaient plus attendre. La Marie des Manières m'embrassa, disant qu'elle me devait ce grand bonheur ; qu'elle m'en garderait une reconnaissance éternelle ; que je serais la marraine de son premier-né. Les noces furent fixées au samedi 6 juillet.

A la mairie de Meilhaud, la promise parut au bras de sa vieille mère. Vêtue d'un tailleur vert printemps, coiffée d'une voilette blanche, elle s'était peint la bouche, les joues, les paupières ; sa peau de mouton lui avantageait le buste. Une trentaine d'invités prirent place sur les fauteuils. Le maire serra les mains, décocha trois bises à la Marie, monta sur l'estrade. Il ne manquait que le promis. Ses sœurs se trouvaient déjà là, transportées par leur cousin d'Issoire dans sa 205. Un fameux loustic, recherché dans les fêtes de famille qu'il animait de ses farces.

— Marius nous a dit : allez devant, je vous rejoins sur mon tracteur. Il ne va pas tarder.

Mais il tardait. Le maire s'impatientait, menaçait de quitter la salle. La promise fondit en larmes, le bleu de ses paupières lui coulait sur les joues. Alors, craignant le pire, j'annonçai que j'allais le chercher, que je le ramènerais par la peau du cou s'il le fallait. Je sautai dans ma 4L, remontai à Tourzel où je trouvai le futur en tenue de cérémonie, cravaté, mais les manches retroussées, occupé à sortir le fumier de son étable. Il s'arrêta, la fourche à la main, quand je parus devant lui.

— Et alors ? criai-je.

— Et alors quoi ?

— Tout le monde vous attend à la mairie de Meilhaud. Et vous, qu'est-ce que vous fabriquez ?

— Je cure mes vaches.

— C'est vraiment le jour ! Vos vaches peuvent attendre, non ?

— Mais en même temps, je calcule.

— Qu'est-ce que vous calculez ?

— Ce mariage. Si je dois ou non faire la connerie. Qu'est-ce que vous en dites ?

— Depuis plus de trois ans, vous avez eu le temps de calculer ! Vous avez donné votre parole, et à présent...

— Quand on est attaché, on est attaché, oh yo-yo !

— Faut donc recommencer tous les raisonnements ? Là-bas, il y a trente personnes qui vont dire que vous êtes une fameuse girouette ! Qu'une parole donnée compte autant pour vous qu'un crachat ! Posez cette fourche et lavez-vous les mains. Je vous emmène.

— Si c'était vous que je devais épouser, j'hésiterais pas une seconde.

— Arrêtez vos idioties.

Je lui arrachai la fourche, le traînai à la fontaine, l'introduisis dans son veston, le poussai dans ma voiture. Cinq minutes plus tard, nous entrions en triomphe dans la mairie. « Ben mon salaud ! Ben mon salaud ! » s'écria le cousin d'Issoire. La Marie sécha ses pleurs. Chacun regagna sa place dans la salle empestée par la fumée des cigarettes. Le maire lut le code civil, posa les questions rituelles. Picandet n'opposait plus de résistance et semblait résigné à son bonheur.

On marcha vers l'église dont les cloches sonnaient. Devant la porte, quelques enfants de la commune attendaient les dragées. Parmi eux, je reconnus de mes anciens élèves, ils me criaient : « Bonjour, m'zelle ! » Le curé avait allumé tous ses lustres. C'était un homme proche de la septantaine, chauve, sanguin. Il commença la cérémonie en prononçant des paroles de bienvenue. Au pied de l'autel, les deux promis se tenaient bien sages sur leurs chaises. Alors, le cousin d'Issoire entra en action. Pour égayer la noce, il avait apporté une espèce de boîte à malice qu'il avait tenue jusque-là dans sa poche. Sortie d'une boutique de farces et attrapes, elle produisait, lorsqu'on la renversait, un beuglement de vache. Au premier qu'elle poussa, les invités ne comprirent pas ce qui se passait. Au second, voyant la manœuvre du cousin, chacun se mit à pouffer derrière sa main. Pendant ce temps, le curé et son acolyte poursuivaient leur affaire :

— Le Seigneur soit avec vous.

— Meuh !

— Et avec votre esprit.

— Meuh !

— Nous le tournons vers le Seigneur.

— Meuh !

D'abord, il avait fait semblant de ne pas entendre. Mais ensuite, la moutarde lui monta au nez :

— Je voudrais bien savoir si vous vous croyez au cirque, ou bien dans la maison de Dieu ! Si j'entends encore une fois cette vache, je me retire et vous irez ailleurs célébrer votre mariage !

Dès lors, la boîte se tint tranquille.

Les boustifailles eurent lieu dans la grange de la Marie, parée pour la circonstance de branches et de fleurs. Comme les chaises manquaient, on en avait emprunté chez les voisins. Les invités prirent place, tout affamés. A ma droite siégeait

Ollier ; à la sienne, une postière retraitée qu'il avait courtisée dans sa jeunesse. La mère Ollier se trouvait assez loin d'eux, à l'autre bout de la tablée. Malgré moi, j'entendis la conversation toute proche :

— Hé ! disait le bonhomme en posant une main sur le genou de la postière. Tu permets que je te pelote un peu comme dans les temps ? Ça te porte pas tort ?

— Hé ! mon pauvre ! J'ai plus grand-chose qui vaille encore d'être peloté. Mais si ça t'amuse, te gêne pas.

Il n'abusa pas de la permission. A moi, personne n'osa rien demander. Comme il fallait s'y attendre, chacun se remplit bien l'estomac. Après la soupe au vermicelle, vinrent en alternance trois plats de viande et trois plats de légumes ; fromages ; pompe aux pommes ; le tout arrosé au vin de Boudes. Les vieux, qui s'en étaient mis jusqu'aux oreilles, faisaient semblant de se plaindre :

— Ils nous engraissent pire que des porcs. Peut-être qu'ils veulent nous saigner pour la Noël !

C'est par cette série de réjouissances que la Marie des Manières et Marius Picandet unirent leurs destins pour la vie.

16

Nouvelle visite aux époux Manaranche et à leurs deux petits. J'apporte une flamiche que j'ai pâtissée selon les règles de tante Juliette : farine, œufs, lait, beurre, poireaux. A manger tiède, en début de repas. Je trouve Julie sur les genoux de sa grand-mère. Elle se dégage et me saute au cou. Éric, plus réservé, me tend sa joue droite.

— Savez-vous, s'écrie Simone Manaranche, ce qu'elle vient de me dire en prenant ma vieille figure entre ses petites mains ? « Comme tu es jolie, mémère ! » Faut-il qu'elle m'aime pour me trouver jolie !

Elle rit de bonheur, ce qui met en mouvement toutes ses rides, comme un caillou qui tombe dans une eau tranquille. Jamais je n'aurai de petite-fille, hélas, pour me trouver jolie à soixante-dix ans passés. Tant pis. J'élèverai des chats, des chiens, des lapins, des cochons d'Inde.

J'ai raconté les noces de la Marie des Manières.

— Savoir, demande Jacques avec son accent de Belleville, ce qu'aura pensé Marius Picandet en découvrant la peau de mouton ? C'est un cas de divorce : tromperie sur la marchandise !

La question reste posée.

A présent, changeant de genoux, Julie s'est installée sur les miens. Devinant ce qu'elle va encore me demander, je la préviens :

— Tu m'as raconté la bête du Gévaudan. Est-ce que tu sais une autre histoire ?

— Qu'est-ce que tu veux : une histoire de chien ou une histoire de chat ?

— Une histoire de chien.

— Oh ! domma-ye ! Des histoires de chien, y'en sais pas.

— Alors, raconte-moi une histoire de chat.

Elle réfléchit un moment. Finit par avouer, avec un gros soupir :

— Des histoires de chat, y'en sais pas non plus.

Nous voilà reparties vers la bête du Yévaudan qui man-yait le monde. Comme tous les petits enfants, Julie a son vocabulaire propre. Elle prétend que sa maman, avant de partir pour la Mérique, lui lavait les cheveux au champagne. Quand elle veut une tranche de pain gris, elle réclame du pain de cinglé. Son frère la reprend sévèrement :

— N'importe quoi ! On ne dit pas cinglé, on dit toc-toc.

— Mais non ! On dit pas du pain de toc-toc. C'est toi qui racontes n'importe quoi !

Je les mets d'accord en précisant qu'il s'agit de pain de seigle. Un moment après, ils me demandent de jouer aux mariages avec eux et le grand-père Jacques. Un jeu raciste et homosexuel, puisqu'il s'agit d'unir deux rois, deux reines, deux valets, deux as, etc., de même couleur : un rouge avec un rouge, un noir avec un noir, jamais une reine avec un valet, jamais un noir avec une rouge. Je m'arrange pour laisser gagner tantôt l'un, tantôt l'autre de mes deux petits partenaires. Ils ne s'aperçoivent pas que je triche grossièrement. Les gains sont purement honorifiques : le premier sorti gagnera une omelette virtuelle ; le second un œuf ; le troisième la coquille ; le dernier une crotte de poule. Naturellement, la crotte m'échoit à tous les coups.

Quel esprit curieux que cette petite Julie ! Simone m'en a raconté une belle. Un dimanche matin, elle éprouva le besoin de descendre à Meilhaud pour entendre la messe. Or elle s'était trompée de jour : cette semaine-là, le curé itinérant, ayant à sa charge une douzaine de paroisses, y avait célébré le samedi soir.

— Ça ne fait rien, dit la grand-mère. On va quand même entrer dans l'église et réciter une prière.

Jacques, lui, avait préféré s'abstenir et aller pendant ce temps boire un canon chez un vieux copain. La vieille et les deux enfants s'avancent dans l'église ténébreuse.

— Où on est ? demande Julie, un peu effrayée.

— Dans la maison de Jésus.

— Celui de la crèche ?

— Oui. On va Lui parler. Faites comme moi. Au nom du Père, du Fils, du Saint-Esprit, ainsi soit-il.

Quand ils ont terminé leur conversation avec Lui, la petite présente une autre requête :

— Ye veux le voir.

— Qui ?

— Le Yésus.

Simone lui désigne un Christ en croix. Mais Julie n'est pas satisfaite de cette représentation immobile. Elle se met à appeler, de sa voix claire :

— Yésus ! Yésus !

— Chut ! Chut ! fait la vieille.

— Yésus ! Montre-toi, s'il te plaît !

— Chut ! Chut !

— Alors, tu te montres ? Y a personne ?

Cette question aussi reste posée.

Un autre dimanche, parce qu'il faisait un temps splendide, sous un ciel à vous inspirer les sentiments les plus bleus, je suis descendue moi aussi à Meilhaud. A pied, car ce n'est pas, comme on dit par ici, « hors de paroisse » : pas très loin. Ni la descente ni le retour abrupt ne me font peur. J'ai revu l'école où j'avais fait mon premier remplacement, fermée pour cause de vacances. Puis je suis entrée dans l'église, agréablement fraîche en cette saison. C'est la seule supériorité du catholicisme sur le protestantisme, affirmait rue du Combat notre collègue calviniste M. Neboit : les murs de nos églises sont plus épais, parce que plus anciens, que ceux des temples ; ils protègent mieux du froid et du chaud. En Auvergne surtout : on n'y a pas ménagé la pierre.

Je ne sais pas très bien à quel point j'en suis dans mes relations avec Dieu. J'aurais tant de choses à lui reprocher, tant d'autres à me faire pardonner. Encore faudrait-il que je demande pardon. Je n'ose me présenter devant son jugement, avouer mes relations coupables, mes luxures, mes avarices, mes colères, mes envies, mes gourmandises, mes orgueils, mes paresses, car j'ai commis tous les péchés capitaux et beaucoup d'autres. Mille et mille fois. Et si je les confessais, je ne serais pas certaine de n'y plus succomber après confession. Alors je ne me présente à Lui ni en pénitente, ni en suppliante ; mais humblement, en voyageuse de passage qui vient les mains vides rendre ses devoirs au Maître des lieux. Sans m'engager à rien. Sans promettre. Sans rêver. Par simple courtoisie. En attendant, peut-être, une conversion qui n'est pas inespérable. J'aime d'ailleurs les chants des offices, les musiques, les parfums, les lumières colorées qui font de cette résidence une demeure toute spirituelle.

Or j'eus la surprise d'entendre le curé — celui qui avait fait de la Marie des Manières une Picandette — prononcer un sermon sur la faim dans le monde ; engager les enfants à envoyer un kilo de riz aux squelettiques Somaliens ; et terminer son discours d'une façon publicitaire :

— Mes très chers frères, mes très chères sœurs, vous savez que, sans être véritablement des crève-la-faim, les prêtres de notre sainte Église ont beaucoup de peine à vivre décemment. Voyez mon cas : j'ai besoin d'une petite voiture pour me rendre dans les douze paroisses que je dessers ; elle me coûte les yeux de la tête en carburant, assurance, entretien, vignette. Je dois aussi assumer le chauffage des églises et de mon presbytère ; me nourrir, m'habiller, me soigner en cas de maladie ; entretenir ma sœur qui veut bien me servir de gouvernante sans salaire depuis son veuvage. Je pratique la charité autant que je peux. Pour faire face à tant d'obligations et compléter le maigre traitement que me verse l'évêché, je me suis fait apiculteur. J'élève des abeilles ; elles produisent un miel d'excellente qualité dont j'ai fait la récolte il y a huit jours. J'en garde un peu pour notre consommation, je vends le reste. Après la messe, mes très chers frères et sœurs, vous trouverez devant l'église un tréteau et des pots de miel que nous vous proposerons au même prix que dans les grandes surfaces. Si vous en faites l'achat, je suis sûr que vous ne le regretterez point. Ainsi soit-il.

Ce brave curé avait donc su mettre l'abeille au service de la religion. Pourquoi pas, puisque les Anciens faisaient d'elle un attribut de l'Espérance ? Puisque saint Jean Baptiste s'était nourri dans le désert de sauterelles et de miel sauvage ? Puisque Robert de Turlande, creusant les fondations de La Chaise-Dieu, trouva dans le sol un essaim d'abeilles, annonce de prospérité ? J'acquis donc et j'emportai mon pot de miel. Pendant deux semaines, il sucra mes tartines et me fit apprécier cette douceur supplémentaire du catholicisme.

De plus en plus, je me mêlais à la vie quotidienne d'Antaillat. J'aidais les enfants en difficulté scolaire. Je soignais les malades selon mes compétences. Je distribuais les fleurs, les fruits de mon jardin. On ne s'offusquait plus de me voir entrer chez Kleister le maudit, car je fréquentais aussi Chalut, ancien déporté et communiste. On me demandait des nouvelles de Krasucki et de Bunny. On invitait ma clarinette aux veillées ; on m'offrait la soupe, le saucisson et le fromage ; je devenais une sérieuse concurrente de la télévision. On me demandait mon avis sur le chômage, la Yougoslavie, la religion musulmane, le sida, l'avortement. Les femmes me faisaient des confidences : j'ai un don pour les attirer comme l'aimant attire la limaille. Un jour, je fus même mêlée à la parturition de la Rousselle, une vache du père Ollier.

Depuis une semaine, il ne la quittait guère des yeux, sachant qu'elle avait atteint les 345 jours de gestation habituels. Dans sa jeunesse, lorsqu'il travaillait au service d'un maître dans le Cézallier et couchait dans l'étable, il avait inventé une espèce de signal d'alarme qui lui permettait de dormir en paix en attendant la mise bas. A l'approche de l'évacuation, en effet, la queue de la vache se recourbe en forme de crosse pour dégager la sortie. Il suffisait d'attacher un fil à sa racine ; de le relier à une clochette au-dessus de la paillasse où il reposait sans se déshabiller. Lorsque la queue se courbait, la sonnette remuée le réveillait. Il allait cogner à la porte du maître ; tous deux se portaient au secours de la parturiente. A présent, il n'employait plus ce mécanisme parce qu'il se passait de domestique ; ses vaches dormaient seules, sans valet de queue.

Ce jour-là, aux meuglements, à l'agitation de la Rousselle, il comprit que l'accouchement se ferait mal. Il préféra téléphoner au vétérinaire d'Issoire. Je me trouvais présente au moment où le praticien arriva. On voulut bien m'accepter dans l'étable. Ayant examiné la vache, le médecin des bêtes annonça qu'une césarienne était nécessaire. Une piqûre fut d'abord faite pour l'anesthésier. Mais elle resta debout, les pattes écartées ; je la caressais, lui parlais doucement.

— Vous tiendrez le plateau tous les deux, nous commanda le véto.

Retenue à sa mangeoire par la chaîne, la Rousselle écumait, renâclait, dodelinait de la tête. L'homme s'arma d'une tondeuse, rasa le poil sur une large surface du flanc gauche, lava la peau ainsi mise à nu avec une éponge imbibée d'alcool. Puis son bistouri ouvrit une large entaille verticale, longue d'environ quarante centimètres. Il enfonça dans la plaie son bras ganté jusqu'au coude ; retira la « délivrance » et ses eaux que reçut notre plateau. Autrefois, les chasseurs s'en servaient pour appâter les loups.

— Je le tiens !

Saisi par les pattes de derrière, le veau fut extrait : toussant, éternuant, titubant, ouvrant ses grands yeux sur cette nouvelle existence qui devait le conduire à l'abattoir. Il fut bouchonné avec des poignées de paille, puis placé sous le mufle de la mère qui entreprit, à grands coups de langue, de faire sa première toilette.

Tu enfanteras dans la douleur !, lance le Dieu de la Bible à la première femme lorsqu'il la chasse de l'Éden. *Toi et tes filles, dans les siècles des siècles.* Les hurlements de Mme Lotiron, au-dessus de notre classe, avaient illustré les effets de cette malédiction. Mais la vache, Seigneur ? Expie-t-elle par ses souffrances l'erreur de sa mère lointaine ? La première vache commit-elle aussi le péché originel ? La première chatte ? La première chienne ? En réalité, toute parturition, c'est-à-dire toute séparation, s'accompagne de douleurs. Même celle d'un livre. Même celle d'une chanson.

Paris, le 20 juillet 1992

Ma très chère nièce,

Tu refuses de faire installer le téléphone dans ta nouvelle maison, sous prétexte que tu veux te couper du reste du monde ? Mais on ne peut se couper du reste du monde, sauf si l'on veut s'enterrer au fond d'un désert. Et l'Auvergne, que je sache, n'en est pas à ce point. Il est difficile de construire son bonheur dans la solitude, j'en sais quelque chose, à moins que d'être un saint. Quel est donc ce grand auteur qui a dit que si l'on reste seul avec soi-même, on est toujours en mauvaise compagnie ? Personnellement, j'aime mon téléphone. Sans lui, je n'aurais pas souvent l'occasion de parler. Car je compte pour rien les vagues propos que je tiens avec mon boucher, ma crémière. Grâce à cet appareil, j'appelle les quelques vieilles et quelques vieux amis qui me restent. C'est assez dire si je suis privée de ne plus entendre ta voix. Du moins, pourrais-tu me parler de la poste ou d'une cabine publique ? Fais un effort, ma chère Frédo, pour m'accorder ce plaisir. Je te rappelle mon numéro : 40 79 00 42. Après 18 heures, ça coûte moins cher.

De ma fenêtre, je regarde Paris. Son beau profil, ses jolis couchers de soleil. Quand le temps est beau, comme ces jours-ci, je vais faire une promenade jusqu'à un jardin public. Un de ceux auxquels travaillait mon pauvre Bernard. Ce sont des spectacles dont je ne me lasse pas. Comment as-tu pu t'en lasser pour aller te perdre au fond de la plus lointaine des provinces ? Car enfin, aucune personne raisonnable ne s'implante en Auvergne, sauf par accident. Un pays de loups et peut-être de cannibales, à juger par les quelques Auvergnats que j'ai eu l'occasion de rencontrer dans ma vie, tous armés de dents longues et blanches. Je sentais qu'ils se retenaient pour ne pas me sauter dessus et me dévorer toute crue. Il est vrai qu'en ce temps-là j'étais fraîche et appétissante. Mais je me réservais à un unique consommateur. Ne te laisse pas croquer par imprudence, ma chère Frédo. A moins que ce ne soit pour le bon motif. Il est vrai que tu as des goûts particuliers sur ce point. C'est ton affaire.

L'inconvénient du téléphone, toutefois, c'est qu'il peut servir des personnes malintentionnées. Des cambrioleurs qui, ayant l'idée de visiter ton appartement, veulent se rendre compte d'abord s'il est occupé, à quelles heures. Ou bien des obsédés qui te débitent des cochonneries jusqu'à ce que tu raccroches. Aussi, je prends une précaution : lorsqu'il sonne, je saisis le combiné, mais je ne réponds pas allô, j'attends qu'on me parle d'abord, qu'on se présente clairement ; ensuite, la conversation peut s'engager.

De temps en temps, je téléphone à ta mère, ma belle-sœur Thérèse Trapet. Je peux te dire qu'elle est en parfaite santé. De même que ta sœur Mauricette et ses enfants. Je leur donne de tes nouvelles, bien qu'elles fassent semblant de ne pas s'y intéresser. Or je l'ai appelée hier soir, et voici ce qui s'est passé. Je forme son numéro à Saint-Quentin. J'entends qu'au bout du fil la sonnerie s'arrête et qu'on décroche. Je perçois même une respiration. Ce souffle muet me surprend beaucoup, je me demande si je suis tombée sur un voleur en visite chez Thérèse. Nous sommes restés ainsi sans parler un long moment, lui et moi, ou elle et moi. A la fin, j'ai raccroché. Car si c'était bien Thérèse, pourquoi n'a-t-elle pas dit allô ? Voilà un silence qui m'a coûté bien cher en communication.

Aussi, ma Frédo, quand tu m'appelleras, ne fais pas la mystérieuse. Dis tout de suite : Allô, ici Frédérique... Tu comprends qu'à mon âge on doive se méfier de tout le monde.

A bientôt, j'espère, le plaisir de t'entendre. Je t'embrasse de tout mon cœur.

Ta tante Juliette.

Si quelqu'un peut me faire regretter Paris, c'est bien elle. Avec sa douceur, sa générosité, sa largesse d'esprit. Capable de tout comprendre, de tout excuser. Et toujours amoureuse de son jardinier englouti à Dunkerque. Depuis plus d'un demi-siècle, il l'aide à se nourrir avec la chiche pension que le gouvernement verse aux veuves de guerre non remariées, proportionnée au grade du défunt. Elle complète en exécutant des travaux de couture. Pour lui faire plaisir, je lui ai téléphoné de la poste de Perrier, m'annonçant tout de suite comme elle recommandait. Avec bonheur, j'ai trouvé sa voix aussi inchangée que son cœur. L'un et l'autre sont les derniers organes qui vieillissent chez une personne. Je l'ai invitée à passer quelques jours, quelques semaines ou quelques mois dans ma *Cyprinière*, m'offrant à venir la chercher en voiture à son domicile.

— A mon âge, faire tous ces kilomètres ? Je mourrais en route, ma Frédo, c'est sûr. Je ne suis plus transportable. C'est à toi de les faire en sens inverse, avant que je n'aille rejoindre mon jardinier.

— Pas encore, s'il te plaît. Retiens-toi. Mais je te promets de bientôt venir.

Le fait est que, de temps en temps, des démangeaisons me grattent de revoir Paris. Un p'tit séjour d'un mois... La chanson de Charles Trenet me pince au diaphragme. Pour lui résister, je regarde ailleurs : vers mes poissons rouges, vers mon jardin, vers le puy d'Ysson.

En vérité, j'ai voulu en faire l'ascension jusqu'à ses 856 mètres d'altitude. A pied, quoiqu'un chemin bitumé y conduise au départ de Solignat. Sa cime est couronnée d'un château d'eau en forme de cocotte-minute, et de deux tables d'orientation. On y respire un air d'une pureté originelle. De là-haut, le regard vole sur le Lembron, avec ses villages rouges, ses vallées vertes, ses moissons d'or, ses tours et ses châteaux sur chaque sommet. A mes pieds, Antaillat brasillait de toutes ses tuiles. Au loin, les puys se donnaient la main pour former une ronde. Issoire paressait, étendue comme une odalisque. Tout cela ressemblait à une enluminure des *Très Riches Heures du duc de Berry* quoiqu'on fût en Auvergne. Il n'y manquait que les dames et les chevaliers. Partout plane encore le souvenir de la reine Margot depuis qu'elle y vint en exil, après avoir fait perdre la tête à beaucoup de galants, au sens figuré d'abord, au sens propre ensuite. Galopant seule çà et là ; ou bien en croupe de quelque capitaine, parmi les ligueurs, les troupes royales, les brigands, les huguenots. Maintenant que les guerres intestines sont apaisées, le paysage offre une certaine idée du paradis.

Réflexion faite, j'ai demandé qu'on m'installe le téléphone.

17

Depuis longtemps, le père Ollier avait des crises d'étouffement, des douleurs dans la poitrine, dans le dos, dans le bras gauche. Son médecin lui fit subir des examens radiologiques. On l'observa par transparence, comme le filigrane d'un billet de banque. Conclusion de la science :

— Cette angine de poitrine est un signal d'alarme : vous souffrez d'un engorgement des coronaires.

— Qu'est-ce que c'est que ça ?

— Le sang circule mal autour de votre cœur. C'est comme les bouchons qui se produisent sur les autoroutes pendant les vacances. Alors, qu'est-ce que fait Bison Futé ? Il dérive la circulation vers des voies latérales. De nouveau, les bagnoles peuvent courir. En chirurgie, cela s'appelle un pontage. On prélève ailleurs un morceau de veine — dans une jambe, par exemple —, on le greffe en amont et en aval du bouchon artériel, et le trafic redémarre. Mais il vaut mieux, si possible, réduire son débit.

— Tout ça veut dire qu'on doit m'opérer ?

— Il n'y a pas d'autre solution.

— Mais qu'est-ce que c'est que ce diable de bouchon ? Qui me l'a fait ?

— Le lard, le fromage, le beurre que vous consommez excessivement.

— Faut bien que je me nourrisse !

— Faudra vous nourrir d'une autre façon. Suivre un certain régime.

— Quand donc que je devrais me faire ouvrir ?

— Le plus tôt sera le mieux. Je vous conseille le CHU de Clermont. C'est la clinique la mieux outillée de la région.

— Et qui s'occupera de mes vaches pendant ce temps ?

— T'en fais pas pour tes vaches, intervint sa femme Séraphine. Je suis là. Et si je suffis pas, je trouverai de l'aide.

Il n'avait pas le choix : c'était le billard ou le cercueil. Il voulut bien que je le transporte au CHU Gabriel-Montpied, la cathédrale de la chirurgie auvergnate. Avec tellement d'étages que, tout en haut, tu te croirais en aéroplane. Nous restâmes toutes deux près de lui tant que durèrent les premiers soins. Regardant par la fenêtre, il s'exclama :

— Dire qu'il fait si beau au soleil, et que je dois descendre chez les taupes !

Séraphine, très en colère, le traita d'estropié de l'esprit, et lui interdit de tenir de pareils propos, sinon elle prendrait la porte et ne reviendrait plus. « C'était pour rire ! » s'excusa-t-il. L'infirmière nous conseilla de repartir et de revenir le lendemain ; il était dorénavant entre les mains de Bison Futé. Lorsque la vieille se pencha sur lui pour l'embrasser, elle lui dit en patois *A demò*, avec son menton qui tremblait. Choupette reprit le chemin d'Antaillat.

Nous dînâmes ensemble, elle et moi, de soupe et de fromage. C'était la première fois qu'elle allait dormir seule dans cette maison, elle en éprouvait une véritable frayeur comme si elle avait cru aux fantômes. Après notre repas, elle partit traire les vaches et allaiter les veaux. Les poules, sur le pondoir de l'étable, avaient déjà fermé leurs paupières blanches.

Dès le matin suivant, tout Antaillat fut informé. Aussitôt, plusieurs hommes vinrent se mettre à la disposition de Séraphine. Même Picandet et son GAEC.

— C'est pas de refus, dit-elle. Y a beaucoup de choses à faire. Le blé et l'orge à moissonner. Les vaches à pacager. Le bois à scier pour l'hiver. Les patates à buter. Le reste, je m'en charge. Ollier est pas près de travailler comme avant : le médecin l'a prévenu qu'il devait réduire le débit.

— Pour l'instant, ne réduisez rien du tout. On est là, nous autres.

— Je savais bien que je pourrais compter sur les amis.

Elle distribua les tâches. Le laitier, qui venait d'Issoire tous les trois jours faire le ramassage, pompa dans le tank réfrigéré autant de lait que d'habitude. Avec toute cette main-d'œuvre, jamais la ferme n'avait si bien marché. Quand vinrent les jours de messidor, l'énorme moissonneuse-batteuse employée par les voisins fit place nette sur les champs des Ollier, ne laissant que les éteules.

Lui, pendant ce temps, se faisait chatouiller par les infirmières, goberger par les aides-soignantes et remettre à neuf par les chirurgiens. Toutefois, il avait dû rester plusieurs jours en salle de réanimation. Chaque après-dîner, je transportais sa femme à Clermont.

A la sortie d'Issoire, là où l'ancienne N 89 rejoint l'autoroute, il m'arriva de prendre en auto-stop un de ces vagabonds aux longs cheveux qui parcourent le monde à l'aventure, histoire de former leur jeunesse. Il s'installa derrière nous avec son sac à dos. Je le tenais à l'œil dans mon rétroviseur.

— Vous allez loin ?

— A Moulins d'abord. Ensuite, on verra. Peut-être au pôle Nord.

Il sortit de sa poche une cigarette et l'alluma sans même me demander, comme on dit en Auvergne, si le nez me branlait. Je le priai de l'éteindre, car je craignais en voiture l'odeur du tabac.

— Justement, fit-il, ça n'en est pas. C'est du hasch. De l'herbe si vous préférez. Et ça sent bon.

— N'importe. Je vous prie de l'éteindre, ou je vous largue.

Il obéit en grommelant. Je continuai de rouler, un œil sur lui, un œil sur l'A75, très fréquentée en cette saison. Près de moi, je sentais Séraphine effrayée par cette sorte de compagnie. Il n'y eut plus de conversation jusqu'au rond-point de Pérignat où je priai le voyageur de descendre :

— Excusez-moi de vous laisser ici. Nous n'allons pas plus loin.

— Oh ! ça ne fait rien. Je trouverai bien d'autres connards pour me transporter jusqu'à Moulins.

Nous nous séparâmes sur ce remerciement. Quelques minutes plus tard, Choupette s'arrêtait sur le parking du CHU.

Pendant la période de soins intensifs, Séraphine seule pouvait voir son mari tout entortillé de fils et de tuyaux. Mais après quelques jours, il avait été transféré dans une chambre ordinaire où nous fûmes admises toutes deux. Il se montrait de fort belle humeur, car il était en train de prendre les premières vacances de sa vie. Malgré une douleur sourde dans le côté droit. Le chirurgien lui en donna l'explication :

— Après les pontages, votre cœur s'est arrêté. Pour le remettre en marche, j'ai dû faire un massage cardiaque en vous comprimant très fort la cage thoracique. Une côte en a souffert. Vous la sentirez pendant quelques semaines.

Et lui :

— Mon cœur s'est arrêté ? J'étais donc mort ?

— On peut le dire. Je vous ai ressuscité.

— Vous avez eu grand tort, docteur. Je me trouvais très bien. Vous pouvez pas croire comme je me sentais bien ! Et voilà que vous m'avez remis dans la misère !

— Quelle misère ? s'écria sa femme, offusquée.

— La misère de tous les hommes. Alors, pardonnez-moi, docteur, mais je peux pas vous remercier.

— Ça ne fait rien. Je ne travaille pas pour qu'on me remercie.

— Faites pas attention à ce qu'il dit, monsieur le docteur. Il déraille. Il raconte n'importe quoi. Figurez-vous qu'hier, quand il a ouvert les yeux et qu'il m'a reconnue, il m'a appelée « chérie » ! Jamais j'avais entendu cette parole dans sa bouche. Vous voyez bien...

— Ce devait être un effet du choc opératoire.

Nous avons ri ensemble, malgré les recommandations de l'opéré : « Arrêtez, ça me fait mal aux côtelettes. »

Lors d'une autre rencontre, comme le praticien lui laissait entendre qu'une fois bien remis de ses pontages il pourrait reprendre ses activités, en évitant toutefois les besognes les plus rudes, qui mettent très fort le cœur en mouvement, il osa demander, avec des hésitations :

— Dites-moi, docteur, est-ce que je pourrai encore...

— Eh bien ?

— ... faire à ma femme ce que font tous les maris ?

— L'écoutez pas, monsieur le docteur ! L'écoutez pas !

— Voilà une question intéressante, répondit le chirurgien. D'accord. Je ne vous l'interdis pas. Mais allez doucement.

Un soir, il eut une fatigue. On lui fit des piqûres. Séraphine tint à passer la nuit à son chevet ; mais elle me recommanda de rentrer chez moi :

— Vous avertirez les voisins. Et vous me téléphonerez demain matin.

Je rentrai donc seule, préoccupée, dans ma 4L. Alors que je roulais sur l'A75, un orage violent éclata. Une vraie fin du monde. Je nageais la brasse papillon sur la route inondée. Mes essuie-glaces n'arrivaient pas à éclaircir le pare-brise. J'aurais dû m'arrêter sur un parking, attendre la fin du déluge ; mais je pensais aux vaches à traire, qui devaient meugler dans l'étable.

D'autres voitures me doublaient, m'envoyaient leurs déjections dans la figure, je me demandais comment elles pouvaient rouler si follement. Après la descente de Coudes, je sentis que Choupette, excitée par ces bolides, s'envolait. Les spécialistes donnent à ce phénomène, je crois, le nom d'« aquaplaning ». (Ce n'est pas du franglais, mais de l'anglatin.) La voiture, donc, prit son essor, tourbillonna sur elle-même, s'évada vers la sortie de Sauvagnat-Sainte-Marthe qui s'ouvrait là, opportunément. Je vis au-dessus de ma tête les nuées couleur de suie. Puis plus rien. Rien qu'une puanteur d'huile et d'essence. « Malgré la pluie, je vais flamber comme une allumette. Et les vaches ? Et Bunny ? » eus-je le temps de penser. Après quoi, je plongeai dans un sommeil insouciant.

Une autre odeur. De cette lessive qui lave plus blanc que blanc et que j'emploie aussi dans mon lave-linge. J'ouvre les yeux. Tout est blanc autour de moi. Merveilleuse couleur. Elle débarbouille l'argent sale. Elle nettoie les consciences dégueu. Puis des voix chuchotées :

— Elle se réveille.

Un visage sur moi. Ou plus exactement un nez, deux narines ombreuses, des paupières qui battent.

— Coucou !

Dans quel jeu sommes-nous ? L'odeur, en revanche, est bien caractéristique : un mélange d'éther, de chlore, d'urine, de caca. Celle de l'hôpital. Je demande confirmation :

— Où... où... où...

— Au CHU de Clermont.

Tout me revient. Le père Ollier, Bison Futé, Séraphine et ses vaches, Choupette, le déluge. Nous voici donc, Ollier et moi, sous le même toit !

— Oui, dit l'infirmière. Vous avez eu un accident de la route. Un tonneau. Heureusement, vous aviez mis votre ceinture. Vous vous en tirez avec des bleus, des contusions, des écorchures. Mais, par prudence, on va vous examiner de la tête aux pieds, en dehors et en dedans.

— Et Bunny ?

— Qui est Bunny ?

— Ma lapine. Et ses petits. Ils vont mourir de faim.

— Nous ne vous garderons pas longtemps.

— Il faut leur envoyer quelqu'un pour leur donner de l'herbe. Il y en a sous leur cage. Et de l'eau. Et des graines à Krasucki.

— Comment ? Krasucki ?

— Mon poisson rouge. Pourrais-je passer un coup de fil à un voisin ?

— Certainement.

On m'approche l'appareil. L'annuaire. Il est dix heures de la nuit. Chalut n'a pas le téléphone. Ni la Picandette. Celui des Ollier ne peut répondre. Les Manaranche le coupent chaque soir. Il me reste celui des Kleister, les maudits. D'habitude, on les appelle principalement pour les insulter : « Sales nazillons ! On vous fera la peau ! Ordures de fascistes, etc. » Ils supportent sans répondre. Ils pourraient se faire inscrire sur la liste rouge ; mais ce serait une sorte de fuite.

— Allô, Joseph ?... C'est Frédo... Pardonnez-moi de vous appeler si tard. Je suis au CHU de Clermont, après un accident de la route... Non, rien de grave... Est-ce que vous pourriez apporter un peu d'herbe à mes lapins ?... Le portail n'est jamais fermé à clé, ça ne sert à rien... Merci... Je vous revaudrai ça. A bientôt.

Après quoi seulement, je demande des nouvelles de Choupette, ma voiture. Le CHU n'est pas un garage, on ne peut me renseigner. La MAIF, mon assurance, couvrira les réparations. Pauvre Choupette, qui me sert fidèlement depuis tant d'années ! Elle ne méritait pas mon inconduite... Non, non, l'orage seul est coupable. L'aquaplaning.

On me bourre de Témesta. Je passe une nuit pleine de cauchemars. Je revois ma mère, Sa Sainteté, qui me crie : « C'est bien fait ! C'est bien fait ! Tu n'as qu'à te comporter comme les gens honnêtes ! » Je ne réponds pas, car avec elle il n'y a pas moyen de discuter calmement.

Le petit jour en cette saison se lève à des heures indues : quatre heures à ma montre-bracelet. J'essaie de me rendormir en me récitant des fables de La Fontaine. Le sommeil ne revient pas. Pour m'occuper, je tâte mes membres et toute ma personne afin de trouver les points douloureux. Il y en a beaucoup, mais supportables. Vient ensuite la cérémonie du thermomètre et du petit déjeuner. Je me trouve dans une chambre à deux lits, le second inoccupé. Tout le jour on m'examine, on me passe aux rayons X. Rien de grave. Je pourrai repartir le soir même.

J'endosse mes vêtements de sortie. C'est alors qu'on m'annonce une visite.

— Qui ?

— Un monsieur. Pas un jeune homme, mais un homme jeune.

Il entre, sa casquette à la main. Timide. Tenue d'ouvrier endimanché. Beau visage, un peu maigre. Quatre doigts à la main gauche. Comme je l'interroge des yeux, il me dit s'appeler Mandonnet... Moment donné ?... Non, Mandonnet Vincent. Il me suivait sur l'A75 quand ma voiture a fait son valdingue. Le moteur tournait encore. Il s'est porté à mon secours, a coupé le contact, car dans ces circonstances il y a risque d'embrasement. Puis il est parvenu à remettre Choupette sur ses pattes. Il a couru à la Ribeyre pour appeler le SAMU qui est venu me ramasser.

— Et ma bagnole ?

— Elle se trouve chez un garagiste d'Issoire, un de mes potes. Il l'a remorquée et attend vos instructions.

— Dans quel état ?

— Pas mal cabossée, mais réparable. Mon copain est un champion. Vous lui apportez un tas de ferraille et il en tire une voiture.

Nous faisons un peu connaissance. Il travaille dans l'aluminium, chez Pechiney-Rhénalu. Il est revenu spécialement d'Issoire pour prendre de mes nouvelles. Comme je me trouve démotorisée, il me propose de me ramener à Antaillat, ce qui m'épargnera les frais d'un taxi... Vous croyez ?... Ce sera avec plaisir... Eh bien, allons-y... L'ascenseur nous redescend. J'accomplis les dernières formalités. Au parking, nous prenons place dans sa 2 CV. Il me demande pardon de m'offrir un véhicule aussi minable : sa paye d'ouvrier... Je proteste :

— La Deuch est la voiture française la plus achetée à l'étranger.

— Vraiment ? J'en suis bien content. D'autant plus que c'est une voiture un peu auvergnate.

— Comment ça ?

— Son inventeur s'appelait Pierre Boulanger. Il habitait à Lempdes, dans le Puy-de-Dôme, et dirigeait l'usine Citroën qui appartenait alors à Michelin. Un jour, il convoque ses ingénieurs et leur dit : « Vous allez me construire une voiture bon marché, mais simple et solide. Capable de transporter deux paysans en sabots avec un sac de pommes de terre et un tonneau de vin. Il suffira qu'elle roule à 60-70. Économisez sur le poids et les matériaux. » Voilà comment est née cette bagnole.

— Vous avez l'air de vous connaître en voitures...

— C'est mon boulot. Chez Pechiney, je suis à l'entretien. Je m'occupe des machines et des véhicules. Samedi, si vous voulez, je viendrai vous prendre à Antaillat pour qu'on aille voir comment se porte le vôtre.

Voilà dans quelles circonstances j'ai rencontré Vincent.

Troisième Partie

18

Aïe ! aïe ! aïe ! En quel état, ma pauvre Choupette ! Ma compagne bien-aimée dans mes malheurs et dans mes joies ! Quelle idée aussi de te prendre pour un canard sous prétexte que nous nagions et de vouloir enfin t'envoler ! La ceinture de sécurité m'a préservée des gros bobos. Le carrossier issoirien m'a promis de te rendre tes formes premières. Au meilleur coût.

— Si vous voulez, m'a-t-il dit, je vous pose un toit en alu de récupération, que je façonnerai moi-même.

Pourquoi pas ? Je n'aurai à ma charge que l'obligatoire franchise, la MAIF paiera le reste. Prenons donc patience, ma chère vieille. Nous avons encore beaucoup de route à faire ensemble.

N'empêche que, depuis l'accident, je dors très mal, à cause de ce garage vide. Un peu comme fait une mère qui attend son fils en bordée, les heures sonnent, le fils ne rentre pas.

En Parisienne ignorante, j'ai longtemps cru que l'Auvergne ne produisait que des fromages. A présent, je sais, par exemple, qu'Issoire est la capitale française des alliages légers. Elle doit ce titre à la Compagnie générale du duralumin, qui s'établit en 1947 sur une terrasse dominant la rive gauche de l'Allier. En aval des deux ponts d'Orbeil. (Mais du plus vieux, il ne reste que les piles qui soutenaient les câbles et la maisonnette de l'ancien octroi.) Sur les terres de la ferme du Piat dont les bâtiments subsistent, vaguement promis à un avenir socio-culturel. La Cégédur est devenue Pechiney-Rhénalu, suite à je ne sais quel combinat franco-allemand. Sous leurs toitures arrondies, ses usines ressemblent à d'immenses marchés couverts. Les sols sont dallés de pavés de bois, bon isolant électrique. Entre ces constructions, une pelouse, un mât au sommet duquel flotte le drapeau du client en cours : soleil rouge sur fond blanc s'il s'agit d'un Japonais ; arabesques sur un sabre s'il est saoudien ; sang et lumière s'il vient d'Espagne. Vincent m'a obtenu une permission de visite.

L'aluminium, paraît-il, est le métal de l'avenir. Le plus répandu sur notre globe qui n'est, en simplifiant un peu, qu'une énorme boule d'alumine, c'est-à-dire d'aluminium impur. Le produit brut, extrait ailleurs de la bauxite, arrive ici sous l'aspect de longues briques aux arêtes arrondies. Elles pèsent dans les dix tonnes et s'appellent modestement des plaques. On les introduit dans des fours de la taille d'une chambre à coucher, où elles fondent de bonheur, et consomment leur mariage avec le cuivre, ou le magnésium, ou le manganèse, ou le strontium. Alors, le four s'incline ainsi qu'une casserole et déverse dans des moules un flot éblouissant. Une fois refroidies, les nouvelles plaques seront livrées telles quelles ou laminées. Grâce à sa presse soviétique, Interforge en fera des ailes d'avion, des arbres de navire, des essieux de wagon, des feuilles épaisses de quelques microns pour les condensateurs miniaturisés. Ou des voitures de métro. Le métro de Caracas est parti d'Issoire. Les fusées Ariane lui doivent beaucoup.

L'homme qui besogne dans ces deux entreprises a subi lui-même des avatars. Généralement fils d'agriculteurs, il habite parfois à dix, quinze kilomètres de son lieu de travail et s'y rend à bicyclette, à moto, en voiture ou par le car de ramassage. Lui qui, le matin, piochait au *fessou* la vigne de ses ancêtres, il commande l'après-midi les manœuvres de son laminoir au moyen d'un clavier d'ordinateur. Ainsi, l'industrie des alliages légers a opéré en lui un alliage des qualités traditionnelles de la paysannerie et des vertus acquises par une solide formation technique. Sans avoir perdu l'estime de sa volaille ni de ses lapins, il a gagné celle de ses chefs centraliens. Malheureusement, Vincent Mandonnet ne s'est pas élevé à ce niveau. Il bosse plus souvent sur le dos que sur ses pieds, couché sous le ventre des voitures, les mains dans le cambouis. Il est payé au SMIC.

Quelques-uns de ses compagnons sont d'anciens mineurs ou fils de mineurs refluês de Brassac-Sainte-Florine après la fermeture des puits. Ce qui explique les nombreux noms polonais. Celui, par exemple, de Thomas Przybylac dont le père est originaire du même village que le pape Jean-Paul II. D'autres viennent d'ailleurs, attirés par la ruée vers le duralumin. Issoire a triplé de population depuis 1947. Chaque nouveau venu désire nidifier à son tour. Avec l'aide des entreprises, il achète un terrain et commence à bâtir. De ses mains, de ses bras, de son échine. Sa femme et ses enfants lui servent de goujats. A son insu, il renoue avec une tradition issoirienne : quand la ville protestante eut été rasée au sol, les troupes royales plantèrent une pancarte au milieu des ruines : *Ici fust Yssoire.* Mais aussitôt, les survivants commencèrent de relever leur cité. Les uns bâtissaient sans mortier, les autres de boue comme l'hirondelle. L'Issoire moderne choisit plutôt des matériaux métalliques. Dans quelques années, ce sera sans doute une ville en duralumin.

La rentrée des classes était imminente. Une fois encore, je me trouvais sans emploi. Je ne pouvais m'en plaindre puisque Choupette était indisponible. Mes voisins d'Antaillat s'offrirent à me transporter, à l'occasion. Même Picandet sur son tracteur. Le père Ollier revint chez lui avec un cœur rapetassé ; il se trouvait bien de la réparation et ne se plaignait plus de survivre. Le car du ramassage scolaire accepta de faire un détour pour prendre les quatre enfants du hameau, dont les deux petits Manaranche, toujours orphelins de leurs parents caoutchoutiers aux USA. A cette occasion, j'achetai un petit cartable à Julie. Elle en fut si heureuse que plusieurs nuits de suite elle le fit dormir à côté d'elle. Il était imprimé d'une publicité pour une lessive. D'autres glorifient Coca-Cola ou Poivre vert, une marque de chaussures, une auto japonaise. Nos enfants deviennent des écoliers-sandwiches. Chaque soir, en rentrant, elle venait me raconter sa journée :

— Tu sais, on a une maîtresse. Elle est jolie, jolie !

— Mme Lotiron ? Je la connais.

— Elle nous amène son petit garçon Émilien, qui marche à quatre pattes. Ça nous fait bien rire.

Au terme de ses confidences, elle me faisait un câlin et me disait au revoir. Je l'accompagnais jusqu'au portail. Quand nous y arrivions, elle réclamait :

— Fais-moi un autre câlin, pour le cas où...

Le cas où ? Je ne l'ai jamais su. Elle faisait provision de câlins comme ma 4L fait provision d'essence à la station-service.

Le 15 septembre, justement, le carrossier m'informa que je pouvais la récupérer. Vincent vint me chercher après sa journée. Malgré ses efforts pour se tenir propre, il sentait toujours un peu le cambouis, de même que les paysans sentent l'étable. Mais quand il riait, ses dents étaient si éblouissantes qu'elles reflétaient le soleil. Lorsque nous roulions, sa Deuch déglinguée produisait un ferraillement de char d'assaut. Il n'était pas nécessaire de klaxonner dans les virages serrés, l'usager d'en face l'entendait venir de loin. Je retrouvai avec joie ma Choupette chérie, plus fringante que jamais. Je ne me lassais pas de tourner autour, de la caresser, d'admirer son toit d'aluminium, de lui murmurer des mots tendres. Elle-même frétillait d'impatience. Pour ne pas la faire attendre davantage, je pris place au volant.

— Eh bien ! Au revoir, à bientôt ! me dit Vincent.

— Attendez ! Ça s'arrose ! Suivez-moi, j'ai mis une bouteille de champagne au frigo pour fêter nos retrouvailles.

— Vous croyez ?

— C'est Choupette qui vous invite.

— Dans ce cas...

Nous reprîmes à la queue leu leu la route d'Antaillat, où nous arrivâmes à la nuit close. Choupette se montra fort excitée de retrouver aussi son garage. « La nuit prochaine, me dis-je, je pourrai enfin dormir tranquille. Tout est rentré dans l'ordre. » Dans la salle de vie, assis tout raide sur sa chaise, Vincent regardait autour de lui avec timidité : les meubles, les tentures, les tapis, les poufs, les fauteuils. Cette lithographie de Dali qui m'a coûté les yeux de la tête et qui représente des chevaux sur des nuages. Précédemment, j'avais introduit mon smicard seulement dans la cuisine. A présent, il avait quitté sa casquette, ses cheveux blondasses et désordonnés lui faisaient un nimbe. Il ressemblait à Gérard Depardieu dans *Les Valseuses*.

— On va, répétai-je, fêter le retour de l'enfant prodigue. De Choupette. J'ai l'habitude de donner des noms aux choses que j'aime. C'est grâce à vous que nous sommes vivantes l'une et l'autre. Je vous en remercie de tout cœur.

— Y a vraiment pas de quoi.

Je sortis des flûtes, soulignant qu'elles venaient de Venise, un cadeau ancien d'une amie qui voyageait beaucoup.

— Si vous voulez, dit-il, je débouche la bouteille de champagne.

Il avait les mains fortes et sûres. Pas une goutte ne s'échappa. Le vin pétilla dans les verres.

— A Choupette !

— A Choupette !

Nous bûmes. Je lui demandai s'il connaissait Venise. Il l'avait vue à la télévision, la place Saint-Marc, les gondoles et tout ça. Mais il ne voyageait guère. Il n'était jamais sorti du département, sauf pour faire son service militaire en Allemagne. Sa Deuch ne lui permettait pas de longues courses, et il n'avait pas les moyens de la remplacer. Mais aujourd'hui, on n'a plus besoin de voyager pour connaître le monde, la télé vous transporte partout. D'ailleurs, les voyages, c'est mauvais pour la santé.

— Comment ça ?

— On change d'heure, on change de cuisine, on ne comprend rien aux langues, on se fait bouffer par les moustiques et par les serpents. Voler, assassiner par les pirates. Emprisonner par les dictateurs. Couper en morceaux par les cannibales. Quand on rentre à Issoire, il ne vous reste rien de bon. Sauf les culottes. Et encore !

Nous avons ri. Puis vidé une seconde flûte.

— Tenez, a-t-il repris. Je vous en raconte une. A Bergonne, d'où je suis natif, y avait une paysanne centenaire appelée Ernestine. En ce temps-là, c'était une rareté. Un journaliste est venu la photographier et lui demander : « Comment avez-vous fait pour atteindre cet âge ? Quel est votre secret ? » Elle a répondu : « Je suis jamais sortie de mes sabots ! » Elle voulait dire, naturellement, qu'elle n'avait jamais quitté son village. Et elle a vécu encore plusieurs années.

— A la santé d'Ernestine ! ai-je dit, oubliant qu'elle était déjà au ciel, et mettant le nez dans ma troisième coupe.

A partir de ce moment, les choses ont commencé à se transformer. Je me suis sentie aussi légère qu'un ballon de baudruche. Avec un besoin de rire inextinguible. En moi s'étaient accumulées des années de rire en retard. Depuis la disparition de Pierre Méraville, le libraire de *La Plume d'Or*, je n'avais plus ri comme il faut. Pas eu l'occasion. A peine, de loin en loin, un mince sourire, une brève quinte d'un rire souffreteux. Tous ces non-rires me pesaient sur le cœur, sur le foie, sur les reins, sur l'estomac. J'étais malade de ne plus rire, comme d'autres le sont de ne pas dormir.

A la quatrième coupe, j'ai eu l'impression de sortir de moi-même. De voltiger autour de la salle telle une libellule, emportée par les accès de nos deux rires conjugués. Vincent n'était plus un ouvrier de Pechiney parfumé au cambouis, mais l'enchanteur Amyntas qui m'envoyait à la figure des poignées de fluide et me chuchotait des paroles cabalistiques.

A la cinquième, je changeai de peau, ainsi que la couleuvre au moment de sa mue. Dès lors, je n'éprouvai plus rien, qu'une douceur infinie. Qu'un bonheur jusque-là insoupçonnable. A la santé de Choupette. A la santé d'Ernestine. A la santé du champagne. A la santé de Pechiney.

Je me suis réveillée des heures plus tard, sous l'effet d'une forte envie de faire pipi : le champagne. Je me suis vue affalée sur le divan de faux cuir, mes vêtements très en désordre. Quand j'ai voulu poser les pieds par terre, j'ai buté contre un corps étendu que j'ai reconnu, malgré mes vaps, à sa tignasse blonde : celui de Vincent. A un grognement qu'il a poussé, j'ai compris qu'il goûtait le sommeil du juste, le nez dans la moquette. Toutes les lampes de la pièce brillaient encore. Enjambant cette forme, j'ai titubé jusqu'au petit coin. Ensuite, après avoir éteint les lumières, j'ai regagné ma place encore chaude, ne voyant pas la nécessité d'aller finir ma nuit ailleurs.

Il faisait plein jour quand je sortis pour de bon de mon nirvana. Très étonnée d'avoir devant les yeux une tache en forme de Madagascar que je savais orner le plafond de ma salle de vie. Lorsque je me redressai, je vis à contre-jour l'homme en question ci-dessus, assis sur une chaise. Les mains jointes sur les genoux, Vincent avait l'air de prier.

— Bonjour, dit-il avec un sourire modeste.

— Bonjour.

— Vous avez bien dormi !

Puis, à mon adresse, il eut un sourire qui signifiait clairement : « Il s'en est passé, des choses ! Mais si vous préférez qu'on n'en parle pas, si vous aimez mieux les oublier, je suis à vos ordres. » Long silence. J'enfonçai les doigts dans mes cheveux parce que j'avais mal au cuir. Et parce que je ne savais pas très bien où j'en étais. Je n'osais encore croire à l'incroyable. A cette conversion. A l'eau qui se change en vin. A nos noces de Cana. O Claude ! O Claude ! Pourquoi m'as-tu éclipsé la moitié du monde ? Pourquoi m'as-tu menti si longtemps ?

Mais sans doute avais-je rêvé. J'osai relever le front et diriger mes regards vers lui. S'il avait eu, si peu que ce fût, un air de triomphe, je l'aurais mis à la porte comme un chien galeux. Il continuait de me sourire timidement. Et de me dire vous.

— Voulez-vous que je m'en aille ?

C'était la meilleure ! Il m'avait transmuée — quoiqu'il n'en eût aucune conscience — et maintenant il me proposait de disparaître ! De m'abandonner sans doute à d'autres ! Mais je ne me pressai pas de répondre.

— Est-ce que vous avez besoin de rester seule ?

Alors, comme la veille au soir, sans avertissement, j'éclatai de rire. Cette fois, le champagne n'y était pour rien. Il me restait encore un peu de joie à rattraper. *Chi ride toglie un chiodo alla bara* : Celui qui rit enlève un clou à son cercueil. De nouveau, le rire me renversa sur le canapé. Pour me défendre de ses assauts, je battis l'air de mes bras. Comprenant qu'il était pour quelque chose dans ce déferlement, l'homme blond se leva, se pencha sur ma bouche, s'en abreuva longuement, tandis que je l'étreignais à l'étouffer.

Il confirma la conversion qu'il avait entamée.

Vers onze heures, nous partageâmes un petit déjeuner de pain, de beurre, de miel (celui du curé de Perrier), de chèvreton et de baisers. Vincent devait reprendre son travail à treize heures. J'aurais préféré qu'aucun citoyen d'Antaillat ne s'aperçût de son séjour nocturne dans ma *Cyprinière* ; que la population me crût éternellement indépendante et si possible pucelle. Mais sa Deuch déjà nous avait dénoncés. Je devinais des regards derrière les rideaux. Après tout, je me moquais de l'opinion publique, je n'avais aucun compte à rendre à qui que ce fût. Bravement, j'accompagnai mon ami jusqu'à sa voiture qui l'attendait près du travail à ferrer les vaches ; je l'embrassai trois fois, à l'auvergnate, et lui fis au revoir de la main tandis qu'il s'éloignait.

Dès lors, je ne vécus plus seule avec mes animaux. Sans m'en demander l'autorisation, sans bail, contrat ni convention trois-six-neuf, je me sentais squattérisée par ce locataire inconnu.

Au fait, qui était-il ? D'où venait-il ? Que valait-il ? A chacune de nos rencontres, il m'accorda des miettes de son passé comme on jette du pain aux oiseaux. Il me fallut beaucoup de temps pour le reconstituer. Voici à peu près à quoi il ressemblait.

« Je suis natif de Bergonne, pas loin d'ici, sur une des hauteurs qui dominent la plaine du Lembron. A l'occasion du 11 Novembre, *La Montagne* a parlé de cette commune à cause d'une particularité : en 1914, quinze de ses hommes ont été mobilisés ; et, bien que le département du Puy-de-Dôme ait versé sa grande part de sang, tous les quinze sont revenus, intacts ou blessés, mais vivants. Parmi eux, mon grand-père. Peut-être qu'ils étaient protégés par saint Verny, patron des vignerons, qu'on voit dans l'église avec sa serpette. Conséquence : Bergonne n'a pas de monument aux morts. Quand ses habitants actuels veulent fêter l'armistice et se recueillir, ils doivent aller chez les voisins.

« Au couchant, c'est Antoingt, avec son église Saint-Gall. Un saint qui arrête le feu, on le prie en cas d'incendie. Au midi, on voit les belles tours du château de Villeneuve où je t'emmènerai un jour voir la Chiche-Face qui se nourrit d'épouses obéissantes ; ce qui explique pourquoi elle n'a que la peau sur les os. Au nord, tu as les hauteurs de Malbattu et tu devines Issoire.

« Mon père avait quatre vaches et quelques arpents de vigne. Mais il eut la mauvaise idée de mettre au monde trois filles et deux garçons, ce qui lui faisait huit bouches à nourrir avec celle de la grand-mère. J'étais le plus jeune de la nichée. A présent, mon père est chez le bon Dieu ou chez le diable, mes sœurs mariées à droite ou à gauche, mon frère plombier-zingueur à Champeix. J'y habite toujours à moitié avec ma mère, encore vaillante. Elle élève trente moutons. Je bêche le jardin, elle sème et récolte. Nous avons trois chiens que j'aime comme s'ils étaient mes enfants et que j'emmène à la chasse. Oui, je suis chasseur. Oh ! pas un gros tueur de gibier ! De loin en loin, un lapin, un perdreau, juste de quoi couvrir les frais du permis. La chasse, c'est pour moi le prétexte de battre la campagne. De respirer l'odeur des feuilles. De me nettoyer les poumons. Quand nous avons trouvé un endroit bien solitaire, à l'abri des oreilles ennemies, nous nous arrêtons, mes chiens et moi. Nous cassons la croûte. Nous admirons le paysage. Ensuite, je les fais chanter... Oui, oui, chanter... Les chiens sont capables de chanter. Ils produisent seulement une ou deux notes. Multipliées par trois, ça en fait six... Ma méthode ? Toi, tu joues de la clarinette. Moi, de l'harmonica. Je n'oublie pas de l'emporter dans ma poche. Je l'ai acheté autrefois à un colporteur. Mes copains de Pechiney m'appellent Vincent la Musique... Alors, je réunis mes chiens autour de moi. Je joue les notes qui correspondent à chacun. Et chacun les répète au bon moment. Question de patience. A force de morceaux de sucre. A nous quatre, nous interprétons *Au clair de la lune* et *J'ai du bon tabac.* Rien que du classique. Nous n'aimons pas les chansons modernes.

« Voilà. Je suis fait comme ça. J'ai fréquenté l'école jusqu'au certificat. Mais je n'ai pas le diplôme, je ne me suis pas présenté à l'examen à cause de mon orthographe. Par peur d'être recalé. Je n'aime pas échouer dans mes entreprises, bien que la chose me soit arrivée très souvent, comme à tout le monde.

L'instit me disait : "Vincent, tu es capable de faire les problèmes du brevet. Mais question orthographe, c'est la catastrophe."

« Ma passion à moi, c'était les bagnoles. Je rêvais d'en fabriquer moi-même un jour, comme Bugatti et Pininfarina. A Bergonne, il y avait un petit garagiste qui réparait aussi bien les vélos que les voitures légères ou les machines à coudre. C'est lui qui m'a appris tout ce que je sais. Mon père m'abandonnait à lui parce qu'il se rendait bien compte que mon avenir n'était pas dans l'agriculture. Ce qui ne m'empêchait pas de lui prêter la main pour ses travaux. Mais à quinze ans, je savais conduire. Le garagiste me prêtait les voitures en réparation pour faire un petit tour. A dix-huit, j'ai passé pour de bon le permis. Quelque temps après, j'ai été embauché par Cégédur. Mes chefs me disent que si j'avais fait des études, je serais, à présent, ingénieur dans une grande fabrique. Impossible, à cause de la putain d'orthographe. C'est maintenant sans importance, vu que je n'écris jamais à personne. Quand ma grand-mère m'a vu pour la première fois au volant de ma 2 CV, elle m'a demandé combien coûtait ce genre de bagnole. Je le lui ai dit. "C'est bien cher, qu'elle m'a répondu, pour une auto à pédales !" Il a fallu que je lui montre que la 2 CV avait un vrai moteur.

« Tu veux me donner des leçons ?... M'apprendre les participes passés et tous ces trucs ? Voilà une très bonne pensée. Mais je crois que je serai un mauvais élève, comme à l'école. Non, non, il ne suffit certainement pas de lire en faisant attention aux mots. Quand j'allais en classe, j'avais lu tous mes livres et je n'ai rien retenu. A présent, je ne lis plus du tout, ça me fait pleurer les yeux et bourdonner les oreilles. Sauf le journal de temps en temps à cause des sports et des avis d'obsèques. Ma mère et moi, nous achetons *La Montagne-Dimanche*, principalement pour avoir du papier, de quoi allumer le feu. Elle fait encore la cuisine au bois.

« Si j'ai connu d'autres femmes ?... Non, ce n'est pas un sujet délicat. Il faut bien que nous fassions connaissance... Crois-tu que je sois arrivé à quarante-sept ans aussi vierge qu'à ma première communion ? J'ai eu plusieurs amourettes. Mais deux femmes ont beaucoup compté. Appelons-les, si tu veux bien, Joséphine et Marceline. La première était infirmière dans une clinique d'Issoire. Une superbe nana. Nos relations ont duré sept ou huit ans. Non, neuf. C'était une personne... comment dit-on ?... raffinée. Comme le sucre. Très sensible par exemple aux odeurs. Elle se parfumait, pareille à toutes les femmes, mais à moi elle défendait d'employer des savonnettes pour ne pas me dénaturer. Elle disait que je sentais... le fauve. Elle adorait ça. Quel drôle de goût ! Nous ne vivions pas ensemble ; je la rencontrais souvent chez elle. Je crois bien qu'elle était folle de moi. Principalement de ma puanteur de sauvage. Faut dire aussi qu'elle était très... savante. Elle connaissait des trucs bizarres qu'on n'apprend pas au catéchisme. Elle me disait : "Tu es ma bête." Par moments, j'avais un peu honte d'être traité de cette façon. A ses collègues, elle me présentait comme son fiancé. Elle avait dû leur faire des confidences à mon sujet, car je voyais les yeux des copines sc plisser en me regardant, leurs bouches sourire d'un air entendu. En fait, il était rarement question de mariage entre nous. Moi, je n'y étais pas opposé. Au contraire. J'aurais aimé avoir à nous une maison, des meubles, une télé, des gosses. Elle, jamais pressée. "Profitons de notre jeunesse et de notre liberté, qu'elle me répétait. Le mariage, c'est l'esclavage." Les choses ont traîné comme ça en longueur. Je commençais de m'impatienter. "Tu veux des mômes ? Fais-les tout seul. Moi, je suis pas prête." Naturellement, elle savait et elle pratiquait les moyens de les éviter. Neuf ans à me tenir le bec dans l'eau ! Un jour, croyant l'attacher un peu à moi, j'ai réuni mes économies, je lui ai acheté une bague de fiançailles. Avec un diamant. Elle m'a remercié ; mais elle ne la mettait jamais, sous prétexte que le corps médical n'en porte pas. Fallait que j'insiste, quand nous étions ensemble. Une fois, une seule fois, au début, elle m'a montré à ses parents. Des commerçants dans les vêtements féminins. Ils m'ont reçu très froidement. Je n'y suis plus retourné. Comment cela a-t-il fini ?... Je vais te le dire... Un soir que je sonnais à sa porte (elle habitait rue Saint-Germain, près de sa clinique), qui donc vient m'ouvrir ? Non pas elle, mais son père, le marchand de dentelles, encadré par ses deux fils. Ils m'ont dit qu'ils m'attendaient. Que Joséphine ne voulait plus me voir. Que je devais cesser de... de... je cherche le mot... de l'importuner. Et ils m'ont remis une petite boîte dans laquelle j'ai retrouvé la fameuse bague. Ils m'ont même menacé de me péter la tête si j'insistais. J'ai pas insisté. C'est pas mon genre. Par la suite, j'ai appris que Joséphine avait épousé un médecin. Fin de ma première histoire de femme.

« Voici la seconde. Marceline, c'était pas une compliquée. Une jeune paysanne du hameau qui s'appelle les Quinze, à quelques pas de Bergonne. On se connaissait depuis l'enfance, on avait fréquenté la même école. Puis on s'était perdus de vue. Moi, j'étais dans l'industrie, elle dans l'agriculture. Et puis, Joséphine m'occupait l'esprit. Après notre rupture, j'ai mené quelque temps une vie de patachon. Je pensais qu'à m'amuser, qu'à boire, qu'à courir la prétentaine. Plusieurs années, j'ai mené cette existence. Ma mère se désespérait : "Quand donc vas-tu prendre femme ? Crois-tu que je suis éternelle ? Qui lavera ton linge, te soignera en cas de maladie, lorsque j'aurai levé les pattes en l'air ?" Je faisais le sourd.

« Un beau jour, j'ai retrouvé Marceline. A la fête de l'estive à Allanche, dans le Cantal, où nous étions montés chacun de son côté par curiosité, elle dans son Tube Citroën qu'elle conduisait comme un homme, moi dans ma Deuch. Toutes ces vaches rouges ornées de fleurs, de feuillages, de drapeaux tricolores, et la reine avec son énorme cloche sous le menton ; les bravos, les musiques, les costumes, c'était super. Marceline et moi, mêlés à la foule, nous nous sommes reconnus. A l'école, je lui passais la solution des problèmes ; elle me soufflait l'orthographe. C'est des choses qui ne s'oublient pas. Comme nous étions pressés l'un contre l'autre, je ne sais pas pourquoi ni comment, je lui ai pris la main. Elle ne l'a pas retirée. Ç'a été le commencement de notre aventure. Que veux-tu que je te dise ? Nous nous sommes fréquentés dix-huit mois. Avec promesse de mariage. Ce délai pour être bien sûrs de nos sentiments. Nos rencontres étaient faciles : chez moi, chez elle et même dans la campagne. Au milieu des sauterelles. Et puis... il y a eu cet accident terrible. Elle était en train de labourer au volant de son tracteur. Dans une pente, le tracteur s'est renversé. Elle a été prise dessous... Pauvre Marceline !... Elle vivait pour la terre, la terre l'a reprise. »

19

Fin septembre, je fus envoyée en remplacement à Sauxillanges. Chef-lieu de canton situé au carrefour de routes qui partent de tous côtés comme les rayons d'une étoile. Au bord d'un ruisseau curieusement appelé l'Eau-Mère. Il est bien vrai que l'eau est notre mère à tous. D'après les savants, la première vie terrestre fut aquatique, sous la forme d'une bactérie. En se compliquant, elle devint un goujon, puis un poisson perfectionné, le cœlacanthe, etc., etc. Les Celtes confondaient ces deux sources de vie auxquelles ils donnaient le même nom : *martre.* Surtout quand leurs eaux étaient riches d'éléments minéraux, comme elles le sont aux Martres-de-Veyre, aux Martres-d'Artière, aux Martres-sur-Morge. Après avoir abreuvé les Sauxillangeois, l'Eau-Mère descend vers le midi, contourne le puy d'Usson ; soudain, elle vire vers le couchant et s'en va grossir l'Allier. Sauxillanges fut autrefois le siège d'un prieuré bénédictin si important qu'un synode s'y tint au Xe siècle, présidé par Odilon de Mercœur, inventeur de la trêve de Dieu. Nobles et clercs s'y engagèrent à ne plus user de violences ni de rapines. J'ai vu des débris de ce monastère inclus dans une demeure privée qui fait de son mieux pour leur rendre leur ancien aspect. Souvenir d'une époque où les gens de croix comme les gens d'épée étaient plus proches de Barabbas que de Jésus.

Les maisons y ressemblent souvent à des forteresses. Flanquées de tourelles, étayées par des contreforts. L'église est de granit peint en rouge. Les commerces sont polyvalents. Ainsi ce « Bazar moderne » où l'on trouve « Jouets, Souvenirs, Farces-attrapes, Articles funéraires ». De quoi rire, de quoi éternuer, de quoi pleurer. Et cette supérette « 8 à huit » (ouverte, je suppose, de 8 heures du matin à 8 heures du soir) qui vend des fruits, légumes, de l'épicerie et développe les pellicules. Le cafetier Carion coupe aussi les cheveux. La « Librairi » (qui a perdu son *e* final) propose des bonbons, des chapelets, des bénitiers.

L'école flanque la belle place de la Promenade, ombragée de sycomores. Construite, selon une plaque commémorative, en 1885, « sous l'administration de MM. Brun, Maire, et Morin, Adjoint ». J'y remplaçai une institutrice en congé de longue durée, qui avait perdu la tête et commettait des extravagances. Ainsi, sous prétexte de réviser le calcul en musique, elle faisait chanter à ses élèves :

Un éléphant, ça trompe, ça trompe ;
Un éléphant, ça trompe énormément...

Il n'y aurait eu rien à reprendre à ce procédé si elle ne l'avait fait durer des matinées entières. On arrivait sur le coup de 11 h 30 à 3 400 éléphants. A 3 600 dans les bons jours. Par suite de la douce température qui permettait de travailler les fenêtres ouvertes, non seulement les classes voisines profitaient de la mélodie, mais aussi les environs. Les joueurs de boules sur la Promenade s'interrompaient pour mieux entendre passer ce vol d'éléphants. Encore si, pour varier sa méthode, elle les eût remplacés de temps en temps par des crocodiles ou des rhinocéros ! Mais non. Les éléphants remplissaient le quartier. Des parents se plaignirent. L'inspection académique envoya la demoiselle se faire soigner à Sainte-Marie. Je pris donc sa suite.

Dans mon effectif, pas de Maghrébins, pas de Kurdes, pas de Noirs. Tout juste deux Portugais, Manoel et Antonio, qui ne faisaient point tache. Sauf qu'ils se ressemblaient comme deux frères, sans être parents.

— C'est dégueu ! auraient dit mes keums parisiens. Ici, rien que des Louags[1] !

Comme toujours, Lariro m'assura un audimat exceptionnel. Les pétanqueurs arrêtaient encore leur partie, avec admiration cette fois. « Rien n'est beau comme une roulade de clarinette, me disait tante Juliette, si ce n'est une roulade de rossignol. »

Chaque jour, je voyageais d'Antaillat à Sauxillanges, par Issoire, Parentignat, Varennes-sur-Usson. Une quarantaine de bornes aller et retour. Ma 4L retrouvée les supportait allégrement, m'économisant le loyer d'une chambre. Ces élèves me donnaient beaucoup de satisfaction. Mon seul problème était de distinguer sans erreur les quasi-jumeaux portugais. Comme j'y arrivais mal, j'employai un moyen radical : au cou de chacun, j'accrochai, à la façon d'un pendentif, un carton sur lequel j'avais écrit le prénom du porteur : ANTONIO... MANOEL... Dès lors, je crus ne plus pouvoir me tromper. Or je m'aperçus que ces deux vauriens échangeaient leurs étiquettes pendant les récréations : Manoel devenait Antonio, Antonio devenait Manoel. Avec la complicité de tous les autres qui, eux, ne les confondaient pas. Cela devint une sorte de jeu qui nous amusa tous un certain temps. Jusqu'au jour où je cessai d'y participer en remarquant que l'un d'eux avait, au coin du maxillaire gauche, une minuscule tache rouge que la nature avait placée là pour me faciliter sa reconnaissance.

L'inspecteur pédagogique vint nous rendre visite. C'était un Guyanais, il ressemblait à Henri Salvador en moins joyeux. On dit en Auvergne « sérieux comme un âne qui pète ». Il écouta ma leçon de calcul sur le nombre 7, qui a des vertus

1. Des Gaulois.

particulières puisque c'est le nombre des jours de la semaine, et que 3 fois 7 font 21, ce qui n'est pas le cas de 3 fois 6, ni de 3 fois 8. Ma leçon de grammaire sur les démonstratifs. Ma leçon d'histoire sur Henri IV et la poule au pot. A ce moment, chacun entendit un petit rire qui me parut venir de mes deux Portugais. Il n'y avait pourtant pas de quoi se désopiler. Il ne fut d'ailleurs pas imité par le reste de la classe, plutôt désapprobateur. L'inspecteur occupé jusque-là à prendre des notes pour rédiger son rapport, releva la tête et demanda sévèrement :

— Quel est celui ou celle qui sème la perturbation ?

Pas de réponse. Mais je vis bien quinze ou seize paires d'yeux regarder par terre et chercher de quelle espèce de semis il pouvait bien s'agir.

Au terme de l'inspection, eut lieu le tête-à-tête de supérieur à subordonné communément appelé le « confessionnal ». Le Guyanais n'y manqua point. Il me complimenta excessivement ; me rappela que j'entretenais à Perrier une chorale postscolaire ; me promit de l'avancement au grand choix, qui fait gagner deux ans. Malgré moi, je me sentis rougir de plaisir, alors que je me vantais ordinairement d'avoir passé l'âge des rougeurs. Il me quitta après avoir tenu et serré une de mes mains dans les siennes. Ses yeux blancs faisaient des moulinets derrière les verres de ses lunettes. Je crus qu'il allait me demander en mariage.

Récit d'une autre rougeur. De colère, celle-là. En venant me rendre visite à Antaillat un dimanche matin, Vincent était tombé dans un guet-apens tendu par les gendarmes de Champeix qui avaient installé au milieu de Perrier leur radar-traquenard. Il s'était fait prendre à 70 à l'heure au lieu des 60 réglementaires.

— Tu te rends compte ! Ma Deuch condamnée pour excès de vitesse ! Ils m'ont même fait souffler dans un ballon ! Mais j'étais à vide. A 66, ils auraient toléré. A 70, c'était intolérable.

M'a fallu verser 150 balles aussi sec, sous peine de poursuites. D'abord, que faisaient-ils à Perrier, ces cognes de Champeix ? C'est pas leur secteur. Ah ! c'est vraiment des enfoirés !

Et lui, à ce récit, de se cramoisir comme un homard. Je lui suggérai de s'enfermer dans le petit coin et de n'en ressortir que lorsqu'il aurait repris sa couleur naturelle. Comme il ne semblait pas vouloir suivre ma recommandation, je lui dis assieds-toi, lui servis un verre de gentiane et mis en marche Mozart sur ma chaîne hi-fi : *Petite Musique de nuit.* A ces airs tranquillisants, il se refroidit peu à peu. Jusqu'à oublier de vider son verre. Les gendarmes de Champeix lui étaient sortis de la tête. Il me fit même une réflexion très éloignée d'eux :

— C'est curieux. Avant de te connaître, en fait de musique, j'appréciais seulement les chansons de Johnny, d'Eddy Mitchell, des rockers. Quand j'allumais mon transistor, s'il m'arrivait de tomber sur un concert de grande musiquasse, je tournais le bouton. Et voici que tu me la fais aimer. Tu me transformes.

Nous nous transformions l'un l'autre.

Il n'arrivait jamais chez moi les mains vides. Comme le Roméo de tante Juliette, il apportait une fleur. Ou une friandise. Ou une carte postale à l'ancienne où l'on voit un homme et une femme se regarder dans le blanc de l'œil en débitant des vers de mirliton :

Unissons nos deux âmes,
Amour nous y convie.
Tenez : mon cœur, madame,
Est à vous pour la vie.

Ou un porte-clés. Ou une de ces épinglettes qui faisaient fureur, appelées pin's, et dont personne à présent ne se soucie. Ou un gâteau préparé par sa mère, à qui il avait dû faire des confidences et qui, de loin, essayait de m'appâter.

Il me fit un cadeau plus précieux encore : un petit chien husky, né de sa chienne Toundra qui chantait deux notes de contralto. Avec de courtes oreilles, des cernes noirs autour de ses yeux bleu faïence, une queue en trompette. Adorable. Sitôt que je le pris sur mes genoux, il se mit à me lécher.

— C'est un petit mâle pas encore baptisé. Donne-lui un nom.

— Je l'appelle Croc-Blanc.

— Trop-Blanc ? Qu'est-ce que ça veut dire ?

— Croc... Blanc. Ça veut dire qu'il a les dents blanches. Tu n'as pas lu le roman de Jack London ?

— Oh ! moi... la lecture... A part *La Montagne-Dimanche*... Elle ne me manque pas.

— Tu me rappelles les Chinois. Ils n'ont jamais mangé de chou à la crème. Ça ne leur manque pas non plus. Ou encore une camarade de classe qui souffrait d'anosmie, de perte complète de l'odorat ; elle n'avait aucune idée du parfum des roses et elle n'en souffrait pas.

— Qu'est-ce que tu me racontes avec tes choux et tes roses ?

— Je veux dire que celui qui n'a aucun goût pour les livres, même s'il n'en souffre pas, est moins riche en bonheur que celui qui les aime. Tiens, imagine quelqu'un qui n'aimerait rien du tout : ni le miel, ni les fleurs, ni les oiseaux, ni les couleurs, ni les sons. Rien, ce qui s'appelle rien.

— Ça n'existe pas.

— Ça existe : un homme en pierre. Une statue. Elle n'aime rien.

— Pardi ! Elle ne vit pas !

— C'est ce que je voulais dire. Moins tu aimes de choses, plus tu es pareil au granit.

— Mais moi, j'aime des tas de trucs et de machins. La chasse, le Ricard, le vin rosé, les bagnoles, l'harmonica, mes chiens, mes copains. Et je t'aime, toi. Je ne me sens pas du tout en pierre.

Ainsi allaient nos raisonnements. Des heures et des heures. Pour finir, je lui mis ce jour-là entre les mains le roman de

London, cet ancien chercheur d'or en Alaska qui devait l'intéresser puisqu'il parlait de chiens huskies ; lui demandant de le lire pour l'amour de moi. Et lui : j'aurai jamais le temps. On a toujours du temps pour faire ce qui vous plaît. Puisqu'il ne le trouvait ni à l'usine, ni chez lui, ni à Bergonne, je m'arrangeai pour en prélever sur nos tête-à-tête. Nous avons passé ensemble, chacun dans son fauteuil, chacun avec son livre, des moments bien agréables. Bien tendres. Il s'interrompait parfois pour me demander le sens d'une expression. Il devenait mon élève unique en leçons particulières. Et je le récompensais de sa docilité.

J'eus la grande satisfaction de le voir arriver à la dernière page sans rechignement. Avec un battement de cœur, je lui demandai ce qu'il en pensait :

— Ma foi, c'est une belle histoire. Toute cette neige... tous ces traîneaux... ces chiens qui se battent entre eux... Ma Toundra, elle, n'est point d'humeur batailleuse.

— Est-ce que tu accepterais de lire un autre ouvrage du même genre ?

— Pourquoi pas ?

Je lui proposai les *Sept Dialogues de bêtes* [1]. Il rit beaucoup aux réflexions et aux soucis de Kiki la Doucette et de ses compagnons. Il avala le tout sans effort, comme un cachet d'aspirine. Mon Chinois commençait de prendre goût aux choux à la crème.

Par moments, je rêve en plein jour. J'ai envie de t'apprendre mille choses que je sais, et mille choses que j'ignore et que nous absorberions ensemble. En général, tu te laisses modeler, comme une argile. Mais parfois aussi, tu te rebiffes.

— Doucement, ma chère ! Faut pas chercher à faire de moi un intello ! D'abord, tu y arriveras jamais. Deuxièmement, prolétaire je suis, prolétaire je veux rester. Mon père

1. De Colette.

était un cul-terreux, comme disent les gens des villes. Mon frère aîné est plombier-zingueur. Mes sœurs ont bossé chez Dudu, tant que l'usine a voulu d'elles. Je cotise à la CGT. J'ai pas envie que mes copains disent de moi : « Celui-là, depuis qu'il saute une institutrice, il se prend pour un cerveau ! » Alors, je veux bien que tu me décrasses un peu les méninges, mais pas trop. Ma place est sous le ventre des machines, pas dans les bureaux de la direction. J'aime mieux être toute ma vie un exploité que de devenir un exploiteur.

Et moi, en bonne maîtresse d'école :

— Est-ce que tu prendrais rang parmi les exploiteurs sous prétexte que tu aurais lu Balzac ou Zola ?

— C'est la tentation dont je ne veux pas.

— Quelle tentation ?

— Celle de m'élever.

— Tu es smicard de vocation ?

— Non. Mais je veux rester au rang des autres.

— Les autres ont besoin d'hommes instruits qui sachent parler, écrire. Capables de les diriger et de les défendre.

— Je ne veux diriger personne. Faut m'accepter comme je suis. Ou me rejeter à la poubelle.

— T'ai-je pris dans la poubelle ?

— Pardon... Je m'exprime mal. Mais je crois penser bien.

Je refuse de respecter à la lettre cette absurde volonté de bassesse. Je rêve d'être pour toi le sculpteur mythologique qui, par la force de son amour, donna la vie à la statue qu'il avait créée. De te former, non point à mon image, mais à celle de Vladimir.

T'ai-je entretenu de ce rêve d'adolescente ? J'avais douze ou treize ans, je sortais à peine des limbes de l'enfance. Autour de moi, au lycée, chacune de mes copines évoquait son « fiancé », son « petit ami », son « amoureux », sa « flamme ». C'était donc bien avant que je ne rencontre Claude et sa haine du sexe opposé. Moi, je n'avais aucun amour à raconter. Comme la petite Françoise Hardy. Aucun garçon de mon âge ne me suivait des yeux. Je crus d'abord que c'était à cause de mon nez un peu court ; je le palpais, l'étirais chaque soir dans mon lit. Puis, à cause de cette tache claire que j'ai dans l'œil gauche, de ce crapaud dont je souffre depuis ma naissance, dû, paraît-il, aux fers maladroits de la sage-femme qui m'extirpa ; pour la dissimuler, je laissais tomber dessus une mèche de mes cheveux. Enfin, j'inventai Vladimir. D'origine russe, rayonnant du charme slave. Blondasse comme toi, avec des yeux vert d'eau comme les tiens, il me dépassait de la tête comme tu fais. Il roulait légèrement les R et diphtonguait les voyelles :

— Ma chierre amie, puis-je vous o-ouffrirr ce paquiet de carramiels ?

Naturellement, il descendait d'une grande famille moscovite réfugiée chez nous après la chute du tsar. Mais il ne désespérait pas de retourner un jour au pays de ses ancêtres « avec des éperrons d'orr ».

Quand je t'ai vu pour la première fois, si je n'ai pas été frappée d'abord par vos ressemblances, c'est que j'étais encore légèrement assommée par mon accident. Mais ensuite, peu à peu, elles me sont apparues. En outre, Vladimir, Vincent, vous portez la même initiale. Je peux la représenter avec deux doigts, comme Churchill faisait le V de la victoire.

Vous avez aussi quelques différences. Vladimir ne rougissait pas de son aristocratie. Ni de toutes les belles choses qui lui remplissaient la tête. Il parlait couramment quatre ou cinq langues et jouait de la balalaïka. Mais d'une certaine façon, ce comportement vous rapproche aussi : chacun de vous entend rester fidèle à son passé ; toi, fils de moujik ; lui, fils de boyard.

Mes années claudiennes avaient effacé de ma mémoire cette créature née de l'imagination et d'un besoin d'amour. Elle restait cependant imprimée en moi à mon insu, tel un message écrit à l'encre sympathique. (Encore un souvenir d'enfance : nous nous adressions de courtes lettres en enfonçant notre plume dans le jus d'un oignon ; il fallait ensuite chauffer légèrement la feuille pour que les lignes apparussent.) C'est toi qui l'as fait resurgir. Et qui, j'ose l'affirmer, m'as rendu mon innocence. Ainsi, nous nous formons et réformons l'un l'autre. Si je suis ta Pygmalionne, tu es mon Pygmalion.

La santé de Simone Manaranche m'inspirait des inquiétudes. Le diabète lui troublait la vue. Le cholestérol lui donnait le tournis. Elle devait suivre un régime très sévère qui lui avait fait perdre beaucoup de poids. Quand nous nous rencontrions sur les chemins, elle disait avec un sourire triste :

— Je promène mon squelette.

Un mercredi après-dîner, comme j'allais lui rendre visite, j'eus l'occasion de voir par-dessus le mur qui entourait la courette le petit Éric fort occupé. Sa grand-mère Simone lui avait demandé, s'il voulait gagner deux francs, de faire briller tous les souliers de la famille qu'elle venait de passer au cirage. Muni d'un chiffon de laine, il s'était acquitté de sa tâche avec conscience. Mais à présent, au lieu de rendre les chaussures astiquées, il les avait disposées en cercle au pied du tilleul. Sans qu'il se doutât de ma présence, je le regardai agir : une baguette à la main, il était en train de faire la classe à cet alignement.

— L'adjectif qualificatif ! On l'appelle comme ça parce qu'il qualifie. Donnez-moi un exemple. Toi, le plus grand ! Je te qualifie de grand, comprends-tu ?... D'autres exemples : petit, gros, maigre, parfaitement... Et toi, pourquoi tu ne dis rien ? Tu dors ! Attends un peu !

Et pan ! Un coup de baguette sur l'empeigne de l'endormi, pour le réveiller et lui apprendre à qualifier. J'entrai dans la cour, et demandai au gamin :

— Éric, qu'est-ce que tu veux être, plus tard ?

— Instituteur.

— Je m'en doutais. Et pourquoi ?

— Pour... pour...

Il hésitait, n'osant exprimer peut-être sa vraie raison. Je l'encourageai de mon silence. Il osa enfin :

— Pour pouvoir donner des coups de bâton sur la tête.

— C'est une bonne idée. Mais pourquoi ?

— Parce que Mme Lotiron nous en donne... Alors, je veux me venger, en donnant moi aussi des coups sur la tête de mes élèves.

Je restai muette de stupeur. Où avait-il appris, lui qui ne lisait pas les journaux, ce principe universel de la vengeance : punir des innocents du mal que d'autres vous ont fait ? C'est ainsi que nous payons depuis des millions d'années le péché originel du premier homme, de la première femme.

Heureusement, les chaussures avaient bon dos : elles supportaient sans dommage cette iniquité.

20

Ma famille animale s'agrandit. Après Krasucki et les siens, le ver luisant, les hirondelles, les étourneaux mangeurs de cerises, Bunny et sa descendance, je « domine » sur Croc-Blanc, mon chien de trappeur. Il est devenu un adorable petit compagnon. Avec l'aide de Chalut, je lui ai construit un enclos entouré d'un grillage. Pendant mes absences, il peut s'ébattre, regarder le ciel, aboyer aux pigeons. Il y a sa mangeoire, son abreuvoir, sa niche, sa caisse de sable ; quelques jouets culturels : os en caoutchouc, ballon, quilles ; et une de mes vieilles pantoufles qu'il mordille avec délice parce qu'il y retrouve mon odeur. Chaque fois que je rentre, il reconnaît de loin le ronflement de ma 4L et entre aussitôt en transe, bondissant, se tortillant, gémissant de bonheur. J'ouvre sa porte, il me saute au cou, me lèche les mains et les pieds, m'exprime avec violence ses sentiments. Je le caresse, je lui parle, je lui raconte ma journée.

Vers 17 h 45, tandis que je prépare mon raout du soir, je m'offre une barre de chocolat aux noisettes pour faire patienter mon estomac. Naturellement, je lui en jette un carré. Il a pris cette habitude. Si par hasard j'oublie ce rituel, il se tient devant le buffet au moment convenu, se rappelle par de petits couinements à mon bon souvenir. J'en viens à croire qu'il possède une horloge intérieure d'une parfaite exactitude. A tel point que je peux régler mon heure sur la sienne.

Le langage humain ne lui est pas non plus étranger. Certains mots lui font dresser l'oreille ou le mettent en agitation : chocolat, promenade, Vincent. Il baisse la tête au mot bêtise. Il reconnaît également le moteur de la Deuch et se jette, dès qu'il paraît, sur Vincent la Musique avec la même frénésie que sur moi-même.

— Quand tu seras grand, lui promet mon smicard, je t'emmènerai à la chasse avec ton père, ton oncle et ta mère. Et je t'apprendrai aussi à chanter. On formera une chorale comme celle de Frédo. On ira se produire sur les scènes. Nous deviendrons des vedettes.

Croc-Blanc n'en espère pas tant. Il lui suffit de vivre dans notre ombre.

Vincent vient de trouver un autre motif de jubilation : les gendarmes de Champeix — ceux qui ont verbalisé sa 2 CV valétudinaire — ont été frappés par une série de malheurs.

— Depuis le temps que je criais vengeance au ciel ! Dieu m'a enfin entendu. Faut alerter la presse, la télévision !

— Qu'est-ce qui se passe ?

— Derrière la caserne, ils ont un poulailler. Une nuit, quelqu'un s'y est introduit, a emporté les poules.

— Peut-être un renard.

— Non. Les renards laissent les plumes. Le voleur a tordu le cou aux volailles, elles n'ont pas eu le temps de faire ouf, il a tout raflé.

— Alors, c'étaient des spécialistes. Sans doute des romanichels.

— Écoute la suite. Quelque temps après, ils sont revenus. Ils ont pris les vélos des cognes. Eux dormaient et n'ont rien entendu.

— Ils devraient élever des oies, comme faisaient les prêtres de Rome, sur le Capitole. Ça crie quand on les bouscule.

— C'est pas fini. J'ai appris ce matin par un Champillaud...

— Un champignon ?

— Les habitants de Champeix sont des Champillauds et des Champillaudes. Donc, ils m'ont informé que les gendarmes s'étaient fait piquer leur voiture. Tu sais : la fourgonnette bleue avec le gyrophare.

— C'est de la persécution !

— Avant de disparaître, les voleurs ont accroché une pancarte à la porte de la caserne : *Nous avons enlevé vos poules, vos vélos, votre bagnole. La prochaine fois, nous enlèverons vos femmes.* Signé : *La Main noire.* Tu imagines la honte des cognes ? Il paraît que le chef de brigade veut donner sa démission et entrer dans les ordres. Se faire moine.

— On ne rit pas du malheur des autres.

J'ai profité des circonstances pour lire à mon élève préféré la page de Tite-Live qui raconte les oies du Capitole :

A l'approche des hordes gauloises, beaucoup d'habitants de Rome s'étaient enfuis dans la campagne. D'autres s'étaient rassemblés sur le mont Capitolin. Les vieillards restés dans la ville attendaient sans pâlir l'arrivée des ennemis et la mort. D'anciens magistrats voulaient mourir ornés des insignes de leur fortune passée, témoignages de leurs grades et de leurs vertus. Voyant sous les vestibules ces hommes assis qui, par la dignité imposante de leur visage et de leurs regards, semblaient des images des dieux, les Gaulois furent saisis d'une sorte de respect religieux. Mais l'un d'eux s'avisa de caresser la barbe de Papirius qui, selon l'usage du temps, la portait fort longue. Le vieux Romain frappe de son bâton d'ivoire la tête de l'insolent. Celui-ci entre en rage et le perce de son épée. C'est le signal du carnage. Les sénateurs massacrés, ils n'épargnent personne.

Les envahisseurs profitèrent d'une nuit assez claire pour tenter l'ascension du Capitole où s'élevaient les temples de Jupiter et d'autres divinités. Se cramponnant, se hissant, se tirant l'un l'autre selon le relief de la colline, ils atteignirent le sommet dans un si profond silence qu'ils échappèrent aux sentinelles et même aux chiens qui, cependant, s'éveillent au moindre bruit. Mais ils n'échappèrent pas aux oies sacrées de Junon. Réveillés par leurs cris et leurs battements d'ailes, les hommes en état de porter les armes accablèrent les barbares d'une grêle de traits et de pierres...

Ainsi, le Capitole fut sauvé par ses oies. Vincent écouta cette belle histoire avec attention.

— Et moi, conclut-il, qui croyais que le Capitole était un cinéma de Clermont !

Aussi imprévu que la ruée gauloise, un orage furieux envahit notre ciel le 15 octobre, désastreux en plein automne autant qu'une tempête d'été. Il nous surprit à Sauxillanges dans le milieu de l'après-dîner. Peu de pluie, mais des coups de tonnerre comme si le globe s'ouvrait en deux. Mes gamins terrorisés se bouchaient les yeux et les oreilles. Quelques-uns se mirent à hurler. L'immeuble tremblait de la tête aux pieds. Des tuiles commencèrent à s'envoler du toit, à se fracasser dans la cour. Elles furent suivies par les cheminées. Puis par des voliges. Quelque chose de noir heurta nos vitres : la chatte du directeur, que l'ouragan avait surprise au-dehors, éperdue, essayait de rentrer chez elle en grimpant au mur. L'appartement du premier étage protégeait nos têtes ; mais nous entendions déjà y tomber les débris de la toiture. Qu'allait-il se passer si le plafond s'effondrait ? J'ordonnai à mes enfants de s'accroupir sous leurs tables individuelles. Ce qu'ils firent avec plaisir, oubliant un moment le danger, comme par jeu.

Le cyclone dura seulement un quart d'heure. Puis il s'éloigna. Mes petits sortirent de leur accroupissement. Je pus mettre le nez dehors, constater que la cour était jonchée de débris, qu'une moitié de la toiture avait été emportée. La chatte avait disparu ; mais je ne me faisais pas grand souci pour elle, n'ignorant pas que les chats ont sept vies. Un groupe de Sauxillangeois contemplaient le désastre, en commentant :

— Eh bien ! Qu'est-ce qu'on va payer comme impôts !

Tandis que l'autre moitié de l'école pouvait fonctionner, nous dûmes évacuer la nôtre. Pendant les travaux de restauration, nous trouvâmes refuge dans le plus proche café, *Au sans-souci*, dont la grande salle fut mise à notre disposition. De temps en temps, pendant que mes élèves s'appliquaient à leurs écritures, le mastroquet ouvrait la porte du fond qui donnait sur sa cuisine et demandait d'un ton jovial :

— Tout va bien, la gaminaille ? Vous voulez pas que je vous apporte un canon ?

— Si ! Si ! répondaient quelques audacieux.

La salle sentait la vinasse et la pipe froide. Nos tables y avaient été transportées. Mais aux murs des fresques représentaient saint Verny, patron des vignerons, sa serpette dans la main droite, une grappe dans la gauche ; ou bien une scène de vendanges assez leste où l'on voyait des gars et des filles se barbouiller la figure et le derrière réciproquement avec des raisins écrasés. De loin en loin, un client de passage, pas informé de ce transfert, poussait la porte avec l'intention de commander chopine. Il constatait avec stupeur notre occupation, écarquillait les yeux, se demandait s'il rêvait. De mon bureau, je lui criais : « C'est provisoire ! »

Nous vécûmes trois semaines dans cette ambiguïté. Nous entendions cependant les marteaux et les scies des charpentiers à l'ouvrage. Mme Piedpremier, la femme du patron, était pour nous aux petits soins. Chaque matin, elle balayait la salle, effaçait le tableau, époussetait les pupitres, fleurissait mon bureau ; le mercredi, elle lavait le plancher. Avec la même sollicitude qu'une sacristine pour son église.

Au terme des travaux, le maire de Sauxillanges organisa dans la classe restaurée un petit vin d'honneur. Les Piedpremier fournirent les verres, les boissons, les gâteaux secs. Devant les conseillers municipaux, les parents, les instituteurs réunis, le premier magistrat de la commune prononça un discours laïc et républicain, terminé par une kyrielle de remerciements : au directeur de l'école, à ses adjoints, aux entrepreneurs, aux employés de la ville, à M. Piedpremier qui avait prêté sa salle gratuitement. Ovation générale. On leva les verres, on croqua les « Petit LU ». Ce fut une bien belle cérémonie. Seule Mme Piedpremier n'eut pas son compte. Je l'entendis soupirer :

— Le maire m'a sautée... Le maire m'a sautée...

A la rentrée de la Toussaint, j'eus un nouvel élève. Un petit Roumain prénommé Nicolas. Ses parents adoptifs, M. Grandpré, un important fonctionnaire, et son épouse, étaient allés le prendre à Bucarest, où les enfants se vendent comme des animaux. Mme Grandpré vint me parler de lui avant la classe. Élégante, parfumée, elle tenait en laisse un de ces chiens bassets dont on dit qu'ils ont grandi sous une armoire ; comme il ne cessait de me flairer les pieds, elle le prit dans ses bras.

— Nous avons payé Nicolas, me révéla-t-elle, une somme exorbitante. Un million de centimes à la nourrice. Un million au directeur de l'asile. Autant au chef de quartier. Et ainsi de suite. Il sait lire et écrire en roumain et commence à bien parler le français. Pendant trois mois, nous avons dû le bourrer de nourriture, car nous l'avons pris maigre comme un coucou. A présent, je vous le confie.

Malgré ses onze ans, il entra dans mon cours élémentaire, parmi des enfants qu'il dépassait de la tête. J'espérais qu'il franchirait les étapes à grandes enjambées. C'était un beau garçon, aux grands yeux sombres. Il me rappelait Jean-Paul Chtitny, le manouche de Meilhaud qui m'emmenait pêcher les écrevisses. A Nicolas, je fis copier les mots qui servaient à l'apprentissage de la lecture : « casserole », « poupée », « étoile »... Chacun accompagné de sa représentation graphique. Il s'en tirait fort bien. Quand je passai au calcul, en revanche, je m'aperçus qu'il ne savait pas compter. Le nom des chiffres ne signifiait rien pour lui. J'élevais quatre doigts de ma main en demandant : « Combien ? » Il produisait une moue désolée sans répondre, tandis qu'autour de lui les autres soufflaient à qui mieux mieux : « Cinq ! Six ! »

De plus, il était difficile de le faire parler en classe. Autrement qu'avec les yeux. Ces yeux qui m'enveloppaient de regards profonds et tristes. S'ils n'étaient pas orientés vers moi, ils se promenaient dans le vague, au-delà des vitres, au-delà de l'Auvergne, au-delà du présent. Comme ceux d'un voyageur qui attend un train. Cependant, si je demandais un service : « Qui me prête une gomme ?... Qui veut aller mouiller cette éponge au robinet ?... Qui m'aide à déplacer ce tableau ?... », il se précipitait pour être le premier. Preuve qu'il me comprenait parfaitement.

Dans la cour de récréation, je l'entendais aussi converser avec ses camarades. Et si, à force d'insistance, je parvenais à lui faire ouvrir la bouche, il s'exprimait d'une façon brève, mais correcte. Sans même rouler les r comme Elvire Popesco.

Les semaines passaient, il demeurait bloqué. Sa mère adoptive revint me voir, toujours accompagnée du chien basset :

— Arrivez-vous à tirer de lui quelque chose ?

— Il lit, il écrit, il parle un peu, mais il refuse de compter.

— Voilà bien sa grande faiblesse, n'est-ce pas ? Il ne voit pas la différence entre une pièce de un franc et une de dix. Lorsque je l'envoie acheter un pain à la boulangerie, il rapporte la monnaie serrée dans son poing, mais ne l'a pas vérifiée.

— C'est grave, en effet.

— Comment pourrait-on vivre sans savoir compter ?

— Je me le demande. Surtout en Auvergne !

— Nous espérons, mademoiselle, que vous parviendrez à lui ouvrir la case des chiffres.

Un jour, grâce à Lariro, j'accomplis une sorte de prodige. Suivant ma vieille pratique, j'avais d'abord fait chanter *Mon beau sapin*. Nicolas avait bien voulu participer. Au terme de cet exercice, pour me dégourdir les doigts, je me mis à jouer une czardas de Brahms. Cela commence par un moderato langoureux, plein de promesses ; soudain, après un long point d'orgue et un silence, c'est une furie de notes précipitées. A la stupeur de tous, je vis alors Nicolas sortir de sa place, les mains levées, se trémousser du derrière, tandis que les autres poussaient un vouah ! d'ébahissement. Je m'interrompis :

— Tu as envie de danser, Nicolas ?... Avance-toi... Danse comme il te plaît.

Je repris la czardas en suspens. Soulevé par ce rythme, le petit Roumain lançait en l'air, en avant, de côté, ses bras, sa tête, ses jambes ; bondissait, s'accroupissait, bondissait encore. Nous n'étions plus à Sauxillanges, en Auvergne, mais sur une place publique de la Crishana, près de la frontière hongroise, un jour de grande fête. Paysans et paysannes, dans leurs vêtements bariolés, gambillaient autour d'un feu de joie. A l'écart, les vieux marquaient la mesure en frappant dans leurs mains. Oïla ! Oïla ! Oïla ! Un seul musicien, violoniste ou clarinettiste, suffisait à entretenir ce tourbillonnement. « Pourvu, me dis-je, que l'inspecteur guyanais ne nous tombe pas dessus à l'improviste ! Que dirait-il devant cette perturbation ? »

J'arrivai au bout de la czardas.

— Merci, Nicolas. Retourne maintenant à ta place.

Mes mômes suffoquaient comme des carpes hors de l'eau. J'expliquai qu'ils venaient d'entendre et voir une danse de Roumanie, pays de naissance de leur camarade.

— Il a une grande barbe, intervint un élève. On dirait le père Noël.

— De qui parles-tu ?

— De Khomeyni. Je l'ai vu à la télé.

Parfois, l'envie me prend d'écrire un sottisier où je collectionnerais les bourdes et coquilles ramassées dans ma carrière. Le langage articulé est rempli de pièges. Je me rappelle que moi-même, me promenant dans Saint-Quentin, je m'étonnais chaque fois que je lisais cet écriteau sur un magasin fermé : *Pas de porte à vendre.* « Hé ! me disais-je. S'ils n'ont pas de porte à vendre, ils peuvent vendre des fenêtres ! »

— Cet enfant n'aime personne ! gémissait la dame au chien basset. Malgré tout ce que nous faisons pour lui. Si on l'embrasse, il se laisse faire avec froideur, mais ne rend pas le baiser. Il n'a d'ailleurs aucune idée de la valeur des choses. Donnez-lui les plus beaux jouets du monde, il leur préférera des bouts de bois et de ficelle. Même l'argent ne l'intéresse pas. Je me demande ce qu'on va en faire ! Connaissez-vous un métier qui puisse se passer d'argent ?

A la vérité, je n'en connais pas. Même les moines en ont besoin. Ils ne peuvent entretenir leurs thébaïdes sans ciment, donc sans TVA. Mais j'ai remarqué chez mon Roumain tant d'agilité, tant d'énergie, un tel sens du rythme qu'à la question « Que faire de lui ? » j'ai envie de répondre : « Pourquoi pas un danseur ? » Affaire à suivre.

Quant à sa froideur, c'est un autre problème. Conçu selon les règlements de Ceauşescu, abandonné dès sa naissance, ballotté d'asile en asile, de nourrice en nourrice, malmené par la Securitate, mis en vente, acheté par des étrangers, il n'a jamais eu jusque-là l'occasion de recevoir ni d'éprouver la moindre affection. C'est un mouvement que son cœur ne sait pas produire. A la longue, peut-être... Patience et longueur de temps...

M. Grandpré, le haut fonctionnaire, appuie les plaintes de sa femme. L'aversion envers toute forme de calcul l'atteint comme une offense personnelle.

— A onze ans ! Ne pas savoir combien il y a de centimes dans un franc ! A son âge, moi, je...

Il déroule le tapis rouge de sa propre ascension. Quel homme admirable ! Le petit Roumain écoute ces propos avec indifférence, regardant ailleurs. Manifestement, M. Grandpré regrette les millions abandonnés en Roumanie. L'ennui, quand on achète un enfant, c'est qu'il n'existe aucun service après-vente. Aucune garantie. En cas d'insatisfaction, l'acquéreur ne peut le rapporter ni l'échanger contre un autre. Alors, M. Grandpré m'adresse une question insidieuse :

— Mademoiselle, fait-on toujours dans les écoles des leçons de morale comme autrefois ?

— Certainement, monsieur. Même si, peut-être, elles prennent une autre forme.

— Si je me rappelle bien, on apprenait naguère aux enfants à dire toujours la vérité, à ne pas voler, ne pas tricher. A aimer leurs parents ! La morale laïque coïncidait d'ailleurs sur la plupart des points avec la morale chrétienne : « Tes père et mère honoreras afin de vivre longuement. » Les pédagogues modernes ont-ils renoncé à ces préceptes ?

— Non, monsieur. Je présente les choses autrement, voilà tout.

— Autrement ? C'est-à-dire ?

— Par exemple, en leur faisant apprendre la poésie de Victor Hugo : *Oh ! l'amour d'une mère ! Amour que nul n'oublie...*

— Employez les moyens de votre choix, mademoiselle. Mais enseignez à vos élèves qu'ils *doivent* aimer et honorer leurs parents.

Voilà donc sa solution : l'amour imposé par le règlement comme le salut militaire à la caserne. Je songe à mon propre cas. A mon père et compagnon de pêche. A ma mère immaculée. Ai-je toujours obéi au règlement ?

Suis-je la maîtresse qui convient le mieux pour apprendre à aimer ? Comment donc traiter Nicolas ? Si je lui manifeste trop de sympathie, c'est moi qui récolterai son affection, non ses parents légitimes. Je donne ma langue aux chats.

Après tout, les Grandpré ne sont pas les plus mal lotis. L'enfant adopté ne remplissant pas leurs espérances, ils pourront transférer sur le basset leur besoin de tendresse. Il ne leur en coûtera que quelques boîtes de Canigou.

21

Grande journée. Vincent a voulu me présenter à sa mère. Il m'a transportée à Bergonne dans sa Deuch ferraillante.

— Cette rencontre, m'a-t-il prévenue, n'engage personne. Ni elle, ni toi, ni moi.

— Je l'entends bien ainsi.

Elle témoignera simplement de ma présence dans sa vie.

Un peu au sud d'Issoire, nous avons quitté l'autoroute. Gravi les lacets qui montent au Broc, dominé par son château révolu. Zigzagué sur une route bordée de broussailles.

— Autrefois, dit Vincent, ici c'était couvert de vignes. Le phylloxéra a tout tué.

Il me nommait les sommets environnants : Nonette, Vodable et Usson/Les portes de l'Auvergne sont. Bergonne est un curieux village démantelé. Son farouche donjon de lave noire surplombe la plaine où coule le Lembronnet, riche terre à blé et à maïs. Les maisons se pressent autour de l'église romane et de sa ganivelle, porche carré pour abriter les fidèles du soleil ou de la pluie.

— Les vieux racontent qu'autrefois les filles mères pouvaient se tenir dessous avec leurs mouflets, mais qu'elles n'avaient pas le droit de franchir la porte.

Et moi :

— Je n'en crois rien. La Vierge elle-même fut presque une fille mère puisque Joseph s'aperçut dès les premiers jours de leur mariage qu'elle était grosse, et il pensa la renvoyer à ses parents.

La ferme des Mandonnet est à l'entrée du village, avec sa longue bergerie. La Deuch s'est arrêtée au milieu de la cour, reconnue de loin par les trois huskies qui se sont précipités vers elle. Vincent est descendu d'abord pour leur parler, me présenter à eux :

— C'est Frédérique, une amie. Vous comprenez ce que ça veut dire ?

J'ai sorti d'abord un pied, puis l'autre. Ils les ont reniflés en grognant de jalousie. Mais lui les retenait :

— Gaffe, Toundra, Voyou, Méo ! Gaffe ! On se calme !

Je me suis enfin tout entière extirpée. Ils ne m'ont pas mangée, malgré leur envie.

Marie-Thérèse Mandonnet n'a que soixante-dix ans. Ce qui est jeune dans ces campagnes auvergnates où abondent les centenaires. Riche de sa basse-cour, de son jardin, de son troupeau, elle produit assez de nourriture pour alimenter en grande partie ses enfants dispersés et leurs familles. A chacune de leurs visites, elle remplit le coffre des voitures. Il leur arrive même de protester :

— Tu devrais te contenter de faire venir juste ton nécessaire. Pourquoi tant te crever le corps ?

Et elle :

— Je me le suis crevé toute ma vie. Je me rappelle les restrictions quand les Boches étaient chez nous. Alors, s'il y avait une autre guerre, vous seriez bien contents de trouver mes légumes, mes œufs, mes viandes.

Elle est toute prête pour une nouvelle occupation, son congélateur rempli à ras bord. Prudence, prudence.

Une autre guerre ? Vincent et moi, ça nous fait rigoler. Fini ! Y en aura plus ! Avec les Boches, désormais, nous sommes comme cul et chemise. Si l'on veut en trouver une, faut aller chez les sauvages, en Bosnie, en Palestine, en Afrique. Mais elle ne se laisse pas convaincre. Elle a dans son héritage le souvenir des famines médiévales. Elle fait des provisions contre toutes les faims possibles. Contre les froids aussi : des stères sont adossés à sa grange, qu'elle fait débiter par ses fils à la scie circulaire. Sa maison a les senteurs des bonnes vieilles choses : des saucissons qui sèchent, des chèvretons, de la paille, du suint des laines, de la fumée résineuse, des herbes médicinales. Marie-Thérèse ne refuse pas cependant les bonnes choses modernes : elle a accepté l'électricité, l'eau courante sur l'évier, la cuisine au gaz butane et même, récemment, le téléphone.

— Pour le cas où... a dit son fils Vincent, s'exprimant comme la petite Julie Manaranche.

— Le cas où quoi ?

— Où tu aurais besoin, par exemple, du médecin.

— J'arriverai jamais à former le numéro.

— Mais si ! Regarde.

Il lui en fait encore la démonstration. Mais elle a mauvaise vue, son index tremble. Un jour qu'elle a voulu appeler sa fille d'Issoire, elle est tombée sur une voix inconnue : « Ici France Télécom. Il n'y a pas d'abonné au numéro que vous avez demandé. Veuillez consulter l'annuaire. » Encore une chose dont elle est incapable, c'est imprimé trop fin et elle ne comprend rien à l'ordre alphabétique. Elle sait répondre si on l'appelle ; mais elle a renoncé à appeler elle-même.

Une autre invention qu'elle n'apprécie guère : la télé. Son fils le plombier-zingueur lui en a apporté une ; il paie la redevance à sa place. Mais elle l'allume rarement. D'abord parce que le temps lui manque : elle en a tout juste assez pour son ménage et ses bêtes. Ensuite, on n'y voit, on n'y entend que des horreurs : crimes, attentats, émeutes, inondations, guerres, accidents de la route, incendies. Toute la bêtise du monde ! « J'ai bien assez de la mienne ! » pense-t-elle. Elle ouvre son poste seulement à 19 h 25 sur la troisième chaîne, pour savoir le temps qu'il fera le lendemain.

Elle est quand même informée des grands événements planétaires : ses voisins la renseignent.

— Vous savez ce qui se passe en Croatie, Marie-Thérèse ?

— Où c'est la Croatie ?

— Dans les Balkans.

— Où c'est, les Balkans ?

— De l'autre côté de l'Italie, en allant vers la Chine.

— C'est bien trop loin pour moi. Dites quand même.

Elle en entend de toutes les couleurs. A la fin, elle se bouche les oreilles :

— Vous me raconterez la suite une autre fois.

C'est une femme grande et forte, les épaules larges, taillée en homme, même si le temps la voûte un peu. La bouche épaisse, le menton carré. Elle bêche, pioche, monte aux échelles, pousse la brouette, tond ses moutons, allume son feu, prépare sa « pitance ». Où trouver dans tout ça le temps de regarder la télé ?

Elle m'a accueillie à bras ouverts. Comme une enfant prodigue. Comme si j'eusse été la première fiancée de son fils Vincent. Elle savait de moi tout ce qu'il lui avait rapporté et s'excusa, pauvre ignorante qu'elle était, de recevoir si mal une maîtresse d'école.

— On me reçoit toujours bien, dis-je, quand on m'embrasse.

— Oh ! si c'est que ça !

Et de nouveau elle m'en a fait claquer sur les joues. Puis elle m'a présenté sa maison de la cave au grenier, sans oublier la bergerie où ses brebis et ses agneaux bêlaient d'impatience.

— Ça va ! Ça va ! Aujourd'hui, on sort pas. J'ai du monde. Contentez-vous du foin.

Sa grande tristesse était de prévoir que son domaine, par l'entremise de la SAFER [1], passerait un jour entre des mains

1. Société d'aménagement foncier et d'établissement rural.

étrangères à la famille, car aucun de ses cinq enfants ne s'intéressait vraiment à l'agriculture.

— Y a de moins en moins de paysans. Pourtant, dans ce métier, on ne craint ni le chômage ni la faim. Même si on ne fait pas souvent fortune.

Nous soupirâmes. Elle me dit quand même le plus grand bien de ses fils et filles, tous honorablement installés.

— Mon Vincent est le seul encore célibataire. Deux fois déjà il m'a amené une promise. Et puis, ça s'est débranqué. Je vous apprends rien ?

— Non. Il me l'a dit.

— J'espère que la troisième sera la bonne.

Elle rit, pour laisser croire qu'elle ne parlait pas très sérieusement. Comme l'agriculture, le mariage tombe en désuétude. Entre Vincent et moi, jamais ce mot n'avait été prononcé. Je ne commentai donc point ses espérances. J'expliquai seulement qu'après vingt ans de galère parisienne, je me sentais heureuse en Auvergne, partout environnée de braves gens. Elle promena les yeux autour d'elle, secoua la tête ; puis, sur le ton de la confidence :

— Ne croyez pas qu'il n'y ait ici que du brave monde. Nous avons aussi nos vauriens. Dans les commencements de mon mariage avec le pauvre Maurice, je me suis aperçue que mon beau-père me cherchait.

— Qu'il vous cherchait ?

— Qu'il aurait bien voulu de temps en temps remplacer son fils auprès de moi. Quand nous étions à l'écart, il me faisait des compliments sur mes cheveux, sur mes mains, sur ma poitrine. Il disait : « Marie-Thérèse, vous avez de beaux estomacs. » Après la naissance de ma première fille, il s'arrangeait pour se trouver présent quand je lui donnais le sein. Moi, ça me gênait de me sentir regardée comme ça. Je lui tournais le dos. Un jour que je tenais la petite sur mes genoux et qu'elle pleurait un peu, il m'a dit : « Qu'est-ce que vous attendez, Marie-Thérèse, pour sortir votre estomac ? Vous voyez bien que cette petiote meurt de faim ! Vous êtes une mauvaise mère ! » Et moi de lui répondre : « Si je suis une mauvaise mère, allaitez-la vous-même ! » Je la lui colle dans les mains. Et je m'en vais. Si bien qu'il a dû me courir derrière, me la rendre en me présentant des façons d'excuses. Je crois bien que Maurice s'en était aperçu. Mais il faisait semblant de rien voir. Peut-être même que ça l'a conduit à la tombe, car il est mort bien avant son père d'on ne sait quoi. Arrêt du cœur, a dit le médecin. Le vieux n'en a pas eu un chagrin énorme. Il pensait sans doute que le départ de son fils lui laissait le champ libre. Mais il se trompait d'adresse. J'ai toujours su le remettre à sa place et lui jeter à la figure les cadeaux qu'il me présentait pour m'acheter. A la fin, nous ne nous adressions plus la parole. Il est parti à quatre-vingt-dix ans passés, j'ai cru qu'il m'enterrerait aussi. Il a eu une fin difficile, il n'arrivait pas à s'éteindre, il mourait chaque soir, il ressuscitait chaque matin. Je l'ai soigné quand même aussi bien que j'ai pu. Je lisais dans ses yeux qu'il me remerciait et qu'il me demandait pardon. Je sais pas bien pourquoi je vous raconte ces choses que je ferais mieux de garder pour moi.

Il était impressionnant d'entrer, même par la petite porte, dans cette famille racinienne. Marie-Thérèse me montra des photos de la tribu : ses filles, ses fils, ses petits-enfants, le pauvre Maurice en fantassin de 2e classe, bonnet d'âne et bandes molletières ; et l'abominable beau-père, moustachu, l'air fendant, assis dans un fauteuil, les mains sur les genoux.

Puis nous sortîmes. Elle me promena dans son jardin, me présenta les rosiers qui grimpaient aux piliers du balcon, encore chargés de fleurs ; la glycine, la vigne vierge, le figuier blotti dans une encoignure.

— Il produit chaque année plusieurs paniers de figues. J'en fais des confitures.

Pendant ce temps, Vincent la Musique sciait des bûches.

L'automne était bleu, vert et pourpre. Nous avons déjeuné devant la porte, de soleil autant que de pain.

— Je ne sais, m'avait dit Marie-Thérèse, si vous aimerez ma pitance.

En fait, c'était une cuisinière de première classe. Même si ses recettes se limitaient à des plats rustiques : pommes de terre sautées, navarin, salade de mâche, tarte aux poires. La cuisine simple, établie sur des siècles de tradition, est une marque de sagesse. J'abomine de plus en plus la « nouvelle cuisine » qui consiste d'abord à servir de petites parts dans d'immenses assiettes ; et si compliquées, résultant d'alliances tellement inouïes qu'on ne reconnaît plus ce qu'on mange ; le tout enrobé d'un vocabulaire incompréhensible : escabèche, crapaude, broutilles, menuailles..., que le garçon vous traduit sur un ton d'académicien.

J'ai remarqué avec déplaisir que Vincent sifflait gaillardement les canons de rouge. Lorsque je l'ai mis en garde contre un éventuel contrôle routier, il m'a répondu qu'il n'avait rien à en craindre : « Quand on mange bien, on peut bien boire. La nourriture éponge l'alcool. » Cette explication m'a un peu glacée. Pour en corriger l'effet, Marie-Thérèse a suggéré à son fils de jouer de l'harmonica. Il ne s'est point fait prier, nous a joliment régalées de *La Paimpolaise*, de *La Madelon* et de quelques bourrées. Ses chiens et lui ont ensuite exécuté *Au clair de la lune* et *J'ai du bon tabac*. Ça m'a remis du baume au cœur. Afin d'allonger la sauce, la mère a chanté, d'une voix âpre comme le jus de prunelle :

Bergers, laissons la garde
De nos tendres agneaux
A l'ange qui regarde
Du haut de ces coteaux.
Alors, berger, tressaille !
Vois-tu cet humble toit ?
Là, sur un peu de paille,
Jésus est né pour toi.

Applaudissements. Voulant prouver qu'il n'y avait plus entre nous aucun malaise, Vincent la Musique a sifflé un autre canon.

Par chance, les gendarmes et leurs ballons n'étaient pas sur notre chemin de retour. A la porte de ma *Cyprinière*, mon smicard a manifesté l'intention d'entrer.

— Non, lui ai-je dit. Pas ce soir. La sortie m'a fatiguée, pardonne-moi. De plus, tu sens la vinasse.

Je lui ai fermé ma porte au nez.

Voilà un côté de lui que je ne connaissais point. A notre rencontre suivante, il montra une figure repentie et promit en souriant de se cuiter désormais avec modération. Je protestai qu'il n'y avait pas de quoi rire ; que je n'avais pas l'intention de m'intéresser à un sac à vin ; que si je le revoyais dans cet état, ce serait la rupture immédiate ; qu'il n'y aurait plus rien entre nous, ni passé, ni présent, ni futur.

— Ni conditionnel ?

— Ni conditionnel.

Pendant plusieurs semaines, en effet, je n'eus dans ce domaine aucun reproche à lui faire. Je le crus amendé.

Le matin du 11 Novembre, je conduisis mes élèves au monument aux morts de Sauxillanges. Le maire prononça un discours. L'école chanta l'*Hymne à la joie* de Beethoven. Ensuite, j'achetai quelques provisions et regagnai Antaillat où m'attendait ma famille animale. Vincent devait me rejoindre en soirée. Pour lui plaire, je préparai une soupe grasse, un pot-au-feu, une tarte à la confiture, sachant son goût pour les nourritures bourratives. Sans prévoir un régime sec. Par ce dîner aux chandelles, nous fêterions la fin espérée de toutes les guerres. En attendant sa venue, la tête de Croc-Blanc sur mes genoux, je lus des poésies écrites en 1916 par Giuseppe Ungaretti, soldat sans étoiles :

... Ce matin, je me suis étendu
dans une urne d'eau
et comme une relique

je me suis reposé
L'Isonzo en s'écoulant
me polissait
comme un de ses galets
J'ai sorti ensuite
mon squelette vivant
et je m'en suis allé
comme un acrobate
sur les flots
Je me suis accroupi
près de mes vêtements
souillés de guerre
et comme un Bédouin
je me suis prosterné pour recevoir
le soleil...

Longtemps je restai enfouie dans ces comparaisons, goûtant comme lui la douceur purificatrice de l'eau et de la lumière, à côté de la guerre, cette immense ordure.

Ma pendule sonna 19 heures. J'éteignis les chandelles. J'allai enfermer Croc-Blanc dans son enclos.

Puis 19 h 30. Le pot-au-feu gardait sa chaleur au coin du fourneau.

Puis 20 heures. « Allons bon ! Est-ce qu'il aura eu quelque accident ? Sa Deuch est usée jusqu'à la corde. A moins que les gendarmes de Champeix ne lui aient encore cherché des crosses ! »

A 20 h 30, j'attaquai le dessert ; une tranche de tarte à la confiture. « Faut pas que je me laisse abattre. »

A 21 heures, je fis réchauffer le bouillon et je consommai la soupe grasse.

A 21 h 30, je me servis en pot-au-feu ; mais je n'eus le courage que d'en prendre une bouchée, en pleurant dessus.

A 22 heures, je posai mes bras sur la table, ma tête sur mes bras et j'essayai de dormir. Mais je reniflais trop.

J'entendis un peu de pluie bruire sur le toit de la véranda.

A 22 h 30, enfin, un ferraillement de char d'assaut m'annonça l'approche de la Deuch. Précipitamment, je me rinçai la figure. Grincement du portail. J'ouvre ma porte, la lumière éclaire une silhouette vacillante qui avance dans l'allée. C'est lui : Vincent la Musique. Il me salue d'un grand geste du bras et fournit tout de suite cette explication :

— On a... avec les copains... on a... fêté l'Arm... stice !

Il avance vers moi, les bras ouverts. Je recule avec dégoût. Il fait deux pas, glisse sur les tomettes, s'affale de tout son long, couché sur le flanc, grommelant encore : « ... l'Arm... stice... l'Arm... stice... » Je me tiens à distance, écœurée, me demandant ce que je dois faire de ce cadavre. Après quelques minutes, il cessa de grommeler et se mit à ronfler, la bouche ouverte. Pour plus de confort, il avait un peu bougé, s'était établi sur le dos, les mains jointes sur la poitrine, les genoux relevés. Il dormait comme ce moissonneur exténué (à moins que ce ne soit un faucheur) représenté par Millet (ou peut-être par Courbet) dans sa sieste, sous un arbre, après une longue matinée de labeur. Je l'examinais avec un mélange d'horreur et d'admiration, car il avait gardé de beaux restes dans sa déchéance. Puis je débarrassai la table de ses couverts, de ses chandelles. Je bus un verre d'eau minérale pour me remonter. Je me penchai et m'employai à déverser sur lui un flot de synonymes :

— Ivrogne ! Pilier de bistrot ! Pochard ! Soiffard ! Poivrot ! Arsouille ! Soulographe ! Éthylique ! Vide-bouteilles !

Il recevait ces injures sans sourciller. Quand je fus à court d'épithètes, je l'interrogeai :

— Et à présent ? Qu'allons-nous devenir, toi et moi ?

Toujours pas de réponse. Ah ! je m'en souviendrais de l'Armistice ! Mais je voulais qu'il s'en souvînt aussi. J'aurais aimé le tatouer d'un de ces mots qui forcent la mémoire, d'une date, d'un symbole. Comme on marquait jadis les bagnards au fer rouge. Regardant autour de moi, je vis sur le secrétaire un flacon d'encre Waterman demi-vide, inemployé depuis l'invention des stylos à bille, désormais aussi démodé que la plume d'oie. Je plongeai dedans une bûchette et me mis à tracer des arabesques bleu nuit sur son front, ses joues, son nez, son cou, le dos de ses mains. Complètement anesthésié, il ne sentit rien. Enfin, après avoir étendu sur lui une couverture pour le garder du froid, je l'abandonnai et je gagnai mon lit. Le lendemain était dimanche.

Grâce à un cachet de somnifère, je dormis jusqu'aux chants des coqs. Quand je me levai, je le trouvai dans la même posture. Tatoué de bleu, on l'aurait pris pour un Cheyenne tombé sur le sentier de la guerre. Sauf qu'il ronflait toujours d'une façon rassurante. Je pris ma douche, mon petit déjeuner. Vers les onze heures, il ouvrit un œil. Puis l'autre. Passant par hasard dans les environs, je pus assister à ce réveil, à son étonnement, à sa confusion. Je demandai :

— Tu as bien dormi ?

— Où suis-je ?

— Chez moi. Couché sur la moquette. Les pieds sous la table. La tête sous le dressoir. Hier, tu étais tellement paf que tu es tombé comme une feuille morte.

— Aïe ! aïe ! aïe !

— Quoi, aïe, aïe, aïe ?

— Je prévois la suite.

— Commence par te lever, par passer dans la salle de bains.

Il remarqua le dos de ses mains :

— Qu'est-ce que c'est que ça ? Je suis tout matriculé !

— Va te voir dans la glace.

Il se releva, s'y dirigea d'un pas encore flou, comme s'il marchait sur un Dunlopillo. Je l'entendis jurer le nom de Dieu. Il revint, bégayant de colère et de honte :

— Qui... qui... qui... qui c'est qui m'a matriculé comme ça ?

— Hé ! Qui-qui-qui ! Tu devrais le savoir mieux que moi !

— C'était l'Armistice. (Puis, avec un mélange d'admiration et de tendresse pour lui-même :) Fallait-il que je sois bourré !

— Que je fusse.

— Quoi, que je fusse ?

— Concordance des temps. Quand le verbe de la proposition principale est au passé, le subjonctif de la subordonnée doit se mettre à l'imparfait. Il faut que je sois. Il fallait que je fusse.

— C'est vrai que tu es une maîtresse d'école. On en reparlera.

— On n'en reparlera pas. Je ne veux plus te voir.

— Tu dis ça parce que je suis matriculé. Mais attends que je me débarbouille, que je redevienne beau, que je ressemble à Depardieu, tu changeras d'avis.

Il regagna la salle de bains. Je préparai le café, disposai des bols, du pain, du beurre, du miel. Je me mis à tartiner. Il cria :

— T'as pas de l'eau de Javel ?

— Sous le lavabo, dans le placard.

Quand il revint, lavé, décoloré, peigné, il est vrai qu'il rappelait Gérard Depardieu. En moins gras.

— Assieds-toi, dis-je. Déjeune si tu as faim. Voici le dernier repas que nous prenons ensemble. Ensuite, tu déguerpis. Et porte-toi bien.

Il demeura pétrifié. Je vis, comme sur un écran, passer sur son visage une série d'émotions variées, incrédulité, stupeur, humiliation, colère, consternation. Puis il ferma les yeux. Il réfléchissait. Quand il les rouvrit, il commença de plaider sa cause :

— Tu ne peux pas me faire ça. Tu as commencé de me tirer de... de... de ma merde. Tu ne peux pas me laisser retomber dedans. C'est indigne de toi. Indigne d'une institutrice.

— Je suis une pédagote. Pas sœur Emmanuelle.

Soudain, il tomba à genoux, appuya son front sur ma cuisse. Il sentait le chlore de la Javel. Il se mit à gémir, à supplier comme un enfant : bats-moi, tape fort, je le mérite, prends un bâton, mais ne me chasse pas, s'il te plaît, je recommencerai plus, je te le promets, je le jure sur la tête de ma mère. Il avait l'air maintenant si malheureux, si gamin pris en faute, si sincèrement repenti que je me laissai attendrir. Je posai une main sur ses cheveux.

22

J'ai fait la connaissance d'un autre citoyen d'Antaillat. Nom de famille : Blumberge. Prénom : Élie. Age : 70 ans, mais ne les paraît pas. Profession : directeur de banque retraité. Pendant dix ou quinze ans, il a gouverné la banque Pradier d'Issoire. Il habite une superbe villa de style toscan, un peu à l'écart du hameau, côté levant, ornée d'une douzaine de cyprès noirs qui la protègent du nord et l'exaltent de leurs points d'exclamation. C'est lui qui a fait les premiers pas vers moi en me téléphonant :

— Un jour que je passais non loin de vos fenêtres ouvertes, j'ai reçu sur la tête une cascade de doubles croches. Auriez-vous la bonté, mademoiselle, de venir faire un peu de musique avec moi ? Je joue moi-même assez bien du violon, sans être un Paganini. Vous nous feriez grand plaisir, à ma femme et à moi-même, si vous acceptiez ce duo.

Dans mes plus beaux atours, je me suis rendue à cette invitation et je suis tombée sur deux charmantes vieilles personnes qui m'ont abreuvée, d'abord de compliments, ensuite de madère rouge accompagné de fruits confits, qui sont une spécialité portugaise.

— Nous avons vécu cinq années à Lisbonne et rapporté de là-bas un certain nombre de précieuses bouteilles. Et quelques habitudes lusitaniennes. Comment trouvez-vous ce vin ?

— Fort. Mais délicieux.

— Il était apprécié de Shakespeare. Un de ses personnages propose d'échanger son âme contre un verre de madère.

Le violoniste et sa femme avaient en commun une chevelure blanche et gonflante qui les couronnait à la façon de deux turbans pakistanais ; un port majestueux ; une trace d'embonpoint. Les doigts chargés de bagues, le buste victorien de l'une faisaient un pendant assez juste avec les rubans multicolores et la rosette rouge qui fleurissaient la boutonnière de l'autre. Leurs voix étaient aussi appariées, de basse noble chez Monsieur, de contralto chez Madame. Leur langage châtié respectait la concordance des temps. Originaires de Paris, mais grands voyageurs, ils connaissaient le monde entier et je pus confronter avec les leurs mes modestes expériences. Naturellement, nous évoquâmes les rives de la Seine. Et des amis communs : le jardin des Tuileries, le Luxembourg, la rue Lepic, le quai aux Fleurs, le cimetière du Père-Lachaise.

Après les fruits confits vinrent d'autres surprises portugaises : des coings cuits au four qui se prononcent *meurmelouch essadouch* [1], des œufs à la coque sucrés, *ovouch kièntouch com açoukar* [2]. Entre deux services, M. Blumberge me présentait les tableaux qui ornaient ses murs : un Picabia qui ne représentait pas grand-chose ; une assiette de Miró qui ne représentait rien du tout ; une *Rascasse* de Segonzac ; un *Monument aux morts* de Brianchon ; la *Passion selon saint Matthieu* de Manessier, où je ne vis qu'un carrelage rouge et noir. Je n'eus pas l'audace de demander s'il s'agissait d'œuvres originales ou de copies.

Nous passâmes enfin à la chose sérieuse. J'avais apporté plusieurs partitions susceptibles d'être exécutées en duo. M. Blumberge chaussa ses lunettes, lut mes pages attentivement. Il choisit une suite qui réunissait les thèmes principaux

1. *Marmelos assados.*
2. *Ovos quentes com açucar.*

de *Lady be good.* Nous accordâmes nos pipeaux. Je comptai 1... 2... 3... et nous partîmes ensemble comme si nous n'avions jamais fait autre chose de notre vie. Certes, de temps en temps, se produisait une petite anicroche. Il fallait s'arrêter, reprendre, puis repartir du bon pied. Les notes de Gershwin sautillaient autour de nous, voletaient de meuble en meuble, de fleur en fleur, s'enfuyaient par la cheminée. Mais il y en avait tant qu'il n'y paraissait point. Comme lorsqu'on secoue un mirabellier chargé de fruits. Avec pour seule cueilleuse Mme Geneviève Blumberge, un chat siamois niché dans son giron. A chacun de nos arrêts, elle nous applaudissait de ses doigts dont les ors produisaient un léger cliquetis.

A l'entracte, l'ancien banquier me révéla qu'il avait une autre toquade : la serrurerie. Comme le roi Louis XVI. Il m'emmena dans son atelier, me présenta ses travaux, notamment une « clé de ville » copiée sur celle qu'on peut voir au musée issoirien de l'Historial.

— Si vous avez un problème avec vos serrures, n'hésitez pas à m'appeler. J'ai déjà réparé la moitié des serrures d'Antaillat.

Au terme du récital, nous nous séparâmes, très contents les uns des autres.

— Il faudra revenir afin de mettre tout cela au point. Merci de ces heures privilégiées que vous nous avez permis de vivre grâce à votre talent.

Il me baisa la main, comme à une marquise.

Vincent la Musique ne me demanda jamais un duo d'harmonica et de clarinette. Mais, sans doute pour mieux se faire pardonner sa célébration de l'Armistice, il me pria de lui donner des leçons d'orthographe.

— Comme ça, en cas de besoin, je pourrai t'écrire des billets sans craindre que tu te moques de moi.

— Tu as l'intention de m'écrire ?

— Peut-être... On ne sait jamais.

L'orthographe française est une forêt broussailleuse où l'on trébuche à chaque pas dans les racines, où l'on risque de se perdre comme le Petit Poucet. J'eus la charge de prendre le mien par la main, de le diriger au milieu de ces traîtrises. Pour ce, je plaçai devant mon enfant perdu une feuille de papier blanc à machine et un stylo à bille, pour notre première dictée. Il protesta doucement :

— Y a pas de lignes ! Je vais aller de travers.

— Ça ne fait rien. Quand tu labourais avec les vaches de ton père, est-ce que tu avais des lignes pour tracer les sillons ? Et pourtant, tu allais droit, j'en suis certaine.

— Pas toujours.

Il tint quand même à ligner sa feuille à la règle et au crayon. Je prenais patience. Enfin, il saisit le stylo, tourna gauchement entre ses doigts cet outil inhabituel.

— Allons-y.

J'avais choisi pour cet exercice inaugural une page d'un auteur auvergnat, Henri Pourrat, afin de mieux l'amorcer. Je commençai donc à dicter les premières lignes de *Gaspard des montagnes* :

> *C'était, dit la vieille, au temps du grand Napoléon ; et quand on commença de faire la guerre en Espagne.*
>
> *Anciennement, les Espagnols venaient avec des mules chercher en nos pays les pierres d'évêque, ces pierres violettes qu'on trouve dans les mines du Vernet-la-Varenne...*

J'allais doucement, n'oubliant ni les points ni les virgules, répétant chaque morceau de phrase. Il peinait à former ses mots, lâchait parfois une réflexion (« J'aimerais mieux tenir les mancherons de la charrue ! »). Les sillons se traçaient bien parallèles. Comme s'il avait encore dix ans, il sortait un peu la langue. Ça aide. Il écrivit une demi-page de la sorte. Je dis enfin : « Point final. » Il poussa un gros soupir. Je relus mon texte. Je lui laissai le temps de revoir et rectifier son labour. Il déposa enfin le stylo, s'épongea le front de son mouchoir.

Armée d'un stylo rouge, je m'assis près de lui afin de procéder à la correction. Il en profita pour entourer mes épaules de son bras et m'embrasser dans le cou.

— C'est pas de jeu ! Un élève n'a pas le droit d'embrasser comme ça son institutrice !

J'expliquai chaque erreur. « Vieille » compte deux l, sinon l'on prononce « vielle » et c'est l'instrument à manivelle qui accompagne la bourrée. « Anciennement » ne prend pas de cédille, mais « commença » en prend une, à cause que..., etc., etc. Au total, une dizaine de fautes.

— Tu vois : je suis nul.

— Pas tellement. Le texte est long. Il nous faudra du temps et de la patience.

— J'en aurai. Si tu ne me chasses pas...

Pour compléter cet exercice, je prescrivis qu'il lût tout entier le roman de Pourrat.

Un autre jour, je l'introduisis dans le domaine de la peinture. Plutôt que de lui faire visiter les musées de la région, assez pauvres en toiles célèbres, j'ouvris sous ses yeux les albums de ma bibliothèque : *Pour une renaissance de la peinture française*, textes de Jean Baschet, et *La Peinture contemporaine*, textes de Roger Baschet (Éditions de l'Illustration). Pendant des heures, nous sommes restés côte à côte sur ces beaux livres d'images qui nous promenaient des vitraux de Chartres aux embrouillaminis de Georges Mathieu. J'y ajoutais mes commentaires. Il ajoutait les siens, non dépourvus de bon sens. Ainsi, à cette affirmation de Mathieu : « L'élite n'est composée que de deux cents personnes. C'est pour elles que je travaille, non pour le petit-bourgeois dont l'évolution est arrêtée depuis Louis XIII », il répondit :

— Sans être petit-bourgeois, je ne fais pas partie non plus de ces deux cents. Donc ce peintre ne travaille ni pour moi, ni pour des millions d'autres.

Il avait des coups de cœur étonnants. Pour les portraits masculins de François Clouet, parce qu'il n'y manquait pas un poil de barbe. Pour un *Concert dans un parc* de Lancret, parce qu'on y voyait un joueur de clarinette. Pour une *Nature morte*, de Miró, à cause du moulin à café tout pareil à celui de sa mère Marie-Thérèse.

Tout est bon pour entrer dans l'art comme, selon Blaise Pascal, pour entrer dans la foi.

J'étais toujours en fonction à Sauxillanges. Nous approchions de la fin de l'année civile. A cause de je ne sais plus quoi, d'une lecture, d'images télévisées, d'une conversation avec les Blumberge, m'était advenue la chose la plus imprévue : une grande nostalgie de Paris. D'une ville où j'avais vécu un quart de siècle sans l'accepter totalement, sans qu'elle m'acceptât. Je décidai donc de me purger de cette mélancolie. D'aller y passer les vacances d'hiver. Autrefois, « vacances de Noël » dont l'ancienne appellation ne convient plus à des établissements devenus largement athées, juifs ou musulmans. J'écrivis ma prochaine venue à tante Juliette, à Irène Epstein, à quelques autres amies. Je me fis envoyer la brochure des spectacles en cours. J'établis un programme minutieux de mon séjour, prévoyant chaque demi-journée, chaque repas, chaque soirée. Avec la volonté farouche de jouer à la touriste de province qui entend, durant dix jours, s'en mettre plein les yeux, plein les oreilles, plein le kiki.

Il n'était pas question d'emmener Vincent qui ne jouissait pas, comme ces flemmards d'enseignants, de vacances exorbitantes. Je pensais d'ailleurs — et je réussis à lui faire partager ma conviction — qu'un petit entracte serait favorable à notre liaison et nous ferait mieux apprécier le besoin, éventuel ou réel, que chacun pouvait ressentir de l'autre. Je lui laissai seulement le soin de veiller sur mes animaux.

Pour bien prouver aux Parisiens que j'arrivais de l'Auvergne, cette terre inconnue d'eux, je remplis un sac tyrolien de produits régionaux : fromages, pâtes de fruits, cochonnailles, sucres d'orge de Vichy, verveine du Velay, pralines d'Aigueperse, palets d'or de Moulins ; et, ma valise au bout du bras, je pris le train en gare d'Issoire. Changement à Clermont. Compartiment bien occupé. Dans mes déplacements ferroviaires, j'emporte toujours un livre ; mais j'y picore à peine, distraite que je suis par le paysage, par mes voisins, par les incidents de parcours. Quand j'ai l'occasion de le faire sans offenser, j'aime regarder les gens que je côtoie. J'essaie de deviner ce qu'ils sont, les relations qu'ils peuvent avoir entre eux. Dans ma tête, je leur attribue des aventures. Je devrais m'essayer au métier de romancière.

Ce jour-là, deux voyageurs noirs, vêtus avec élégance, avaient pris place à ma gauche, homme et femme. Leurs mains se tenaient tendrement. Pour couvrir le ronron du convoi, ils conversaient d'une voix forte, si bien que pas une de leurs syllabes ne m'échappait. Naturellement, ils employaient un dialecte africain incompréhensible, peul, tamahou, haoussa ou ribobo. Mais ils entrelardaient leurs propos d'expressions françaises parfaitement prononcées. Cela produisait un étrange galimatias, à peu près comme il suit :

— *Manou taco boulou picouti rantanplan acoutar palolo palala sibarcouère.* La cerise sur le gâteau. *Rimalon bitousof maléki.*

— *Rimalon bitousof maléki*, entièrement d'accord. *Ratouétoué fomali montoncel rastacouère opolu verbato verbata verbatim.*

— Encore faut-il le prouver. *Bisouki bisouka murtiflor coucouli opustel imarave raviman chopolaf berneur tapi sifilic ipampoula.* Je ne suis pas tombé de la dernière pluie.

— Moi non plus. *Pipapo marchidial icoueyro benezi servichavotri moun tiou zi boutcha...*

J'envisageai avec crainte d'avoir à supporter jusqu'au terminus ce dialogue bilingue. Heureusement, à partir de Nevers, mes deux Afros semblèrent se lasser eux-mêmes de leurs propres mélanges. Leurs têtes s'appuyèrent l'une à l'autre et ils s'assoupirent. Pour ne se réveiller que sur les aiguillages de la gare de Lyon. « Allons ! me dis-je. Il y a tout de même en France des Africains heureux. »

Je trouvai Paris sous la neige. Neige à demi fondue dans laquelle pataugeaient les voitures et les piétons. Un taxi me transporta jusqu'à la rue Montéra, chez tante Juliette. Elle me serra sur sa poitrine qui sentait la lavande. Encore pimpante et bichonnée malgré ses quatre-vingt-cinq hivers, car elle refusait de s'évaluer en printemps.

— Est-ce bien toi, ma Frédo ? Je n'en crois ni mes yeux, ni mes bras, ni mes oreilles ! Quel bonheur de te retrouver !

A cause de l'insécurité croissante qui régnait dans le quartier, elle n'osait plus mettre un pied dehors, commandait téléphoniquement son pain, sa viande, son épicerie aux commerçants qui se faisaient, moyennant un petit supplément, un plaisir de la livrer. Mais ma compagnie la rassurait :

— Je voudrais qu'on sorte un peu, tu serais ma garde du corps, et qu'on s'envoie en l'air comme il faut.

— Qu'appelles-tu s'envoyer en l'air ?

— Eh bien ! fréquenter les bars, les restaurants, les cinémas. Sans regarder à la dépense. Depuis le temps que je marmitonne à huis clos et que j'économise sur ma pension de veuve ! Accorde-moi deux jours de folie, je t'en supplie au nom du Christ !

Je n'avais pas vraiment prévu cela dans mon programme : je dus le modifier. Nous commençâmes dès le lendemain. Le XIIe arrondissement est plein de brasseries et restaurants auvergnats entre lesquels nous n'eûmes que l'embarras du choix. Bref, pendant quarante-huit heures, nous nous en mîmes jusqu'aux naseaux. On rencontre dans ces établissements toutes sortes de farceurs. Je tendais l'oreille afin de capter si possible quelques-unes de ces perles de comptoir dont Michel Audiard faisait son profit pour en orner ses dialogues. Tout s'y mêlait : politique, philosophie, littérature, faits divers.

— Faut pas dire du mal de M. Giscard d'Estaing. C'est une famille qui descend des croisés.

— Peuh ! Moi aussi je descends des croisées quand je saute par la fenêtre de mon entresol pour aller voir ma copine.

— Quel âge a-t-il au juste, Giscard ?

— Je crois que c'est soixante-six ans.

— Oh ! le double six ! Ça porte malheur.

— Dans un an, il sera guéri.

— Moi, ça fait plus de soixante-six ans que je couche avec la misère. Elle a toujours été pour moi une épouse très fidèle.

— T'en fais pas. Tu te rattraperas bientôt.

— Quand donc ?

— Quand on t'emportera au cimetière. Tu rouleras carrosse. Tandis qu'une bande de couillons suivront à pied...

Juliette, elle, débitait des déclarations d'amour aux serveurs :

— Savez-vous que vous êtes beau garçon, jeune homme ?

— Heu... Madame...

— On a dû vous le dire souvent. Ou du moins vous le faire comprendre.

— Sans doute... Madame...

— Comme il rougit ! Oh ! le charmant petit coquin !

Dans cette vie de patachons, je pris quand même le temps de téléphoner à Irène Epstein pour lui confirmer ma prochaine venue. Cris de joie. Elle voulait absolument que je saute dans un taxi et que j'aille l'embrasser. (La concordance des temps exigerait *sautasse* et *allasse.* Mais j'ai horreur des choses en *asse*, tignasse, mélasse, poufiasse, hélas. J'assume le solécisme.) Je promis ma visite pour le lendemain, croix de bois, croix de fer.

Or le matin suivant, quand je sortis du lit, sinon entièrement de mon sommeil, je me trouvai une fièvre de cheval, une tête comme un potiron, une douleur lancinante dans les mâchoires. Je me regardai dans un miroir avec épouvante.

Qu'est-ce qui t'arrive, ma vieille ? Non sans peine, j'ouvris la bouche, ne vis pas grand-chose à l'intérieur, mais jugeai indispensable de me rendre sans tarder chez le dentiste de ma tante. Il voulut bien me recevoir hors rendez-vous. Après une longue patience dans sa salle d'attente, en compagnie d'autres enflés et de revues périmées depuis trois mois, je m'allongeai sur son fauteuil. M'ayant examinée en profondeur, il annonça :

— Vous avez deux dents de sagesse infectées. Irréparables. Si vous ne les faites pas sauter, vous aurez abcès sur abcès. Avec risque de septicémie.

A ce coup, je restai knock-out. Puis, me réveillant, je demandai si l'extraction était si urgente.

— Le plus tôt sera le mieux. Tout de suite si vous y êtes disposée. Avec anesthésie locale. Vous ne sentirez presque rien. Ce sera une simple formalité.

Menteur comme un arracheur de dents. Mais puisque je devais y passer... « Quand faut baiser le cul du chien, dit un proverbe auvergnat, tant vaut aujourd'hui que demain. » J'acceptai donc l'opération immédiate. Elle se déroula aussi bien que possible. Je sus retenir mes cris.

— Voulez-vous que j'appelle un taxi ? me proposa le stomatologue au terme de sa formalité.

— Non. Je préfère marcher jusqu'à la rue Montéra si vous pensez que je peux le faire.

— C'est à vous de voir. Prenez d'abord un petit remontant.

Il ouvrit un placard, sortit une bouteille de scotch et deux verres. L'alcool m'incendia les gencives. Mais lorsqu'il eut atteint les bielles et les pistons de la machine, je sentis qu'il mettait un tigre dans mon moteur.

— Ça ira, dis-je.

— Vous ai-je vraiment fait très mal ?

— Je crois... bien que je n'en aie pas l'expérience... que j'aurais mieux aimé faire un enfant.

— Moi aussi.

Je marchai bravement jusqu'au domicile de tante Juliette. Dans un brouillard. A chaque pas, ma tête sonnait comme une cloche. La brave vieille me consola, me combla de caresses et de douceurs. Pas d'aliments chauds pendant trois jours. Exclusivement des glaces, des yaourts, du bouillon tiède, des laits de poule. Lavements de bouche. Mes joues, cependant, ne se décidaient pas à se dégonfler. Au cinquième jour, j'avais encore la bouille du gros Hardy, moins la moustache. Tout mon programme tombait à l'eau. Irène vint me voir, puisque je n'étais pas transportable. Elle gémit dans mon corsage sur toutes les misères que lui faisaient ses élèves, son mari, ses enfants, l'administration de l'Éducation nationale. Belle façon de me faire oublier les miennes ! Nous nous mouillâmes de larmes réciproques. Heureusement que, pendant deux jours, je m'étais envoyée en l'air en compagnie de tante Juliette !

Il me fallut le reste de mon séjour pour reprendre une figure normale. L'enlèvement de mes molaires produisit même dans mes joues deux petites dépressions du plus bel effet. On dit que Marlene Dietrich avait procédé de même pour obtenir cette double concavité qui faisait son charme. Voilà que je ressemblais à l'Ange bleu !

Grâce à la sagesse de ma tante et à celle de son dentiste, mon voyage à Paris ne fut donc pas entièrement sans profit. Quant à la mienne, de sagesse, je n'en avais guère auparavant, et je venais d'en perdre encore la moitié.

23

Pour me consoler de mon escapade ratée, je décidai de promener dans Issoire les deux dents sages qui me restaient et de mieux connaître la ville. Un chef-lieu d'arrondissement où rien de dramatique ne s'était passé depuis les guerres de Religion. Pas même des faits divers, hors les accidents de la route. Il y eut tout de même, en octobre 1992, un hold-up sur la banque Pradier, celle qu'avait dirigée précédemment M. Blumberge. Répété en décembre, nuitamment, avec d'évidentes connivences intérieures.

— Jamais de tels incidents ne se seraient produits sous mon règne ! grommelait l'ancien directeur. Les dépôts sont couverts par les assurances, ce qui explique sans doute que toutes les précautions ne soient pas prises.

Les monte-en-l'air s'étaient d'ailleurs, semblait-il, contentés de modestes butins. Peut-être étaient-ce les mêmes artistes qui avaient, pour le plaisir, dévalisé les gendarmes de Champeix.

Les voleurs d'à présent sont d'un niveau culturel supérieur. Si certains ne songent encore qu'au numéraire, les meilleurs sujets visent plus haut : meubles anciens, tableaux d'art, armes de collection, ouvrages de piété. Ils ont des acheteurs fortunés sans foi ni loi prêts à payer royalement une pietà gothique ou une Vierge Renaissance. Il y a quelques années fut ainsi dérobée, dans la crypte de l'abbatiale, la châsse-reliquaire de saint Austremoine, évangélisateur de l'Auvergne. Elle fut retrouvée chez un antiquaire d'Honolulu et rapportée à son point de départ.

J'ai visité cette magnifique église romane, avec ses 420 chapiteaux, ses fresques, ses colonnes peintes. Les guides ont coutume de dire le plus grand mal de ces « barbouillages » exécutés au siècle dernier par un certain Anatole Dauvergne qui, à la suite d'un vœu, y consacra 60 000 francs-or et trois ans de sa vie. S'ils donnent aux piliers un certain air d'établissement thermal, en revanche ils soulignent bien les figures des chapiteaux historiés, les vêtements, les auréoles, les feuillages. Ainsi badigeonnée, l'église est à peu près conforme à l'aspect qu'elle devait avoir à ses origines.

Nos ancêtres traitaient les leurs en technicolor et non en noir et blanc comme aujourd'hui on se plaît à les rendre, dans une prétention de dépouillement et de rigueur. Il y a là-dedans du calcul et de la fausse humilité. Aux yeux du peuple naïf et généreux, la maison de Dieu n'est jamais trop ornée. Il y mettait en outre une gouaille bien conforme à l'esprit satirique des fabliaux. Je l'ai trouvée dans cette fresque où l'on voit un marchand, reconnaissable à sa balance, véhiculé en enfer dans une brouette par un démon. Et dans ce chapiteau qui montre un boucher portant sur ses épaules un gros mouton ; la bête est lourde et l'homme tire la langue dans son effort, comme Vincent la Musique dans ses dictées.

Il faut prendre du champ pour bien voir l'extérieur de l'édifice. Il offre tant de choses à mesurer de l'œil, à admirer dans la disposition des absidioles, l'entassement symétrique des toitures, la polychromie des matériaux : arkose blonde, granit poivre et sel, basalte de suie. La façade, affirment les délicats, n'est pas conforme aux vrais canons ; mais le chevet est sans défaut. *Ainsi*, dit en substance Henri Pourrat, *certaines vieilles dames gagnent à être vues de dos.* Il paraît également que le clocher se montre un peu trop ambitieux. N'importe.

J'ai aimé ses fenêtres bifores, habitées par des corneilles qui évoluent tout autour en poussant leurs graillements. Plus haut, le toit pointu. Plus haut, la girouette pareille à un ostensoir. Plus haut, le coq de saint Pierre. Plus haut, la flèche du paratonnerre. Plus haut, le ciel.

Les absidioles sont ornées des signes du zodiaque en douze médaillons. Les chrétiens d'autrefois avaient foi en l'astrologie dont Thomas d'Aquin recommandait l'étude. Tout au bout, un treizième médaillon représente peut-être un griffon dévorant un lièvre. Porte-bonheur ? Signature-rébus ?

Je me suis aussi promenée dans les petites rues du centre-ville. Rue Barbiziale, par où passaient autrefois les brebis. Rue de l'Espaillat, c'est-à-dire du Déchiré, où dut vivre un certain loqueteux. Rue du Ponteil, rue des Fours, rue de Boulade, rue des Couteliers. On se croit en plein Moyen Age. Le XXIe siècle commence à la sortie, sur la route de Clermont. Là où trime mon smicard.

La maison de l'échevin abrite le musée de l'Historial qui, avec ses personnages de cire, raconte le passé de la ville. Saint Austremoine y confie sa tête au diacre Cantin pour qu'il la mette en châsse et lui consacre une maison. Charlemagne et sa barbe fleurie se rendent en Espagne ; il ordonne de construire un pont sur la Couze. Le protestant Jean Brugière est brûlé vif par les papistes en 1547. Le capitaine Merle, huguenot limousin, fait écorcher vifs trois moines catholiques. Le gouverneur Saint-Hérem et le duc d'Alençon, à la tête des troupes royales, détruisent la ville. Le conventionnel Georges Couthon ordonne le raccourcissement de tous les clochers, tandis qu'Issoire choisit de se rebaptiser Quartier-sans-Culottes.

Simone Manaranche aimait rêver à voix haute :

— Un jour, moi aussi, je partirai pour l'Amérique...

— Je t'y transporterai dans mon taxi, disait Jacques avec son accent de Belleville. Mais pour ça, faudra d'abord qu'ils construisent un pont.

— ... Mon père n'est plus de ce monde, naturellement. Mais je dois y avoir des demi-frères, des demi-sœurs, des demi-neveux et nièces. J'ai encore une photo de lui, dans son uniforme caca d'oie, comme on disait, avec son grand chapeau pointu. Je la montrerai aux autorités militaires qui gardent sûrement des portraits de lui dans leurs archives. Il s'appelait John. Je ferai la connaissance de mes parents américains.

— Vous ne vous comprendrez pas, Mémère : vous ne parlerez pas la même langue.

— On se comprend toujours quand on s'aime. Ils me recevront chez eux. Moi, je les inviterai à Antaillat. Là-bas, tout est grand. Ils n'imaginent pas qu'il puisse exister un village si petit.

— Tu ne sauras pas les nourrir. Ils mangent uniquement du chewing-gum et ils boivent uniquement du Coca-Cola.

— Je leur servirai les meilleurs plats que je saurai préparer.

Elle établissait même son menu. C'était sa façon à elle de repartir en voyage, maintenant qu'elle ne pouvait plus sortir de ses sabots, sauf pour aller chez le médecin. Car elle souffrait du diabète et de troubles de la vue. On lui soignait les yeux au laser. Le cœur n'allait pas trop fort non plus.

En attendant, son fils et sa bru vivaient toujours en Caroline du Sud, au service de Bibendum, et leurs deux enfants, Éric et Julie, fréquentaient l'école de Meilhaud, menacée de fermeture à cause de son maigre effectif. Le maire s'arrachait les cheveux :

— Dire que, dans les banlieues de Lyon ou de Paris, les gosses grouillent pire que les rats ! On ne ferait pas mal de nous en envoyer une douzaine !

Ah ! si les enfants pouvaient s'acheter au marché comme à Bucarest !

Les Manaranche avaient le téléphone, ce qui leur permettait de recevoir les appels de leur fils lointain. Sa voix traversait l'océan Atlantique et leur apportait toujours cette nouvelle étonnante :

— Ici, il est six heures du matin. Et chez vous ?

— Une heure de l'après-dîner. On est encore à table.

D'entendre leurs père et mère, les deux petits étaient fous de joie. Mais à la fin, ils pleuraient en leur demandant de revenir tout de suite.

— Tout de suite ?... Non. On ne peut pas. Mais bientôt.

— C'est quand bientôt ?

— L'été prochain. Promis juré.

En attendant ce retour, Mme Manaranche soignait son diabète, se privait de sucre, de pâtes, de pain. Elle avait rendez-vous le 15 janvier avec l'ophtalmo d'Issoire.

Or le 12 au matin, un dimanche, son mari affolé vint sonner à ma porte, disant que sa femme était tombée en faiblesse, qu'elle vomissait les tisanes qu'il essayait de lui faire prendre, qu'elle n'avait plus la force de se lever ; il avait confié les enfants aux Chalut et ne savait plus que faire. Je trouvai Simone, en effet, dans une condition extrême.

— Avez-vous appelé votre médecin ?

— Il est en vacances à la Martinique. Son remplaçant a promis de venir, mais pas avant la fin de la matinée. Il dit que le diabète peut attendre.

Assise au chevet de la malade, je lui parlais doucement, comme si j'étais venue en visite de politesse, pour la tromper sur son état. Quand je voulus tâter son pouls, j'eus le plus grand mal à le sentir, tellement il manquait de vigueur. Une aiguille dans un char de foin. Je dus toucher les carotides. Je le trouvai très irrégulier, avec des moments de silence, comme un vieillard qui grimpe une côte et s'arrête tous les quatre pas. Je courus vers Jacques :

— Appelez encore ce médecin, criai-je à voix basse. Dites-lui que c'est urgent.

(On peut crier à voix basse, de même qu'on peut bâiller sans ouvrir la bouche. Simple affaire de mimique.) Jacques forma le numéro, tomba sur un répondeur : « Bonjour, vous êtes bien chez le docteur Machin Chose actuellement en visite. Veuillez donner votre nom, le motif de votre appel, etc., etc. »

Attendre, toujours attendre.

Simone et moi, nous devisions. Du temps qu'il faisait. Des deux petits confiés aux Chalut. Des prochaines réparations que Jacques comptait faire à la toiture. Des programmes de la télévision. Le mari proposa une tisane :

— Pas la peine, répondit-elle. Tu sais bien que je ne la garderai pas.

Il leva les bras, désolé. Et ce médecin qui ne venait pas ! Y avait-il un cas plus urgent que celui de Simone ? Elle eut encore la force de me dire :

— Je voudrais changer de chemise de nuit. Celle que je porte est toute reprisée, elle me fait honte. S'il vous plaît, prenez-en une autre dans l'armoire... à droite... en haut... la bleue. Elle est quasiment neuve.

Jacques dut soutenir sa femme par-derrière, sinon elle se serait affaissée. Nous l'aidâmes donc à se dépouiller de la vieille, à enfiler la bleue. Elle en parut rassérénée. Longtemps, elle resta encore immobile, les yeux clos. Je guettais le moindre mouvement de ses lèvres. Lorsque je les vis bouger, j'approchai mon oreille. Je crus comprendre... mais je refusai ce mot... Elles insistèrent, elles n'en formèrent pas d'autre :

— Le prêtre... Le prêtre...

Jacques était dans la cuisine. Je descendis le lui répéter :

— Elle demande un prêtre.

Et lui, horrifié :

— C'est pas possible ! Vous vous trompez... On ne meurt pas du diabète... Pas si vite.

— Je vous assure qu'elle le veut. Appelez-le, je vous en prie. Ça ne la fera pas mourir.

— Un prêtre ! Un prêtre ! Y en a pas à Meilhaud !

— Celui de Perrier, qui m'a vendu du miel.

— Cherchez dans l'annuaire. Moi, je ne vois plus clair.

Les larmes coulaient sur ses joues grises, il tremblait de la tête aux pieds. Le sexe fort a de ces faiblesses. Je formai le numéro et — ce ne fut pas une surprise — je tombai sur un autre répondeur : « Vous êtes bien au presbytère de Perrier. M. le curé, qui a douze paroisses à sa charge, est en déplacement dominical. Veuillez laisser un message expliquant ce que vous désirez. En cas d'extrême urgence, veuillez vous adresser au curé d'Issoire dont voici le numéro... » J'appelai le curé d'Issoire et tombai sur un troisième répondeur.

Simone semblait dormir. Mais un moment plus tard, elle ouvrit les yeux, au fond desquels je lus une détresse infinie. Je lui murmurai un pieux mensonge :

— Le prêtre va venir.

Un pauvre sourire étira les coins de ses lèvres. Je m'agenouillai près de son lit et pris dans les miennes une de ses mains. Toute froide, quoique la chambre fût bien chauffée par un radiateur au gaz butane. J'aurais voulu lui transfuser un peu de ma chaleur. Le front appuyé aux couvertures, je m'adressai à Dieu que je ne priais pas souvent. Et quand il m'arrivait de le faire, c'était toujours pour d'autres. Je lui demandai de bien vouloir épargner la vie de Simone, au moins jusqu'au retour de son fils parti défendre en Amérique les intérêts de Michelin, car ses petits-enfants avaient grand besoin d'elle. Mon message, je n'en doutai pas une seconde, fut bien reçu ; mais je restai ignorante des intentions du Destinataire, car Lui ne possède pas de répondeur.

Malgré mes efforts et ceux du butane, la main de Simone restait de glace.

Enfin, un ronflement de moteur. Le médecin intérimaire. Non point un tout jeune homme, mais entre deux âges, comme moi-même. De remplaçante à remplaçant, nous devions nous entendre. Coiffé d'un bonnet de coton, vêtu d'un anorak, chaussé de souliers skiables, il semblait venir des sports d'hiver. Il s'exprima d'un ton enjoué. Gai comme un pinson.

— Eh bien ! Eh bien ! On fait des caprices de santé ? En pleine jeunesse ? Soyons sérieux. On va arranger ça.

Ayant déballé son outillage, il mesura la tension de Simone, prit le pouls, ausculta le cœur et les alentours. Jacques et moi nous tenions à l'écart, retenant notre souffle. Toute alacrité disparue de son visage, le médecin décréta qu'il fallait transporter immédiatement la malade au centre hospitalier d'Issoire pour des examens complémentaires et des soins adéquats. Il décrocha le téléphone, appela lui-même une ambulance, informa le service des urgences. Puis, à l'adresse de ses collègues successeurs, il écrivit une longue lettre. Empochant ses honoraires, il disparut en recommandant de le tenir informé.

Dix minutes plus tard, les ambulanciers se présentèrent. Sur une espèce de chaise métallique pliante, qui devint civière dans leur carrosse, ils disposèrent la malade, la recouvrirent d'une couverture. Nous les suivîmes dans ma 4L.

Après une heure d'attente angoissée dans la salle réservée aux familles, nous fûmes informés que le médecin-chef désirait nous entretenir. Nouvelle attente dans un cabinet approprié. Il parut enfin, s'assit en face de nous, s'enquit de nos identités. Alors que nous nous rongions d'impatience. Vint enfin l'énoncé du diagnostic : « Mme Manaranche a fait un énorme infarctus... », suivi de tous les soins qui avaient été prodigués, « même les plus coûteux ». Tous en vain. Comme il n'osait pas proférer le mot, je le lui soufflai :

— Elle est donc morte ?

Il y consentit, approuvant de la tête. Sans doute ne faut-il jamais parler de mort dans un centre hospitalier. Pas de corde non plus dans la maison d'un pendu. C'est ainsi que Simone Manaranche s'en alla sans confession.

Jacques informa son fils et sa bru aux Amériques. On mit le corps de la défunte au frigo afin qu'il patientât jusqu'à leur retour par les voies les plus rapides. Les deux petits pleurèrent l'absence de leur grand-mère sans bien saisir où elle était partie. Mme Manaranche jeune leur fournit cette explication :

— Où elle est maintenant ? Au ciel.

— Et si, suggéra la petite Julie, on écrivait au père Noël pour qu'il la ramène ?

— Tu peux toujours essayer, pauvre gourde ! lui lança son frère aîné en haussant les épaules.

Mais, par instinctive charité, il n'en dit pas davantage. Il avait coutume de dissimuler la tendresse qu'il portait à sa sœur en la rudoyant, la traitant gentiment de vieille savate, bête à payer patente. Mais à la moindre plainte qu'il lui entendait pousser, il accourait pour la défendre.

Après les obsèques, je m'enfermai dans ma *Cyprinière* afin de pleurer mon soûl sans témoins. Comme je me livrais à cette occupation, Croc-Blanc vint poser sa tête sur mes genoux, geignant en sourdine.

Manaranche fils regagna sa Caroline, tandis que son épouse demeurait en Auvergne afin de reprendre Éric et Julie. De sorte que Manaranche père la même semaine perdit sa femme et ses petits-enfants. Aussi souvent que je le pouvais, j'allais passer la soirée avec lui. Complètement désemparé, malheureux comme un crapaud sous une herse, il ne savait plus où se tenaient les choses ; l'huile, le vinaigre, les confitures, l'argent de la maison, le savon, le linge, les papiers. La pauvre Simone avait régné sur tout le ménage tandis que lui s'occupait du jardin et de sa voiture. A chacun son domaine. De sorte qu'à présent il se trouvait chez lui comme en un pays étranger dont il ne connaissait ni la langue ni les usages. Il dut l'explorer, le découvrir pouce à pouce. Accroché à ce qu'il lui restait de vivant : son chat, ses poules, ses lapins. Leur soin occupait une grosse part de ses pensées. Mais quand arrivait le soir, qu'il se retrouvait seul devant ses meubles, tout se brouillait dans sa tête. Il parlait à l'absente comme naguère :

— Ho, Simone ! Ho, Mémère ! Où as-tu mis la farine ? Tu l'as fait exprès, de me la cacher !

Au cours de ses explorations, il avait de temps en temps des surprises : dans un coffret, un anneau d'argent gravé de deux cœurs ; d'où provenait-il ? Un morceau de gaze imprégné de sang noirci ; de quelle blessure ? Une touffe de cheveux blonds noués d'un ruban. Des billets de 100 francs (il disait toujours 10 000, à l'ancienne) dissimulés entre les draps ; à quelle destination ? Ces trouvailles le tourmentaient. Simone avait-elle aimé un autre homme que lui ? Il s'en ouvrit à moi. Je lui remontrai que ces souvenirs ne lui appartenaient pas ; qu'il devait les respecter ; qu'il faut bien que des secrets subsistent même entre les vieux époux :

La femme qui dit tout à son mari
Pleure plus souvent qu'elle ne rit.

Il secouait la tête, mal convaincu :

— Entre femmes, vous vous soutenez, forcément !

Peu à peu, il se laissait gagner par l'impression d'avoir vécu un demi-siècle à côté d'une inconnue. C'était une chose bouffonne de voir ce chauffeur de taxi septuagénaire, qui sa vie durant avait donné beaucoup plus de soins à sa voiture qu'à son épouse légitime, sombrer dans des crises de jalousie posthume.

— Qui aurait cru ça d'elle ? Une personne qui allait, quand nous habitions Paris, à la messe quasiment tous les dimanches à Notre-Dame-de-la-Croix, et qui avalait Gaspard[1] cinq ou six fois par an ! Sans doute qu'elle avait beaucoup de fautes à se faire pardonner !

1. Le corps du Christ.

— Nous en avons tous. Mais admettez qu'elle ait connu un autre garçon avant votre mariage, qu'elle l'ait aimé, qu'est-ce que ça peut vous faire ? Croyez-vous qu'elle vous ait été infidèle ?

— Ça lui était bien facile de me planter des cornes : dans mon taxi, je courais la capitale quasiment toute la journée. Savoir même si elle ne le rencontrait pas quand elle allait à la messe ? Ou qu'elle faisait semblant d'y aller ! La messe n'était qu'un prétexte. Voilà l'explication ! Tandis que moi, pauvre imbécile...

— Dites-moi : pendant ces cinquante ans de mariage, n'avez-vous rien eu à vous reprocher ? Est-ce qu'il ne vous est jamais arrivé de regarder ailleurs ?

— Regarder ! Regarder ! Bien sûr que j'ai regardé ! Je ne pouvais pas me crever les yeux ! J'ai transporté beaucoup de jolies femmes. Même Brigitte Bardot, quasiment. Mais je ne mélangeais pas le travail et le plaisir. S'il m'est arrivé quelque chose, une fois ou deux en passant, c'est sans importance pour un homme. Tandis que pour une femme...

— Quelle différence faites-vous ?

— Un homme ne peut pas attraper de gosse, par exemple.

— Mais il peut semer des bâtards autour de lui. Il y a des cas célèbres.

— A lui, ça ne porte pas tort...

La chanson est bien connue. La Bible le proclame, le Coran le confirme : l'homme a plus de droits que la femme. Mais ce n'était pas le moment de disputer sociologie. Ma conclusion :

— Finissez de ruminer des idées stupides. Est-ce que Simone n'a pas été une bonne épouse pour vous ?

— Je dis pas ça... Je dis pas ça... On se supportait bien l'un l'autre... On s'aidait en cas de besoin. Mais une chose n'empêche pas l'autre.

— Vous devriez rougir d'avoir de telles pensées sur cette malheureuse. Un jour, vous la retrouverez et vous lui présenterez des excuses.

— Je la retrouverai ? Dans la terre ?

— Au paradis, naturellement.

— Au paradis ?... On m'a toujours dit que sa porte était étroite. Alors faudra que saint Pierre la fasse bien élargir, sinon je pourrai pas entrer avec la paire de cornes que j'aurai sur le front !

24

Un autre dimanche que je m'étais rendue à Bergonne, je trouvai seulement Marie-Thérèse Mandonnet, quoique son fils eût été informé de ma visite.

— Il ne tardera guère. Il est allé jusqu'à Rande, à pied, avec ses chiens. C'est à deux pas. Là-bas, il y en a un qui coupe le feu et qui charme la résipèle.

— La résipèle ? Qu'est-ce que c'est ?

— Les maladies de la peau. Vincent est allé se faire charmer.

Je n'avais pas remarqué qu'il fût atteint d'érysipèle. Mal que je savais contagieux car un de mes keums, rue du Combat, en souffrait ; il avait fallu lui interdire l'école jusqu'à complète guérison. Pourquoi Vincent ne m'avait-il pas informée ? Cette dissimulation me tourmentait. Je réfléchis à toute la surface de mon épiderme et me demandai si je ne ressentais pas de temps en temps quelque prurit à tel ou tel endroit.

— Vous croyez, demandai-je, que votre charmeur est capable de guérir ?

— Lui ? Sûre et certaine. Pouilhe en a soigné des cents et des mille avec succès. Même des médecins viennent chez lui se faire charmer. C'est un don de famille. Son père et son grand-père soignaient de même.

Elle s'approcha de moi, me chuchota dans l'oreille, comme si les murs pouvaient m'entendre :

— Paraît que l'évêque de Clermont est venu un jour en personne chez Pouilhe. Vous voyez : il a donc la bénédiction de l'Église !

Des abois se firent entendre.

— Voici l'avant-garde ! dit Marie-Thérèse.

L'instant d'après, effectivement, les trois huskies se ruaient sur nous pour nous lécher. Vincent venait derrière, dans ses bottes de chasseur. Après les salutations, je l'attaquai de front.

— Tu ne m'avais pas dit que tu avais la résipèle !

— La résipèle ? Mais non. Juste un peu d'eczéma dans le dos. C'est pas contagieux. Ce qui m'ennuyait, c'est que je n'arrivais pas à me gratter. Fallait que je demande à un copain de me rendre ce service. Ou que je me frotte contre les arbres comme font les vaches. Maintenant, c'est fini. Je ne sens plus rien. Pouilhe m'a charmé.

J'en fus charmée moi-même.

Je poursuivais ma tâche de Pygmalion. M'efforçant de remodeler Vincent à ma propre image. Du moins à ce que je croyais voir de meilleur en moi. Il était parvenu à lire jusqu'au bout le *Gaspard des Montagnes* que je lui avais mis entre les mains. Après cette longue histoire, je lui en confiai une plus courte qui avait enchanté mon adolescence, *Eugénie Grandet.* Il l'avala sans rechigner. Certains dimanches après-midi de froid et de brouillard, les pieds tournés vers les bûches de ma cheminée, je lui lisais à voix haute quelques-uns de mes poètes favoris. Car la poésie, plutôt que lue, est faite, comme la chanson, pour être entendue. Germain Nouveau *(En été, dans ta chambre claire, / Vers les temps des premiers aveux...)*, Renée Vivien (*Je hume en frémissant la tiédeur animale/D'une fourrure aux bleus d'argent, aux bleus d'opale...)*, Louis Chadourne *(La brume s'échevelle au détour d'une allée...)*, Maurice Angellier *(Le jardin n'a plus que des chrysanthèmes/Et nos cœurs aussi...)*, R. M. Rilke *(Tous mes adieux sont faits. Tant de départs m'ont lentement formé dès mon enfance...)*,

Aliette Audra (*J'ai écrit ce soir au silence/Une longue lettre, tout bas...).*

Au début, il protestait : « Ça me les casse... » J'insistai avec patience. Il finit par changer complètement : « Ça me repose. C'est comme Mozart... » Parfois même il s'endormait, tandis que je berçais son sommeil de ma lecture obstinée. Il y prit goût grain à grain, mot à mot, ligne à ligne, ainsi qu'on grignote un épi. D'autres fois, se reprochant d'apprécier ces nourritures, il secouait la tête, retapait sur son clou :

— Tu as beau vouloir me polir, je resterai toujours un ouvrier-paysan. Je n'ai pas l'intention de trahir les miens, ceux qui bossent chez Pechiney. Tu me vois leur demandant : « Avez-vous lu les poètes ? Connaissez-vous Rainer Maria Rilke, qui est mort d'une piqûre de rose ? » Non. Je resterai avec eux jusqu'au bout.

Je protestais contre ce terme de trahison. Mais d'autres fois, je me demandais si moi aussi je n'avais pas trahi les miens, mes pauvres keums de la rue du Combat, mes collègues des ZEP qui me croyaient en pénitence au fin fond d'une province arriérée.

En fin d'après-midi, las de son immobilité, Vincent m'empruntait Croc-Blanc et ils partaient tous les deux battre la campagne. J'allais rendre visite à Jacques Manaranche, cet autre exclu. Je le trouvais prostré devant son téléviseur. Ou bien en compagnie de ses poules auxquelles il parlait comme à des filles. Il m'offrait un café noir, me débitait le chapitre de ses rhumatismes qui le distrayaient de ses peines de cœur. Mais, de même que tous les chemins conduisent à Rome, sa conversation déviait bientôt et retournait à la pauvre Mémère qui l'avait plus cocufié qu'un chef de gare. Il avait inventé cette étrange consolation de l'accuser des pires défauts : dépensière, cachottière, menteuse, luxurieuse, gourmande, bigote, hypocrite, colérique.

— Savez-vous que, dans ses mauvais jours, elle me battait ? Elle osait lever la main sur moi !

Je lui éclatais de rire au nez, ne pouvant m'imaginer cette pauvre Simone, qu'un coup de vent eût renversée, usant de violence.

— Comment vous battait-elle ?

— Avec un balai.

— Avec le manche ou avec la paille ?

— Les deux à la fois.

Par ce moyen, se représentant une personne peu recommandable, il parvenait à réduire ses regrets. Mais l'illusion ne durait guère. Tout à coup, il éclatait en sanglots et ce vieil homme qui pleurait sans larmes derrière sa main était un spectacle difficile à supporter. C'est que sa femme demeurait présente dans toute la maison. Ses vêtements restaient dans l'armoire imprégnée de son odeur. Elle le nourrissait encore par ses bocaux de conserve, par les paquets de légumes et de viandes qu'elle avait déposés dans le congélateur. Elle le tenait chaud par ses chaussettes et ses chandails reprisés minutieusement. Épinglé au chambranle d'une porte, un petit papier indiquait encore la date et l'heure d'un rendez-vous avec l'ophtalmo d'Issoire auquel Simone devait se rendre, aux jours heureux de son diabète. Jacques refusait d'enlever ce billet depuis longtemps démonétisé.

D'autres fois, et comme malgré lui, il se rappelait les soins de sa femme. Après une chute qu'il avait faite d'une échelle, on l'avait transporté à l'hôpital pour le raccommoder. Elle avait passé des jours et des nuits à son chevet. Elle lui donnait la becquée comme à un nourrisson. Il éprouvait alors un grand dégoût pour les nourritures de l'hôpital. Elle sortait lui acheter en ville des oranges, des bananes, des pâtisseries.

— J'étais devenu gourmand comme une chatte blanche. Sans elle, je serais mort de faim. Je lui dois la vie. Et maintenant, elle est partie la première ! Ah ! Mémère ! Tu n'aurais pas dû me jouer un tour pareil !

De nouveau, il éclatait en sanglots secs. Je prenais dans les miennes une de ses mains, essayant de remplacer l'absente un moment. Comme elle, je marmitonnais : soupe, omelette, pâtes au beurre. Suivant la vieille coutume auvergnate, il mangeait du pain avec tout, même avec les fruits au sirop. Nous nous disions ensuite bonne nuit.

— Voulez-vous que je vous raccompagne jusque chez vous ? me proposait-il.

— Non, je serais ensuite tenue aussi de vous raccompagner. Ça pourrait durer longtemps.

Je descendais vers ma *Cyprinière.* De loin, Croc-Blanc reconnaissait mon pas, il aboyait de plaisir. Mais je faisais un détour par la maison des Ollier pour vérifier si tout allait bien. Car je me sentais un peu responsable aussi de ce couple qui m'avait si bien accueillie.

— On vous attendait, me confirmait Séraphine.

Elle m'offrait une tisane de citronnelle que nous sirotions ensemble en commentant les nouvelles du jour. Toutes mauvaises, excepté, parfois, les bulletins météo. L'horloge sonnait dix heures.

— A présent, annonçait le père Ollier, je me mets un timbre, je me fous un coup de pied au cul et je m'envoie au lit.

Le timbre était un patch de trinitrine qu'il devait chaque soir se coller sur la peau afin de soutenir ses pontages. Un jour, il eut la fantaisie d'ouvrir devant moi sa chemise. Je pus voir qu'il avait la poitrine tapissée de patches, comme certaines valises sont couvertes d'étiquettes pour montrer qu'elles ont beaucoup voyagé.

— Eh quoi, père Ollier ! Il faut enlever les vieux et ne garder que le dernier mis !

— Oh ! je les enlèverai bien une fois ou l'autre. Y a pas presse. Mais c'est pas agréable à décoller : ça tire les poils.

Jamais je n'aurais soupçonné tant de délicatesse chez ce vieux vacher. On dit ici : délicat comme une nièce d'évêque.

J'étais allée passer ce mercredi à Clermont pour oublier mon rôle de pédagote-assistante sociale. Après avoir cherché longtemps une place disponible, Choupette s'était faufilée entre deux tilleuls, à l'entrée du jardin Lecoq qui donne sur le cours Sablon. Certaine de ne gêner personne, ni piéton, ni chien, ni voiture. J'ai horreur des parkings souterrains ; ils me rappellent certains films de Hitchcock : j'y vois des assassins embusqués derrière les piliers ; des coffres de voiture prêts à recevoir mon cadavre. De là, j'étais partie à l'aventure dans la vieille ville, noire comme sa cathédrale à l'ombre de laquelle est né Blaise Pascal. Sa maison natale a été démolie pour de sottes raisons d'urbanisme ; mais l'air qui y prévaut garde une légèreté et un sérieux pascaliens ; ses pensées flottent autour de la fontaine d'Urbain-II, ce criminel de guerre, et continuent d'affirmer depuis plus de trois siècles qu'amour et raison ne sont qu'une même chose ; qu'il est la passion la plus naturelle à l'homme ; qu'il faut quelquefois ne pas savoir que l'on aime ; qu'il fait naître des qualités qu'on n'avait jamais eues auparavant et qu'on devient magnifique sans l'avoir jamais été. Il en est à peu près de même pour une grande amitié. Le monde sera sauvé par l'amitié, si long qu'en soit l'avènement.

Comme Pascal le fit cent fois jadis, je suis entrée dans la cathédrale où sa nièce Margot, en son grand âge, venait prier chaque après-dîner. Au XVIIe siècle, cette église avait un double usage : lieu saint et marché aux puces certains jours. On y vendait de la vaisselle, des vêtements, des chaussures. Les chanoines hésitaient à chasser du temple cette pouillerie, car ils prélevaient des droits de place. Le ciel courroucé envoyait pourtant des avertissements sévères sur la ville : épidémies, famines, tempêtes. Les autorités religieuses faisaient mine de ne pas comprendre. Alors l'Éternel décida d'y mettre le paquet : il provoqua deux tremblements de terre. Les besogneux traficoteurs se résignèrent à déguerpir. De nos jours, le transept sert encore de raccourci entre la place de la Victoire et la place de la Bourse. Les usagers doivent passer devant l'autel de Notre-Dame. Elle ne s'en offusque point, car elle y gagne de temps en temps quelque signe de croix, quelque *Je vous salue.*

L'intérieur est d'une grande et austère beauté. Des rosaces de vitraux, qui illustrent la vie du Christ et des prophètes, le baignent d'une lumière multicolore. Le grand orgue évoque le souvenir de Jean-Philippe Rameau qui le tint durant vingt ans. Avec une telle passion qu'il dormait la nuit sur ses claviers comme Condé sur ses canons. Un jour, il provoqua un beau scandale. Afin d'obtenir la rupture d'un contrat désavantageux, il tira en pleine messe les jeux les plus discordants, déclencha un affreux conflit entre les flûtes et les bourdons, la doublette et la bombarde, la voix céleste et le larigot. Les chanoines se bouchèrent d'abord les oreilles ; puis ils durent capituler.

Les colonnes, les voûtes élèvent naturellement les regards. J'ai tiré le cordon du suisse qui, moyennant un ticket d'entrée, m'a autorisée à gravir les 250 marches de la tour de la Bayette. De là-haut, j'ai vu Clermont tout en rouge, dans l'harmonieux désordre de ses toits, de ses placettes, de ses fontaines, de ses ruelles encombrées. Des pigeons tournaient et roucoulaient, évoquant le Saint-Esprit. Clermont, Mont-Clair, fille du feu souterrain qui a produit l'andésite, la pierre sombre dont il fut bâti. Montferrand, Riom, Volvic ont exploité le même matériau par lequel elles ressemblent à des veuves andalouses. Il ne s'effrite pas, il résiste aux pluies, aux gelées, aux ciels les plus acides. Une église de lave n'a jamais besoin de ravalement. Comme la peau de l'Auvergnat, elle supporte bien le sale. Elle craint seulement le frottement des semelles et des doigts ; les mains dévotes finissent par user les bénitiers. Dans les escaliers, aux endroits de grand passage, il convient de changer les marches tous les trois cents ans.

Pendant des heures, je me suis promenée sur l'acropole clermontoise. Au loin, à l'échappée de plusieurs rues, le puy de Dôme me regardait. M'encourageait. Me bénissait. J'en suis revenue plus auvergnate que je n'y étais montée. Cette province pénètre en moi un peu plus chaque jour : par les yeux, par les oreilles, par la bouche, par les pieds. Elle me vise au cœur. Sans hâte, j'ai traversé le jardin Lecoq. Providence des vieilles gens, des solitaires, qui trouvent ici à toute heure et en toute saison la compagnie qui leur manque : enfants, étudiants, colombes, otaries, d'autres esseulés pareils à eux.

Je suis ressortie par la porte du cours Sablon. Alors, j'ai cru rêver. Je me suis frotté les yeux. Incroyable, mais vrai ! Choupette avait disparu ! Enlevée comme une Sabine ! Par qui ? Par quoi ? Pour quelle raison ? Étouffant d'une main l'affolement de mon cœur, je m'efforçai de raisonner : quel voleur assez stupide aurait pu s'intéresser à ce tas de ferraille qui n'avait de prix que pour moi ? Aucun. Donc, ma 4L avait été enlevée sur ordre de la police municipale. Dans le journal local, j'avais lu précédemment un article qui la stigmatisait pour son zèle excessif. Il racontait entre autres le cas d'industriels lyonnais venus à l'occasion de la SATCAR [1] qui s'étaient vus ainsi séparés de leur véhicule et avaient juré de ne plus mettre jamais les pieds à Clermont. « Ça y est ! Moi aussi, je suis une victime du... de la... des... » Dans ma confusion d'esprit, je ne trouvais plus le nom de ce service de haute salubrité. A qui le demander ? Comment l'atteindre ? A quelle adresse ?

Je me mis en quête d'une cabine téléphonique, formai le numéro de Jacques Manaranche, ex-chauffeur de taxi. Par chance, je le trouvai au bout du fil.

— Cher Jacques, c'est Frédo qui vous appelle. Je suis à Clermont. Ma 4L a disparu. Comment s'appelle, s'il vous plaît, l'organe de police qui enlève les voitures en stationnement irrégulier ?

— La fourrière.

1. Semaine des arts, techniques et culture de l'automobile et de la route.

— Merci. Cherchez son numéro, je vous prie. Et dites-le-moi.

— Tout de suite.

Un silence. Un long silence. Un très long silence. Enfin :

— Il n'est pas dans l'annuaire.

— Vous êtes sûr ?

— Sûr et certain. Demandez-le aux renseignements.

Le 12 me répond sans hésiter : 73 91 22 27. Il a une grande habitude de ma question. Suit ce dialogue :

— Ici, la fourrière municipale. Vous désirez ?

— Est-ce vous qui avez enlevé ma voiture ? Une 4L grise. A la porte du jardin Lecoq qui donne sur le cours Sablon.

— Elle est bien ici. Vous connaissez les formalités ?

— Non. C'est la première fois.

— Vous vous rendez d'abord au commissariat central. Cité administrative, rue Pélissier. On vous dira la suite.

— Et comment dois-je me rendre à ce commissariat ?

— A pied. En taxi. En autobus. Où êtes-vous ?

— Au jardin Lecoq.

— Le plus simple est d'y aller à pied. Distance : environ 1 500 mètres.

Je raccroche. Entre les deux tilleuls, Choupette ne gênait le passage de personne. Certes, elle se trouvait sur le trottoir ; mais, à perte de vue, cent autres bagnoles faisaient de même. Pourquoi ma minable 4L et pas les luxueuses Mercedes, Honda, Sierra, 406 ? C'est toujours les pauvres qui trinquent. Mort aux vaches ! A l'enfer les keufs ! Vive l'anarchie ! Naturellement, pas un taxi à l'horizon. Pas d'autobus non plus. Malheureuse étrangère perdue dans cette agglomération hostile, j'ignore tout des transports publics. Je marcherai donc. Malgré mes arpions douloureux qui ont déjà piétiné plus de deux heures, monté et descendu les 250 degrés de la Bayette. Un passant m'indique la direction de la cité administrative. Marche ! Marche !

Cela me rappelle un sermon de Bossuet pour le jour de Pâques. *La vie humaine est semblable à un chemin dont l'issue est un précipice affreux. On nous en avertit dès le premier pas. Mais la loi est portée, il faut avancer toujours.* Je voudrais retourner sur mes pas. Marche ! Marche ! On se console parce que de temps en temps on rencontre des objets qui nous divertissent, des eaux courantes, des fleurs qui passent. On voudrait s'arrêter. Marche ! Marche !...

Je remontai le cours Sablon. Je traversai la place Delille qui porte le nom d'un poète oublié. Pour me divertir, des moineaux buvaient dans la vasque de la fontaine. Il m'aurait plu d'y tremper mes ribouis trop étroits. Marche ! Marche ! J'enfilai la rue des Jacobins toute grouillante de voitures. Place des Carmes-Déchaux, j'eusse aimé m'arrêter, contempler l'étal d'une marchande de fleurs. Ou bien entrer dans un café pour m'asseoir un moment. Mais qu'aurait pensé Choupette de mon retard ? Marche ! Marche !

J'arrive enfin devant le commissariat central, logé dans une ancienne caserne. Ça pue encore la naphtaline. Des keufettes m'informent que je dois monter au second étage. Rien ne me sera épargné. Me voici devant deux keufs en uniforme. Ouf ! Je peux enfin poser mes fesses sur une chaise. Je crie d'emblée :

— Pourquoi a-t-on enlevé ma 4L ? Il y avait cent autres voitures sur le même trottoir. Pourquoi la mienne ?

— Vous trouverez la réponse, madame, sur l'avis de contravention glissé sous votre essuie-glace.

Il a dit « madame » ! Il ne m'a pas tutoyée ! Son ton est modéré, quasi respectueux ! Un keuf poli ! Ça existe ! Je demande excuse pour m'être exprimée d'une voix si forte. Il m'explique qu'il est à ce poste depuis dix ans ; qu'il a reçu des contrevenants de toutes les espèces ; aucun ne s'exprimait avec douceur. Il comprend leur colère, pourvu qu'elle ne dépasse pas les bornes.

— Votre collègue qui m'a verbalisée aurait pu se contenter de la simple contredanse. Pourquoi cet enlèvement ?

— Vous avez le droit de contester devant le tribunal. Mais si vous êtes déboutée, il vous en coûtera cher.

— J'ai lu un article dans *La Montagne*, affirmant que Clermont est en tête de toutes les villes françaises pour les enlèvements de voitures.

— Je crois qu'Avignon nous dépasse. Mais je pense que nous pouvons en effet monter sur le podium.

— Vous trouvez ça normal ?

— Je n'y peux rien, madame.

Encore « madame » ! Ma parole, il veut me séduire ! Je souligne que je suis un cas particulier :

— Vous ne vous rendez pas compte du mal que vous faites, vous et vos pareils. J'étais en train de devenir auvergnate. De me sentir auvergnate. Vous avez tout gâché ! Je redeviens étrangère à ce département ! A présent, je n'aurai qu'une hâte : en repartir.

— J'en ai mille regrets, madame. Mais la loi est la même pour tout le monde.

Là-dessus, il me demande mon permis de conduire, ma carte grise, mon certificat de baptême, les noms et prénoms de mon père, de ma mère, de mes grands-pères, de mes grands-mères, mon lieu de naissance, mon signe zodiacal. Il tape tout ça avec deux index sur sa machine à écrire Remington, modèle 1928. Il ne va pas jusqu'à prendre mes empreintes digitales. Je me sens dans la peau de Violette Nozières. Je signe ses paperasses.

— Vous allez maintenant me rendre ma 4L ?

— Pas moi. Il faut aller à la fourrière municipale. Notre rôle à nous est de constater les infractions, pas d'enlever les voitures.

— Vous ne vous salissez pas les mains.

— Ce n'est pas notre spécialité.

— Où est-elle, cette fourrière ?

— Au 158 du boulevard Lafayette.
— C'est loin ?
— A 4 kilomètres environ.
— Il faut que je marche encore 4 kilomètres ? Vous faites vraiment tout pour me dégoûter de l'Auvergne !
— Vous pouvez prendre un taxi. Voulez-vous que j'en appelle un ?
— S'il vous plaît.
Il décroche, il dit quelques mots dans l'appareil, il raccroche :
— Vous le trouverez devant la porte dans cinq minutes.
Tout est parfaitement organisé.
— Je vous salue, monsieur. Mais je ne vous dis pas merci.
— Je vous comprends, madame. N'oubliez pas vos clés.
— Merci pour les clés.
Effectivement, le taxi arrive rue Pélissier dans les délais prévus. Je lui demande de me transporter à la fourrière municipale :
— Dois-je vous donner l'adresse ?
— Inutile. Je connais.
— Combien de fois par semaine faites-vous ce parcours ?
— Deux ou trois fois seulement. Je ne suis pas le seul taxi. C'est à tour de rôle.
— Est-ce que vous versez des ristournes aux bonnes œuvres de la police ?
— Ça, c'est un secret d'État. Je ne peux pas vous répondre.
J'enrage. Je voudrais cracher à la figure de tous les Auvergnats. Nous arrivons au 158. Il a toute l'apparence d'un simple garage. L'enseigne le prétend : REMORQUAGE-ASSISTANCE. Très drôle ! Quand je demande au chauffeur ce que je lui dois, il m'avertit que ma voiture n'est pas ici, mais au dépôt de la fourrière, à deux kilomètres encore plus loin ; qu'ici se trouve seulement le bureau. La dame qui s'en occupe me présente sa facture :

Mise en fourrière	373,14
TVA 20,6 %	76,86
Total TTC	450,00 francs

Cette TVA est le plus drôle de l'affaire. Taxe sur la valeur ajoutée ! L'enlèvement de Choupette lui ajoute 373 francs et 14 centimes de valeur ! Et dire que cette taxe a été inventée par un Auvergnat ministre des Finances ! Quand la dame me dit au revoir, je réponds que j'espère bien ne plus la revoir de ma vie.

Le taxi me récupère et me transporte donc au dépôt. J'y retrouve en effet ma Choupette toute honteuse dans un coin. Je l'embrasse sur le nez. Sous l'essuie-glace, l'avis de contravention : *Stationnement gênant en épi sur le trottoir et à hauteur d'un passage piétons.* De toute manière, à cause des tilleuls, les piétons doivent faire un détour. Total général :

Communication téléphonique	1,50
Enlèvement de Choupette	450,00
Timbre-amende	230,00
Timbre-poste	2,40
Frais de taxi	52,00
	735,90 francs

Tout se paie. La joie de nos retrouvailles méritait bien cette dépense. Mais je repris la route d'Issoire complètement désauvergnatisée.

25

Dans ces dispositions d'esprit, je commençai à programmer mon départ. Pour ce, je devais aussi le faire accepter de mon entourage. J'entrai en conversation avec mon husky :

— Oui, je sais, tu es né en Auvergne. Mais pas plus que moi, tu n'es auvergnat de fibre. Tes ancêtres ont tiré les traîneaux dans l'Alaska ; cherché l'or dans le Klondike ; poursuivi le renard dans les forêts du Labrador. Aucun héritage ne te retient à cette terre inhospitalière. Je vendrai les meubles de la maison, nous partirons pour le Canada où nous attendent des écureuils. Ainsi, tu remonteras à tes lointaines racines. C'est dit. Dès demain, je contacte l'agence Itier.

Croc-Blanc aboya joyeusement et se fendit la pipe. Je lui caressai les oreilles. Mais ensuite, il se mit à renifler du côté du buffet. Je consultai ma montre : il était bien 17 h 45, l'heure de son chocolat.

Un détail, toutefois, vint obscurcir mes projets : Vincent la Musique. Je me posai franchement la question :

— Est-ce que tu l'aimes ?

— Bof ! me répondis-je. La question est totalement obsolète. Incongrue aux alentours du troisième millénaire. Tourne ta demande autrement.

— Tient-il beaucoup de place dans ta vie ? Dans tes pensées ?

— Euh...

— Es-tu heureuse quand il t'emprisonne dans ses bras ?

— Je dois le reconnaître. C'est un endroit bien confortable.

— T'arrive-t-il de rêver de lui ?

— Assez souvent.

— C'est un signe qui ne trompe pas : tu l'aimes. Et que penses-tu de sa mère, Marie-Thérèse Mandonnet ?

Il est vrai que, par sa gentillesse, par la chaleur de ses embrassades, par ses potées au lard maigre, ses omelettes aux mousserons, sa soupe cantalienne, cette vieille femme avait su tisser des fils autour de moi, comme l'araignée emprisonne ses mouches. Elle m'avouait que des deux ou trois fiancées que son fils lui avait fait connaître, j'étais sa préférée.

— Pourquoi ?

— Parce que vous êtes la seule à vous intéresser à lui pour de bon. Les autres le voulaient pour ce qu'il leur apportait, ou pourrait leur apporter. Pas pour ce qu'il était. Par exemple, elles voulaient lui faire abandonner la mécanique, qui est sa passion. Vous ne le lui avez jamais demandé, que je sache.

— J'essaie quand même de l'améliorer un petit peu.

— Forcément ! Une maîtresse d'école !

Elle souriait, comprenant ce qu'il y avait de singulier dans cette relation d'institutrice à élève. Et ce fut là, sans doute, la raison principale qui me retint de tout plaquer : je ne pouvais abandonner ce pauvre garçon à mi-parcours de sa métamorphose. Régulièrement, je l'approvisionnais en livres. Il protestait : « J'ai pas encore fini le dernier. » Je disais : « Pour me faire plaisir !... » Il finissait par me céder. Et je m'apercevais qu'il les lisait bel et bien, ne se contentait pas de les feuilleter. Je lui fis connaître Barbusse, Maupassant, Vallès, Dostoïevski. Chaque auteur accepté était pour moi une victoire.

Il y avait aussi tous les autres habitants d'Antaillat. Chalut, l'ancien dudu, toujours en train de réparer quelque chose dans ma *Cyprinière*, une conduite d'eau, un robinet, une lame de parquet, un commutateur électrique. Il avait même changé une de mes chasses d'eau, la remplaçant par un système perfectionné : en appuyant d'une certaine façon sur le levier, on obtenait un modeste écoulement ; d'une autre façon, un gros écoulement. Un cabinet à deux vitesses ! Et dire que mes collègues parisiens prétendaient que l'Auvergne est arriérée ! Je ne pouvais le rémunérer qu'en confitures, en tartes au fromage et en airs de clarinette. Un matin, je trouvai sa mère en larmes :

— Mes lapins ! Mes pauvres lapins ! Tous crevés la nuit dernière ! Dix adultes et huit petits ! Quel malheur ! Et dire qu'hier soir ils se portaient si bien !

— Morts de quoi ?

— D'un virus. Le sida des lapins. Chacun avait une goutte de sang au bout du nez. Si c'est pas une pitié ! Ils faisaient partie de la famille.

— Je comprends votre peine.

Elle m'emmena au jardin, me montra le carré de terre où son fils les avait inhumés. Il était en train de disposer autour un périmètre de galets blancs, comme en bénéficient certaines tombes humaines.

— Il faut désinfecter vos cages, dis-je. Brûler le fumier.

De mon côté, je me précipitai vers celle de Bunny. Craignant de lui apporter les germes mortels, je changeai de vêtements. Puis je sortis ma lapine et ses lapereaux, vidai leur clapier, le lessivai à l'eau de Javel, l'exposai au soleil tout un jour. Mes bestioles réussirent à échapper à l'hécatombe.

Il y avait les Blumberge chez qui j'allais faire de la musique, consommer des plats portugais, papoter littérature, philosophie, politique. La presse était remplie des honteuses affaires auxquelles se trouvaient mêlés des P-DG, des députés, des ministres. Corruption, prévarication, délits d'initiés, détournements de fonds, privilèges exorbitants, voyages de complaisance, appartements abusifs étaient le pain quotidien du *Canard enchaîné*, du *Monde* et d'autres journaux vertueux.

Un Premier ministre s'était suicidé sans fournir d'explication, emportant son dégoût dans sa tombe.

— Voyez-vous, me confiait l'ancien banquier, la France est un pays merveilleux rempli de choses dégueulasses. Ou, si vous préférez, un pays dégueulasse rempli de choses merveilleuses.

J'hésite encore entre les deux formules.

Il y avait aussi le père et la mère Ollier qui, dès le premier instant, m'avaient si bien accueillie. Quand je leur parlai de quitter l'Auvergne, ils se récrièrent :

— Vous n'allez pas nous faire ça ! Maintenant que nous sommes habitués à vous ! Que vous êtes devenue pour nous comme une fille !

Séraphine me serra même sur son cœur. D'une certaine façon, je remplaçais un peu leur fils unique, Paul, retenu dans les encombrements de Paris, indispensable aux diverses entreprises qui lui confiaient leurs commissions urgentes. Il donnait rarement de ses nouvelles. Pas le temps. De loin en loin, un coup de fil, maintenant qu'ils s'étaient laissé poser le téléphone ; mais les communications coûtaient cher.

— Il habite au quatrième étage sans ascenseur, l'excusait sa mère. Il a beaucoup de frais en loyer, restaurant, chauffage, électricité, assurances.

Il venait tout de même une fois l'an, autour de la Noël. Il était légèrement bossu, avait un bras plus court que l'autre, ce qui ne l'empêchait pas de bien pédaler sur sa Mobylette. A cause sans doute de ces difformités, il n'avait jamais trouvé d'épouse. Son sourire, sa voix douce, ses bonnes manières me laissèrent croire cependant qu'il aurait pu rendre une femme et des enfants heureux. Je fis sa connaissance et nous évoquâmes Paris et ses embouteillages.

— Avec ma bécane, je me faufile entre les bagnoles. Je saute les bouchons. J'arrive plus vite que l'éclair. Certains jours, je me permets de faire quinze courses. A 50 francs l'une, en moyenne, je coûte moins cher que la poste.

— Vous n'avez jamais eu d'accident ?

— Non. Je connais chaque trottoir, chaque pavé, chaque caniveau. La seule fois où je me suis cassé la gueule, j'étais à pied, je descendais l'escalier de mon immeuble. J'ai loupé une marche et je suis tombé sur le nez.

Nous avons, ce soir-là, mangé la soupe ensemble et regardé la télévision. Une température exceptionnelle permettait à des baigneurs audacieux de faire trempette dans la Méditerranée. Noël au balcon.

— J'envie ces hommes, murmura Paul.

— Vous aimez la baignade ?

— Non. Je les envie parce qu'ils sont bien bâtis. Regardez ces épaules, ces bras, ces poitrines... J'aurais aimé être moi aussi un bel homme. Me promener en caleçon. Bronzer au soleil. J'aurais trouvé une bonne amie. La nature m'a fait autrement. Je vis tout seul, à mon quatrième. Ma Mobylette est ma seule compagne.

Il eut un petit rire jaune. Je protestai que bien des femmes auraient été contentes de partager sa vie.

— Mais où les trouver ?

— Il y a des agences matrimoniales.

— Je n'ai pas confiance. Aucune fille honnête ne pourrait m'accepter. Les agences introduiraient chez moi des voleuses ou des catins. J'ai lu dans la presse des articles à ce sujet. J'aime mieux rester seul avec ma bécane. Elle ne me trahira jamais.

Et moi, pour continuer la plaisanterie :

— Comment l'appelez-vous ?

— Qui ?

— Votre bécane. Moi, j'appelle ma voiture Choupette. Ma clarinette Lariro.

— Je n'ai jamais pensé à lui donner un nom.

— Voulez-vous que je vous aide ?

— Pourquoi pas ? Soyez sa marraine.

— Je vous propose Antiope. C'était une Amazone. Une de ces femmes de l'Antiquité qui, à cheval, filaient aussi vite que des hommes.

— D'accord. Baptisons-la Antiope.

Au terme de son congé, je le transportai à la gare d'Issoire. Il m'embrassa trois fois, me remercia cent, et repartit pour Paris avec sa bosse, me recommandant de veiller sur ses parents autant que je pouvais.

— Le bon Dieu ne nous a donné que ce fils, gémissait Séraphine en s'essuyant les yeux. Et il a fallu que je le manque.

Et moi :

— Vous n'avez pas manqué son cœur.

Vint le temps des violettes.

Puis celui des lilas.

Puis celui des roses. A Bergonne, Vincent avait carrelé le devant de la porte, construit au-dessus un auvent. Cet abri permettait de prendre les repas en plein air. Un rosier grimpant s'enroulait aux piliers. Voilà-t-il pas qu'un jour il surprit une chevrette échappée de sa chèvrerie occupée à brouter les fleurs de ce rosier ! Sans souci des épines ! En un instant, il fut sur elle, l'enleva dans ses bras ; puis, appelant sa mère :

— Donne-moi donc, cria-t-il, ce grand couteau de cuisine qui sert à saigner les cochons ! Pour la punir d'avoir mangé mes roses, je vais lui ouvrir le ventre.

Marie-Thérèse, jouant le jeu, lui approcha la lame. L'un et l'autre croyaient effrayer la maraudeuse et la corriger de sa gourmandise ; mais elle se trouvait si bien entre les bras de Vincent qu'elle ne tressaillit même pas.

Elle enfouit le nez sous son aisselle. Je la considérai avec un peu de jalousie.

J'aime cette affection visible dans nos petits villages entre les hommes et les animaux. Le père Ollier ne serait pas monté un soir se coucher sans avoir fait un tour à l'étable pour souhaiter la bonne nuit à ses vaches. Chalut avait construit un mausolée à ses lapins morts. Manaranche parlait à ses poules comme à des filles. Marie-Thérèse récitait son chapelet une main posée sur le dos de sa chatte ; toutes deux semblaient nourrir la même piété. Son fils faisait chanter *Au clair de la lune* à ses chiens. Je ne me sentais d'ailleurs pas en retard sur eux ; Bunny et Krasucki pouvaient en témoigner. Et de même Croc-Blanc, que la joie mettait en folie chaque fois que nous nous retrouvions, même après une courte absence.

Il est étrange que d'illustres philosophes, comme Descartes, Malebranche, aient refusé une âme aux animaux, pour en faire de purs automates, incapables de raisonner, de jouir, de souffrir moralement. Il est à croire que ces illustres n'ont jamais eu de leur vie ni chien, ni chat, ni mainate. Il m'arrive parfois de répéter ce petit jeu cruel, découvert après les obsèques de Simone Manaranche, de feindre un gros chagrin, de me moucher, de m'essuyer les yeux. Aussitôt, je vois mon husky endormi près du feu sortir de son sommeil, s'approcher de moi, poser sa tête sur mes genoux en gémissant : « Tu n'es pas seule ! Ne désespère pas ! Je partage ta peine. »

Oh ! je ne prétends pas que tous les animaux soient pourvus d'une âme. Il me semble problématique d'en trouver une chez les créatures rudimentaires : la bactérie, la limace, l'orvet. Pour posséder ce trésor, les animaux doivent être pourvus, selon mes supputations, au moins de quatre membres. De deux bras et de deux jambes. Ou de quatre pattes. Ou de deux pattes et deux ailes. Je ne crois pas à l'âme de la cigale ni de la fourmi, malgré La Fontaine. Ni à celle du crabe, de la sardine, de la punaise, de la couleuvre. Je ne fréquente pas les tigres, les singes, les éléphants, les ours captifs ; il faudrait interroger leurs maîtres sur ce point ; mais je pressens qu'ils partageraient ma conviction. L'âme est la plus haute complication des êtres compliqués.

J'ose imaginer toutefois que Dieu a créé un séjour paradisiaque, séparé du nôtre mais communiquant avec lui, pour recevoir après la mort ces créatures sans péché. On doit y voir les loups lécher les agneaux ; les chats et les singes chevaucher les chiens ; les tigres fréquenter gentiment les gazelles. Et les âmes humaines des élus y pénètrent de temps en temps pour échapper à leur ennui éternel ; elles jouent avec eux à saute-mouton et à chat perché.

Je renonçai à partir pour le Canada.

Il y avait dans Antaillat bien d'autres personnes dont je ne savais rien ou pas grand-chose. Au septentrion, une famille hollandaise avait acheté et restauré une vieille ferme et n'y résidait qu'en juillet-août. Elle ne communiquait avec personne, sauf par gestes de la main, faute sans doute de connaître notre langue. A chaque séjour, elle apportait une provision de nourriture et vivait presque en autarcie. Au levant, un cinéaste amateur passait le plus clair de son temps à filmer, l'œil à son caméscope, les gens, les animaux, les paysages. Au couchant, un ingénieur de Pechiney en retraite ne pouvait se passer de statistiques ; il comptait les betteraves, les hirondelles, les heures d'ombre et de soleil, en faisait des additions ; les chiffres étaient sa nourriture quotidienne. Au midi, un enragé monarchiste avait orné sa façade de cocardes blanches et de fleurs de lys. Il faut de tout pour faire un monde.

L'institutrice que je remplaçais à Sauxillanges ne se décidant pas à retrouver ses esprits, ma suppléance se prolongeait. Je continuais donc mes allers et retours quotidiens. Mes élèves me remplissaient de satisfaction et ne m'opposaient plus de graves difficultés. Je distinguais fort bien maintenant Antonio de Manoel et n'avais plus besoin de leur mettre un carton sous la barbichette. Seul Nicolas Grandpré, le petit Roumain, demeurait réfractaire au calcul. Sa mère adoptive, toujours accompagnée de son chien basset, venait s'en plaindre régulièrement, m'accusant presque de cette allergie :

— Oh ! madame ! dis-je. On peut faire de très belles carrières en dehors des mathématiques. Savez-vous que Beethoven, par exemple, ne connaissait pas la multiplication ? On a découvert dans ses papiers une addition composée de huit fois le même nombre.

— Et que peut-on être, s'il vous plaît, en ignorant les chiffres ?

— Musicien. Danseur. Un jour, en classe, votre fils nous a dansé une czardas.

— Ce n'est pas un métier sérieux.

— Agriculteur...

— Agriculteur ? Allons donc ! Autrefois, peut-être. Plus maintenant. Les paysans d'aujourd'hui sont toujours en train de calculer leurs prix de revient, leurs quotas, leurs pertes, leurs bénéfices, leurs indemnités compensatrices.

— Et lui, que veut-il être ?

— Il n'en sait rien. On en fera un éboueur, un balayeur des rues. Il sera la honte de la famille.

Lui aussi ? Nous avons cette parenté.

Un autre jour, au milieu de la lecture, tandis que les autres avaient le doigt collé sous les lignes, je le surpris à me regarder d'une étrange façon, à baisser les yeux, à les relever. Je bondis sur lui, il essaya de couvrir sa feuille, levant le bras comme pour se protéger d'une gifle. Ce geste est caractéristique des enfants battus. Autour de nous, c'était le silence. Puis naquirent des ricanements assourdis. J'écartai doucement ses mains : il était en train de dessiner mon portrait. Ou plutôt ma caricature. Car je me reconnus tout de suite avec ma frisure, mes lunettes de presbyte, mon nez pointu, mon menton en galoche, même si tout cela était outré. Nicolas attendait ma colère : je souris, je le félicitai de son talent, lui recommandant toutefois de ne pas l'exercer au cours des leçons. Les ricanements se figèrent. Avait-il d'autres portraits à me montrer ? Il en tira de son cartable. Je reconnus M. Grandpré, l'important fonctionnaire ; Madame ; notre directeur ; M. Piedpremier, patron du café *Au sans-souci*.

— Est-ce que tes parents savent que tu dessines ?

— Non. Quand je rentre à la maison, je cache mes dessins dans le garage.

— Voudrais-tu être dessinateur professionnel ? Dans les journaux, par exemple ?

Il haussa les épaules, il s'en moquait. Je lui posai une autre question :

— Est-ce qu'on te bat chez toi ?

— Chez moi ? Non.

— Pourquoi as-tu levé le bras ?

— Avant... on me battait... Là-bas, en Roumanie.

Je lui caressai la tête. Il la pencha pour échapper à ma main. Entre nous, la glace était difficile à rompre.

Cet été-là, Vincent et moi nous décidâmes de prendre ensemble quelques jours de vacances champêtres. Deux choses auraient pu me retenir : le soin de mes animaux et la récolte de mes prunes qui tombe toujours à la mi-août. Les Ollier se chargèrent des poissons et de Bunny. Nous emmenions Croc-Blanc. Quant au prunier, par suite de gelées tardives, il avait eu la bonne idée de prendre une année sabbatique et ne portait que quelques fruits disséminés. Nous pûmes donc partir la conscience tranquille.

Nous avions choisi Laqueuille, un village à 1 000 mètres d'altitude, célèbre pour son fromage bleu dont l'inventeur, Antoine Roussel, a son buste sur la place de l'église. Des troupeaux de vaches rouges broutent les pâturages environnants. L'acajou de leur robe a spécialement été choisi parce qu'il est la nuance qui s'harmonise le mieux avec le vert de l'herbe. C'est que, possédant un sens inné des formes et des couleurs, l'Auvergnat est un artiste qui s'ignore. Une ou deux paires de culottes de travail l'habillant sa vie entière, sa femme y ajoute des pièces bigarrées qui en font des merveilles de rapetassage ; j'ose même affirmer qu'on lui doit l'invention du patchwork. Avec la pointe d'une cuillère de bois, elle orne ses pains de beurre de chevrons et de parenthèses du plus bel effet.

Lui parsème de violettes la pâte de ses fromages. Les lauzes de ses toitures sont en phonolite, une pierre qui sonne comme l'airain. Il édifie là-dessus des cheminées à étages ; chaque génération en ajoute un supplémentaire ; elles finissent par ressembler à des télescopes. Sa salle de vie est un pur chef-d'œuvre, avec ses dalles creusées par des siècles de sabots ferrés, son âtre à crémaillère, son buffet orné de rosaces, son calendrier des postes, ses claies à fromages suspendues aux poutres en compagnie d'une vessie de porc. Inspiré par Van Gogh, il couvre ses champs de tournesols.

Nous vécûmes deux semaines sur ces hautes terres, entourés par un cercle de montagnes qui nous regardaient jouir et béer. D'un côté de l'horizon, les arrondies. De l'autre, les pointues. Les puys, la banne d'Ordanche, le Sancy et autres sommets dont, Auvergnate débutante, je ne sais pas encore les noms. Et les ruisseaux ! Et les chemins creux ! Et les fouines ! Je me croyais à Disneyland. Nous reçûmes un accueil chaleureux dans ce qui nous parut être le meilleur hôtel de la région. Il prétendait descendre d'un relais de diligences, comme en témoignaient ses vastes écuries. Je n'avais pas de peine à imaginer l'ébrouement des chevaux, le tintinnabulement des grelottières, les appels des voyageurs, le fouet des postillons. De cet ancien remue-ménage, il ne restait que les hangars vides et l'enseigne soigneusement entretenue : *On loge ici à pied, à cheval et en voiture.*

Tout concourait au simple bonheur qui pouvait combler un homme, une femme et un chien. De ma vie, même à Antaillat, je n'avais connu une canicule aussi supportable, un air si délicieux, des nourritures si réconfortantes. Le portrait d'un certain individu ornait pourtant la salle à manger, sans couper l'appétit de personne : celui de Victor Mornac, la seconde gloire du pays après Antoine Roussel. Un brigand du siècle dernier qui hantait encore les mémoires des vieilles personnes. Pourvu d'une bonne instruction sinon de bons principes, il avait commencé sa carrière en qualité de maître d'école. Un de mes lointains collègues. A la suite d'une rixe, il mit à mal un de ses concurrents, qui en décéda. Il prit alors le maquis, obligeant les paysans à le recevoir, à le nourrir ; terrorisant pendant vingt ans la population. Il surgissait à l'improviste là où on l'attendait le moins. Il commit plusieurs assassinats, fut enfin arrêté, condamné au bagne de Toulon d'où il ne revint plus.

Nous apprîmes ces détails de la bouche du curé de Laqueuille, l'abbé Lassalas. Un homme d'une sympathique rondeur de ventre et de caractère. Il aimait à rencontrer les clients de l'hôtel, les invitait à la salle paroissiale pour une veillée à la bonne franquette. S'aidant de diapositives, il présentait l'Auvergne, son passé, son présent, son avenir. Les causeries s'achevaient par un modeste vin d'honneur. Une tirelire permettait aux assistants de verser leur obole et de couvrir les frais de lumière et d'abreuvage.

Nous eûmes l'honneur de le recevoir à notre table. Il tint d'emblée à nous expliquer son volume :

— Ce n'est pas que je mange ou boive plus qu'un autre, tout Laqueuille vous le dira. Seulement, je suis asthmatique au dernier degré. Je dois limiter mes mouvements tant que je peux. De sorte que la moindre nourriture, au lieu de se transformer en chaleur, se transforme en graisse. Voilà pourquoi je suis sans doute le plus gros curé du diocèse. Ce qui ne m'empêche pas de desservir une demi-douzaine de paroisses de montagne.

— Vous n'avez pas songé à accepter une responsabilité en ville, qui vous aurait épargné toutes ces courses ?

— L'an dernier, l'évêque m'a proposé l'église de La Bourboule. Je lui ai répondu : « Monseigneur, à Laqueuille, le vent souffle très fort en hiver. Ma paroisse a besoin d'un curé qui ne se laisse pas emporter comme une plume. Personne ne peut donc y convenir mieux que moi. » Vous comprenez, je suis ici depuis trente ans. J'ai baptisé et marié les trois quarts de la population. Comment voulez-vous que je les quitte ? Ces braves gens ont même voulu, une année, m'inscrire sur une liste aux élections municipales. C'était bien aimable à eux, n'est-ce pas ? Peut-être même que je serais devenu maire. J'ai refusé. Car je peux leur donner de bons conseils pour le gouvernement de leurs âmes. Mais pour ce qui est de la politique, voyez-vous, je ne fais pas le poids.

L'abbé Lassalas se plaisait à raconter des histoires à mourir de rire. Il prétendait que sa circonférence l'avait préservé un jour d'un très grave péché.

— Vous avez remarqué que les prêtres d'à présent ne portent plus la soutane. C'était pour eux une cuirasse qui les protégeait de certaines tentations, si vous voyez ce que je veux dire. Exemple, ce qui m'est arrivé il y a quelques mois, lors d'un voyage à Paris. Un soir, entre chien et loup, je regagnais mon hôtel, lorsque j'ai dû traverser ce qu'on appelle là-bas un quartier chaud. Fréquenté par des dames de petite vertu. L'une d'elles s'approche et me dit : « Tu viens avec moi, mon gros lapin ? » Et moi, posant mes deux mains sur mon ventre : « Tu ne vois pas que j'ai la myxomatose ? » Elle n'a pas insisté.

Outre d'autres mérites, je trouve que la religion catholique a celui de la gaieté. A Laqueuille, à la grand-messe, nous vîmes un groupe d'enfants venus d'une colonie de vacances. Encadrés de curés guitaristes et barbus. Leurs chants remplissaient la petite église. Ils disaient la joie de vivre et d'aimer, et remerciaient le Créateur de Ses dons infinis. Il n'aurait pas fallu pousser beaucoup ces garçons et ces filles pour qu'ils se missent à swinguer comme Mgr Desmond Tutu !

Avec ça, modernes en diable, ces jeunes abbés ! J'ai entendu l'un d'eux réprimander une fillette qui avait cru bien faire en se mettant un chapelet autour du cou :

— Enlève-moi, s'il te plaît, cette pendouille d'un autre siècle !

26

Ce mercredi un peu pluvieux du début de septembre, M. Blumberge et moi-même essayions d'oublier la maussaderie du temps en compagnie d'Albeniz et de son *Iberia.* Par ce moyen, nous visitions l'Espagne où je n'étais jamais allée autrement qu'en musique. Nous avions pour seul auditoire nos propres oreilles et celles de Mme Blumberge qui fumait des cigarettes au miel en nous écoutant. Dehors, une pluie douce se déposait sur les dahlias et sur les escargots en goguette. Exceptionnelle en cette saison, qui est plutôt celle des orages. Notre duo dura plusieurs heures. Interrompues par des rafraîchissements que la maîtresse de maison nous présentait de ses mains aurifiées.

Les meilleures choses ont une fin. Il me fallut démonter Lariro, en replacer les éléments dans leur étui. Je me préparais à prendre congé quand la sonnette de mes hôtes se fit entendre. C'était une sonnette perfectionnée qui, au lieu de produire un grelottement, répandait les huit notes du carillon de Big Ben :

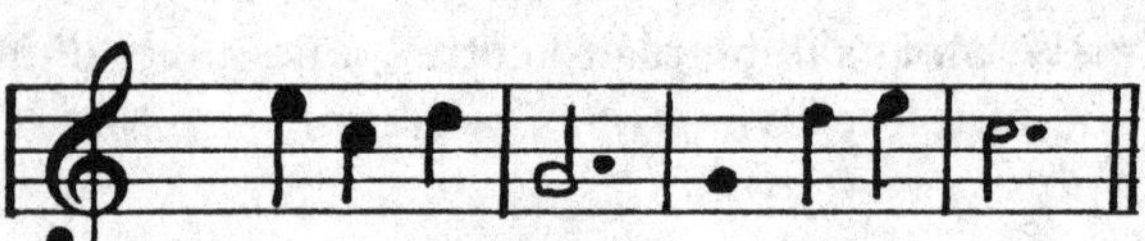

Avant d'ouvrir, Mme Blumberge jeta un coup d'œil par la fenêtre et prononça, avec un étonnement un peu inquiet :

— Les gendarmes !

Son mari tourna la tête et dit, très calme :

— Eh bien ! Faites-les entrer.

Car ils se disaient vous, comme il est de bon ton dans les familles où l'on change d'assiette à chaque plat. Mais je crus voir que ses doigts, occupés à ranger les partitions, tremblaient légèrement. Je n'en fus point surprise, car je connais moi-même cette émotion devant les représentants de la loi. Qui n'a, d'ailleurs, quelque vétille à se reprocher, commise par étourderie ou négligence ? Les gendarmes apportent aussi les mauvaises nouvelles. Bref, devant eux, il y a toujours motif à tremblement.

— Entrez, messieurs. Soyez les bienvenus !

Jugeant ma présence inopportune, je saluai tout le monde et regagnai ma *Cyprinière*. Mais là, rongée par la sympathie qui est une belle qualité, ou par la curiosité qui est un vilain défaut, je ne pus me retenir de monter à l'étage, d'où je pouvais observer la villa du violoniste. Après une courte attente, j'eus la stupeur de le voir entrer dans la limousine bleue de la gendarmerie. Elle prit aussitôt la direction d'Issoire. Je décrochai mon téléphone :

— Tout va bien, madame Blumberge ? Les gendarmes sont repartis ?

— Vous savez que mon mari a dirigé pendant huit ans la banque Pradier. Elle a reçu une fois encore la visite des cambrioleurs au mois de juillet. La police veut entendre mon mari à titre de témoin. Elle compte bien que son concours lui fournira des éléments d'enquête.

Nous ne sommes plus au temps de Victor Mornac, quand les brigands attaquaient les voyageurs au risque de recevoir un coup de pistolet. Les grands malfaiteurs emploient de nos jours les plus belles inventions du génie humain : la lampe à dessouder, la bombe lacrymogène, l'ordinateur, le téléscripteur, le laser, les banques suisses. Ceux qui trois fois avaient attaqué la banque Pradier n'avaient commis pratiquement aucune effraction. Les portes s'étaient ouvertes d'elles-mêmes devant eux, ce qui, de toute évidence, confirmait les complicités internes. Les enquêteurs passaient au crible la vie privée de chaque membre du personnel. M. Blumberge fut ramené ce même soir par la limousine bleue.

Dès le lendemain, il me sollicita pour d'autres duos. Nous jouâmes du Mozart. Rien n'était changé.

Trois jours plus tard, tout changea. Les gendarmes vinrent reprendre mon violoniste et l'emmenèrent menotté. Au terme de sa garde à vue, il fut incarcéré à Riom. *La Montagne* publia cette nouvelle ahurissante : *L'ancien directeur cambriolait sa propre banque.* Je crus que la foudre me tombait sur la tête.

Petit à petit, l'on connut les détails. Mon violoniste était assurément l'homme qui connaissait le mieux les coins et recoins de la banque Pradier. Préméditant de loin ses futurs cambriolages et employant ses talents de serrurier, il avait, encore en activité, confectionné des doubles des clés importantes. Il aimait alors se promener dans toute la maison qu'il considérait comme son domaine, heurtant de l'index telle ou telle porte, avec ce petit rire intérieur : « Je t'ouvrirai un jour, quand il me conviendra. » Après sa mise à la retraite, il y avait conservé un coffre personnel, ce qui lui permettait d'accéder à la chambre forte. Il avait attendu dix-huit mois avant de passer à l'action, comme on recule son plaisir pour mieux en jouir. Les Anglais disent : *To keep the pie and to eat it.* Conserver sa tarte et la manger en même temps. Il appartenait à certains clubs distingués qui lui permettaient de passer des soirées hors d'Antaillat sans éveiller les soupçons de sa femme. Et c'est entre une heure et deux heures du matin qu'il avait fait sa première opération. En toute tranquillité. Il s'était contenté d'un butin en numéraire, négligeant les objets précieux.

Le nouveau directeur ayant fait changer un certain nombre de serrures, Élie Blumberge n'avait pas eu grand mal à prendre l'empreinte des remplaçantes. Sa seconde volerie s'était produite un 24 décembre, pendant la messe de minuit dans Saint-Austremoine. Car la famille de mon voisin musicien, d'origine israélite, s'était convertie au catholicisme après 1870 et avait ajouté un *e* muet à son nom. Ce soir-là, prétextant un besoin corporel, il était sorti de l'église, située à quelques pas de la banque, s'y était rendu à pied, muni de son trousseau de clés, avait pénétré dans la maison sans effort, neutralisé le système d'alarme avant son déclenchement. Il s'était rempli les poches de billets neufs, était revenu à l'abbatiale avant la fin de la troisième messe. Naturellement, il travaillait ganté, comme les chirurgiens. Pas de traces, pas de preuves.

Il avait attendu plus de six mois avant de repiquer au truc. Sa dernière action se déroula le 14 juillet, pendant le feu d'artifice.

Il fut dénoncé par la perfection de son système. S'il s'était astreint à fracturer quelque porte, à commettre la moindre violence contre les choses ou les personnes, nul ne l'aurait sans doute soupçonné. Mais ces prélèvements sans bavure firent converger les recherches sur l'ancien directeur que plusieurs employés savaient amateur de serrures. Une perquisition à son domicile fit découvrir des liasses de billets pas encore mis en circulation, mais dont les numéros avaient été relevés. Le capitaine de gendarmerie, d'origine maghrébine, qui recueillit ses aveux, émit cette observation :

— Chez nous, on dit que Dieu seul est capable de perfection. Vous avez voulu être parfait, monsieur, ce fut votre erreur. Il ne faut jamais chercher à imiter Dieu.

On lui demanda pourquoi il s'était livré à ces activités malhonnêtes, lui qui jouissait d'une opulente pension. Il répondit que c'était pour l'amour du risque. Pour se désennuyer. La musique ne lui suffisait plus. Il n'avait pas dépensé un centime de l'argent volé.

Je me promis d'aller lui rendre visite à la maison d'arrêt de Riom.

Antaillat apprit avec une stupeur admirative qu'il avait hébergé des années durant, sans le moindre soupçon, un gangster authentique. Non point un criminel sanguinaire comme Mesrine, mais une sorte d'Arsène Lupin, d'artiste qui volait sans aimer l'argent, pour l'amour de l'art. On l'eût estimé davantage encore s'il en avait distribué un peu autour de lui. Il n'allait pas jusque-là, se contentant de déposer à la messe un billet dans la corbeille et d'octroyer dans les cafés de généreux pourboires.

Mme Blumberge, qui ignorait tout des activités secrètes de son mari, reçut leur révélation avec une extrême douleur. J'essayai de lui démontrer qu'il ne s'agissait pas d'un véritable holdeupeur, mais plutôt d'un redresseur de torts, d'un Robin des Bois, qui enlevait aux riches en attendant sans doute de donner aux pauvres. Elle n'accepta point mon explication :

— Je ne suis pas une Blumberge, mais une Bonnabaud. Une Auvergnate de Billom où mon père était notaire et fils de notaire. Il m'enseignait l'honnêteté à force de proverbes : « Il est trop cher, le morceau de pain qui étrangle. » « Petit profit emplit la bourse. » « Qui mange son capital prend le chemin de l'hôpital. » « Renom passe millions. » Il ne fit jamais perdre un centime à ses clients. Un jour, un certain Bonnabaud de la région, qui n'avait aucun lien de parenté avec nous, un simple homonyme, fut emprisonné pour escroquerie. Savez-vous ce que fit mon père ? Il remboursa l'argent détourné afin que le nom qu'il portait ne fût pas entaché. Honnêteté et honneur sont de la même famille. J'aurais pardonné à mon mari s'il s'était trouvé dans le besoin. Mais, grâce au ciel, ce n'était pas le cas.

Dans ces conditions, elle refusait de rendre visite au prisonnier. Je n'avais pas ses raisons. En souvenir de nos duos, j'accomplis les formalités réglementaires. Car on n'entre pas dans une maison d'arrêt comme on entre dans un moulin. Il faut déposer une demande écrite, fournir deux photos d'identité, prendre rendez-vous, arriver les mains vides. A l'heure prescrite, 14 heures, je me trouvai devant l'établissement pénitentiaire, parmi d'autres visiteurs. Il faisait une chaleur exceptionnelle. Aucun abri ne nous protégeait du soleil. On dit : accueillant comme une porte de prison. Jamais comparaison ne m'a semblé plus juste. L'administration trouve moral que la parenté des détenus soit aussi mise en pénitence. A 14 h 30, avec un retard sans explication ni excuse, un battant s'écarta enfin.

— Carte d'identité, s'il vous plaît. Elle vous sera rendue à la sortie.

On passe sous un portique détecteur d'objets métalliques. J'eus l'honneur de le faire couiner. Je protestai que je n'apportais ni arme ni scie à métaux. Le gardien promena sur ma personne une sorte de poêle à frire qui clignota devant une de mes poches : j'en sortis les clés de ma voiture, que je dus aussi déposer.

Le parloir était, sous la surveillance d'un autre gardien enfermé dans une sorte d'aquarium, une salle d'environ six mètres sur six, partagée par des cloisons de faible hauteur en une douzaine de loges. Dans chacune, deux ou trois chaises. Blumberge se montra heureux de ma venue.

— Et ma femme ?

— Plus tard. Elle n'est pas encore remise de ses émotions.

— Elle va bien ?

— Aussi bien que possible. Et vous-même ?

— Est-ce que je fais pitié ?

— Pas vraiment.

— Je ne manque de rien. Mes ressources personnelles me permettent de cantiner ce que l'administration ne nous fournit pas. Je fais profiter de ces suppléments mes compagnons de cellule. Ils me manifestent du respect et ne demandent qu'à me garder parmi eux. La bibliothèque m'approvisionne en livres. J'ai lu l'histoire de plusieurs brigands illustres.

Arnaud de Cervole, dit l'Archiprêtre, qui fut reçu par le pape. Mandrin, Cartouche, Lacenaire, Bonnot. Moi, j'ai été directeur de banque, ce qui est un peu la même profession. Sauf qu'on est protégé par les lois. Pour peu qu'on soit bien renseigné, on achète en Bourse quand les valeurs sont au plus bas ; on revend quand elles montent. On ruine les petits porteurs sans encourir les foudres de la justice. C'est ainsi que j'ai beaucoup boursicoté pendant mes années d'exercice. J'ai accumulé les profits. Mais cela manquait d'émotions, faute de risque. Je n'ai vraiment pu m'assouvir qu'en ouvrant les portes blindées.

A la vérité, la disposition du parloir ne facilitait pas la conversation. Nous devions nous pencher l'un vers l'autre, nous parler à l'oreille. Encore à nos propos se mêlaient des interférences venues des loges contiguës. Le tout produisait un bourdonnement confus où chacun avait bien de la peine à capter ce qui lui revenait. Par-dessus les cloisons, je voyais les têtes des autres détenus. Parfois horribles, d'autres fois angéliques. Blumberge me les présentait :

— Celui-là (et il désignait un jeune homme au visage d'enfant de chœur) a tué sa fille de huit mois d'une gifle parce qu'elle pleurait la nuit et l'empêchait de dormir... Cet autre a étranglé sa mère... Derrière lui, c'est un violeur et assassin... Je suis le plus innocent de la salle. J'ai d'ailleurs un bon avocat qui va me faire sortir. Comme cambrioleur, je rendrai l'argent volé. Mais comme banquier, je le garde...

— Il est l'heure, avertit le gardien dans son aquarium.

— Je ne regrette rien, me chuchota mon violoniste. Merci de m'avoir écouté.

Effectivement, quelques semaines plus tard, il revint à Antaillat en liberté conditionnelle. Sa femme ne parla pas de divorce puisqu'il acceptait de rembourser. Il conclut cette affaire par un autre proverbe, très discutable : chaque homme a dans son cœur un Mandrin qui sommeille.

L'institutrice louftingue que je remplaçais à Sauxillanges ayant été définitivement rayée des effectifs, son poste fut pourvu d'une titulaire et je me retrouvai quelques semaines sans emploi. Je préparai mon hivernage en faisant provision de stères, en ramonant ma cheminée, en rentrant mes géraniums et mes lauriers-roses. Je rendis des visites plus fréquentes à mes voisins. Même à Kleister, la brebis galeuse. Son pied en bois ne l'empêchait pas d'arpenter gaillardement la campagne.

— J'ai sauté sur une mine soviétique. Mais elle aurait pu être aussi bien polonaise. Ou américaine. L'effet produit aurait été le même. Il ne faut pas juger les gens sur la mine.

Un jour, feignant d'oublier sa qualité de « malgré-nous », je lui demandai les motifs exacts de son engagement dans la LVF. Il tomba dans le piège :

— Le goût de l'aventure. Je m'ennuyais à Villerupt. L'Allemagne ayant conquis pratiquement la moitié de l'Europe, je pensais qu'elle gagnerait l'autre moitié sans trop de peine. Hitler était dingue, certes ; mais guère plus que Napoléon. J'aurais voulu être un soldat de Napoléon. J'ai été seulement un soldat de Hitler.

Entre M. Blumberge et lui existait ce point commun : tous deux s'étaient jetés dans les hasards par ennui. Folie de jeunesse chez l'un ; folie de vieillesse chez l'autre. Antaillat désormais était riche de deux infréquentables.

C'est alors que, moi-même, j'entrai dans la même catégorie.

En palpant mon sein gauche, j'avais senti dans sa masse une boule de la grosseur d'un pois. Indolore. Est-il besoin de dire qu'après une telle découverte, n'importe quelle femme n'a qu'une pensée : cancer. Dès lors, celle-ci hanta mes jours et mes nuits. Je me voyais dévorée par ce crabe immonde qui s'en prend toujours et d'abord à nos organes les plus tendres et les plus féminins pour nous humilier, nous réduire à des masses de chair inconsommable, avant de nous manger le cœur. Quotidiennement, je trouvais dans ma boîte aux lettres des appels de l'ARC, de la Ligue et d'autres organisations. Plusieurs fois, j'avais envoyé des chèques, un peu par solidarité, un peu dans l'espoir qu'ils me préserveraient. Un de ces imprimés usait d'une formule terrifiante : « Dans chaque famille, il y a, il y a eu ou il y aura un cancéreux. » La mienne, pas encore atteinte, devait donc l'être aussi ; j'étais désignée par les statistiques.

Aucun saint, à ma connaissance, n'est spécialisé contre ce mal, à l'instar de saint Pourçain qui protège des poisons. Il ne me restait donc qu'à me confier à la médecine officielle. Choupette me transporta, et je consultai à Issoire mon médecin habituel, le Dr Fournel. J'avais confiance en lui à cause de son grand âge, de sa barbe blanche qui lui donnait quelque ressemblance avec l'auteur de *L'Art d'être grand-père*, et parce qu'il m'avait bien soignée précédemment. Vincent la Musique, cependant, me le déconseillait car il avait coutume, lors de ses examens, de retirer de sa bibliothèque un ouvrage médical et d'y chercher des références.

— Qu'est-ce que c'est que ce toubib qui a besoin de ses livres pour t'indiquer des remèdes ? Qui ne les a pas tous dans sa tête ?

Je passai outre. Le Dr Fournel me palpa, me rassura tout de suite :

— Huit femmes de votre âge sur dix ont ces sortes d'indurations, parfaitement bénignes, qu'on appelle adénomes. Toutefois, la prudence veut qu'on s'en occupe. On va commencer par une mammographie.

L'horrible terme ! Certes, la femme, comme la vache, est pourvue de mamelles. Mais les miennes n'ayant jamais sécrété une goutte de lait, je préférerais qu'on dise une sinographie. Ou une robertographie. Ce serait plus amusant.

Munie d'une ordonnance en bonne et due forme, je suis donc allée présenter mes mamelles à un radiologue issoirien. Le cliché a révélé que la gauche contenait, non pas un pois unique, comme je l'avais cru, mais toute une grappe de petits nodules imperceptibles au toucher.

— Et maintenant ?

— Et maintenant, il faut pratiquer dans la plus grosse de ces boules un prélèvement de cellules et les faire analyser. La suite dépendra des résultats.

Le Dr Fournel confirma cette tactique. Je m'accordai une semaine encore d'ignorance. Pendant laquelle j'invitai Vincent à dormir chaque nuit dans ma *Cyprinière*, sans me soucier de l'opinion du voisinage. Il s'étonnait de la soif et de la faim de lui que je manifestais ; mais il s'accordait avec générosité. Lorsque, enfin, nous étions repus l'un de l'autre, nous nous endormions, nos chaleurs confondues, nos deux corps étroitement emboîtés à la manière de deux pièces d'un puzzle. Avec des retours de fringale qui nous réveillaient en sursaut.

— Je ne te reconnais pas, chuchotait-il.

— Moi non plus.

A l'échéance de cette trêve, j'allai me faire seringuer le sein gauche. Trois jours de répit m'étaient encore accordés.

— C'est moi qui recevrai les résultats de l'analyse, me dit le Dr Fournel. Je vous les téléphonerai.

Je vécus ces soixante-douze heures à me promener dans la campagne. Me répétant : « Tu n'as rien. Tu te portes comme un charme. Ce nodule n'est qu'un adénome sans importance. Tu as encore quarante-cinq ans à vivre, à boire, à manger, à jouer de la clarinette, à t'envoyer en l'air, à regarder les enfants, les poissons rouges, les vers luisants, les étoiles, la chaîne des Puys. Ne te soucie de rien. » La méthode Coué. Le soir du troisième jour, j'invitai chez moi à un apéritif solennel tous mes amis d'Antaillat, de Vic-le-Comte, de Sauxillanges. Ceux du moins qui voulurent bien venir. Plus Vincent Mandonnet. Tous me dévoraient des yeux, se demandant à quoi rimait cette festivité. Lorsqu'ils eurent bien bu mon champagne Moët et bien croqué mes petits fours, habillée de mes vêtements de soirée, je pris enfin la parole :

— Chers amis, je vous remercie de tout cœur d'être venus manifester votre sympathie à une étrangère tombée du ciel, mais qui se sent, grâce à vous, de plus en plus auvergnate. Si je ne me prétends pas entièrement convertie, c'est qu'il faut laisser du champ à l'avenir. Voici maintenant ce qui se passe. Ce soir, je me sens dans une forme parfaite. Saine de corps et d'esprit. Heureuse de vivre. Heureuse de goûter tous les dons de Dieu. Heureuse de votre présence. Demain...

Un long silence. Je voulais ménager mes effets. Je sentais converger sur moi ces regards interrogateurs. Les rires s'étaient tus, les sourires effacés.

— A partir de demain, suggéra Kleister du fond de la pièce, ça sera comme les autres jours.

Personne n'osa rire à cette craque d'un nazi de la LVF.

— Demain, dis-je, lorsque je connaîtrai les résultats d'une certaine analyse, je serai peut-être une cancéreuse... Une personne condamnée d'abord à la mutilation. Ensuite, à la déchéance. Enfin, à une agonie épouvantable... Peut-être oui. Peut-être non.

Un murmure s'éleva, une protestation unanime. On n'est jamais sûr... La médecine fait chaque jour de grands progrès... On guérit déjà un cancer sur deux... Tant qu'il y a de la vie... Je coupai court aux commentaires :

— Je suis informée de tout ça. Inutile de vous fatiguer. En attendant, buvons à la santé les uns des autres. A la vie ! A l'espérance !

Ma péroraison fut très applaudie. On acheva les bouteilles de Moët. Je restai seule ensuite avec mon smicard. Nous étions tous les deux dans les brindezingues. Assis sur le même canapé, nous nous sommes regardés en riant comme deux idiots. Il a bafouillé :

— Elle est bien bonne !... Bien bonne !... Tu t'es sacrément foutue du monde, avec ton histoire de... d'alanyse...

d'analyse... C'est pas vrai, non ?... Avoue que tu nous as fait marcher ! Avoue !

— J'avoue... Mais je ne parlerai qu'en présence de mon...

Ma langue n'obéissait plus à mes pensées. Un moment après, nous nous sommes endormis, adossés l'un à l'autre. Comme les deux éléments d'un presse-livres.

Avant l'aube, je me suis réveillée la première. Quand je me suis levée, Vincent est tombé à la renverse sur le divan. J'ai disposé une couverture sur lui et suis montée me coucher dans mon lit froid. Des gestes que j'avais déjà faits, en d'autres circonstances.

Saint Frédéric ! Saint Frédo ! Je ne sais rien de vous, sauf que vous aimiez la paix. Ce qui vous conduisit tout naturellement à être mis à mort. Comme votre maître Jésus de Nazareth. Comme Jean Jaurès. Comme Gandhi. Comme le pasteur Luther King. Comme tant d'autres. Les amis de la paix sont sans défense contre les amis de la guerre. O doux saint Frédo ! Toute ma vie, je me suis efforcée de suivre et de répandre votre enseignement. Jamais je ne vous ai rien demandé jusqu'ici. S'il vous plaît, faites que ce maudit cancer me soit épargné. Je veux bien mourir d'autre chose : d'accident, d'embolie, de congestion cérébrale, d'infarctus, vous n'avez que l'embarras du choix. Heureux celui qui meurt dans ses souliers, disait mon père. Ce qui lui est arrivé. Mais pas de cet horrible crustacé. On crève de honte avant de crever par arrêt du cœur. O saint Frédéric ! Je vous en supplie !... Mais s'il n'est pas en votre pouvoir d'écarter de moi ce calice, alors, venez à mon secours lorsque je me présenterai avec mon baluchon plein de péchés devant la douane du paradis. Car j'en ai commis de toutes sortes. Des gros, des moyens, des petits. Excepté le vol et l'assassinat, je crois même les avoir tous pratiqués. Et ne me demandez pas combien de fois, je n'ai pas assez de mémoire.

Pardonnez-moi d'avoir attendu pour vous invoquer ces circonstances extrêmes. Mais le temps ne compte pas pour vous qui jouissez de l'éternité. Un siècle, je suppose, ne vaut pas plus qu'une minute. Je sais : si je vous avais plus tôt tendu la main, vous m'auriez retenue de tomber si souvent. Que voulez-vous ! Dieu nous a faits d'une nature caduque. Ni anges ni bêtes. Un mélange des deux. A chacun sa proportion.

Si vous n'avez pas trop honte de votre filleule, aidez-moi à franchir le portillon. Faites aussi que je revoie, de l'autre côté, mon père Étienne Trapet. Faites que toutes ces histoires qu'on raconte au catéchisme de paradis, de purgatoire, d'enfer, de vie éternelle, de maison du Seigneur, ne soient pas de la blague. Des contes de nourrice. Un feuilleton télévisuel.

27

Le lendemain, j'attendis le coup de fil du Dr Fournel. A midi, rien. Pourtant, il avait certainement reçu les résultats de l'analyse. Que penser de ce silence ? Le meilleur ou le pire ? N'osant m'éloigner de mon téléphone, laissant une fenêtre entrouverte pour l'entendre sonner, je m'étais étendue sur une chaise longue dans le jardin, un livre à ma portée, mais la pensée ailleurs. Regardant les feuilles de mes arbres qui blondissaient, la navigation des nuages dans l'océan du ciel, le congrès des hirondelles au bord des toits.

A 16 heures, toujours rien. Je formai moi-même le numéro du médecin. Je tombai sur son assistante :

— Le docteur est en visite. Dès son retour, il vous appelle.

— Cet homme est à tuer.

— Pardon ?

— Il me fait attendre pendant des heures les résultats d'une analyse. Dites-lui bien qu'il est à tuer.

— Oui, madame. Je ferai la commission.

Attendre ! Attendre ! On passe sa vie à attendre. O Claude ! Que de fois je t'ai attendue !

A 18 heures, enfin, la sonnerie :

— Ici, le docteur Fournel.

— Est-ce que votre assistante, docteur, vous a dit que vous étiez à tuer ?

— J'ai voulu vous laisser une journée supplémentaire de paix. Quand les nouvelles sont mauvaises, il vaut mieux les recevoir le plus tard possible.

— Donc... ?

— Oui. L'analyse est positive.

— C'est-à-dire ?

— Elle a révélé des cellules cancéreuses. Il vous faut accepter la chirurgie. Oh ! une petite opération ! On enlève les nodules, on referme, on recoud proprement. Vous aurez une cicatrice, mais pratiquement aucune perte de volume. Vous ne serez pas mutilée.

J'avale ma salive. Ça y est : je suis cancéreuse. Dans le combiné, j'entends la voix de Fournel qui me parle de je ne sais quoi, de cliniques diverses, de détails insignifiants... coin-coin, coin-coin, coin-coin. Tu croirais le canard Donald. Je raccroche sans remercier.

A Paris, j'ai connu plusieurs femmes atteintes du même mal. Deux en sont mortes. Une collègue de la rue du Combat supportait assez bien la mutilation. Car, il y a quelques années, les chirurgiens ne se contentaient pas des nodules : ils enlevaient tout le paquet. On l'avait remplacé par une prothèse qui, vue de l'extérieur, faisait illusion. A peu près le même procédé que la Marie des Manières avec sa peau de mouton. Le mari, en revanche, ne s'y était ni trompé ni habitué ; au bout de trois mois, il l'avait quittée pour une femme complète. Les hommes n'aiment pas les Amazones.

Avec un peu de chance, je pouvais survivre quelques mois. Au mieux, quelques années. Le cancéreux se trouve dans la situation de ces condamnés à mort américains qui obtiennent de nombreux sursis. Ils en profitent pour écrire leurs mémoires en prison. Ou des romans autobiographiques. Ils obtiennent des prix littéraires, gagnent des fortunes. Quand ils pensent que la justice les a oubliés, couic !

A ce propos, j'en sais une bien bonne. Des journalistes français visitent Alcatraz. Merveilleux coup de chance : ils arrivent juste au moment d'une électrocution. Comme ils approchent de la chambre fatidique, ils entendent des cris affreux :

— Ouille ! Aïe ! Ou-you-youille !

— Qu'est-ce qui se passe ? demandent-ils.

— Excusez-nous. On avait commencé l'exécution. Tout à coup, sans prévenir, les agents de la Compagnie électrique incorporée ont déclenché une grève. Alors, on est obligé d'achever notre condamné à la bougie.

Hi ! hi ! hi !

Coup de fil de Vincent :

— Alors ? Le résultat de cette analyse ?

— Le docteur me l'a communiqué il y a seulement une demi-heure...

— Eh bien ! Parle !

— Monte dès que possible. Je t'expliquerai.

— Dis-moi au moins quelque chose ! Positif ou négatif ?

— A plus tard.

Je raccroche. Ma détermination est prise. Il ne m'abandonnera pas comme le mari de ma collègue.

Croc-Blanc perçoit de loin le ferraillement de la Deuch, il éclate en abois de bienvenue. Claquement de la portière. Grincement du portail. Frottement des semelles. Je me sens aussi tranquille que le Grand Condé la veille de Rocroi.

On s'embrasse. Il frémit d'impatience :

— Eh bien ?

— Assieds-toi. On va d'abord prendre un apéritif.

Il secoue la tête. Il veut savoir tout de suite. Son nez frémit, ses mains tremblent. Il demande un Ricard. Nous choquons nos verres, il vide le sien sans me quitter des yeux. Il épie le mouvement de mes lèvres. Elles sourient un peu. Ça le rassure. Il commence à sourire aussi. Avec négligence, comme je dirais j'ai froid aux pieds, je lâche enfin :

— J'ai un cancer.

Il me fait répéter. Il croit avoir mal entendu. Je confirme ce qui en résulte : l'opération. Le plus tôt possible. Il est devenu très pâle. Sous ses cheveux en désordre, il ne ressemble plus à Depardieu, mais à Modigliani. Je l'adore. Pourtant, il n'a pas encore entendu le plus dur.

— Un autre Ricard ?

— Tu veux me soûler ?

J'explique ce qu'on peut me faire : enlever les nodules d'abord. Mais les minuscules échappent au bistouri. Ils deviennent gros à leur tour. On m'enlève la moitié du sein. Plus tard, on enlève ce qui reste. Plus tard encore, les cellules maudites se faufilent partout. Elles contaminent tous les organes. L'intestin se bouche. Les poumons...

— J'ai bien compris, me coupe-t-il. Mais on peut aussi tuer les cellules en question sans les voir. Par les rayons X. Par la chimiothérapie. L'évolution s'arrête. On continue de vivre.

— En quel état !

Je prends une de ses mains dans les miennes. Une main d'ouvrier, tatouée de lignes noires, il lui manque un doigt.

— Vincent, dis-je, nous devons nous séparer. Je ne veux pas embarrasser ta vie d'une femme diminuée. J'ouvre la cage où tu es venu t'enfermer toi-même. Envole-toi, mon bel oiseau. Je te rends ta liberté.

Il me considère avec plus d'attention encore, se demandant si je parle sérieusement. Puis il se tait. Il réfléchit. Sur son tapis de jute, j'entends Croc-Blanc ronfloter. Dans la cheminée, le feu pétille. Enfin, mon smicard me répond :

— Ta mutilation, petite ou grande, c'est mon affaire. Je l'accepte.

Je hausse les épaules. Sans doute n'imagine-t-il pas ce qu'est une femme amazone. L'affreuse cicatrice. Cette moitié de poitrine plate comme une assiette. Sans doute...

— J'imagine très bien, dit-il. Et je m'en fous.

— Ça t'est égal que je ressemble...

— Je ne dis pas : ça m'est égal. Je dis : pour moi, ça ne compte pas. Je reste dans ta vie. Tu restes dans la mienne.

— Mais si, ça compte ! Tu es un homme comme les autres ! Tu me prendras en dégoût. Je deviendrai pour toi un objet d'horreur. Tu ne pourras plus...

— Jamais ! Jamais !

Il pose une main sur ma bouche.

Je baise cette main. Elle se promène sur mon visage. Elle essuie mes larmes. Elle aussi est mutilée.

Oh ! je ne doute pas de ta sincérité ! Mais résistera-t-elle à l'épreuve ? Je ne sais jusqu'où iront les atrocités qu'on me prépare. Fuiras-tu dès les premières ? Ou resteras-tu par pure compassion ? Devrai-je me satisfaire de ta pitié ? Vue d'ici, j'en frémis d'épouvante. Mais peut-être, quand je la lirai dans tes yeux, me dirai-je : c'est mieux que rien, mieux que l'abandon pur et simple.

En attendant, je me contente de mon café noir du matin. Du gargouillement de la cafetière électrique. Du parfum ambré qu'elle répand dans ma cuisine. Du beurre frais étendu sur mes tartines. Du miel bénit et vendu par le curé de Perrier. A Rome, que je visitais en compagnie de Claude, un gros moine capucin proposait des bondieuseries dans les catacombes de Saint-Sébastien. Comme je lui demandais de bénir un chapelet, il me répondit : « *Pagare prima. Benedire dopo.* » Payer d'abord. Bénir ensuite. Je me contente aujourd'hui des mamours de mon chien. De la campagne auvergnate qui m'accueille avec la même grâce qu'avant. Je me contente de l'amitié de mes voisins. De la musique que je continuerai de faire avec M. Blumberge. Nous voici trois pestiférés dans Antaillat : le nazi, le holdeupeur, la cancéreuse. Certains aiment mieux me saluer de loin que de près, à cause de l'éventuelle contagion. A Sauxillanges, après une conférence sur le sida au cours de laquelle les hommes furent informés qu'ils pouvaient attraper cette maladie « par le siège », j'en vis un essuyer sa chaise avec son mouchoir. Je me contente des salades de Manaranche. Il me dit qu'il ne croit pas à mon mal ; que les médecins se trompent souvent.

— Avez-vous lu l'histoire de ces chirurgiens qui devaient opérer un malade de la prostate, et qui, dans une chambre à deux lits, ont opéré son voisin asthmatique ?

Une chose à mourir de rire : les gémissements des uns et des autres. Pour Ollier, la télévision est de plus en plus irregardable ; si ça continue, on va tous devenir américains ; il envisage de ne plus payer la redevance. Pour Mme Blumberge, la Bourse est devenue une espèce d'ascenseur en folie, un jour en bas, un jour en haut, on ne sait plus à quel étage la prendre. Pour Joseph Kleister, malgré leurs défaites en Europe, les communistes restent très dangereux, ils n'ont pas renoncé à nous conquérir. Pour Picandet, le gazole de son tracteur, l'électricité, l'eau du robinet sont trop chers, c'est la ruine de l'agriculture. Pour Manaranche, la France n'a rien à cirer en Yougoslavie et devrait retirer ses Casques bleus. Mes chers voisins n'imaginent pas à quel point je me fous des Serbes, du gazole, de la Bourse, du communisme, de la télévision.

Je suis entrée à la clinique des Sorbiers. Les cliniques portent souvent des noms alléchants, les Glycines, Chantemerle, les Lilas, la Châtaigneraie, pour faire croire qu'elles sont des lieux de villégiature. On m'a demandé si je désirais une chambre individuelle ou une double. J'ai dit une double, à cause de la conversation, acceptant le risque qu'on cherche à m'enlever la prostate. Nous jouissons de tout le confort possible : vue sur les Dômes, téléphone, télévision à tant par jour. Ma voisine est en fait une vieille femme édentée, atteinte du même mal que moi, mais déjà opérée. Elle passe son temps à se plaindre de ces soins coûteux et inutiles :

— Mes enfants m'ont amenée ici malgré moi. Je sais bien que la Sécu rembourse, malgré son trou. Mais il en reste à ma charge. Je touche la petite retraite des vieux et je suis pas sûre qu'elle suffira pour couvrir le complément. Si j'ai quatre sous d'économie, voyez-vous, j'aimerais mieux les laisser à ma famille qu'aux docteurs. Elle avait pas besoin de m'engager dans ces frais. A quoi ça sert de vouloir réparer une vieille bagnole qui peut plus rouler ? Faut bien partir d'une façon ou d'une autre. Mes fils avaient là une occasion pour que j'aille rejoindre mon pauvre homme. Ils me retiennent de force.

— C'est parce qu'ils vous aiment.

Une découverte ! Elle n'y avait pas songé. Son visage s'éclaire :

— Oui. Ça doit être pour ça... Les pauvres... Et vous, ma petite, qu'est-ce que vous avez ?

— Cancer du sein.

— Comme moi, donc. On m'a enlevé tout le téton droit. Il me faisait des élancements affreux. D'accord, j'y ai gagné, je sens plus rien. Mais c'était quand même supportable. Vous, naturellement, vous êtes jeune. Vous valez la réparation.

Après les examens de rigueur, on m'a véhiculée dans mon lit jusqu'au bloc opératoire. Ah ! ces fantômes blancs penchés sur moi ! Comme je me sentais intéressante ! Au-dessus rayonnait l'éblouissement du scialytique. Lampe magique qui produit de la lumière sans ombre. Piqûre anesthésiante.

— Comptez jusqu'à dix.

— Un, deux, trois, quatre...

Puis plus rien. Éclipse.

Normalement, je devrais entendre chanter les coqs d'Antaillat, puisque le jour se lève. Je regarde ma montre-bracelet : 8 heures. Quel bon somme j'ai fait !

— Vous ouvrez les yeux. C'est bien.

Encore un fantôme blanc. J'ai la poitrine enveloppée d'un pansement. Cela me fait une cuirasse.

— Ça ne tire pas trop ?

Qu'est-ce qui tire ? Je ne comprends rien. Je me calfeutre dans le silence. Mes mains errent doucement sur ma personne. Une promenade familière. Mais qu'est-ce que c'est que ce flacon ? Et ce tuyau ? A quoi servent-ils ? Si je les arrachais ?

— Ne touchez pas à votre drain. Ohé ! Vous m'entendez ?... Laissez ce drain tranquille.

On me draine. Comme un marécage. Nouvelle éclipse.

Puis je me réveille pour de bon. Je ne suis plus à la réa [1]. Je reconnais la chambre double. Ma voisine produit un ronflement aigu qui, à chaque respiration, s'éteint et se renouvelle. Un bruit d'essuie-glace intermittent.

Une infirmière m'apporte un jus d'orange. Elle m'affirme que tout s'est bien passé ; que je suis débarrassée à jamais de mes nodules.

— Combien de temps dois-je rester ici ?

— Une huitaine, à cause des drains.

Le soir, tapioca et compote. Ça tire en effet ; à présent, je comprends tout... Non, je n'ai pas besoin de télévision, merci. Je n'ai pas besoin des malheurs de l'Afrique, de l'Asie, de l'Amérique ; les miens me suffisent. Car, bien ou mal opérée, je suis toujours cancéreuse. Je voudrais me persuader du contraire ; mais je n'y arrive pas. Ma voisine édentée a coincé son essuie-glace pour laper sa soupe ; elle finit tout ce qu'on lui apporte, et reconnaît :

— J'ai pas de dents ? Mais j'ai un bon trou. Comme la Sécu.

Le jour baisse. Après avoir dormi si longtemps et si profond sous l'effet de l'anesthésie, que vais-je faire de la nuit qui approche ? Je suis sûre que je ne fermerai pas l'œil. On m'annonce une visite. C'est Vincent. Il m'embrasse.

— Je me demandais si tu viendrais aujourd'hui.

— Tu osais te demander ça ?

Il me tend une rose, la met sur mon oreiller. Ensuite, il s'agenouille près du lit, s'empare d'une de mes mains, la

1. Salle de réanimation.

couvre de baisers, dessus, dessous, en plusieurs couches. J'ai un peu honte de cette adoration.

— Relève-toi. Que vont penser les infirmières ? Et ma voisine ?

— Ce qu'elles voudront.

Il regarde autour de lui, voit un fauteuil, parle d'y passer la nuit. Mais non ! Mais non ! Je ne suis pas en danger de mort, je ne risque rien. Il ne peut se permettre une nuit blanche et repartir chez Pechiney le lendemain. Oh ! Une nuit blanche ! Ça ne lui fait pas plus d'effet qu'une chiquenaude. Il a vraiment dit « une chiquenaude ». Un mot qui ne court pas les rues. Son vocabulaire s'enrichit depuis que je lui ai mis le nez dans les livres. Je lui caresse la tête avec bonheur.

— Merci, mon bel oiseau. Mais je t'assure que ce n'est pas la peine. Reviens seulement demain.

Il est reparti. Sur la pointe des pieds.

— C'est votre mari ? demande la vieille sans dents.

— Ou... i.

— J'aurais plutôt cru votre amoureux.

— Vous avez raison. Il ne l'est pas encore. Mais bientôt... peut-être.

On vient éteindre les lumières, excepté une veilleuse. La rose de Vincent est toujours sur mon oreiller. Je l'embrasse, comme si c'était lui. Je songe à nos bonheurs passés. Comment acceptera-t-il mon sein mutilé ? J'aimerais bien savoir ce qu'il en reste. Ma voisine a remis en marche son essuie-glace.

Je pense à ce mariage possible. Problématique. Mais à quoi sert au juste un mariage ? Étymologiquement, à assurer la fécondation pour que la femme devienne mère : *matrimonium.* Comme je suis inapte, la formalité perdrait donc pour nous son but primordial. Que nous apporterait-elle ? Des complications inutiles, des problèmes de mobilier, d'argent, d'héritage. Je me vois mal signant un contrat à quelques semaines, peut-être, de ma conclusion terrestre. Vincent penserait que je n'ai pas d'autre moyen de l'attacher à moi. L'idée de le retenir par la force des lois me donne la nausée.

Je pense à ces enfants que nous aurions pu avoir si nous nous étions connus plus tôt...

Ces choses ont donc duré une semaine. Chaque jour, on changeait mon drain. Comme je voyais mal le résultat de la charcuterie, j'ai demandé qu'on m'apportât un miroir.

— Mais non ! a protesté l'infirmière. Vous vous regarderez chez vous, quand il ne restera plus qu'un petit pansement.

Mon bel oiseau est venu chaque soir se poser près de mon lit. D'autres personnes m'ont rendu visite : Manaranche, Chalut, Kleister, plusieurs membres de la chorale de Perrier, Yamina, de Vic-le-Comte, avec qui j'ai de bonnes relations téléphoniques. On m'apportait des fleurs, des bonbons, du champagne. Le cancer a ses bons côtés. Il m'a aussi fait perdre trois kilos, ce qui convient à mes jupes.

Le neuvième jour, la Deuch m'a rendue à ma *Cyprinière.* Oh ! l'accueil de Croc-Blanc ! Fou de joie, il se roulait à mes pieds. Krasucki, le poisson rouge, pleurait d'émotion dans son bassin. En apparence, tout est redevenu comme avant. J'ai retrouvé mon jardin, mes meubles, mes tapis, ma cafetière, ma clarinette, ma chaîne hi-fi. Tous ces objets n'avaient aucun soupçon de ma différence. Moi, je la savais. De plus, ce distinguo administratif : je n'étais plus en chômage technique, mais en « congé pour maladie de longue durée ». Cela changeait tout.

Avec plus de crainte que d'émoi, j'ai attendu le crépuscule. Connaissant bien Vincent la Musique, je redoutais qu'il ne se jetât sur moi comme le milan sur une poule. Qu'allait-il résulter de notre premier corps à corps ? En fait, mon smicard se montra d'une délicatesse digne d'un cadre supérieur. Premièrement, il sortit de son coffre quelques surprises : une paella fraîche achetée chez un traiteur, une baguette de pain, un ananas vivant, une bouteille de beaujolais. Ainsi, m'évitant l'ombre d'une peine, il se fit mon chevalier serveur. Ensemble, nous mangeâmes et bûmes. Nos baisers avaient un goût de safran. Au terme du festin, il se leva pour me dire :

— Bonne nuit, m'zelle.

— Bonne nuit ?

— Oui. Tu as besoin de repos, de silence, de solitude. A demain.

Je le raccompagnai jusqu'au portail. La Deuch avait allumé ses feux de détresse pour me dire au revoir. Elle s'enfonça dans la nuit en clignotant.

Le lendemain, Vincent reparut. En l'embrassant, je lui trouvai le nez froid comme la corde d'un puits. Il le réchauffa dans ma joue style Marlene Dietrich. Ce fut ensuite le même cérémonial que la veille, bonne nuit, repose-toi bien. Et ainsi plusieurs jours de suite. Jusqu'au soir où je lui dis, mes bras autour de son cou, qu'il pouvait rester. Que, de toute façon, nous devions accepter cette épreuve. Pardon ! cette expérience. Pardon ! ces retrouvailles de nos épidermes. Je lui fis un certain nombre de recommandations auxquelles il répondait je sais... je m'en doute...

Les choses se déroulèrent mélodieusement. Jamais Vincent la Musique n'avait si bien mérité son nom.

28

Ça continuait de tirer. Mais je pouvais quand même conduire Choupette. Tous les cinq jours, je retournais aux Sorbiers faire changer mon pansement. J'en profitais pour faire aussi quelques emplettes. Des livres. Des conserves pour mon bel oiseau : cassoulet, paella, couscous, choucroute et autres plats que je ne sais pas cuisiner. Je rendis visite à une exposition sur l'art roman, si bien illustré en Auvergne. Je fis même un saut jusqu'à Vic-le-Comte, pour revoir Yamina. Je lui demandai si elle ne songeait pas à se marier :

— Mes parents y songent pour moi. Mais je leur ai dit une fois pour toutes que je suis française et assez grande pour faire choix moi-même d'un mari.

— Et ce choix ?

— Je suis fiancée avec Jésus.

— Dans ce cas, il te faut entrer dans un couvent.

— Je n'aime pas les couvents, les monastères. Ces refuges de l'égoïsme pieux. On n'y songe qu'à sa propre tranquillité, qu'à son propre salut, même si l'on y prie, paraît-il, pour les autres hommes. Ces moines, ces nonnes ne sont rien d'autre que des rats retirés du monde. D'ailleurs, tu le sais, mes fiançailles avec le Christ sont secrètes et je ne peux les révéler à ma famille naturelle.

— Tu renonces donc à l'amour humain ?

— Je ne l'ai pas encore rencontré.

— Tu renonces aux enfants ?

— J'en ai trente-cinq dans ma classe.

— Mais un enfant à soi ! Que l'on caresse, qu'on nourrit, qu'on bisoute, qu'on endort, qu'on éduque, qu'on soigne lorsqu'il est malade, qu'on voit grandir !

— Pour les caresses et les bisous, j'ai une chatte.

Moi-même, je ressentais depuis longtemps ce manque d'un enfant à moi. Trop vieille pour en espérer un de mes entrailles, j'avais aussi trouvé des ersatz chez mes élèves. Et voilà que ceux-ci m'étaient ôtés pour longtemps à cause de mon nouveau congé. Situation de privilège à laquelle ne peuvent prétendre que les cancéreux, les dingues, les sidéens. J'étais en bonne compagnie.

Une fois rentrée dans ma *Cyprinière*, le ménage m'occupait les mains, sans me distraire de mon obsession. L'avantage du sida déclaré sur le cancer, c'est que le malade sait de façon péremptoire qu'il est foutu ; que tout combat est perdu d'avance. Cela lui procure une certaine sérénité. Il peut consacrer le court sursis qui lui reste à se raconter en poésie, en prose, en peinture, en musique ou en film. Son sens de l'inéluctable lui confère parfois un talent exceptionnel, comme à ces arbres qui n'ont jamais si bien fleuri qu'à la veille de leur dessèchement. Mais voici que les docteurs se sont mis en tête de vouloir guérir le cancer ; de retarder du moins l'issue fatale ; de réduire les effets du mal. Perpétuellement, le cancéreux balance du zig au zag, du mic au mac, de l'espoir au désespoir ; l'entourage joue la comédie de la joyeuse certitude. C'est difficile à vivre.

J'eus quelques semaines de rémission. J'osai reprendre Lariro pour régaler les oreilles antaillatoises et tenter d'évacuer les idées fixes qui me gonflaient. Ma clarinette ne parvint pas à m'en purger tout à fait. Contrairement à la nature, j'aspirais au vide [1].

1. « La nature a horreur du vide. » Concept d'Aristote dont Pascal a prouvé l'inanité.

J'osai rouvrir quelques livres. Vialatte m'amusa un moment. Kafka me fit quelques minutes mourir de rire. Mais je n'arrivais pas à fixer longtemps mon attention sur les textes. Je lisais entre les lignes.

J'essayai de la peinture, un art que je n'avais jamais pratiqué. Ayant acheté le nécessaire, je barbouillai des cartons. Mais je délayais ma mélancolie avec le cinabre ou l'indigo. Cela m'occupa deux semaines.

Chaque fois que je revoyais le Dr Fournel, il se montrait d'un optimisme mirobolant. Tout allait bien, la cicatrisation était parfaite, on pouvait envisager mon prochain retour à l'enseignement. C'est par simple acquit de conscience qu'il me fit subir un nouvel examen radiologique. Encore une formalité. Son commentaire des clichés n'exprima pas, néanmoins, autant d'allégresse :

— Il vous reste des points d'opacité. Insignifiants.

— Qu'appelez-vous points d'opacité ?

— Des nodules. Petits, petits, petits !...

J'eus un moment l'impression d'entendre Séraphine Ollier lorsqu'elle appelait ses poulettes pour leur jeter du grain.

— ... Il est bon cependant qu'on s'occupe d'eux.

— Et comment ?

— Avec quelques séances de chimiothérapie.

« La chimio ! Ça y est ! me dis-je. Je vais gravir le second degré de ma marche au supplice. Impossible d'y couper. »

— Je... je... je connais... commençai-je à bafouiller.

— Oui, madame ?

— ... les conséquences de la chimio. Je vais perdre mes cheveux.

— On sait maintenant empêcher cet effet secondaire. On vous coiffera d'un casque de glace. Vous perdrez peut-être quelques cheveux lorsque vous vous laverez la tête ; mais vous n'atteindrez pas la calvitie. De toute manière, ils repousseront.

Voilà qui plairait sûrement à Vincent : se mettre à aimer la cantatrice chauve ! Je me vis bien avec une moumoute. Que dis-je ! Une collection de moumoutes ! Le lundi en brun, le mardi en blond, le mercredi en roux, le jeudi en gris, le vendredi en violet, le samedi en vert, le dimanche en blanc ! Et on recommence.

— Et si je me faisais charmer ? dis-je.

— Charmer ?

— A Rande, près de Bergonne, il y a un paysan qui charme l'érysipèle.

— Ne soyez pas ridicule. S'il existait des charmeurs de cancer, cela se saurait. Ils gagneraient des fortunes.

J'entamai donc dans une clinique clermontoise ma série de quatre séances hebdomadaires, avec entractes de quinze jours. Pendant deux heures au moins, je recevais goutte à goutte par perfusion je ne sais quel liquide rougeâtre dans le bras gauche. La tête couverte dudit casque pareil au séchoir des coiffeuses, mais rempli d'une vessie de glace. Voilà qui me rafraîchissait les idées ! Au terme de l'opération, mon bras était gonflé comme une andouille de Vire. Il avait besoin d'une semaine pour redevenir d'apparence normale. Il est exact cependant que la plupart de mes cheveux furent épargnés, même si j'en perdis quelques touffes.

Quand l'épreuve fut achevée, le Dr Fournel consulta ses gros bouquins et m'assura que mes petits, petits, petits nodules ne pouvaient plus évoluer.

— Je suis donc en mesure de reprendre mon travail ?

— Dès qu'il vous plaira.

L'inspection académique, considérant que je possédais une certaine culture artistique, me confia une tournée de formation musicale dans les diverses écoles publiques issoiriennes. Je passais donc de l'une à l'autre, des maternelles aux primaires ; armée de ma clarinette, enseignant le chant, le solfège, le pipeau, les grands musiciens. Les enfants nous accueillaient, Lariro et moi-même, avec des cris de joie. Je leur apprenais les vieux airs de tradition, *Le Carillon de Vendôme, Dans les prisons de Nantes, Les Filles de La Rochelle* ; mais aussi, moins banales, les strophes de poètes chansonnées par maître Jacquetin, Roland de Lassus ou Gabriel Fauré :

Petit mercier, petit panier
Pourtant, si je n'ai marchandise
Qui soit du tout à votre guise,
Ne blâmez pour ce mon métier[1]...

Le soir, je retrouvais mes bêtes à plumes, à poils, à écailles qui m'exprimaient aussi leur plaisir, chacune à sa façon. Et les ailes accueillantes de mon bel oiseau. Ce fut une période de grande félicité. Je pus me croire guérie.

Poursuivant ma tâche éducatrice, j'emmenai Vincent plusieurs fois à Clermont. Nous entendîmes un concert donné par l'Orchestre d'Auvergne. J'eus le tort de lui offrir une nourriture trop lourde avec *Une nuit sur le mont Chauve.* J'aurais dû lui servir d'abord *Ciboulette* ou *La Veuve joyeuse.*

Nous assistâmes à une représentation de *Caligula*, d'Albert Camus, à la Maison des congrès et de la culture. Mais l'acoustique était très mauvaise, la voix des acteurs insuffisante, nous ne comprenions que le tiers des répliques. Nous retînmes du moins celle-ci qu'illustraient bien les scandales politico-financiers du moment : « Gouverner c'est voler. Encore y faut-il la manière. »

Nous vîmes au cinéma l'*Amadeus*, de Milos Forman. Vincent fut très surpris de ce petit Mozart farceur, ricaneur, un peu cochon, qui ne correspondait pas à l'image qu'il se faisait de lui. Vrai ou faux. Inventé peut-être par le scénariste. Cela lui inspira une réflexion :

— Quand on aime les œuvres d'un artiste, on ne devrait pas se soucier de sa vie privée. Si j'apprécie les plats d'un cuisinier, j'ai-t-y besoin de savoir qu'il est cocu ?

1. Charles d'Orléans.

— Sans doute. Mais le public veut tout connaître. Il aime à regarder par les trous de serrure. Il préfère même, quelquefois, la connaissance de la vie privée à celle de l'œuvre.

— On appelle ça du voyeurisme, n'est-ce pas ?

— Les kiosques à journaux sont remplis de revues voyeuristes.

— L'œil des caméras fourre son nez partout.

— Ah ! dis-je. Comme j'aime cet œil qui a un nez !

Je profitai de l'occasion pour lui faire un petit cours sur les comparaisons incohérentes : le char de l'État navigue sur un volcan ; ce sabre est le plus beau jour de ma vie ; la philosophie est une béquille à la lumière de laquelle l'homme, ce pauvre boiteux, se dirige dans les ténèbres.

De loin en loin, il faisait allusion à ces enfants que nous n'avions pas eus ensemble. Il comprenait mon envie de guiliguili, de dodo-l'enfant-do, de sou-soupe-à-Titine. Il me demanda si je serais favorable à une adoption éventuelle. Je haussai les épaules sans répondre, me rappelant plusieurs cas malheureux que j'avais connus, notamment celui de Nicolas Grandpré, le petit Roumain. Une adoption, c'est comme une greffe : ça prend ou ça ne prend pas. Au terme de nos discussions, je lui recommandai de ne pas se préoccuper de mon manque apparent :

— En définitive, j'ai ce qu'il me faut. Tu es mon enfant de cœur.

Il aimait assez cette enfance pour rire. Cette enfance d'un demi-siècle. Elle m'engageait plus que tout à survivre, puisque sans moi je le sentais incapable de devenir adulte. C'est pourquoi je retournais une fois par mois faire examiner ma mamelle gauche. Le Dr Fournel connaissait tout de ma personne, extérieur et intérieur. Or voici qu'après une longue période d'un optimisme sans faille, il me révéla soudain que, par scrupule, il voulait parachever les traitements antérieurs. Comment ? En recourant à la radiothérapie qui exterminerait définitivement mes derniers nodules.

Les rayons ! Les fameux rayons X, qui ont prolongé tant de cancéreux et tué pas mal de radiologues. Troisième degré de ma marche au supplice. Au cours de notre entretien, j'appris d'ailleurs qu'il ne s'agissait plus de rayons X, bons à jeter à la poubelle, mais de rayons gamma, distribués par une bombe au cobalt.

Il me fallut donc interrompre mon enseignement musical. Pendant cinq semaines, et cinq jours par semaine, je repris ma navette entre Antaillat et Clermont. Vingt-cinq fois, je subis les mêmes attouchements. Après un examen radiologique ordinaire, un médecin marquait à l'encre de Chine les points sur lesquels devaient porter ses attaques. J'étais alors introduite dans un local aux murs de béton imperméables à la radioactivité. Je m'allongeais sur une table. La bombe braquait son collimateur sur la mamelle. Le bombardement durait une minute ou deux sur chaque point noir. L'opérateur, à l'abri dans une pièce adjacente, surveillait les manœuvres à travers une vitre plombée. Pour moi, j'éprouvais à peine un chatouillement. Presque un plaisir. La dernière séance, toutefois, fut douloureuse. Je me sentais consumée par les rayons.

Le Dr Fournel m'assura que j'étais enfin débarrassée de mes petits, petits, petits nodules. L'inspection académique m'accorda un autre mois de convalescence.

— C'est toujours les mêmes qui se la coulent douce ! s'écria joyeusement mon smicard.

Il voulut bien affirmer que les diverses tortures que j'avais subies n'avaient commis aucun dégât notable sur mon aspect physique. Juste une certaine rougeur et quelques centimètres cubes de dépression dans le téton gauche, dont le profil y gagnait en originalité et en charme.

— Tu es encore loin de ressembler aux femmes de Picasso !

Un autre mois, donc, à ne rien faire d'utile à l'humanité. Mes collègues de la rue du Combat croyaient qu'en quittant

Paris pour l'Auvergne j'allais, de moi-même, me mettre en pénitence. Erreur, mes amis ! C'était maintenant, dans mon repos forcé, que je me sentais mise au piquet ! L'oisiveté, nous l'enseignons tous, est mère de tous les vices. Elle devenait pour moi un second cancer qui me rongeait l'esprit.

Lorsque j'en avais marre d'Antaillat et de ma *Cyprinière*, je montais dans Choupette et nous partions toutes deux en vagabondage. Nous visitions les villes et les campagnes. J'entrais dans des auberges où nul ne me connaissait. S'il m'arrivait de demander un bourbon, le patron répondait invariablement :

— Nous n'avons pas ça ici. Qu'est-ce que c'est ?

— Du whisky américain.

— Nous n'avons que des liqueurs françaises.

— Servez-moi quelque chose de fort.

Il atteignait une bouteille de cognac. Ou d'eau-de-vie de marc. Ou de ratafia d'angélique. Je vidais mon verre cul sec, avec un coup de reins en arrière comme Eric von Stroheim dans *La Grande Illusion*. Écœurée, car je ne suis pas portée sur l'alcool. C'était pour moi une médication, pas un régal. Je me demandais comment les hommes peuvent aimer cette saloperie. Les bistrots des campagnes auvergnates n'ont rien de commun avec ceux de Paris. On y trouve le facteur, les gendarmes sans leur képi, l'instituteur après la classe, le médecin ivrogne qui recommande à ses patients de ne pas boire. Des personnages pagnolesques, excepté l'accent. Comme ce malheureux qui se tenait au coin du comptoir, titubant de douleur et pleurant dans sa gentiane ; en même temps, il prêtait l'oreille à son transistor de poche qui l'assourdissait avec *La Chance aux chansons*.

— Pourquoi pleure-t-il ? demandai-je à ses copains.

— A cause de Claude François, qui est mort. C'était son chanteur préféré.

— Oui, mais il nous a quittés depuis plus de quinze ans.

— Lui vient seulement de l'apprendre. Ça lui a mis un coup.

Comme cette mastroquette âgée de quatre-vingt-dix-neuf ans au moins, qui prétendait avoir été bonne d'enfants à Montboudif chez l'instituteur Léon Pompidou, et avoir tenu sur ses genoux le futur président de la République.

— Dans le Cantal, disait-elle, un pompidou est un homme fort. Et ils disent ce proverbe : *Dura mai clut-chadou qué pompidou.* Un boiteux dure plus longtemps qu'un costaud. Et ce fut bien le cas pour le pauvre Georges.

Comme cet autre qui faisait des discours interminables et lançait des postillons de tous côtés, que ses compagnons avaient surnommé Feu-de-Bengale.

Comme ce nabot qui protestait chaque fois qu'on l'appelait le Petitou :

— Je suis pas petit. Je suis moyen.

De sorte qu'on le baptisa le Moyen. Z'avez pas vu le Moyen ? Je cherche le Moyen. Un jour qu'il disait « Moi et mon frère... », je le repris, en bonne maîtresse d'école que je ne cessais d'être :

— Il faut dire « Mon frère et moi... » Par politesse. Par modestie.

— M'en fous. Je suis pas un modeste.

Comme ces deux femmes, la mère, Jeannette, et la fille, Eugénie, qui venaient se consoler en buvant du guignolet d'avoir un gendre et mari épouvantable.

— Il a fait mourir sa première épouse de chagrin, à cause de son avarice et de sa méchanceté, m'informa Eugénie.

— Mais il n'aura pas notre héritage ! riposta la mère en tapant du poing sur le comptoir. On le boira avant ! Quant à lui, on aura sa peau ! Foi de Jeannette ! Servez-nous encore de votre ratafia !

Ces comptoirs auvergnats me fournissaient un précieux réconfort.

Voilà comment les cognes m'ont ramassée un soir entre La Chapelle-Laurent et Saint-Poncy. La route était étroite, sinueuse, Choupette a eu un moment de distraction, elle s'est couchée dans le fossé. Par un miraculeux hasard, une voiture bleue nous suivait de près. Les gendarmes m'ont extraite du véhicule, encore tout étourdie. Ils sont parvenus à remettre sur ses pattes ma 4L un peu froissée. Ensuite, ils m'ont fait souffler dans un ballon.

— Dites donc, ma petite dame, m'avez l'air d'en avoir une jolie dose ! Regardez : le ballon est devenu quasiment violet. On avait aussi remarqué vos zigzags.

— Une jolie dose ? Pas d'alcool, en tout cas. Je déteste l'alcool.

L'un des deux installé au volant de Choupette, ils m'ont emmenée jusqu'à Massiac. Oh ! ils ne m'ont pas fait de misères quand je leur ai révélé mes titres et qualités : notamment celle de cancéreuse du sein gauche. Simplement, ils m'ont gardée dans une chambre richement meublée d'un matelas et d'une chaise. Le lendemain matin, ils m'ont offert du café au lait, m'ont gavée de croissants et de bons conseils, galants comme des princes. Rien de commun avec ceux de Champeix. Depuis, je recommande à mes collègues un peu pochards de perdre le contrôle de leur voiture de préférence sur les routes du Cantal.

29

Choupette s'en est remise. Sa tôle défroissée, maintenant il n'y paraît plus. Je voudrais bien que pour moi il en fût de même. Rien n'est moins sûr. Quand Vincent me voit sombre et muette, il demande :

— Où en es-tu ?

— Je rumine.

— Oh ! la vache !

Je souris. C'est mon remerciement. Mais je retourne à ma morosité. Il m'est venu en effet une enflure du côté gauche, tantôt sous l'aisselle, tantôt au bras, tantôt à la main. Elle me laisse craindre que mon drame ne soit pas terminé. Il y manque un dénouement. Le Dr Fournel prétend que rien n'est plus normal que ce bobo, conséquence évidente du charcutage que j'ai subi.

— Si vous avez un jour, me gronde-t-il, une crampe dans le mollet, une ankylose dans le genou, des gaz dans l'intestin, n'allez pas les attribuer à votre ex-cancer. Ce n'est pas parce qu'on a exterminé vos nodules qu'on vous a préservée en même temps de toutes les maladies possibles et imaginables. J'ai soigné bien des cancéreux dans ma vie. La majorité d'entre eux sont morts d'autre chose.

N'empêche que...

A l'expiration du mois postopératoire, on m'a laissée reprendre mon enseignement musical. Mais j'ai constaté que mes doigts étaient devenus gourds sur les trous de ma clarinette : le cancer. Que ma voix, certains jours, devenait rauque : le cancer. Que mon œil gauche au grand air pleurait un peu : le cancer, vous dis-je !

— Tu penses trop à toi, m'a dit Vincent avec délicatesse.

— Tous les hommes sont égocentriques. Mais quand je pense à moi, je pense à nous, aux emmerdes que je te procure. Tu ferais bien mieux de me plaquer. Je ne t'en voudrais pas du tout.

— Ne revenons pas là-dessus. Je ne partirai que si tu me montres toi-même la porte de sortie.

Il rumine avec moi. Nous ruminons ensemble, ce qui n'est pas sans une certaine douceur. Puis il me considère attentivement, je vois ses lèvres bouger. Il me prend une main. Comment les siennes, ses mains smicardes, mutilées, peuvent-elles offrir tant d'exquise tiédeur ? Ses paroles tombent enfin, goutte à goutte, comme celles de la chimio :

— Si tu voulais... je pourrais... te sortir... de toi-même... Cela t'obligerait à penser à quelqu'un d'autre.

Que veut-il dire ? Que suggère-t-il ? Je fais silence pour ne pas troubler la perfusion. Ses mains pressent davantage les miennes. Sa voix se raffermit :

— D'ailleurs, tu l'as longtemps souhaité. Plusieurs fois, nous avons évoqué ce sujet, sans jamais parvenir à une décision...

J'admire son vocabulaire, l'aisance de son langage. Quel bon élève il a été ! Voilà ce que c'est que d'avoir une maîtresse à sa disposition, jour et nuit.

— Alors, écoute ce que je te propose... Un enfant... Non, non, il ne s'agit pas tout à fait d'une adoption. Plutôt, d'une régularisation. Un enfant de moi... Il s'appelle Guillaume. Nous disons Guigui... Il a quatre ans. Sa mère est morte, écrasée par son tracteur. Je t'en ai parlé : Marceline. Il n'avait que quelques semaines quand l'accident s'est produit. Où vit-il ? Chez ses grands-parents, aux Quinze. Sa mère et moi, nous n'étions pas mariés. Et je n'ai pas eu le temps de le reconnaître. Les vieux tiennent beaucoup à ce petit. Ils acceptent quand même que j'aille le voir une fois par mois. A condition que je ne lui dise pas que je suis son père. Faut pas le traumatiser. Pour lui, je suis seulement un copain... Ils prétendent que je ne saurais pas l'élever ; que je n'ai d'ailleurs pas les moyens, la maison, le temps, les connaissances, etc. J'en ferais un pas-grand-chose. Et ils avaient hier sans doute raison. Mais aujourd'hui que nous sommes deux... Si tu acceptes mon arrangement... On pourrait se marier...

Je crie :

— Je suis cancéreuse ! ! !

Il crie aussi fort :

— Tu es guérie ! ! !

— Pas sûr ! ! !

Ensuite, plus calme, il m'explique que même les mères cancéreuses continuent de jouer leur rôle maternel, cela les aide à vivre, très souvent cela les sauve.

— Naturellement, il ne sera pas nécessaire de parler de ton ancienne maladie aux vieux, ça pourrait les retenir de nous confier le gosse.

— Tu es l'homme des cachotteries ! Tu m'avais caché l'existence de Guillaume, et maintenant...

Jusqu'à ce jour, de mon crabe, je m'en vantais plutôt. C'était une façon de lui déclarer la guerre. Au grand jour. Avec l'aide du ciel et de la terre. Derrière moi, j'entendais des murmures flatteurs : « Quel courage ! Comme elle prend bien son mal ! Il aura affaire à forte partie ! » Certains de mes frères de maladie, quoique bien informés, disent : « J'ai une saleté, une cochonnerie dans le foie... dans l'estomac... » Moi, je défie le mot en le prononçant une fois par jour au moins. Je l'exorcise ! Cela ne signifie pas que je ne tremble point. Donc, c'est une affaire résolue : j'avouerai tout aux parents de Marceline, je suis à prendre telle quelle ou à rejeter.

Les Quinze. Un hameau de trois maisons, dont une abandonnée. Jadis, ils ont dû être quinze habitants. Il reste une seule famille, répartie sous deux toitures. Mais les chiens à eux seuls ne sont pas loin de la quinzaine, rassemblée autour de la Deuch dès son arrivée. Ils jappent à nos pneus, je n'ose mettre un pied par terre. Mon chauffeur leur parle, les convainc, je peux enfin sortir ; ils aboient encore, mais ne mordent pas. Entre les deux bâtiments, la cour est vaste, boueuse, ornée en son milieu d'un de ces monuments de fumier qui sont l'orgueil des fermes auvergnates. Des poules, des canards, des pintades occupent le terrain. Des chats dorment sur les appuis des fenêtres. Un petit garçon jaillit de la maison de droite, court vers mon smicard en criant : « C'est Vincent ! C'est Vincent ! » Les voilà embrassés nez à nez, joue à joue, joie à joie. L'enfant est blond comme son père, avec des yeux véronique, avec une bouche pleine de dents blanches, légèrement espacées, comme celles d'un engrenage. Un vrai petit Celte dessiné par Uderzo. Je le baptiserais volontiers Véronix. Ils regardent vers moi :

— C'est Guigui, dit le père.

— C'est Vincent, dit le fils.

Après lui paraissent les grands-parents. Le vieux corpulent, large et haut, fort comme un char malgré sa septantaine. La vieille maigrichonne, les joues caves.

— J'ai un dentier, explique-t-elle d'emblée. Mais je ne le prends pas. Il me fait mal aux gencives.

Il y a aussi dans la maison un frère de Marceline, sa femme et deux autres enfants. On fait connaissance.

— Je passais par là, explique Vincent d'un air détaché. Avec une amie. Elle s'appelle Frédérique. Elle est institutrice. On est venu vous dire bonjour.

— C'est bien de l'honneur, dit la grand-mère sans dentier.

J'aimerais prendre Véronix sur mes genoux, dans mes bras, sentir le contact de sa peau contre la mienne. Pas question.

Il reste accroché à son père insoupçonné, qu'il regarde amoureusement. Un moment plus tard, nous sommes invités à manger et à boire. Il y a tout ce qu'il faut sur la table. On approche de décembre. Histoire de jouer à la mère Noël, je sors de mon cabas un nounours pour la petite fille, une flûte de Pan pour son frère, une voiture de course Ferrari pour Guillaume, déjà un passionné de bagnoles. Cris de joie, remerciements, distribution de baisers mouillés.

Nous mangeons, nous buvons. Je ne sais quoi. La nourriture ne me laisse aucun souvenir lorsque je la prends en plaisante compagnie. Excepté si elle est exécrable. Ce qui n'est pas le cas. Les deux vieux, manifestement au courant de mon existence avant que je ne débarque, m'observent sans hostilité. Vincent parle de son travail, de sa mère Marie-Thérèse. Comme elle a bien su garder le silence, celle-là, sur l'enfant secret ! Encore une cachottière ! Nous restons trois heures ensemble, à parler de la pluie, des légumes, du gouvernement.

— Moi, je ne comprends rien à la politique, avoue la grand-mère. Je ne lis pas le journal, je ne regarde pas la télé.

Ils nagent sans le savoir dans un bonheur virgilien.

Au moment des au revoir, je profite de la situation pour garder un peu Véronix dans mes bras. Il ne s'y oppose point, à cause de la Ferrari. Alors, je lui demande doucement, le doigt pointé vers son père :

— Qui est ce monsieur ?

— C'est mon copain.

— Tu voudrais que je devienne ta copine ?

Il hésite, il réfléchit, il balance la tête, il ne répond ni oui, ni non. On en reparlera.

Certains jours, l'enflure de mon bras gauche est quasi imperceptible. Aussitôt, mon ciel s'éclaire, mes poissons rouges rayonnent, mon husky jubile, Lariro laisse éclater sa joie. Le lendemain, l'enflure de nouveau devient évidente. Nous replongeons dans le marasme.

La musique, tant bien que mal, est un refuge. Je me suis mis en tête d'enseigner à mes jeunes Issoiriens, avec l'aide de Joseph Canteloube qui les a recueillis et de Victoria de Los Angeles qui les a enregistrés, des chants populaires d'Auvergne dans le langage qu'ils ont oublié :

Int o possà lou ver d'antan
Que nou menavo la chivado ?
La chivado, lou tsanabou,
què po de vi qu'ero tan bou ?
Où est passé l'été d'antan
Qui nous apportait son avoine ?
Son avoine, donc, et son chanvre,
Ce peu de vin qu'était si doux ?

C'est une chose étonnante que de voir se former dans la bouche de ces enfants, avec beaucoup de gourmandise, les mots qui appartinrent à leurs ancêtres, et que leurs pères ont laissé perdre. Je ressens vivement cette restauration provisoire, moi qui ne suis qu'une Auvergnate débutante. Que serait-ce donc si je l'étais accomplie ?

— Je l'ai baptisé Véronix, dis-je. Parce qu'il a tout du petit Gaulois avec ses yeux couleur de véronique. Crois-tu qu'il pourrait m'adopter ? Car j'ai connu le cas d'un petit Roumain...

Il est bien vrai que parents et enfants s'adoptent réciproquement. Encore y faut-il du temps, de la patience, de l'indulgence, du tact, de la chance, de la disponibilité, des aptitudes naturelles. Cela fait beaucoup de choses. J'ignorais combien m'en seraient données. Vincent, lui, se montrait optimiste. Et j'avais grand besoin de son optimisme. Même pour supporter mes enflures.

— Si tu parles de cancer, les vieux nous refuseront le gosse, m'avertit-il. C'est une chose certaine.

Je secouai la tête, incapable de leur mentir, même par omission.

— Mais puisque tu es guérie, tête de mule !

Je secouai encore mes oreilles. Il marchait de long en large, cognant la terre du talon. Soudain :

— J'ai trouvé la solution. Je comprends tes scrupules. Signons un contrat : tu me jures de ne pas en parler ; et moi, je te jure de te guérir si tu ne l'es pas encore.

Je réfléchis. J'acceptai. Nos mains se topèrent.

La négociation eut lieu un samedi, alors que le reste des Quinze, y compris Guillaume, était parti s'avitailler à Issoire. Nous restâmes entre quatre paires d'yeux, nous d'un côté, les vieux de l'autre. Vincent parla le premier, comme il lui appartenait de le faire :

— Vous avez gardé le petit tant que je vivais seul. Très bien. Un enfant ne peut grandir heureux que dans l'ombre d'une femme, mère ou grand-mère. Pour lui, je ne suis encore qu'un copain. Mais me voici accompagné. (Sa main me désignait.) Il est temps, je crois, de lui apprendre que je suis son père et de me le donner. De nous le confier.

Les deux vieux se regardèrent. Puis la grand-mère répondit au nom des deux, car, malgré sa bouche vide, elle était le porte-parole :

— Est-ce que vous êtes mariés ?

— Aujourd'hui, belle-mère, on vit ensemble. Le mariage, ça ne se fait plus.

— Si ça ne se fait plus, nous ne vous donnons pas Guillaume.

Son homme approuva du chapeau, énergiquement.

— Nous ne le donnons pas, répéta-t-elle.

Vincent me regarda. Je m'efforçai de jouer la statue de sel. Il regarda les vieux. Il me regarda encore.

Soudain, nous le vîmes se lever. Je crus à une rupture brutale des négociations ; je me préparai à partir derrière lui, mais il me fit signe de rester sur ma chaise. Les grands-parents se tenaient debout devant leur cheminée où crépitait un feu de sarments. A côté, dans une cage, un canari se balançait sur son escarpolette, indifférent à la conjoncture. Vincent peigna d'une main ouverte ses cheveux en désordre, fit mine de rajuster la cravate qu'il avait oublié de prendre.

— Frédérique Trapet, dit-il solennellement, j'ai l'honneur de vous demander en mariage.

Les noces se sont faites à la mairie d'Issoire, pour plus de grandiose ; Vincent la Musique était d'ailleurs solidement domicilié en cette ville. Nous avons eu droit à une belle cérémonie religieuse dans l'abbatiale Saint-Paul-Saint-Austremoine. Elle n'était pas trop grande pour contenir le bonheur dont je me sentais déborder. J'avais invité tous mes amis d'Antaillat, mes collègues pédagogues, mes connaissances d'ici et d'ailleurs. Yamina, qui ne fréquente pas beaucoup les églises, a bien voulu, pour me faire plaisir, se tracer quelques signes de croix sur la figure et sur le cœur. Je m'étais vêtue de bleu pour être en harmonie avec les yeux de Véronix. Place de la République, des arroseurs municipaux répandaient des arcs-en-ciel sur les bacs à fleurs. Je leur ai distribué des dragées en remerciement. Plus tard, j'en ai expédié des boîtes à Paris et à Saint-Quentin. Irène Epstein m'a répondu par une longue lettre de félicitations.

A présent, nous sommes en train d'annexer Guillaume par petites doses. Nous n'avons pas voulu l'arracher soudain à ses grands-parents, à ses chiens, à ses chats, à son canari. Nous nous le partageons. La faible distance qui sépare Antaillat des Quinze facilite les choses. Il a deux maisons au lieu d'une. Sans en être vraiment bouleversé, il a appris que son copain est aussi son père. Cela n'a rien changé à ses sentiments. Il continue de l'appeler Vincent. Et moi, Frédo. En grandissant, il comprendra mieux. Nous ne formons pas encore une vraie famille au sens ordinaire du terme. Mais plutôt, provisoirement, un trio de mousquetaires.

Ma *Cyprinière* a accueilli avec émerveillement cet enfant inespéré. Cet enfant du miracle. Bunny s'est laissé caresser le ventre. Krasucki a lâché des bulles qui, en atteignant la surface, produisaient comme toujours un bruit de baisers. Croc-Blanc le regarde déjà en se fendant la pipe jusqu'aux oreilles. Véronix a examiné Choupette, touché ses plaies et ses bosses, déclaré qu'il se chargeait de la remettre à neuf. Pour moi aussi, les réparations sont en bonne voie, grâce aux actions conjuguées de cet enfant et de son père. Lorsque je les tiens embrassés, que je sens nos trois chaleurs confondues, j'en oublie tout à fait mes enflures, mes nodules, mes douleurs erratiques. J'espère que ça durera un peu de temps, car j'ai un grand retard d'amour à rattraper.

Cet ouvrage est imprimé
sur du papier sans bois et sans acide.

Achevé d'imprimer par GGP
en juillet 1997
pour le compte de France Loisirs, Paris

Dépôt légal: mai 1997
N° d'éditeur: 28905

Imprimé en Allemagne